MW01635911

Un océan entre nous

Susan Wiggs

Un océan entre nous

Traduit de l'américain par Franck Jouve

ÉDITIONS FRANCE LOISIRS

Titre original : *THE OCEAN BETWEEN US*
publié par Mira Books, Canada

Les personnages de ce livre n'ont aucune existence en dehors de l'imagination de l'auteur et n'ont aucun lien avec quiconque porterait le même nom ou les mêmes noms. Ils ne sont pas non plus inspirés par des individus connus ou inconnus, et tous les événements sont pure invention.

Édition du Club France Loisirs,
avec l'autorisation des Éditions Belfond

Éditions France Loisirs,
123, boulevard de Grenelle, Paris
www.franceloisirs.com

ISBN 978-2-298-00732-9

À mon amie Geri Krotow et à sa famille,
avec mon amour et mon plus profond respect.

PREMIÈRE PARTIE

Incident

« Incident : événement inattendu ou non planifié dont les conséquences peuvent être lourdes en dommages matériels et graves pour les victimes : maladie professionnelle, blessures, voire pertes en vies humaines... »

Manuel de sécurité aéronavale

1

USS Dominion *(CVN-84)*
0037 Nord/17820 Ouest
Vitesse : 33 nœuds
22 h 15 (Fuseau horaire YANKEE)

Steve Bennett jeta un coup d'œil à l'horloge de son ordinateur. Il aurait dû dormir à poings fermés dans sa cabine au lieu de rester assis à son poste de travail, les mains derrière la nuque, sans quitter des yeux le calendrier, toutes ses pensées focalisées sur Grace.

Coincé sur un porte-avions à plus de seize mille kilomètres de chez lui, il était coupé de toute communication avec sa femme, sur ordre de celle-ci. Elle ne lui adressait plus la parole depuis qu'il s'était embarqué.

Elle avait maintenu le silence radio aussi scrupuleusement qu'un espion en temps de guerre. Oh, il avait bien droit à quelques communiqués officiels lui donnant des nouvelles des enfants, mais guère plus.

Heureusement, sa mission sur l'USS *Dominion* toucherait bientôt à sa fin. Heureusement ? Pour la première fois de sa carrière, Steve appréhendait de rentrer chez lui. Il en était à se demander si son mariage pouvait encore être sauvé… Vu l'état d'esprit de Grace, rien n'était moins sûr.

— Capitaine Bennett ?

Son ordonnance se tenait dans l'embrasure de la porte, un clipboard à la main.

— Oui, lieutenant Killigrew ?

— Mme Atwater est ici, monsieur. Pour l'interview.

Steve réprima un froncement de sourcils. Il avait presque oublié ce rendez-vous.

— Très bien. Faites-la entrer.

Steve déplia ses grandes jambes et prit automatiquement la position adéquate, réflexe conditionné après vingt-six ans de service dans la marine. Killigrew s'éclipsa dix secondes avant de réapparaître avec la journaliste. Steve aurait préféré la recevoir dans le bureau des relations publiques sur le pont n° 1, mais apparemment elle était décidée à fourrer son nez dans chaque recoin du *Dominion*. Fouiner, n'était-ce pas l'activité favorite de cette confrérie ?

Francine Atwater, Francine pour le grand public, l'une des signatures les plus connues du pays, était pour l'heure avide de tirer profit de la nouvelle politique de communication de l'armée. Elle avait embarqué la veille au soir, bien déterminée à passer deux semaines sur cette ville flottante dotée de son propre aéroport. Le commandant du porte-avions et Mason Crowther, commandant du groupe aérien, lui avaient personnellement souhaité la bienvenue puis s'étaient empressés de la confier aux bons soins de leurs adjoints. C'était le tour de Steve.

— Bonsoir, madame Atwater, je suis le capitaine Steve Bennett, commandant en second du groupe aérien.

Il s'efforçait de ne pas trop la dévisager, mais il n'avait pas vu de femme en civil depuis des mois. Qui plus est en jupe. Il rendit silencieusement hommage aux géniaux inventeurs des bas en Lycra et du rouge à lèvres cerise.

— Enchantée, capitaine Bennett.

Sa bouche se fendit d'un sourire. Elle avait du charme, et elle savait en user. Il détecta des ombres sous ses yeux soigneusement maquillés. Sans doute le mal de mer... ou plus vraisemblablement une première nuit difficile à bord du porte-avions. Il faut y être habitué pour arriver à fermer l'œil dans ce vacarme infernal.

— Je vois qu'on vous a briefé, dit-elle en indiquant les quelques notes étalées sur son bureau.

— Procédure standard, madame.

— Eh bien, j'ai l'impression que la marine comme le personnel de ce bateau en savent plus sur moi que ma propre mère ! Groupe sanguin, taille, acuité visuelle, cursus...

— Procédure standard, répéta Steve en souriant.

— J'espère que je vais m'y faire !

Francine Atwater s'assit sur la chaise qu'il lui offrait et sortit de son porte-documents un magnétophone miniaturisé dernier cri balayant les lieux du regard avec l'efficacité d'un radar. Elle repéra immédiatement les quelques objets personnels et s'arrêta sur la photo trônant sur le bureau.

— Jolie petite famille, mes compliments.

— Merci, madame. Je suis bien de cet avis.

— Quel âge ont vos enfants ?

— Les deux aînés – Brian et Emma, des jumeaux –

vont entrer cette année à l'université ; Katie est en seconde. Et voici Grace, ma femme…

Il pria le ciel pour que la journaliste ne décèle rien de la tension douloureuse dissimulée derrière ces mots. Cela faisait des jours qu'il contemplait religieusement cette icône d'un bonheur brisé en se torturant la cervelle pour savoir comment recoller les morceaux.

— Excellent cliché, reprit la journaliste. L'image même de la famille unie que rien ne peut atteindre.

Bien vu. Il aurait été entièrement d'accord avec elle… *avant*. Grace et les enfants composaient l'une de ces familles idéales qu'on imagine en rêve ou qu'on voit dans les spots publicitaires.

— Qu'est-ce que ça fait d'être coupé des siens pendant six mois ?

Quelle question stupide !

— C'est très dur. Je suis sûr que tous les marins que vous interrogerez vous répondront la même chose. Découvrir les premiers pas de son bébé sur une vidéo ou fêter un anniversaire par e-mail, ce n'est pas l'idéal.

Steve craignit que ces exemples ne sentent un peu trop le vécu. Il se serait cru mieux préparé à préserver son intimité. Grace disait qu'il excellait dans cet exercice… Elle l'avait même élu champion du monde dans l'art de protéger sa vie privée – ce qui, dans sa bouche, n'avait vraiment rien d'un compliment.

Atwater avait jeté son dévolu sur une autre photographie, remontant à près de vingt ans.

— Heureusement, les retrouvailles doivent être à la hauteur de la séparation, murmura-t-elle en fixant le cliché jauni.

Il ne savait plus qui avait pris cette photo, mais il se

rappelait le moment et l'endroit avec une incroyable précision. Le retour de sa première mission après leur mariage. Un déploiement de sept longs mois ! La coque gris acier d'un porte-avions servait de toile de fond à la scène. Matelots et officiers, pilotes et mécaniciens, tous étreignaient les leurs avec cette joie compréhensible aux seules familles de militaires. Au centre, Grace et lui s'embrassaient avec une ardeur passionnée dont il ressentait encore la force après toutes ces années. Il la serrait dans ses bras à l'étouffer, la soulevant de terre. Ah, le doux parfum de ses cheveux, le goût de ses lèvres…

Depuis cette photo, ils avaient connu tellement d'autres adieux et retrouvailles. Il aurait pu décrire dans l'ordre chacun de ses retours au foyer – Grace enceinte des jumeaux, Grace poussant un landau double trop large pour passer les portes, son parfum sensuel remplacé par l'odeur des bébés et du sirop contre la toux… Au fil des années, les enfants l'avaient bien occupée : cours de musique, sorties à la piscine et au stade, goûters à préparer pour les copains, leçons à faire réviser, devoirs à surveiller. Mais elle était toujours venue l'accueillir.

Pas une fois elle ne l'avait laissé en plan, comme certaines épouses de ses collègues trop habituées au célibat. Combien de compagnons ainsi délaissés à leur arrivée avaient-ils feint de s'en moquer, crâné en lançant leur paletot sur leur épaule puis siffloté et foncé droit vers le bar le plus proche ?

La veille, c'était l'anniversaire de Grace. Ses quarante ans. Il avait téléphoné, mais était tombé sur le répondeur. De toute façon, son âge étant devenu un sujet sensible depuis quelque temps, elle ne le remercierait probablement pas de son appel.

Steve revint à Francine Atwater, qui le mitraillait de questions, tant sur lui-même que sur sa carrière. Il en avait peut-être dit trop.

Il s'éclaircit la gorge et regarda son agenda.

— Ma mission est mentionnée ici : vous servir de guide et vous expliquer les manœuvres aériennes prévues sur le pont d'envol.

Il était un peu surpris qu'une civile ait obtenu l'autorisation d'assister aux catapultages et appontages nocturnes mais, apparemment, le projet de reportage de la journaliste de *Newsweek* avait reçu l'agrément d'une autorité supérieure.

— Je brûle d'impatience de voir ça, capitaine !

À son ardeur, il comprit qu'elle adorait le risque et les situations extrêmes. La définition parfaite des appontages nocturnes sur un porte-avions mouvant.

Malgré sa fatigue – il était debout depuis l'aube –, il sourit, partageant l'enthousiasme de la jeune femme.

— J'aurais voulu être pilote de chasse, lui confia-t-elle, les yeux brillants. Mais j'ai reculé devant les sacrifices que cela imposait.

— Vous n'êtes pas la seule : c'est un vrai sacerdoce.

Steve avait prononcé ces mots sans y mettre une once de forfanterie. Il énonçait simplement un fait. La marine exigeait de ses recrues un énorme sacrifice : la moitié de leur vie.

Lui-même s'était engagé à dix-huit ans. Et, sur ses vingt-six années de service, en avait passé près de la moitié sur les mers du globe. Être officier avait de bons côtés, mais il fallait en payer le prix. Côté famille, la note était plutôt salée.

Il la précéda le long des étroites coursives bleues conduisant au pont d'envol et lui fournit quelques explications sur les nombreux branchements pour lances à incendie, lui signala tous les postes de contrôle du feu. Il parlait fort et n'était pas sûr qu'elle entendait tout. Le bourdonnement incessant des moteurs, ajouté à la valse tonitruante des avions, noyait toute conversation.

L'apparition, incongrue dans cet univers, d'une gravure de mode sophistiquée jusqu'au bout des ongles stoppait net le travail des marins. Bouche bée, ils regardaient passer la journaliste en échangeant des coups de coude. Les femmes présentes la suivaient aussi des yeux, d'un regard moins lourd, mais avec une légère moue au coin des lèvres. Elles avaient dû apprendre à vivre sans maquillage, sans vernis ni paillettes.

Francine Atwater s'efforçait de suivre Steve sur les échelles métalliques, maudissant sans doute la jupe et les talons. Plus ils montaient, plus le vrombissement des avions s'amplifiait. Avant de passer au niveau supérieur, il se pencha vers l'oreille de la journaliste :

— Il faut que vous enfiliez ça.

Il lui tendit une combinaison gris-vert, une paire de gants étanches, des lunettes de protection et des bottes.

— Je sais : j'ai reçu des instructions à n'en plus finir sur les procédures de sécurité, répondit-elle.

— J'espère que vous les avez bien en tête.

Elle s'assit en soupirant et entreprit d'ôter ses escarpins. Il se tourna discrètement.

Dans le doute, il lui répéta la liste des consignes à respecter, et en particulier la nécessité de suivre scrupuleusement l'itinéraire qu'il lui montrerait. La puissance des réacteurs était à tout moment susceptible d'aspirer l'imprudent, voire de le balayer comme un fétu de paille. Il avait vu de ses yeux des malabars rebondir sur la piste comme des balles de ping-pong, ou même se trouver projetés par-dessus bord. On n'était pas non plus à l'abri de la rupture d'un brin d'arrêt.

— C'est le nom du câble tendu à travers la piste pour arrêter les avions qui se posent. Si jamais il lâche, il est propulsé à une vitesse faramineuse sur le pont et cisaille tout ce qui a le malheur de se trouver sur son passage : avions, structures du bâtiment et êtres humains. Ça vous sectionne les deux jambes comme un rien.

— Charmant… Et ça arrive souvent ?

— C'est arrivé. Cela suffit pour qu'on prenne toutes les précautions.

Machinalement, Steve portait la main à son cou pour toucher sa médaille de saint Christophe quand il se rappela qu'il l'avait perdue. Disparu, le porte-bonheur qui ne le quittait pas depuis son premier déploiement… Jamais il n'était parti en mer sans sa médaille. Heureusement qu'il ne pilotait pas !

En tenue de vol, Francine Atwater avait l'air d'une tout autre personne. Les gants, les bottes à embouts et talons en acier et la combinaison dissimulaient ses charmes, excepté ses grands yeux bruns.

Il lui montra comment actionner son gilet de sauvetage au cas – plus-qu'improbable-mais-on-ne-sait-jamais – où elle tomberait à la mer, expliquant que ce modèle était équipé d'un paquet de colorant chimique pour marquer l'eau, d'une balise lumineuse et d'une fusée de détresse.

— Le gilet se gonfle automatiquement au contact du liquide et déclenche une lumière stroboscopique ainsi qu'un sifflet pour donner l'alerte. Et voici votre Mobi.

C'était un émetteur de la taille d'un téléphone cellulaire, avec une antenne flexible.

— Attendez que je me souvienne... Mobi..., réfléchit tout haut la journaliste, j'y suis ! Mobi : man overboard indicator. C'est le signal de détresse qui se déclenche pour annoncer qu'il y a un homme à la mer.

— Bravo. Vous avez bien révisé votre sujet.

— Je vous ai dit qu'on m'avait submergée d'instructions. Mais vous oubliez un détail...

— Quoi donc ?

— Je n'ai aucune intention de prendre un bain de minuit...

— Alors nous sommes sur la même longueur d'onde.

Il n'en glissa pas moins l'émetteur dans la poche de son gilet de sauvetage.

Atwater parcourait déjà l'ordre de mission du jour, où figurait le minutage des vols d'entraînement.

— Les noms de deux des pilotes de cette liste sont en rouge ; pourquoi ?

— Ce sont des nouveaux. C'est leur premier vol de nuit à partir de ce porte-avions.

— Oh ! Enseigne de vaisseau de première classe Joshua Lamont, lut-elle à haute voix. Indicatif d'appel : Piou-piou...

Pas un muscle du visage de Steve ne bougea, bien que le seul nom de Lamont lui fasse chaque fois l'effet d'un direct à l'estomac. Un transport de troupes C2 Greyhound de l'escadron des Prowlers EA-6B avait déposé peu de temps auparavant le jeune lieutenant à bord du *Dominion* en qualité de pilote de chasse.

À l'énoncé de son surnom, la journaliste le prenait sûrement pour un pied-tendre. Un coup d'œil lui suffirait pour voir que Lamont n'avait rien d'une chiffe molle ! Elle risquait d'être très surprise...

— Ce Lamont est aux commandes du Prowler six-deux-trois, nota-t-elle. Mon cameraman a filmé la préparation de cet appareil avant son décollage.

— Parce que vous faites une vidéo ?

Le bureau des relations publiques n'avait pas pris soin de lui indiquer la nature exacte du reportage.

— Gagné.

Il aurait dû s'en douter. Les médias s'intéressaient de près à l'armée ces derniers temps et un simple article de presse n'y suffisait plus.

— Lamont vole depuis une heure quarante-huit minutes à présent. Il ne va plus tarder à se poser.

— C'est très différent d'un atterrissage traditionnel, n'est-ce pas ? insista Francine Atwater en lui plantant son micro sous le nez.

Steve envoya intérieurement au diable le bureau des relations publiques, mais s'exécuta avec le sourire.

— La difficulté, c'est de se poser et de s'arrêter sur une piste aussi courte. Aucune marge d'erreur. S'il se trompe, il n'a plus qu'à décamper vite fait.

— Où ça ?

— « Décamper » signifie remettre pleins gaz pour reprendre de l'altitude, afin de retrouver sa place dans le circuit d'appontage et tenter un autre passage. Le succès dépend du pilote, mais aussi de l'équipe sur le pont. Une bonne coordination limite les risques au strict minimum.

— Mais le risque zéro n'existe pas.

— C'est exact.

— Il y a donc des accidents ! triompha la journaliste.

Il se demanda si elle ne rêvait pas secrètement d'en voir un aux premières loges…

— Oui, madame, des accidents peuvent se produire.

— Vous volez toujours, capitaine Bennett ?

— Assez pour rester opérationnel.

— Je note comme un regret dans votre voix.

— Il fut un temps où voler était toute ma vie, mais j'ai dû apprendre à m'en passer !

Il essaya de ne pas rire de son air effaré.

— Désolé, madame, mais pour les doléances vous ne vous adressez pas à la bonne personne. À présent, si vous voulez bien me suivre…

À son signal, ils mirent leurs protège-tympans, leurs lunettes, puis gravirent encore plusieurs échelles en acier. Steve ouvrit une dernière écoutille et ils débouchèrent sur le pont d'envol, où régnait un fracas indescriptible.

Le vent glacial de la nuit les gifla au visage, apportant avec lui une épouvantable odeur d'essence et d'huile de moteur. Des lumières multicolores dansaient dans un chaos sonore à réveiller les morts. Derrière leurs verres protecteurs, les yeux de la journaliste s'arrondirent de surprise. Elle découvrait un monde mystérieux où, dressées çà et là sur l'immense plate-forme étendue entre ciel et mer, des silhouettes en combinaisons de couleur, coiffées de casques marron, jaunes ou verts, dirigeaient comme des chefs d'orchestre un étrange ballet d'avions et de machines.

Steve tendit à la journaliste une paire de jumelles et attira son attention sur l'officier d'appontage Whitey Love, qui se tenait avec son homologue sur une plate-forme à l'abri du vent. Ils scrutaient le ciel à travers leurs jumelles à infrarouge.

— L'officier d'appontage communique avec les équipages des avions, expliqua Steve. Son travail, c'est de cajoler chacun de ces bébés de vingt-cinq tonnes qui foncent à deux cent soixante-dix kilomètres-heure sur une piste de quatre-vingt-dix mètres.

— Puisqu'ils doivent s'arrêter le plus rapidement possible, pourquoi arrivent-ils aussi vite ? demanda la jeune femme.

— Parce que cette vitesse leur est nécessaire pour redécoller en cas de besoin.

Il lui expliqua que les signaux lumineux verts et ambre alignés au bord de la plate-forme indiquaient que le pilote entrant allait se poser. Sa crosse, à l'arrière du fuselage, devait accrocher l'un des cinq brins d'arrêt du bâtiment – des câbles tendus en travers du pont. Un accident pouvait se traduire, en plus des dégâts sur la piste, par la perte d'un avion de cinquante millions de dollars, sans parler de son équipage.

Steve remarqua une chemise blanche et trois autres VIP avec leur équipement. La journaliste suivit son regard et expliqua, criant pour se faire entendre :

— Mon photographe, mon cameraman et ses assistants.

Il espéra qu'ils avaient eux aussi reçu toutes les consignes de sécurité. Pas sûr, à voir l'opérateur : l'œil collé à son objectif, il s'avançait pour filmer le transfert d'un avion du pont d'envol au hangar, ignorant apparemment que le souffle pouvait le projeter à six mètres du sol ! Juste à temps, l'officier de pont qui leur servait d'accompagnateur rappela à l'ordre les visiteurs.

Les cinq hommes rejoignirent Steve et Francine à leur poste d'observation. Pendant qu'elle faisait brièvement les présentations, un tout jeune officier en chemise rouge tachée d'huile apparut à son tour à leurs côtés, essuyant contre sa cuisse son gant encore fumant.

Steve reconnut l'armurier Michael Rivera derrière ses lunettes sales. Les preneurs d'images et de son braquèrent aussitôt leurs engins sur le nouveau venu.

— Tout va bien ? s'enquit Steve.

— Oui, monsieur. À part un problème avec une fusée éclairante, répondit Rivera en ôtant ses lunettes et en passant un bras sur son front. Mais c'est arrangé, à présent.

— Descendez à l'hôpital et montrez-leur cette main.

— Ce ne sera pas nécessaire, monsieur. J'ai seulement besoin de souffler une minute.

Rivera était le type de pro que préférait Steve : dévoué à son travail, compétent, fiable. À côté de ça, sa jeunesse et son sourire de beau gosse viril lui avaient valu de figurer sur des affiches de recrutement de l'armée.

Francine Atwater tomba immédiatement sous le charme, Steve l'aurait juré à l'expression de ses yeux. Parfait, il allait pouvoir la lui refiler ! Il les présenta l'un à l'autre en riant sous cape, et le « pétaf » accepta volontiers de jouer les chaperons.

— Parlez-moi de ces fusées éclairantes, officier Rivera, attaqua la journaliste en lui braquant le micro sous le nez.

— On les utilise comme leurres pour les missiles à tête chercheuse. Chacune contient quatre-vingts cartouches qui brûlent à six cents degrés, ce pour quoi il faut les manier avec la plus grande prudence ! Surtout que…

Son visage s'éclaira d'un bonheur intense.

— Il faut que je fasse encore plus attention, à présent. Je vais être papa !

Il semblait sur le point d'éclater de fierté.

— J'ai reçu un mail de ma femme, tout à l'heure. C'est un garçon ! Notre premier enfant !

— Vous serez rentré à temps à la maison pour la naissance ? demanda Francine Atwater.

— Hélas ! non, madame. Mais Patricia est très entourée, heureusement.

— Où habitez-vous ?

— À la base aéronavale de Whidbey Island. Et l'épouse du capitaine est l'une des meilleures amies de ma Patricia, ajouta Rivera en lançant un regard reconnaissant à Steve.

Je n'y suis pour rien, pensa ce dernier. Il ne savait même pas que Grace connaissait Patricia, mais il n'était pas surpris d'entendre qu'elle s'était prise d'affection pour la jeune épouse d'un marin.

Les yeux fixés sur la piste, Steve fronça subitement les sourcils, tous les sens en alerte. Un changement presque imperceptible venait de se produire au sein de l'équipe chargée de récupérer le prochain avion.

Steve avait passé trop d'heures sur une plate-forme de porte-avions pour passer à côté d'un signe, même le plus infime, de dysfonctionnement. C'était aussi subtil qu'une légère variation de vent ou une montée d'adrénaline – le genre de détail que la journaliste ou même la plupart des militaires ici présents n'auraient jamais remarqué.

Steve s'excusa et s'éloigna du petit groupe à longues enjambées. L'officier supérieur d'appontage, Bud Forster, qui n'intervenait pas directement en temps normal, vint à sa rencontre. L'expression tendue de son visage confirmait l'appréhension de Steve.

— On a un problème avec le Prowler six-deux-trois…

Steve savait trop bien de qui parlait Bud Forster. Joshua Lamont était aux commandes de cet appareil, et ce qui se passait n'avait rien à voir avec les exercices de vol prévus pour cette nuit-là.

Steve allait suivre Forster quand il se rappela qu'il était responsable de la sécurité de Francine Atwater et se retourna. Rivera guidait tous les journalistes vers la soute à munitions. Tiens, l'officier de pont n'était plus avec eux…

Steve sentit la tension monter en lui, vibrer dans tout son corps comme une onde électrique. Nom de Dieu ! un malheur se préparait… C'est alors qu'il crut apercevoir des étincelles jaillir d'un lance-leurres, juste derrière Rivera et les civils.

Il secoua la tête, passa son gant sur ses lunettes, plissa les yeux et repéra cette fois distinctement les étincelles, ainsi qu'un jet de fumée. Ça allait sauter d'une seconde à l'autre !

Rivera et les autres étaient trop loin pour l'entendre,

mais il les héla tout de même à pleins poumons avant de donner l'alerte au poste de contrôle des incendies. Heureusement, pendant toutes les manœuvres aériennes, un camion de pompiers ainsi qu'une équipe de sapeurs-pompiers étaient toujours présents sur la plate-forme, prêts à intervenir.

Rivera était le plus proche du lance-leurres. Il remarqua enfin la fumée, chercha d'où elle venait, saisit le cylindre brûlant. Il y eut une détonation, semblable à un coup de canon. Une gerbe d'étincelles et de fusées déchira la nuit. Rivera venait de rouler au sol, le bras en feu.

Steve s'était déjà élancé. Il se jeta à genoux à côté de l'homme changé en torche vivante, se défit en un éclair de son gilet de sauvetage et s'en servit pour étouffer les flammes, hurlant qu'on appelle un médecin, sachant qu'on ne pouvait pas l'entendre. C'était sans importance : à cette minute, tout le monde avait vu l'accident ; les secours arriveraient d'une seconde à l'autre. Il aurait voulu rester auprès de Rivera, le tenir dans ses bras, le rassurer, mais le lance-leurres fumait toujours. Dans le cylindre, les unités internes brûlaient avec une intensité qu'on percevait à un mètre de distance. Si jamais elles explosaient sur le pont…

Steve attrapa à son tour la poignée pour balancer le lance-leurres à la mer. Son gant prit feu en quelques secondes et la douleur lui arracha un cri, mais il serra les dents. Pas question de lâcher prise. Il parvint, Dieu sait comment, à se jeter du haut du pont avec l'engin.

Il se sentit comme happé par une tornade, sans rien pour le freiner. Où diable était donc passé le filet de sécurité ? Ce fut la seule pensée logique qu'il formula, tandis que son corps tournoyait dans le vide. Il parvint cependant à distinguer un bruit à travers le sifflement du vent : l'alarme qui signifiait « un homme à la mer » !

2

Prowler 623/BuNo 163530
00 h 15

Se poser de nuit sur un porte-avions mouvant tenait du cauchemar. Mais ce n'était pas pour déplaire à Josh Lamont. À la minute où il avait lu son nom sur le programme de vol, il avait senti l'excitation le gagner. Rien de tel qu'un exercice où on frôlait la mort à chaque seconde.

Le catapultage était passé comme une lettre à la poste. De la routine, avait-il envie de dire, pareil que se brosser les dents ! La nuit était claire. Par les verrières du cockpit, il vit une myriade d'étoiles scintiller à l'infini. Les fusées éclairantes tirées depuis l'USS *Dominion* retombaient et s'évanouissaient comme des feux d'artifice. Il n'aurait donné sa place pour rien au monde.

Josh s'humecta les lèvres dans son masque, conscient de vivre un moment rare. L'euphorie du vol lui faisait oublier qu'il était attaché à un siège éjectable depuis déjà deux heures et qu'il fallait maintenant redescendre sur terre, ou plutôt apponter sur une piste oblique et particulièrement courte.

Il régla sa fréquence radio et capta la voix de fausset du navigateur, Ron Hatch, assis à sa droite, qui massacrait sans vergogne son troisième couplet de *Mary Ann Barnes, reine des acrobates*, chanson paillarde dont il ne se lassait pas.

Assis derrière eux, Newman et Turnbull, les officiers des contre-mesures électroniques, reprenaient le refrain. Malgré leur jeune âge, tous trois étaient plus anciens et plus expérimentés que leur pilote. Comparé à Josh, Newman faisait même figure de vétéran. Un peu comme le capitaine Bennett, un vrai vétéran, lui, puisqu'il se trouvait sur l'USS *Kennedy* en 1984, lors de l'affaire du fameux sous-marin russe *Octobre rouge* !

Josh mêla sa voix au concert de son équipage glorifiant les prouesses de Mary Ann, l'acrobate à la cuisse légère. Quel aviateur naval ne connaissait pas par cœur cette chanson qu'on se transmettait comme un talisman dans les écoles de formation ? Leur quatuor n'était pas très académique sur le plan vocal, mais d'une bonne humeur contagieuse.

La vie à bord d'un porte-avions n'offrait pas beaucoup d'occasions de se détendre : c'était un peu comme un séjour à Alcatraz, sans possibilité d'évasion, sans aucun lieu où se ressourcer. Heureusement, deux heures de vol représentaient une sacrée récréation. Des vacances au paradis des étoiles !

Josh contemplait le ciel d'un pourpre chatoyant et profond. Déjà, enfant, voler dans un avion de chasse était son rêve, son espoir. Il avait dû batailler ferme avec ses parents pour leur faire admettre la réalité de ce qu'ils avaient d'abord pris pour un caprice, puis batailler plus durement encore avec lui-même pour atteindre son but.

Rien, dans sa famille bourgeoise d'Atlanta, ne le prédestinait à devenir pilote de chasse. Son enfance s'était résumée à des dîners paisibles dans une maison paisible où l'on marchait paisiblement sur la pointe des pieds... Comme il enviait alors ces familles nombreuses pleines de rires de gamins et de bruit – un contraste total avec sa propre existence feutrée et isolée. Avide de sensations fortes, il avait vécu son entrée à l'École navale comme une nouvelle naissance, et la discipline qui y régnait comme une partie de plaisir, ou presque.

Et à présent, il était « là-haut », dans le ciel, vivant à fond le rêve qu'il s'était construit sur mesure. Pourtant, par une ironie du sort, son affectation sur l'USS *Dominion* le plaçait face à son passé secret. Face à Steve Bennett, l'homme qu'il n'aurait jamais cru devoir rencontrer.

Et puis, il y avait Lauren, la femme qu'il n'aurait jamais cru mériter. Elle était tellement plus qu'une conquête de passage ! Âme, corps, esprit, cœur, Lauren avait vite pris possession de tout son être. Maintenant, elle faisait partie de l'air qu'il respirait, des rêves qui le hantaient. Lauren qu'il aimait plus que tout au monde, plus que voler, même.

Josh l'imagina se réveillant, pensant à lui et courant vérifier sur son ordinateur si elle n'avait pas reçu un nouveau mail, l'un de ces messages courts et drôles qu'il lui envoyait du porte-avions. Juste avant de se préparer pour le décollage, il avait consulté sa boîte aux lettres électronique et y avait trouvé une note urgente d'elle : *Je dois te parler. S'il te plaît, appelle-moi vite.*

Il n'en avait malheureusement pas eu le temps avant sa mission. Mais dès qu'il aurait réussi à poser ce coucou, il foncerait au local des téléphones satellitaires pour la contacter. Il ne pourrait pas attendre une minute de plus. Il brûlait d'entendre de sa bouche le seul mot qu'il espérait d'elle : *Oui.*

Son pouce commença à trembler et à effleurer le bouton de la crosse rétractable, comme pour s'assurer qu'elle sortirait bien de sous le fuselage de l'appareil, le moment venu, pour accrocher le brin d'arrêt tendu à une dizaine de centimètres au-dessus de la piste.

En dépit de son intense concentration, il ne pouvait empêcher ses pensées de revenir à Lauren – le timbre de sa voix, le goût de ses lèvres, le frisson de sa peau sous ses caresses.

Il aurait dû exiger d'elle une réponse avant de la quitter. Mais non, rectifia-t-il aussitôt en son for intérieur, est-ce que je tiens vraiment tant que ça à la connaître, cette réponse ? Si jamais c'est non... Ah, malheur ! Piloter un Prowler s'avérait cent fois plus facile qu'aimer une femme ! Quoi qu'il en soit, lors d'une escale en Thaïlande, il avait déjà acheté une bague dans une bijouterie de Pattaya...

Comme l'avion allait amorcer l'approche finale, Hatch et les deux autres membres d'équipage abandonnèrent Mary Ann à ses acrobaties pour retrouver leur sérieux.

— Pas d'initiative géniale, Josh ! lança le navigateur. Contente-toi de faire ce qu'on attend de toi. Il vaut mieux être bon que veinard.

— OK. Mais quand on a de la chance… on n'a pas besoin d'être bon !

— Ouais, eh bien, essaie ça une autre fois, hein ! Quand on n'y sera pas.

Le porte-avions se trouvait par là, quelque part dans le noir, encore trop loin pour qu'on le voie. Josh consulta l'altimètre : huit mille pieds. Vitesse : quatre cent trente nœuds. Pendant qu'il effectuait les autres contrôles sur le tableau de bord, il porta la main à la poche de sa combinaison où il avait fixé avec du Velcro la bague de Lauren, pour lui porter chance. La moindre défaillance technique ou humaine pendant l'appontage pouvait transformer l'avion en missile.

L'officier d'approche lui communiqua les dernières coordonnées. Le Prowler descendit à trois mille pieds. Le regard acéré de Josh balaya les voyants du tableau de bord. Selon le TACAN, l'USS *Dominion* croisait à trente nautiques à l'ouest-nord-ouest. Josh commença à réduire la vitesse et vola un moment dans un silence surnaturel et quasiment magique. Puis il vira à gauche pour mettre le Prowler dans l'axe du porte-avions. Il faisait toujours trop sombre pour voir son sillage à l'œil nu, mais les instruments de bord suppléaient à l'obscurité.

Deux minutes s'écoulèrent.

Josh réduisit les gaz, sortit le train d'atterrissage et les volets, puis libéra la crosse, respectant la configuration requise pour l'approche « vent arrière ». Il était à présent concentré au maximum, et, tous les sens en alerte, enregistrait la moindre information avec une lucidité décuplée. Il sentait les sangles qui le rivaient à son siège, le rembourrage de ses écouteurs, le contact élastique du masque sur son nez et sa bouche.

— *Prowler six-deux-trois, arrivant cinq nautiques dans l'axe, accroché radar. Vérifiez vos instruments.*

Josh compara les données du bord à celles du contrôleur. L'adrénaline fusait en lui. Ses mains se crispèrent sur le manche et sur la manette des gaz. Il rectifia légèrement la position avant de répondre :

— *Boards out*. Contrôles d'appontage effectués.

Tout ce qu'il voyait du porte-avions sur ses indicateurs se résumait à une tache jaune et brumeuse. Rien de plus. Génial. C'était aussi clair que s'il regardait à travers des lunettes de myope !

— *Vous êtes OK, Piou-piou. On joue sur du velours. Aussi facile que de faire passer un chameau par le chas d'une aiguille. Faites votre* ball call, *pour apponter.*

— Prowler six-deux-trois, reçu fort et clair, Lamont.

Pour se poser sur un pont mouvant, il fallait soigneusement surveiller l'optique d'appontage, sa vitesse et son axe. Vue de cette hauteur, la ville flottante de cinq mille habitants paraissait incroyablement petite, mais il voyait distinctement la lumière verticale indiquant le plan de descente.

Josh sentit un filet de sueur lui couler dans le dos et se demanda si les pilotes les plus chevronnés arrivaient à ne pas transpirer. Pas facile de n'éprouver aucune tension quand on connaissait les données du problème : s'il passait un poil trop haut au-dessus de la piste, il manquerait le brin d'arrêt et il lui faudrait recommencer l'appontage, avec à peine assez de carburant pour un autre passage. S'il déviait tant soit peu de sa trajectoire, il risquait d'un côté la collision avec un jet garé sur la plate-forme, de l'autre un plongeon dans la mer. Enfin, s'il volait droit mais un poil trop bas, il heurterait l'avant du pont et transformerait l'avion et son équipage en boule de feu…

Trop cool, pensa-t-il. Ses jambes tremblaient sur les pédales de gouvernail. Sa position était bonne – du moins le crut-il, jusqu'à ce que la voix atone du contrôleur d'approche résonne dans son écouteur :

— *Vous êtes trop bas, Prowler six-deux-trois…*

Josh rectifia immédiatement sa trajectoire pour ne pas rester sous le plan de descente.

— *Comme sur du velours…*, répéta paisiblement la voix dans son oreille.

À cet instant précis le signal d'alerte retentit et le contrordre de l'officier d'appontage tomba avec beaucoup moins de calme :

— *Pont rouge ! Pont rouge ! Remettez les gaz, Prowler six-deux-trois ! Dégagez !*

Sur le pont d'envol, les voyants verts et ambre étaient subitement passés au rouge et clignotaient comme les ampoules d'un sapin de Noël.

Josh réagit au quart de tour. Le Prowler sembla se cabrer comme un cheval sauvage et s'éleva à nouveau dans la nuit.

— Bordel, ça tangue sacrément, jura Josh en accrochant des yeux le tableau de bord.

— Le calculateur va corriger ça, assura Hatch.

— Qu'est-ce qui a bien pu se passer en bas ?

— Un pont rouge… Attendons les instructions.

L'expression « pont rouge » signifiait piste indisponible, appontage impossible. Mais pour quelle raison ? Un incident avec un autre avion, une mauvaise manœuvre sur la plate-forme, des dingues sur la zone d'atterrissage ? De toute façon, Hatch avait raison : ce n'était pas le moment de tourner et retourner les éventualités dans sa tête. Il fallait reprendre la procédure d'appontage en gardant l'œil sur le niveau du carburant, qui baissait dangereusement.

— *Vérifiez vos éléments, Prowler six-deux-trois. Que dit le variomètre ?*

— Josh, laisse tomber le vario, lâcha Hatch avant de s'adresser à la tour de contrôle : Mère-grand, on a un problème, et un gros. Vous n'auriez pas un hélico de secours, par hasard, juste au cas où notre pilote n'arriverait pas à nous poser en un seul morceau ?

— Eh, je n'y suis pour rien ! protesta Josh. Bon sang, cet avion est fou !

L'ordinateur de bord n'exécutait pas les corrections appropriées. Le Prowler fit une embardée à droite comme si un géant pesait de tout son poids sur son aile. Josh parvint par miracle à rétablir l'équilibre, puis programma à toute allure une nouvelle configuration d'atterrissage.

— Ce foutu vario a piqué du nez, grommela Hatch.

Josh le savait déjà. Un variomètre à ce point négatif était l'un des critères d'éjection. Sur la fréquence d'urgence, il lança trois messages de détresse consécutifs.

— Impossible de contrôler la direction, conclut-il avec un calme impressionnant.

Il continuait de faire monter le Prowler – et chacun des membres de l'équipage avait compris pourquoi, même si nul ne pipait mot. S'ils devaient s'éjecter, ils auraient besoin d'altitude…

Josh sentait monter aussi son adrénaline. La chute du vario ne constituait qu'une partie du problème. À tout instant, le nez de l'appareil pouvait tomber, ou l'avion tout entier partir en vrille – et là, il n'aurait plus aucune décision à prendre. La perspective d'une éjection de nuit en pleine mer se rapprochait. Avec vue imprenable sur le crash d'un avion de chasse de cinquante millions de dollars.

Mais, pour l'instant, cette saloperie de coucou d'enfer tenait en l'air. Les mains crispées sur les commandes, Josh chercha à gagner encore de l'altitude. Accélérant toujours, il réussit à le faire grimper à dix mille pieds.

Il entendait Hatch informer le contrôleur de leur situation. Bud Forster, l'officier supérieur d'appontage, vint lui-même en ligne. Quelques secondes avaient suffi pour aviser toutes les autorités de la situation.

L'avion cassa définitivement à dix mille pieds. Josh lutta avec le nez qui partit au cabré, mais rien n'y fit. Personne à bord n'exprimait sa pensée : il n'y avait plus l'ombre d'une chance d'éviter la casse...

Newman et Turnbull scrutaient fébrilement leur check-list – dysfonctionnement du système de contrôle, défaut de la gouverne de direction, défaillance au niveau des approches alternées...

— Rien. Il n'y a rien d'applicable ! conclut Newman. Il faudrait faire sauter les disjoncteurs pour isoler le problème, mais je ne garantis rien...

— Allez-y, ordonna Josh.

Au troisième disjoncteur, la situation était inchangée. Mais, au quatrième, tous les écrans de contrôle s'éteignirent d'un seul coup.

— Rétablissez le circuit ! hurla Josh. Vite !

Trop tard. Tous les calculateurs de vol étaient détraqués. Le nez du Prowler partit dans un incroyable cabré.

C'est fini, pensa Josh, renonçant à se battre avec les commandes d'un appareil totalement hors de contrôle. Je suis responsable de cette catastrophe ; je vais perdre mon avion.

Dans le cockpit, les tableaux de bord moribonds baignaient les visages d'une lueur fantomatique. Quatre paires de mains gantées agrippèrent quatre poignées d'éjection. Quatre hommes seuls face à leur destin, quatre vies dépendant d'un morceau de métal qui allait les propulser en plein ciel. Et, liées à ces vies, celles de quatre familles.

Les pensées de Josh allèrent à Lauren. Cinq minutes auparavant, il était encore dans le flou à son sujet. Maintenant, dans la clarté cristalline de cette nuit étoilée où il risquait de tout perdre, il voyait avec une lumineuse certitude ce qu'il désirait plus que tout au monde. Lauren… le commencement et la fin de son voyage. Son but…

Il se raidit contre son dossier, prit une profonde inspiration, et, à la seconde précise où il le fallait, il donna l'ordre inévitable :

— Éjection ! Éjection ! Éjection !

3

Whidbey Island,
État de Washington
7 h 30

Lauren Stanton se réveilla dans le même état d'esprit qu'elle s'était couchée : obnubilée par Josh. Il n'était parti que depuis quelques semaines, mais il lui semblait que des siècles s'étaient écoulés depuis leur dernière nuit.

Leur dernière nuit... Elle agrippa son oreiller et l'étreignit, les yeux clos, le cœur battant à se rompre.

— Josh..., chuchota-t-elle, le visage enfoui dans le duvet.

C'était probablement le fruit de son imagination, mais elle aurait juré que cet oreiller avait conservé son odeur. En gémissant tout bas, elle s'extirpa des couvertures et s'arracha au confort de son lit.

Dehors, il faisait beau. Une de ces journées de printemps pleines de promesses, où l'hiver ne représente plus qu'un souvenir lointain, désagréable et détrempé. La porte-fenêtre coulissante de la chambre s'ouvrait sur les eaux aigue-marine du Puget Sound, la chaîne des Cascades éclatante de blancheur au loin, et la lumière du matin qui rosissait le mont Baker.

Lauren enfila sa robe de chambre et fit son lit, ce qui ne prit guère de temps. Elle dormait très sagement, quasiment sans froisser les draps. Quand Josh restait pour la nuit, en revanche, ce même lit ressemblait à un champ de bataille : draps chiffonnés, couvertures arrachées, oreillers enfoncés... Josh dormait et faisait l'amour comme il vivait : passionnément, se donnant totalement, déployant une énergie inépuisable et contagieuse.

Malgré le poids douloureux de son absence, Lauren ne put réprimer un frisson voluptueux au souvenir de leurs étreintes, comme si Josh venait de tendre la main par-dessus le Pacifique pour effleurer sa peau.

— Ma pauvre fille, tu es une grande malade ! marmonna-t-elle en se dirigeant vers la salle de bains.

La brosse à dents de Josh était toujours à sa place dans le verre. Il l'y avait plantée, proclamant ainsi sa présence, la première fois qu'ils avaient fait l'amour chez elle.

— Pour que tu saches que je vais revenir ! avait-il expliqué.

Son incroyable, son inébranlable confiance en lui l'avait tout à la fois agacée et fascinée.

Même absent, Josh finirait par la mettre en retard... Reportant sa douche après son cours, Lauren enfila rapidement un bermuda noir et un débardeur turquoise. Puis elle vérifia le contenu de son sac de sport, s'assurant qu'elle avait bien emporté sa musique, ses chaussures, sa serviette-éponge, sa bouteille d'eau. Rien ne manquait.

Elle était devenue si prudente, si réfléchie depuis la

mort de Gil. Si terriblement mesurée et effacée dans le moindre de ses actes, que ce soit la nuit, lorsqu'elle dormait sans froisser les draps, ou au petit déjeuner, quand elle pesait la portion de muesli aux fruits qu'elle versait dans son yaourt. Si Josh avait été là, il l'aurait taquinée, lui aurait servi d'office des œufs au bacon, et elle aurait commencé la journée en riant d'elle-même.

Mais là, elle n'avait pas envie de rire, ni d'elle, ni de rien. Josh… Où qu'il se trouve, même à des milliers de kilomètres comme en cet instant, il exerçait son ascendant sur elle. Lauren était la lumière froide de la lune, Josh le soleil rayonnant qui éclairait sa vie. Même quand elle parvenait à l'éclipser, à l'occulter un moment, sa présence demeurait immense, bouillonnante, chaude et lumineuse.

Lauren sortit une boîte de pâtée pour le chat errant qui virait de plus en plus au résident permanent. Puis elle lava en un tournemain la vaisselle du petit déjeuner – un seul bol, une seule cuillère, un seul verre de jus d'orange : tous les signes d'une vie de célibataire. Lorsque Josh était à la maison, le petit déjeuner était prétexte à une débauche de rire et d'inventions. Il pouvait aussi bien sculpter la moitié d'une pastèque pour la transformer en chasseur-bombardier, ou gober un pot entier de Nutella, l'écoutant en riant calculer avec épouvante le nombre de calories ingurgitées.

Comme elle nettoyait l'évier, Lauren éclata en sanglots. Ça ne pouvait pas lui arriver à elle ! Elle venait tout juste de remettre son existence sur les rails, à se reprendre, au terme des deux années de dépression consécutives à la mort de Gil, et voilà qu'un pilote de chasse un peu fou avait fait irruption dans son univers avec son ambition, ses rêves démesurés et son insatiable appétit pour la vie en général, et pour elle en particulier.

— Idiote ! se gronda-t-elle en attrapant son deuxième kleenex de la journée. Arrête de transformer toujours tout en tragédie !

Elle sortit sur le perron, emplissant ses poumons des senteurs si particulières du printemps sur cette île, ce doux mélange d'air salin, d'herbe tendre et la promesse légère des lilas en boutons. Il pleuvrait dans l'après-midi. La météo annonçait un changement de temps et des nuages menaçaient déjà le soleil matinal.

Lauren ramassa son journal, secouant l'enveloppe de cellophane couverte de rosée, et adressa un signe de la main à son voisin d'en face, qui sortait chercher son journal tous les matins à la même heure qu'elle. Un prétexte pour la lorgner dans son bermuda moulant ! avait décrété Josh.

La nuit qui avait précédé son départ, il l'avait demandée en mariage. Cette pensée balayait toutes les autres, la brûlant comme la fièvre, lui occupant sans cesse l'esprit, jusqu'au vertige.

Veux-tu m'épouser, Lauren ? Nous sommes heureux ensemble. Tout est déjà si merveilleux entre nous ; ce sera encore mieux quand nous serons mariés...

Elle n'avait rien répondu. Ce n'était pas aussi simple...

Josh n'était pas l'homme des demi-mesures. Il voulait tout d'elle, il exigeait déjà tant... Et Lauren ne se sentait pas forcément capable de vivre avec une telle intensité, de posséder une aussi farouche volonté.

Elle ignorait même si leurs rêves pourraient se rejoindre un jour.

À sa période de deuil, avait succédé une petite vie sur mesure. Une existence rangée, tranquille, dont elle se satisfaisait. Elle ne partageait pas l'appétit vorace de Josh pour l'aventure, les projets en tout genre. Peut-être parce qu'elle avait peur de voir ses désirs se réaliser… ou parce qu'elle craignait de désirer quelque chose avec trop de force ? Elle ne savait même pas ce qui la terrifiait le plus : épouser Josh ou le perdre à jamais. Il représentait tout ce qu'elle était censée fuir, un pilote de la marine qui passait la moitié de sa vie sur un porte-avions et l'autre à changer de domicile comme de chemise ! Tôt ou tard, il lui briserait le cœur.

Le tintement joyeux d'une sonnette de bicyclette retentit en bas de la rue. Lauren tourna les yeux et aperçut Patricia Rivera pédalant allègrement dans sa direction. On dit que les femmes enceintes rayonnent, Patricia en était l'illustration parfaite. Ses joues colorées par l'air vif avaient l'éclat velouté d'une rose. Ses cheveux noirs brillaient au soleil. Les muscles de ses mollets saillaient tandis qu'elle remontait l'allée. Seul son ventre proéminent laissait deviner qu'elle serait bientôt mère.

— Tu as l'air bien fringante, ce matin ! lança Lauren.

Patricia freina et s'arrêta à sa hauteur, tout sourire.

— J'ai une grande nouvelle !

Elle passa doucement la main sur son ventre moulé dans un petit débardeur qui soulignait sa beauté et sa fragilité.

— Laisse-moi deviner… tu es enceinte !

Lauren parlait d'un ton léger, mais au plus profond

d'elle-même, une voix jalouse mourait d'envie de hurler sa frustration.

— Très drôle.

Patricia déboucha sa bouteille d'eau et avala une grande gorgée.

— Félicite-moi. C'est un garçon ! Il a finalement daigné se tourner pendant l'échographie.

Pour Lauren, le couteau se retournait dans la plaie. Elle trouva néanmoins la force d'offrir un sourire heureux et sincère à son amie.

— Félicitations, Patricia ! C'est merveilleux !

— Merci.

Patricia rangea sa bouteille.

— Le gynéco veut bien que je continue les séances de fitness si je ne force pas. Le tout, c'est de rester raisonnable. Alors à tout à l'heure en cours !

Lauren renouvela ses félicitations et la regarda s'éloigner à vélo. Patricia avait un mari qu'elle adorait et un bébé en route. Et comme si ça ne suffisait pas, elle ressemblait à Catherine Zeta-Jones. Mais comment la détester ? Gentille et pétillante, elle avait été l'une des élèves préférées de Lauren depuis le jour où elle avait franchi la porte de la salle de fitness, à l'automne précédent. Et elle aussi avait son lot de tristesse. À l'instar de Josh et du mari de Grace, son époux se trouvait à l'autre bout du monde – tous trois sur le même bâtiment d'ailleurs –, alors qu'elle aurait eu tellement besoin de sa présence.

Lauren baissa les yeux sur son propre ventre, médusée de voir qu'elle le pressait tendrement des deux mains. Elle secoua la tête et rentra dans la maison.

Le téléphone sonna à l'instant où elle franchissait le seuil de la cuisine. Josh ? Elle jeta un regard à la pendule, au-dessus de la cuisinière. Il faisait encore nuit dans la région du monde où il se trouvait. Elle décrocha à la quatrième sonnerie.

— Madame Stanton ?

La voix féminine, vaguement familière, venait d'utiliser son nom d'épouse. Lauren en avait si peu l'habitude que la sonorité la pétrifia.

— Elle-même.

— Le Dr Hendler souhaite vous parler.

Les doigts subitement moites, elle faillit laisser échapper le combiné. C'était l'appel qu'elle guettait avec espoir et terreur tout à la fois.

— Je vous le passe. Ne quittez pas…

— Je ne quitte pas, murmura Lauren.

La conscience de ce qui l'entourait s'était affûtée. Elle percevait avec une acuité extrême la silhouette teintée de rose des montagnes dans le ciel matinal, le vol parfait des mouettes décrivant des cercles au-dessus de la plage, la musique de la radio qui flottait jusqu'à elle depuis la chambre…

— Allô ?

— Oui ? fit-elle d'une voix lointaine et étrangère qu'elle ne reconnut pas.

— Les résultats de vos tests sont arrivés, annonça d'emblée le médecin.

Elle tenta désespérément de décoder ses intonations. S'agissait-il d'une bonne ou d'une mauvaise nouvelle ? Elle cessa de respirer. Elle aurait voulu arrêter la rotation de la Terre.

— Je vous écoute.

— Je suis désolé… ce n'est pas ce que nous espérions, murmura-t-il d'une voix douce, grave. Lauren, je suis vraiment navré.

4

Whidbey Island,
État de Washington
19 h 30

Grace Bennett quitta avec sa voiture le ferry qui l'avait transportée de Seattle à Whidbey Island et s'engagea sur la route de la corniche.

De grosses gouttes de pluie s'écrasaient sur le pare-brise, glissant de part et d'autre de la vitre comme des larmes sur un visage fouetté par le vent, se prit à penser Grace. Elle se redressa dans son siège, pressa l'accélérateur. On aurait dit que l'orage qui menaçait la poussait vers sa maison.

En cours de route, le vent et la pluie diminuèrent peu à peu et lorsqu'elle se rangea sur le bas-côté pour pêcher le courrier dans la boîte aux lettres, de timides rayons de soleil filtraient derrière les nuages. Elle se gara puis resta assise dans la voiture quelques instants, contemplant sa propriété.

Durant toutes ses années de mariage, elle avait habité dans une multitude d'endroits, mais cette maison était la seule qu'elle ait aimée, son premier « chez-elle ». Un modeste pavillon perché sur la falaise, avec un vieux rosier dans le jardin et une vue fabuleuse sur le Puget Sound et les montagnes environnantes. D'aucuns l'auraient trouvé vieillot, commun, sans attrait. Grace, elle, s'en moquait : c'était sa maison.

Elle n'arrivait toujours pas à croire qu'elle l'avait achetée, sans Steve, et contre son avis. Mais il était vrai que son comportement s'était modifié ces derniers temps, ce dont elle était la première surprise.

Aujourd'hui, surtout…

Grace se secoua, attrapa son sac à main et sa pile de courrier sur le siège du passager et descendit de voiture. Baissant la tête pour éviter de se faire mouiller par les branches basses des cèdres qui formaient une voûte au-dessus de l'allée, elle contourna les flaques pour ne pas abîmer ses chaussures neuves. Elle venait juste de s'offrir cette jupe, cette veste et ces escarpins en cuir. À lui seul, cet ensemble lui avait coûté presque aussi cher que sa robe de mariée.

Sous le porche, elle s'arrêta brièvement pour jeter un œil au courrier : des factures, des réponses d'universités aux lettres de candidature des jumeaux, sans oublier l'inévitable monceau de publicités. Autrefois, elle scrutait les enveloppes avec une impatience fébrile, avide d'y déchiffrer une écriture familière et, à plus forte raison, celle de Steve. Aujourd'hui, on ne passait plus par la poste, on préférait les mails. Mais si Internet permettait de gagner en rapidité et en fréquence, on y perdait l'intimité chaleureuse et incomparable de la lettre manuscrite.

Steve était tout entier dans son écriture, au travers de son style, et jusqu'entre les lignes. Il avait la manie d'accentuer son point de vue en soulignant certains mots de plusieurs traits vigoureux… une manifestation de plus de sa forte personnalité. Il possédait notamment des signes et un langage propres, de sorte qu'elle avait l'impression d'entendre sa voix quand il lui écrivait : « Je t'❤ 1 000 000 × plus que piloter un F-14 Tomcat, mon ange ! » Ce qui, dans son esprit, était la plus belle des déclarations.

Grace s'endormait chaque nuit avec ses lettres sous son oreiller. Et tous les matins, elle passait une bonne heure à écrire un nouvel aérogramme, contemplant le dessin de chaque mot que formait son stylo sur la fine feuille bleue. Composer une lettre relevait pour elle d'une forme d'artisanat, il lui semblait ciseler son amour dans le moindre caractère. Rédiger un mail était un autre exercice. Plus rapide, mais différent. Et particulièrement inefficace pour aborder ses différends avec Steve.

Jonglant avec son courrier, son sac et ses clés, Grace entra dans la maison. Rose-Pompon avait quitté son panier pour courir l'accueillir, remuant la queue avec autant d'enthousiasme que si sa maîtresse rentrait d'un voyage de dix ans. L'énorme bouquet de roses et d'œillets, dans le vase en cristal posé sur la table de l'entrée, répandait dans la maison son parfum suave et évocateur. On le lui avait livré la veille, pour ses quarante ans. Ces fleurs auraient dû venir de Steve, mais ce n'était pas le cas.

Ses talons hauts tout neufs claquèrent sur le parquet. Grace entendit en écho le léger bip du répondeur, indiquant qu'elle avait des messages. Elle les écouterait plus tard.

Elle laissa Rose-Pompon sortir dans le jardin. Comme elle refermait la porte, elle vit son reflet dans le miroir du couloir et son image la pétrifia. Aucun doute possible ; elle n'était plus la même personne. Et ce n'était qu'un début. Dès le lendemain, d'autres changements se succéderaient.

Elle avait du mal à croire que Grace McAllen Bennett ait pu aller au bout de sa démarche. Les événements la ballottaient en tous sens depuis qu'un étranger nommé Josh Lamont avait atterri comme une bombe en plein milieu de sa vie. La découverte de son existence et des vingt ans de mensonge de Steve l'avait brutalement arrachée à ses certitudes pour la jeter sur un rivage inconnu. Et, une fois Steve reparti en mer, elle avait suivi le cap qu'elle s'était fixé.

Grace mit le courrier de côté, retira son imperméable et posa ses clefs sur le comptoir, s'arrêtant quelques secondes pour examiner le petit porte-clefs en argent en forme d'ancre de marine. Étrange comme ce cadeau de Steve datant de Mathusalem l'émouvait… Elle le suspendit à un crochet, près de la porte.

Grace jeta un coup d'œil à l'horloge. Les enfants n'allaient pas tarder. Elle rangea machinalement leur désordre. Ils avaient semé derrière eux un fouillis dont on pouvait suivre la trace de la porte du jardin à celle du bureau. Les jouets, figurines de Batman ou de Superman de leur enfance, avaient laissé la place aux équipements de sport et aux livres de classe, mais c'était bien le même capharnaüm. Elle se demanda s'ils remarqueraient son ensemble neuf, sa nouvelle coiffure et son maquillage. Les filles, oui, sans aucun doute, et Katie risquait même d'en être contrariée, pour ne pas dire chamboulée.

Katie était l'angoissée de la famille. La moindre modification dans les habitudes de son entourage la perturbait – un trait de caractère malheureux pour une gamine qui avait passé son enfance à changer tous les trois ans de maison, de ville, de pays... Elle considérerait probablement qu'un démon s'était emparé de l'esprit de sa mère.

Brian, lui, ne remarquerait rien, comme d'habitude. À dix-huit ans, il ne s'intéressait qu'au dessin, à la course et au base-ball, ses trois raisons de vivre. Par chance, c'étaient aussi ses motivations pour aller à l'université, elle ne pouvait donc guère se plaindre. La première fois qu'il lui avait parlé de ses projets d'études, elle s'était inquiétée de la réaction de Steve. Son père attendait de Brian qu'il suive ses traces : la voie royale de l'Académie navale, bien sûr. Il devrait se faire une raison... Elle-même soutiendrait Brian à fond. La « nouvelle Grace » avait cessé de mettre au premier plan la réussite professionnelle de son mari.

Et Emma ? Certains jours, Grace avait le sentiment que sa fille aînée avait disparu, cédant la place à une mystérieuse étrangère. Son frère jumeau et elle quitteraient bientôt physiquement la maison, mais Grace ne pouvait s'empêcher de penser qu'Emma avait déjà secrètement plié bagage depuis un bon moment – en fait, peu après le début de la crise que traversait le couple de ses parents.

À la simple évocation de cette crise, le rouge lui monta aux joues et sa gorge se noua. L'emprise que son mari continuait encore et toujours à exercer sur son cœur la surprit autant qu'elle l'effraya. Au retour de son rendez-vous, cet après-midi, elle avait eu l'impression d'y voir enfin plus clair, mais c'était une erreur, elle s'en rendait bien compte : rien ne se réglerait avant le retour de Steve. Il leur fallait tirer ensemble les enseignements de ce qui leur était arrivé.

Respire bien à fond, par le ventre, s'admonesta-t-elle. Lauren, son professeur de fitness, lui avait montré comment faire circuler l'air dans l'abdomen et la cage thoracique pour dégager le diaphragme, évacuer le stress et oxygéner poumons et cerveau. La respiration était tout un art, une technique à acquérir, insistait Lauren.

Grace passa dans le bureau pour envoyer un message à Steve puis écouter son répondeur. Le voyant indiquait treize messages. Affolant. Il suffisait qu'elle s'absente une malheureuse journée pour que tout le monde cherche à la joindre. À tous les coups, sa boîte mail devait exploser...

S'asseyant derrière le grand bureau en chêne acheté d'occasion et qui servait de table d'état-major à sa petite entreprise, elle enfonça la touche « Lecture » et saisit un stylo.

Les premiers messages avaient un caractère strictement professionnel. Elle s'occupait en ce moment de reloger trois familles en jonglant avec les dates de livraison, les estimations de tonnage et les contrats de navigation.

Le message suivant était de Katie :

« M'man, je couche chez Melanie, ce soir, d'accord ? On fait un tournoi de ping-pong. »

Pas d'accord. Melanie Bates avait bien une table de ping-pong, mais aussi et surtout un frère aîné manifestement du goût de Katie : le fameux Jimmy – « Trognon » pour les intimes.

« Arrête de râler ! poursuivait la voix de Miss

Futée, je ferai quand même un saut à la maison après l'école. Bye. »

Grace esquissa une grimace. Katie cherchait un boy-friend pour les plus mauvaises raisons qui soient. C'était probablement le risque quand on était la sœur cadette intello de « la plus jolie fille du bahut ».

La voix vibrante de Patricia Rivera résonnait maintenant dans la pièce :

« C'est un garçon ! Je sors à l'instant de l'échographie. Rappelez-moi vite pour me dissuader de lui donner un des prénoms affreux qui ne cessent de me trotter dans la tête… »

Au changement de message, il y eut un fort craquement d'électricité statique, suivi de la voix de Steve sur le téléphone satellite portable.

« Salut, les gars ! »

Les doigts de Grace se crispèrent sur le stylo. En dépit de tout, le seul son de sa voix suffisait à l'émouvoir encore. À la rendre folle de rage. Ivre de souvenirs.

« C'est votre capitaine préféré qui vous appelle du fin fond du Pacifique. Devinez quoi ? Ce soir, je fais visiter le bâtiment à une journaliste de *Newsweek* que vous connaissez bien. Francine Atwater. »

Une journaliste à bord ? Allons bon ! Et pour quoi faire ? s'irrita Grace, qui se rappela aussitôt que Francine Atwater était une très jolie femme.

« À part ça, Brian, poursuivait Steve, je persiste à croire que tu vas finir par te présenter à l'académie, et que tu t'en sortiras avec les honneurs, fiston ! Salut, Emma : va jeter un coup d'œil à tes mails, trésor. Je viens de t'envoyer des photos superbes d'un groupe de baleines que nous avons croisé. Hello, Katimini :

comment s'est passé ton exposé de sciences ? J'espère que tu as obtenu un A + pour ajouter à ta collection. Et Grace... »

Elle se raidit automatiquement, lâcha le stylo.

« ... désolé, chérie, je t'ai manquée le jour de ton anniversaire. J'ai essayé de t'appeler, mais l'oiseau avait quitté le nid... J'espère que tu auras passé une agréable journée. Bon, les loupiots, vous ferez un gros câlin à votre maman de ma part ! Et gardez-en un pour vous, tant que vous y êtes. Vous me manquez tous beaucoup, beaucoup. Terminé. »

Grace se massa les tempes du bout des doigts, essayant de se relaxer.

Le message suivant concernait son travail. Un problème avec un chargement : un container scellé avait été lâché par-dessus bord à Seattle. Le mobilier complet d'un client faisait des bulles au fond de l'eau.

Une broutille comparée au naufrage de son mariage.

La voix de Lauren Stanton s'éleva. Son amie semblait enrhumée, à moins qu'elle n'ait pleuré.

« Bonjour, Grace. C'est Lauren. Je... euh... j'ai annulé le cours de fitness aujourd'hui, et je ne trouve personne pour me remplacer. Je suis désolée. »

Grace frémit en percevant une réelle détresse dans son timbre, comme une fêlure. Josh n'était parti que depuis quelques semaines, et Lauren s'effondrait déjà.

Grace avait mal pour elle. L'une et l'autre connaissaient des hauts et des bas mais – surtout – un incroyable concours de circonstances avait tissé entre elles un lien particulier : ces deux hommes, deux officiers embarqués sur le même bateau, le père et le fils.

Elle tenait le combiné du téléphone dans la main,

prête à répondre à ses appels, quand le répondeur diffusa le dernier message.

« Hello, Grace. C'est Peggy à l'appareil. La Peggy du cabinet juridique Burskirk. Je voulais juste vous informer que je vous ai envoyé les papiers par coursier. »

La voix s'interrompit comme si, au milieu d'une procédure de routine, l'interlocutrice mesurait d'un coup le poids de ses propos.

« Les documents n'attendent plus que votre signature. Bonne chance à la toute nouvelle SARL. *Ça déménage avec Grace !* »

« Bonne chance... » Grace éprouva une curieuse sensation de terreur. Grand Dieu, qu'était-elle en train de faire ? Monter toute seule une SARL, n'était-ce pas viser trop haut ?

Elle raccrocha le combiné, incapable de parler à Lauren, à Patricia, ou à qui que ce soit dans l'immédiat.

Elle tentait de remettre de l'ordre dans ses émotions, prise de vertige au moment de franchir un pas décisif pour l'avenir, quand une portière claqua au-dehors. Puis une autre. Et puis plus rien.

Pas un bruit, pas un cri. Ce n'étaient pas les enfants. Fronçant légèrement les sourcils – elle n'attendait personne d'autre –, Grace se leva et alla voir qui étaient ses visiteurs. En passant devant le miroir de l'entrée, elle tressaillit à nouveau devant son reflet et lissa machinalement sa jupe droite, couleur framboise.

À travers le rideau en dentelle qui voilait la vitre du vestibule, elle aperçut la forme sombre d'un véhicule de la marine. Une Sedan noire. Un spectacle banal lorsqu'on habitait une base aéronavale, mais insolite ici.

Le portail s'ouvrit. Deux hommes en uniforme et gants blancs apparurent entre les hauts buissons de rosiers grimpants.

À leur vue, tous ses sens se mirent en alerte. Elle entendait, très loin, à l'autre bout de la maison, le bruit d'un robinet qui gouttait et Rose-Pompon qui grattait la porte de derrière. Le parfum des fleurs flottait dans l'air. La dentelle du rideau déformait les traits de ses visiteurs mais, malgré cela, Grace savait exactement ce qu'elle voyait.

Le cauchemar que toute femme de militaire redoutait de vivre un jour.

Grace porta la main à son cœur.

Un aumônier et un officier des services d'assistance aux familles remontaient l'allée, arborant une mine de circonstance.

DEUXIÈME PARTIE

Point d'embarquement

Endroit que l'on rejoint pour prendre un départ, s'engager, s'enrôler. Au figuré (souvent péjoratif) : stade à partir duquel on se retrouve entraîné dans une affaire, une entreprise, une aventure, aléatoire ou risquée, dont on ne peut se sortir sans mal.

5

Neuf mois plus tôt…

La tête de Katie Bennett émergea d'un chandail vert émeraude Free People.

— Et celui-là, qu'est-ce que t'en penses, m'man ?

Grace l'aida à ajuster le pull, tirant dessus pour essayer de lui faire gagner quelques centimètres. En quittant le Texas, tout au sud, pour emménager au nord, dans la région de Seattle, il fallait s'attendre à renouveler les garde-robes de A à Z. Surtout celle des enfants, avec la rentrée scolaire en ligne de mire. Il y a des moments où il ne faut pas trop regarder à la dépense. Pas trop… mais un peu tout de même. Grace jeta un coup d'œil furtif à l'étiquette qui pendillait sur l'épaule de Katie : *64,99 $*. Génial !

— La teinte est jolie. Elle te va bien. Dommage qu'à ce prix-là ça ne te couvre même pas le nombril.

Katie releva d'une main ses cheveux châtains, s'étudiant dans la glace avec le regard impitoyable d'une adolescente de quatorze ans méga-angoissée. Grace aurait voulu lui dire qu'elle serait adorable même habillée d'un sac de pommes de terre. Mais, susceptible comme elle l'était, Katie le prendrait mal.

Elle chicanait tout le temps et à propos de tout – et finissait généralement par l'emporter sur ses contradicteurs, par abandon au troisième ou quatrième round.

Grace se retournait pour mettre de côté les vêtements choisis quand son regard effleura une silhouette campée devant le miroir en pied qui trônait au bout des cabines d'essayage. Grassouillette, les traits relâchés, les cheveux plats et ternes, les bras sans tonus.

Grace leva une main… Grassouillette en fit autant. Elle baissa la main… Grassouillette l'imita. Horreur !

— Mais qu'est-ce que tu fabriques ? fit la voix de Katie.

— J'envisage de me pendre.

Grace en riait pour la façade, mais s'être vue telle qu'elle était vraiment, sous l'éclairage sans concession des néons l'avait bouleversée. Quoi ! c'était elle, cette matrone sans attrait ? Comment en était-elle arrivée à ce tour de taille ? Comment avait-elle pu se laisser aller à ce point ? Quand avait-elle cessé d'être une femme attirante pour devenir une… une grosse baleine déprimante ?

— Ça ne va pas, m'man ?

Grace soupira et prit son porte-monnaie.

— Si, si. Je me demandais simplement où j'avais la tête quand j'ai mis ce short kaki, tout à l'heure…

— Qu'est-ce que tu lui reproches ? Il te va très bien, ton short.

Les enfants ne voyaient en elle qu'une maman – encore heureux : Grace s'était donné tant de mal pour jouer ce rôle ! Dommage que le travail de mère au foyer ne donne lieu à aucune récompense. Lorsque

Steve s'illustrait dans son métier, il avait droit à une médaille ou à une citation. Pourquoi mener à bien l'éducation de ses enfants ne comptait-il pour rien ?

— Ce n'est pas comme moi... Ma vie est une tragédie : rien ne me va.

Avec un soupir douloureux, Katie ôta le chandail vert et le lança à sa mère.

— Tu n'en veux pas ? Tu es très bien dedans, pourtant, protesta Grace.

Katie glissa sa tête de martyre dans un nième T-shirt.

— Pour porter un truc pareil, il faut avoir des hanches...

— Attends quelques années, elles viendront toutes seules, grommela Grace.

— Ha, ha, ha, commenta Katie d'un air lugubre.

Elle tira le rideau pour se rhabiller comme on tire un trait sur son avenir, et Grace évita soigneusement d'intercepter son propre reflet dans la glace.

Lorsqu'elles rejoignirent Emma dans l'autre salon d'essayage, quelques minutes plus tard, elles la trouvèrent tout épanouie au milieu d'une montagne d'articles. À dix-huit ans à peine, Emma, blonde, fine et élancée comme une danseuse étoile, n'avait jamais connu les doutes qui empoisonnaient l'existence de sa jeune sœur. En cet instant, elle virevoltait en pull-over très large et petite jupe de jersey. Son élégance naturelle transformait comme par magie les vêtements les plus banals en modèles haute couture.

Grace sourit à sa fille aînée.

— Je vois que tu as dévalisé le magasin.

— Tu plaisantes ? J'ai juste choisi deux jupes et

trois hauts de rien du tout. En plus, je participe pour moitié.

Emma avait trouvé un job de maître nageur au centre aquatique : l'endroit idéal, d'après elle, pour lier connaissance avec des gens de son âge. Le fait est que deux mois à peine après avoir emménagé dans la région, elle s'était déjà fait tout un réseau d'amis.

— Si je comprends bien, je fais une affaire, ironisa Grace.

Comme elles sortaient toutes les trois de la boutique, Grace eut le souffle coupé en apercevant la crête enneigée des montagnes. L'espace d'une seconde, elle avait oublié où elle se trouvait. Passer en l'espace de trois ans de la Sicile au Texas et du Texas à l'État de Washington, à la frontière du Canada, en aurait désorienté plus d'une. Les doigts crispés sur la courroie de son sac, elle éprouva tout à coup une impression de vertige. Elle avait si souvent tout recommencé de zéro dans tant de lieux différents qu'elle devait réfléchir pour se souvenir du nom de la ville où elle habitait.

Elle rejoignit ses filles qui l'attendaient près de leur vieux break, occupées à regarder les magazines du kiosque à journaux voisin. Elle nota que Katie louchait sur le numéro de *Cosmopolitan* que feuilletait sa sœur.

— Peuh, c'est du pipeau ! lâcha la gamine d'un air entendu. Si ces trucs marchaient, ça se saurait.

— Quels trucs ? s'enquit sa mère.

— Ben, les « dix façons de réveiller la bête sexuelle qui sommeille en lui ». C'est le titre de l'article.

— Vaste programme, commenta sobrement Grace

en prenant la revue des mains d'Emma pour la reposer sur la pile. On y va ?

Elle n'était ni prude ni assez naïve pour croire au pouvoir de la censure parentale, mais elle en voulait un peu à la presse soi-disant féminine de multiplier fausses promesses et titres racoleurs.

Devant le kiosque, elle remarqua une jeune maman qui cherchait sa monnaie tandis que ses deux petits monstres, à vue de nez de six et sept ans, se disputaient leurs bandes dessinées. Une épouse de marin, à tous les coups. Après dix-neuf ans d'exercice de la fonction – oui, on pouvait parler de fonction à part entière, pour ne pas dire de sacerdoce –, Grace les repérait à un kilomètre. Ces femmes possédaient une patience particulière, doublée d'une étonnante force de caractère. Elles formaient une race à part, une communauté de mères de famille et de fées du logis itinérantes.

On avait glissé un prospectus sous son essuie-glace. Encore une publicité. Pour un club de fitness, sur Water Street, cette fois : « Cent pour cent tonique et cent pour cent pour vous. » La directrice et professeur, une certaine Lauren Stanton, promettait une remise en forme personnalisée. Grace fourra le papier dans son sac à main, parmi les reçus, les horaires du ferry, les avis de changement d'adresse et les carnets de santé des enfants.

Le cri d'une mouette lui fit lever la tête vers le ciel d'un bleu presque surnaturel. Son regard courut presque malgré elle vers la ligne de montagnes aux cimes encore couronnées de neige en cette fin d'été. Les eaux transparentes du Puget Sound baignaient Seattle et les îles verdoyantes aux jolis noms de

Camano, Orcas… et Whidbey, naturellement. Tout ce petit univers composait, et de loin, le plus bel endroit où la famille Bennett ait jamais posé ses valises. Malgré la pluie, il n'y avait aucune comparaison possible avec la base militaire de Sigonella, pourtant illuminée par le chaud soleil sicilien.

Accessible en ferry ou par le pont en arche qui enjambait le détroit de la Déception, Whidbey Island se nichait au cœur du Puget Sound. Isolée par des eaux aigue-marine, l'île constituait un monde à part d'une beauté inaltérée et sereine. Grace emplit ses poumons d'air pur. Elle allait se plaire ici. Mieux : elle adorerait cet endroit, elle le sentait. Le malheur, c'était que tôt ou tard il faudrait en repartir. L'éternel problème…

Perdue dans ses pensées, elle sortit ses clefs de voiture, toujours attachées à la petite ancre en argent que Steve lui avait donnée à son premier départ en mer après leur mariage, il y avait de ça… Mon Dieu, comme c'était loin !

En relevant la tête, elle s'aperçut que les filles bavardaient avec un garçon à la carrure impressionnante. Pour être exacte, il discutait avec Emma tandis que Katie, adossée à la voiture, les mains dans le dos, s'efforçait de se composer une attitude nonchalante. Le jeune hercule arborait un maillot de foot rouge sang et un anneau à l'oreille. Le genre beau-gosse-capitaine-de-l'équipe dont devaient rêver quatre-vingt-dix-neuf pour cent des filles du lycée… Grace était sûre de l'avoir déjà aperçu quelque part, sans se rappeler où et quand.

— Maman, tu connais Cory Crowther, lança Katie.

Mais oui, bien sûr. Grace lui tendit la main en souriant.

— Bonjour, Cory. Naturellement, je me souviens. Nous nous sommes rencontrés à la cérémonie de promotion de votre père.

Au début de l'été, Mason Crowther avait été promu CAG – commandant de groupe aérien de porte-avions. Il se trouvait ainsi un échelon au-dessus de Steve qui, d'ici un an, si tout se passait bien, accéderait à son tour à ce grade prestigieux – le rêve de tout officier supérieur de carrière de l'aéronavale.

— C'est exact, m'dame.

— Mais ensuite vous avez disparu…

Il la gratifia d'un sourire à faire pâlir un représentant en dentifrice.

— C'est que je m'étais mis au vert dans mon camp d'entraînement, m'dame. La pratique, y a que ça de vrai.

— Votre mère a dû maudire le foot.

— Pourquoi, m'dame ?

— Eh bien… vous avez dû lui manquer.

En sa qualité d'épouse du CAG, Allison Crowther jouait un rôle clef, quoique officieux, dans la vie sociale, pour ne pas dire mondaine, de la base militaire. Réalisant que son commentaire plongeait Cory dans un abîme de perplexité, Grace enchaîna :

— Les filles, vous me donnez un coup de main pour ranger nos achats dans le coffre ?

Elle s'attendait à ce que Cory lui propose son aide, mais il fourra ses mains dans ses poches.

— Il faut que j'y aille. J'ai entraînement, déclara-t-il en montrant son maillot.

Pour la galanterie, zéro, nota Grace en s'activant

toute seule sans se départir de son sourire. Les petites étaient suffisamment perturbées par leurs déménagements à répétition pour qu'elle saborde une amitié potentielle.

Cory ne quittait pas l'aînée du regard.

— On se revoit bientôt ?

— Sûrement, dit Emma.

— Bonne chance pour ton entraînement ! lança Katie. Fais attention à toi.

— Ouais.

Cory ne la regardait même pas, trop occupé à dévorer sa sœur des yeux. Il finit par se diriger vers une camionnette Dodge Ram bleu marine, bardée d'insignes d'escadron.

Katie se prit la tête dans les mains et poussa un gémissement désespéré.

— « Bonne chance pour ton entraînement… et fais attention à toi ! » répéta-t-elle avec dérision. Ooooh, ce que je peux être nulle !

Emma lui ébouriffa affectueusement les cheveux.

— Mais non. Tu es intimidée parce que c'est la première fois que tu approches un dieu du foot, c'est tout.

— Oui, eh bien c'est une habitude dont il vaut mieux se passer, intervint Grace. Les « dieux du foot » n'apportent que des problèmes !

Emma la regarda avec une petite moue.

— Papa n'était pas un dieu du foot ?

— Votre père ne jouait pas au football.

Mais ça ne l'empêchait pas d'être un dieu, ajouta Grace en son for intérieur.

— Il jouait à quoi, alors ? demanda Katie.

— À rien. Il était déjà officier quand nous nous sommes rencontrés. Bon, on y va ?

— Je prends le volant ! annonça Emma en joignant le geste à la parole.

— On le saura, que tu viens d'avoir ton permis…, râla sa cadette qui n'était pas dans son assiette depuis cette rencontre avec Cory.

— Ce sera ton tour avant que tu t'en aperçoives. Attachez vos ceintures, je prends la route de la corniche.

Elles traversèrent Oak Harbor, la plus grosse agglomération de l'île. Une ligne continue de maisons en préfabriqué se dressait de part et d'autre de la route principale, mais la vue qu'on avait au-delà des toits et après la sortie de ville valait largement le détour.

Dire que des gens pouvaient contempler ce spectacle tous les matins en se réveillant, songea Grace. Des gens dont les volets ouvraient sur cette côte boisée découpée en fjords. Le paysage marin offrait un bleu intense, animé par les voiles blanches des bateaux de plaisance, les cargos chargés de containers empilés comme des pièces de Lego, les ferries assurant inlassablement la navette entre l'archipel San Juan et le continent.

La morosité de Katie s'était dissipée et elle chantait à tue-tête *The Sound of Music* avec sa sœur. Deux gamines, s'attendrit Grace en les observant, innocentes et si pleines de vie… Son cœur se serra. Qu'elle le veuille ou non, ses filles ne seraient bientôt plus du tout des enfants.

Regarder le visage d'Emma, revenait à observer l'ouverture d'une fleur en accéléré. Grace avait l'impression d'assister en direct à la métamorphose de son bébé aux joues rondes en une séduisante jeune femme à la fois forte et fragile. Dans le même temps, Katimini s'était transformée elle aussi – à l'intérieur comme à l'extérieur. Demain, elle serait une jeune femme, elle aussi, et après-demain…

Grace secoua la tête. Elle n'arrivait pas à croire que les années avaient passé si vite.

— Il n'est pas beau, notre nouveau chez-nous ? demanda-t-elle.

— Ce serait mieux si on habitait plus près de la mer ! répondit Katie, attentive à ne jamais être totalement d'accord avec sa mère. La base est d'un moche !

— Une base militaire n'est pas un site touristique, chérie.

— Je m'en suis aperçue, et je te garantis que le jour où je partirai de la maison, ce sera pour m'installer dans un coin d'où je ne bougerai plus pendant au moins… cent ans !

— Pas moi, lança Emma. J'aime mieux vivre un peu partout, changer souvent d'adresse.

— J'espère que vous n'oublierez pas de m'écrire, plaisanta Grace.

Elle fut tentée un instant de lancer la conversation sur le chapitre délicat de leurs études et du choix de leur future université mais y renonça provisoirement. Il faudrait néanmoins aborder tôt ou tard le sujet. Emma avait à peine jeté un œil aux plaquettes et différentes brochures en papier glacé qui avaient inondé leur boîte aux lettres tout l'été.

Soudain, au sortir d'un virage, Grace se redressa sur son siège, les yeux écarquillés.

— Les filles, regardez ! Voici ma maison ! s'écria-t-elle, le doigt pointé.

Les mots avaient jailli spontanément de ses lèvres sans qu'elle puisse les retenir. Elle contemplait une vieille bâtisse de style victorien dressée sur la falaise en bordure de route. Tel un bateau majestueux s'avançant sur l'eau, elle devait offrir une vue imprenable sur le fjord et les montagnes alentour.

— Tu parles de celle-ci ? demanda Emma en freinant.

Sans attendre la réponse, elle se gara sur le bas-côté, juste sous un grand cèdre. Un panneau « À VENDRE – ENTRÉE LIBRE » était planté à l'entrée de l'allée.

Grace consulta machinalement sa montre. Par habitude, par nécessité surtout, elle s'imposait un emploi du temps quotidien, et cet arrêt au 8853 Ocean View Drive n'en faisait pas partie. Mais il faisait beau et, pour une fois, elle avait le temps.

— On va jeter un œil, décida-t-elle.

Visiter des maisons était un passe-temps qu'elle pratiquait depuis des années. Elle avait même transmis le virus à Emma et Katie. « Virus » était le mot, compte tenu du petit frisson de plaisir délicieux et honteux à la fois qui la parcourait lorsqu'elle s'introduisait dans la vie privée de parfaits inconnus. Le seul fait de regarder les photos de famille accrochées aux murs revenait déjà à violer leur intimité. En pénétrant ainsi dans un foyer étranger, Grace avait un peu l'impression de découvrir une terre inconnue et les mœurs de ses habitants, avec leur décor, leurs petites habitudes, leurs goûts parfois bizarres. Des générations de Machinchose ou de Trucmuche avaient occupé ces lieux, et rien ne la fascinait tant que toutes ces menues façons de vivre qu'elle étudiait avec la minutie passionnée d'un anthropologue.

Elle se demanda avec envie quel effet cela devait faire d'habiter un endroit assez longtemps pour y semer des graines et les voir se transformer en plantes.

Apparemment, il s'agissait d'un hobby typiquement féminin : Steve et Brian se fichaient royalement de visiter des maisons à vendre. Alors qu'il leur suffisait, à toutes les trois, de franchir le seuil pour que leur imagination parte au galop.

Vue de près, la maison s'avéra plutôt décevante : une pâle copie de la belle demeure victorienne qui se dressait en bas de la route. En dépit d'une impressionnante charmille de roses pastel, le jardin n'était qu'un fouillis hirsute de rhododendrons et d'arbustes nains, ponctué de dahlias semblables à de grosses sucettes à la cerise et au citron. Pire, le décor « couleur locale » de cordes de chanvre et de mouettes en bois – dont celle qui veillait sur la boîte à lettres. Dans le même « style marin », une planche « Bienvenue à bord » peinte au brou de noix trônait au-dessus de l'entrée.

Les filles franchirent les premières la porte grande ouverte, et foncèrent tout droit vers le buffet où s'alignaient un pot de café chaud, un pichet de citronnade et des pains au lait. Grace, en revanche, hésita sur le seuil, en proie à un trouble qu'elle ne s'expliquait pas. Que lui arrivait-il aujourd'hui ? Elle avait une impression d'irréalité depuis cette confrontation avec son reflet dans le salon d'essayage…

Elle percevait la fraîcheur de la brise marine dans le jardin, captait des bribes de conversation – à peine un murmure provenant des pièces que visitait un petit groupe d'acheteurs éventuels. On aurait dit que ses capacités sensorielles s'étaient renforcées, analysa-t-elle tandis qu'elle se décidait enfin à entrer. Elle s'aperçut que, pour une raison obscure, elle retenait son souffle et marchait sur la pointe des pieds... comme le dimanche, à l'église, quand elle allait communier.

Cette conscience suraiguë de ce qui l'entourait s'évanouit aussi vite qu'elle était apparue. Avec un air d'ennui profond, l'employée de l'agence immobilière lui remit un dépliant « comportant toutes les informations nécessaires », que Grace rangea dans son sac en la remerciant. Encore traumatisée par la vision de son image, elle résista aux viennoiseries et attaqua la visite.

À en juger par l'odeur de tabac froid qui semblait imprégner les murs, cette demeure appartenait à un fumeur. Malgré ses murs d'un gris déprimant et la décrépitude du tapis qu'elle foulait, Grace était étrangement hypnotisée par cette maison. Il devait bien y avoir une explication.

Grace flâna dans la cuisine vieillotte avec ses petits carreaux en faïence où alternaient épis de blé et grappes de raisin, son papier peint représentant des bottes de légumes et son lino rouge brique. Le bureau était apparemment la seule pièce moderne du pavillon. Un magnifique ordinateur Macintosh à écran plat était relié à des appareils que Grace ne put même pas identifier. Pas de doute, c'était le royaume d'un passionné d'informatique.

Dans le couloir, une famille de visiteurs s'extasiait devant un tableau en coquillages. Grace se faufila derrière eux pour gagner la salle de séjour. C'est là qu'elle reçut comme un choc toute la magie de cette maison : avec ses portes-fenêtres ouvrant sur une vaste terrasse, la pièce rappelait la proue d'un navire. Quelqu'un avait eu la bonne idée d'ouvrir en grand les rideaux et la vue fit oublier à Grace tout le reste. Le Puget Sound, les Cascades tombant dans les eaux du fjord, les pics enneigés, la cime éclatante de blancheur du mont Baker… ce n'était que splendeur et enchantement.

Les filles étaient déjà passées sur la terrasse où elles grignotaient des pains au lait. De loin, Grace leur fit signe qu'elle n'en avait que pour cinq minutes et monta à l'étage. Les deux chambres donnant sur le jardin étaient assez petites, sans intérêt particulier, mais sur l'autre façade, la chambre principale jouissait de la même vue que le living-room situé juste au-dessous. Grace en eut la gorge nouée, éprouvant la douloureuse sensation de désirer ardemment quelque chose qu'elle ne pourrait sans doute jamais s'offrir.

Elle était sur le point de redescendre sur terre, dans tous les sens du terme, quand une voix de femme lui parvint de loin :

— … vous savez bien que je ne peux pas engager de tels frais tant que ma maison n'est pas vendue ! Je comprends, mais… puisque je vous dis que c'est tombé à l'eau. Non, non, ça dépasse largement le budget dont je dispose. Oui, c'est tout réfléchi, je ne suis pas en mesure de…

Il y eut un soupir agacé, suivi d'un déclic indiquant qu'on avait raccroché. Puis une dame d'un certain âge apparut dans le couloir, la jambe droite prise dans un plâtre, les yeux pleins de larmes.

— Je n'ai pu éviter de vous entendre, s'excusa Grace. Pardonnez-moi, mais j'ai l'impression que votre interlocuteur vous met le couteau sur la gorge.

La vieille dame inclina tristement la tête.

— On m'avait fait une offre pour ma maison, mais

au dernier moment, mon acheteur n'a pas obtenu son prêt et l'affaire a capoté, ce qui fait que la propriété est toujours à vendre. Malheureusement, l'entreprise de déménagement que j'avais retenue veut s'en tenir au plan initial ou me faire payer des frais supplémentaires beaucoup trop lourds pour moi...

Ses lèvres tremblèrent.

— Je ne peux pas partir en maison de retraite sans avoir touché l'argent de la vente... C'est un cercle vicieux ! Moi qui fais tout ce que je veux d'un ordinateur, je suis nulle en affaires.

De fait la malheureuse semblait perdue. À cet instant, elle s'avisa qu'elle s'adressait à une inconnue et lui tendit la main.

— Je m'appelle Marcia Dunmire. Informaticienne à la retraite.

— Grace Bennett. Épouse d'un officier de marine en activité.

— Oh. Alors vous avez l'habitude des déménagements et de ce genre de situation...

— Je ne voudrais pas trop m'avancer, mais je suis peut-être en mesure de vous aider. Vous n'auriez pas le contrat des déménageurs à portée de main, par hasard ?

— Si, justement !

Le visage de Marcia Dunmire s'éclaira tandis qu'elle lui tendait le document.

— Je vous suis infiniment reconnaissante. Je n'ai jamais eu affaire à ce genre de problème jusqu'à ce jour.

Elle lui remit le papier, que Grace trouva d'emblée d'une extraordinaire limpidité.

— Voyons voir...

Une lecture rapide lui suffit pour se rendre compte que le volume des biens à transporter avait été surestimé. De qui se moquait-on ? Le contenu du pavillon ne dépassait sûrement pas la moitié du chiffre inscrit. Cette tentative d'escroquerie contre une vieille dame la scandalisait. Heureusement, elle trouva ce qu'elle cherchait dans les lignes en tout petits caractères.

— Rassurez-vous : vous êtes en position de force. Ils n'ont pas le droit de vous demander plus que la somme convenue tant que vous déménagez dans les soixante jours suivant la signature du contrat. J'ai fait office de médiatrice en relogements pour la marine pendant des années. Si vous le souhaitez, je peux passer un coup de fil à cette société pour vous, histoire d'en avoir le cœur net.

Marcia lui tendit le téléphone avec un sourire soulagé.

— Oh merci… J'ai tant besoin d'aide !

Grace appuya sur la touche « bis » afin de rappeler le dernier numéro. Marcia l'entraîna à l'écart pendant qu'un couple d'acheteurs potentiels venait visiter la chambre à coucher, aussitôt enthousiasmés par la vue, au grand dam de Grace.

Bas les pattes, cette maison est à moi ! faillit-elle leur lancer.

La violence et l'absurdité de cette réaction épidermique la sidérèrent.

— Allô ? Oui, bonjour. Grace Bennett à l'appareil, de chez… Bennett et Associés.

Elle toussota en improvisant ce nom et enchaîna en annonçant qu'elle appelait au sujet du dossier de sa cliente, Marcia Dunmire. Le reste s'enchaîna automatiquement. Elle n'avait aucun mal à parler affaires et gagnait en assurance à chaque phrase.

— ... Donc, nous sommes bien d'accord sur le fait que ma cliente dispose d'un délai de deux mois pour déménager sans qu'il soit question de frais supplémentaires. Parfait. Oui, évidemment, il s'agit d'un regrettable malentendu...

Du coin de l'œil, elle vit les filles entrer dans la pièce. Elles ne parurent pas surprises de trouver leur mère au téléphone, un contrat à la main, face à une inconnue qui buvait littéralement ses paroles, les doigts joints, comme en prière. Elles s'éclipsèrent sur la pointe des pieds, habituées à la voir jouer les bons samaritains.

— Ce qui me gêne, poursuivit Grace, avec toujours plus d'aisance et d'autorité dans la voix, c'est cette erreur dans l'estimation du volume du logement. Je me demande si je ne devrais pas envoyer quelqu'un sur place afin de dresser un constat...

Une minute plus tard, elle coupait la communication avec un grand sourire.

— Et voilà, je crois que le problème est réglé.

Marcia hocha la tête, les yeux brillants.

— Et bien réglé ! Je ne sais pas comment vous remercier. Mon Dieu, vous n'imaginez pas à quel point je suis perdue depuis la mort de mon pauvre mari. Je me découvre chaque jour de nouveaux domaines d'incompétence...

— Pas du tout ! protesta Grace. Vous vous découvrez de nouveaux défis à relever.

— Quelle sagesse pour une si jeune femme !

— Puissiez-vous dire vrai ! soupira Grace en se remémorant la matrone apparue dans le miroir de la boutique. En fait, mon mari est si souvent absent que j'ai dû m'habituer à me débrouiller toute seule. Voilà comment je suis devenue une vraie spécialiste du déménagement.

— Parce que vous n'êtes pas vraiment de chez... comment avez-vous dit ?

— Bennett et Associés ?

Grace s'esclaffa.

— Non, j'ai inventé ça pour faire plus officiel.

— Toutes mes félicitations ! Douée comme vous l'êtes, vous devriez en faire votre métier. Et facturer vos services !

— Le pire c'est que j'y ai souvent pensé, répondit Grace en riant. Mais mes « clientes » sont toutes des femmes de marins et je ne me vois pas faire payer mes amies... Parfois, je me dis que je pourrais créer une entreprise de conseil en déménagement, mais...

— Quelle idée géniale ! Surtout dans cette région : Boeing, Microsoft, Starbucks, Amazone... C'est le royaume des multinationales haut de gamme. Il y a énormément de mouvement par ici, les gens apprécieraient les services d'une experte pour les décharger du souci d'un relogement.

L'envie revint titiller Grace, mais elle la chassa une nouvelle fois de son esprit.

— À propos de service, voulez-vous que je vous aide à descendre l'escalier ?

— C'est gentil à vous, mais non, merci. J'ai une autre canne anglaise en bas. Cette satanée cheville... Je me la suis cassée en tirant un penalty au fils de mes voisins. Notez que j'ai quand même marqué le but !

Grace resta toutefois à ses côtés pendant qu'elle

descendait les marches. Par la fenêtre, elle vit Emma et Katie tourner en rond dans le jardin.

— Il faut que je parte. Mes filles commencent à s'impatienter.

— Bien sûr. Je vous ai déjà retenue trop longtemps.

— C'était avec plaisir. J'adore votre maison.

— Vraiment ? Mon mari et moi l'avons achetée dans les années soixante, et nous n'en avons plus jamais bougé. Il faut dire que nulle part ailleurs...

Elle se tut brusquement et regarda Grace d'un œil neuf.

— Vous ne seriez pas à la recherche d'une maison, par hasard ?

— Pas dans l'immédiat. Steve et moi sommes convenus que le jour où il serait affecté dans un endroit qui nous plairait vraiment, nous envisagerions d'acheter. Jusqu'à présent, le cas ne s'est pas présenté.

— J'ai toujours entendu dire que les militaires prenaient leur retraite très tôt et qu'ils commençaient alors une deuxième vie...

Grace ébaucha un sourire.

— J'ai entendu ça, moi aussi. Mais pas de la bouche de mon mari !

— Vous trouverez difficilement un plus bel endroit pour vous fixer. L'île est splendide, très paisible, et on ne s'y sent pas du tout isolé : il suffit de quelques minutes de traversée en ferry pour rallier Seattle. C'est l'endroit idéal pour qui recherche le calme et le contact avec la nature, sans pour autant couper les ponts avec la civilisation.

— Oui, c'est l'idéal, acquiesça Grace.

— Puisque vous ne voulez pas vous faire rétribuer

pour votre aide, laissez-moi au moins vous remercier à ma façon.

— Mais vous ne me devez rien, et…

— Taratata, je vais créer pour vous un site Web. C'est ma spécialité, faites-moi la faveur d'accepter.

Grace regarda la vieille dame avec des yeux ronds. Elle jouait au foot, elle surfait sur le net, et maintenant elle proposait de lui créer un site comme elle lui aurait offert un pot de confiture maison.

— C'est très aimable de votre part. Mais… euh… pour tout vous dire, je n'ai pas la moindre idée de ce que je ferais d'un site Web.

— Cela sert à un tas de choses. Tout le monde peut l'utiliser : vos enfants, votre mari, vous !

— Steve se sert déjà du site officiel de la marine.

— Il ne s'agit pas de le concurrencer, précisa Marcia avec un sourire, mais de mettre sur pied quelque chose de plus… personnel, qui vous tienne à cœur, qui réponde à vos préoccupations privées.

Comme Grace paraissait surprise, elle expliqua :

— Nous pourrions par exemple créer un site Web consacré à vos passe-temps préférés : le jardinage, la broderie, la cuisine, les puzzles… que sais-je ! Vous avez bien un violon d'Ingres !

— Un passe-temps ? grimaça Grace. Mon temps passe bien assez vite tout seul, entre les courses et les comptes de la maison.

— Ta-ta-ta. Réfléchissez-y quand même.

Marcia lui tendit une carte de visite.

— Appelez-moi. Ce sera amusant. Si, si, vous verrez !

Grace garda un silence pensif pendant tout le trajet

du retour. Sur la banquette, à côté d'elle, traînaient les deux prospectus qu'elle avait ramassés. Deux souvenirs de cette journée pas comme les autres. Deux rêves impossibles : une nouvelle silhouette et une maison bien à elle.

6

En sortant du dernier briefing du jour, qui avait été rien moins que bref, Steve Bennett connaissait la date et l'heure exactes de son prochain départ. Cette nouvelle séparation d'avec sa famille durerait de très longs mois. Militaire de carrière et patriote dans l'âme, il avait certes choisi de consacrer sa vie professionnelle à servir son pays, mais ses nouvelles fonctions, de plus en plus administratives et bureaucratiques, l'accaparaient sans le combler.

Une partie de lui-même regrettait son passé de pilote, les jours de vol grisants de sa jeunesse où il jouait avec le danger. Il avait tourné une page en fondant un foyer, et il approchait aujourd'hui d'une nouvelle étape de sa carrière, la dernière. Chacune lui avait coûté son lot de concessions. Comme d'accepter le règlement tatillon de ce m'as-tu-vu borné de Mason Crowther, son supérieur direct.

Dès qu'il eut franchi le seuil de sa maison, Steve enfouit les problèmes du jour à six pieds sous terre, fermant les yeux pour mieux inhaler l'appétissante odeur de volaille rôtissant au four. Les arômes et les bruits de la maison produisaient sur lui un effet magique. Il ôta son képi et le jeta à la manière d'un frisbee sur une branche de l'arbre-portemanteau de l'entrée – le genre de geste qui aurait fait automatiquement naître sur les lèvres de ce triste sire de Crowther une remarque sur le prix des fournitures, le respect dû au matériel, etc.

Se sentant décidément mieux, il partit à la recherche de son épouse. Elle remuait une salade dans la cuisine. Il posa un baiser rapide sur sa joue.

— Ça sent rudement bon dans ton labo. Tu as besoin d'un coup de main ?

— Non, merci. Nous passerons à table dès que tu te seras rafraîchi. Les jumeaux sortent ce soir.

Steve coula un regard contrarié vers Emma qui mettait la table.

— Tu nous abandonnes ?

— C'est le dernier samedi de l'été. Notre ultime nuit de liberté avant la rentrée des classes.

Il alla se laver les mains au-dessus de l'évier.

— Mmm… Et tu comptes en faire quoi ?

Pour toute réponse, Emma esquissa un de ces gestes vagues qui tapaient sur les nerfs de son père. Ce n'était pas que sa fille aînée ne savait pas communiquer, mais elle avait son propre système de signaux et de codes secrets.

— Tu peux traduire, s'il te plaît ? insista-t-il, essayant de ne pas laisser paraître son agacement.

Il savait que les enfants vivaient mal leurs déménagements, se sentaient chaque fois déracinés, arrachés à leurs copains et réimplantés dans « un nouvel environnement hostile » (dixit Katie). Il savait aussi que ce n'était pas sa faute – ni celle de sa famille, évidemment.

— On a prévu de descendre à la plage à Mueller's Point.

— On ? Qui ça, « on » ?

— Quelques jeunes comme nous, répondit Brian en déboulant dans la cuisine. Copains, copines, feu de joie et feu d'artifice au programme.

D'autorité, il entreprit de remplir d'eau fraîche tous les verres.

— Excellente perspective, opina Katie depuis le salon. Ça veut dire que je peux y aller aussi.

Emma et Brian manquèrent s'étrangler.

— Seulement dans tes rêves, Superglu, contre-attaqua son frère. Marre de jouer les chaperons ! Déjà que je dois me coltiner Emma au lieu d'être tranquille avec mes potes…

— Pardon ? réagit celle-ci au quart de tour. Tu oublies que si je n'étais pas là, tu n'aurais pas de potes du tout !

— Et si je n'étais pas là, moi, intervint Grace, aucun de vous n'aurait rien dans son assiette ! À table !

Ils s'assirent, et Steve prononça le bénédicité. Rendre grâce à Dieu lui semblait naturel, alors qu'il ne lui serait pas venu à l'idée d'implorer le ciel pour satisfaire une requête quelconque. Sa famille lui apportait tout ce dont il avait besoin, et bien plus encore. Ces simples moments de bonheur quotidien, où ceux qu'il aimait se retrouvaient pour partager le repas, donnaient un sens à sa vie et l'illuminaient. Il se demanda s'ils imaginaient l'importance que cela avait pour lui.

— Alors, chéri, commença Grace en lui passant le pain, quoi de neuf ? Com…

— Comment s'est passée ta journée ? Pas trop fatigué ? termina Katie. Il n'y a pas de suspense, maman : tu lui demandes toujours ça.

— Parce que ça m'intéresse. Pas toi ?

— Eh, je parie que je connais la réponse ! « Rien de spécial, ma chérie », poursuivit-elle en imitant la voix de son père. « J'ai signé des tonnes de papiers, répondu à un million d'e-mails, assisté à une réunion de planification avec l'état-major et fait tout ce que le CAG ne veut pas traiter, parce que c'est le rôle de son second. »

Katie remonta ses lunettes sur son nez.

— Ce n'est pas ça, papa ?

— Dans le mille, mademoiselle Je-sais-tout.

— Miss Futée, je préfère.

Il revint à Grace, qui semblait distraite ce soir, ou peut-être un peu fatiguée.

— Merci quand même pour la question, chérie.

C'était le moment de lui annoncer son prochain voyage au Pentagone, prélude à un déploiement en novembre. Une absence de six mois… Oh, et puis non, pas maintenant, décida-t-il. Priorité à la rentrée des classes lundi. Les mauvaises nouvelles attendraient.

Mais y avait-il jamais un moment opportun pour dire aux siens qu'on allait bientôt les quitter ? Être un multirécidiviste de l'abandon forcé ne facilitait pas la tâche, au contraire.

Steve contempla sa petite tribu et sentit son cœur se serrer. Lui qui pouvait commander un escadron de bombardiers et mener au feu un groupe de combat se trouvait démuni et vulnérable dès qu'il s'agissait de sa famille. Il lui était plus facile de poser un avion de chasse sur un porte-avions mouvant par une nuit d'orage que de communiquer avec ses gosses !

Emma était belle à briser un cœur d'un simple clignement de ses yeux couleur bleu des mers du Sud. Steve était bien placé pour le savoir, elle le lui avait brisé si souvent. Ne serait-ce que chaque fois qu'il lui avait dit au revoir pour six mois et qu'il avait vu son regard s'embuer. Pourtant, de ses trois enfants, c'était elle qui semblait le mieux s'adapter à tous leurs changements de lieux de vie. Comme si Emma aimait réellement relever le défi de recommencer partout à zéro et se refaire de nouveaux amis.

Aussi beau que sa sœur jumelle, son fils Brian faisait la fierté de Steve, ce qui ne lui déplaisait d'ailleurs pas. Le garçon ne se faisait pas faute de rapporter à la maison les coupes qu'il remportait sur la piste d'athlétisme ou au base-ball, avec son équipe. Pour l'heure, Brian envisageait sa candidature à bon nombre d'universités – École navale en tête de liste. Le tout négligemment, nonchalamment, avec la désinvolture du « roi des cool » qu'il se flattait d'être.

Puis il y avait la petite dernière, alias Katimini, ainsi que ses parents eurent tôt fait de la surnommer, pour la vivacité et la ruse avec lesquelles elle surgissait là où on ne l'attendait pas. Katie dévorait un ou deux livres par semaine, quand ce n'était pas trois en même temps, et elle était si maligne que ses pauvres professeurs suaient à grosses gouttes pour répondre à toutes ses questions. Seul point noir : une hypersensibilité qui lui valait le délicat sobriquet de « Stressée du bulbe », inventé par son frère.

Et Grace. L'architecte de tout ce petit univers. Celle qui avait construit amoureusement cette famille, brique à brique, inlassablement, malgré les difficultés. Dans l'agitation de cet été, entre leur emménagement et la prise de ses nouvelles fonctions, Steve n'avait pas eu l'occasion de s'asseoir à côté d'elle pour discuter.

Grace, pourtant, était passée maîtresse dans l'art de gérer son temps, étant toujours parvenue à sauvegarder pour leur couple une demi-heure par jour. Il ne lui avait jamais manifesté sa reconnaissance à ce propos, supposant qu'elle devait s'en douter. Et maintenant, ces tête-à-tête tombaient en quenouille. Quel dommage…

Sans qu'on puisse en imputer la faute à l'un ou à l'autre, une lézarde était apparue brusquement dans leur mariage apparemment solide comme un roc. C'était du moins ainsi que Steve voyait les choses à part soi. Il répugnait à évoquer tout haut la réalité de cette fissure, de peur de lui donner plus d'importance en en parlant. Mais il faisait confiance à Grace pour que leur couple tienne bon. Dieu merci, elle n'était pas comme ces épouses qui s'éloignaient de leur marin de mari… Elle ne le plaquerait jamais. Grace était la femme d'un seul homme.

Steve planta sa fourchette dans un deuxième blanc de poulet et annonça négligemment :

— Dimanche en huit, grand barbecue chez les Crowther. Toute la famille est invitée.

— Je suis déjà prise ! improvisa Katie.

— J'ai mon entraînement ! lança Brian en même temps.

Steve nota qu'Emma n'émettait aucune objection. Pardi ! Le fils de Mason Crowther était de son âge, plutôt beau gosse, et l'avait déjà appelée à la maison pour sortir avec elle.

— Toute la famille, répéta-t-il tranquillement. Je vous rappelle que Mason Crowther est le CAG, et que si le CAG veut que tout le monde s'amuse...

— Il n'a qu'à nous laisser nous amuser entre nous, protesta Katie.

— Ou nous offrir des billets pour un cirque professionnel, suggéra Brian. Là, ce serait vraiment marrant.

— Allons, vous ne serez pas obligés de rester toute la soirée..., commença Grace de son ton de médiatrice.

Steve apprécia sa diplomatie, sachant qu'elle avait elle-même épuisé depuis longtemps les charmes de ce genre d'obligations.

— Vous n'aurez qu'à dire bonsoir et à grignoter ce que vous voudrez en prenant mentalement des notes sur le déroulement de la réunion, puisque...

— Puisque l'année prochaine, c'est papa qui sera le CAG organisateur de sauteries, acheva Katie.

— Katimini... maxigénie, sourit sa mère. Comme je vois que vous avez tout compris, nous irons ensemble au barbecue des Crowther, nous serons affreusement polis et si charmants que chaque invité repartira en pensant que les Bennett forment la plus merveilleuse famille de toute la marine américaine.

Steve avait dû composer avec Mason Crowther toute la journée, et il aspirait à changer le sujet. Il se tourna vers Brian.

— Alors, fiston, tu as eu le temps de plancher sur les dossiers d'admission à l'École navale ?

— Qu'est-ce que tu crois ? Je ne pense qu'à ça. J'ai tellement hâte de retrousser mes manches pour mettre les croix dans les bonnes cases...

Steve masqua sous une moue le désappointement

que lui causaient les sarcasmes de son fils. Brian était doué pour les études, en plus d'être une star de l'athlétisme devant qui s'ouvraient de brillantes perspectives… mais il passait le plus clair de son temps à dessiner un monde imaginaire. Il prétendait travailler à un « roman en bande dessinée » qui dépassait l'entendement de son père.

Brian ayant toujours manifesté le désir d'exceller, Steve avait espéré qu'il choisirait tout naturellement de le faire dans l'armée.

— J'ai jeté un œil aux dossiers d'inscription, intervint Emma. Ce n'est pas si différent de ce que l'on demande pour entrer à l'université.

Brian la mitrailla du regard.

— Ben voyons, à de menus détails près, comme l'examen de sang, l'analyse d'urines, les épreuves d'aptitude physique, la radio dentaire, les tests oculaires, énuméra-t-il en comptant sur ses doigts. Sans oublier qu'avec l'humour qui les caractérise, ils risquent de ne pas apprécier mes tatouages et mon piercing.

— Quel piercing ? Quels tatouages ? Où ça ? Fais voir ! lâcha Katie en rafales, se démanchant le cou pour examiner son frère.

— Ceux que je vais pouvoir m'offrir un de ces jours, puisque je suis maintenant majeur !

Katie se retourna d'un bloc face à ses parents.

— C'est pas juste ! Dans ces conditions, moi, je veux un chien ! Tu entends, papa ?

Son nouveau refrain… Elle avait couiné tout l'été pour obtenir la boule de poils de ses rêves.

— Nous en avons déjà parlé, mon poussin, répondit-il. Tu sais qu'un animal de compagnie…

— … est une-trop-grosse-contrainte-pour-une-famille-d'-officier-de-marine…, ânonna Katie en exagérant l'accent texan de son père.

— C'est surtout un être de plus à aimer, souligna Emma, volant au secours de sa sœur.

Steve échangea un regard avec sa femme. La conversation était en train de dégénérer. Avec son doigté habituel, Grace la dévia sur des sujets plus inoffensifs et sauva la suite du repas.

Comme toujours, songea-t-il, en prêtant une oreille distraite au récit de Katie sur sa balade en vélo avec ses deux nouvelles copines. Grace surfait sur les conflits familiaux, petits et grands, anticipant et prévenant leur apparition.

Pour l'heure, elle applaudissait Katie.

— Je suis contente que tu te sois déjà fait des amies. Tu n'as pas perdu de temps, n'est-ce pas, Steve ?

— Oui. Bravo, Katie.

— Comme si j'avais le choix ! grommela la gamine.

— Tu ne l'as pas, confirma Grace en se levant de table. Aucun de nous ne l'a.

Steve tressaillit. Rêvait-il ou avait-il bien senti poindre une légère tension, comme un nuage gris à l'horizon ? Mais non, c'était sûrement son imagination, se rassura-t-il en observant sa femme adorée occupée à leur distribuer, souriante et imperturbable, des coupes de fraises à la crème.

Après dîner, Brian et Emma montèrent se préparer pour sortir. Du salon, on pouvait entendre les prémices de leur prochaine dispute. Ils devaient partager la Bronco II, et si leurs projets pour la soirée avaient le malheur de différer, on aurait droit à une de leurs bagarres légendaires. Steve se demanda comment, après toutes ces années, ces deux-là ne se lassaient pas de se chamailler à tout bout de champ. Ce devait être un rituel.

Les jumeaux se ressemblaient beaucoup, blonds et sportifs, avec des yeux bleus à se noyer dedans.

Le ton montait à l'étage entre les enfants terribles, et Steve secoua la tête avec fatalisme tout en reportant son attention sur leur jeune sœur, murée dans un silence reposant. Allongée sur le canapé, ses longues jambes bronzées (couleur d'huile d'olive, se lamentait-elle) chevauchant les coussins, elle était plongée dans un énorme livre, la tête renversée, selon un angle impossible. Elle dévorait les pages avec une concentration profonde, les pupilles dilatées comme si elle avalait l'histoire par les yeux.

Steve s'approcha et lui ébouriffa les cheveux, récoltant au passage une œillade sévère. Oh, oh ! l'heure n'était pas à la plaisanterie. Il se baissa pour voir ce qu'elle lisait.

— *Les Misérables*... Mmm, excellent choix. Ça a l'air de te passionner...

Sans lever le nez, Katie exhala un soupir à fendre l'âme d'un tortionnaire.

— Je me dis que les malheurs de Cosette m'aideront peut-être à trouver ma vie moins déprimante.

— Allons bon. Depuis quand ta vie te déprime-t-elle ?

Elle le fusilla du regard derrière ses lunettes.

— Depuis que Brian et Emma ont l'autorisation de sortir alors qu'ils ont déjà des tonnes d'amis, tandis que moi, personne ne se soucie de savoir si je ne sèche pas sur pied dans mes oubliettes…

La sonnerie du téléphone lui arracha un saut de carpe.

— Je réponds ! cria-t-elle, jetant *Les Misérables* au pied du canapé.

Steve la suivit des yeux, perplexe, tandis qu'elle fonçait décrocher dans le hall.

— Qu'est-ce que c'est que cette histoire de déprime ? demanda-t-il à Grace qui essuyait la table.

Elle sourit.

— Attends trois minutes. Son humeur va s'améliorer.

Cela ne prit pas trois minutes. Le portable à la main, Katie revint à toute allure dans le salon, souriant jusqu'aux oreilles.

— Je vais au ciné avec Brooke !

Elle avisa l'expression de son père et s'éclaircit la gorge.

— Papa, je peux aller au cinéma avec Brooke Mather ? La séance commence à vingt heures au *Skywarrior*. Oh, dis oui, dis oui, dis oui !

— Une seconde. Qui doit vous y conduire ? demanda Grace.

— Ben… personne. On pensait prendre nos vélos.

Grace abandonna son éponge et croisa les bras.

— Tu as bien fait d'essayer, Miss Fufu, mais c'est raté.

— Mais, maman, on peut très bien y aller !

— Rectification : vous *pourriez* y aller. Seulement, voilà, il n'en est pas question. Tu connais mon point de vue là-dessus, mon petit cœur. Le cinéma de la base est…

— Je sais ! Je sais ! Il y a trop de fous du volant pour faire du vélo à la nuit tombée.

— Je ne te le fais pas dire !

— Oh ! M'man !

— Maman a raison, décréta Emma en prenant la conversation en route. Quand ils croisent une fille, les gars de la marine n'ont qu'une seule chose en tête !

Katie se retourna vers son père, les mains sur les hanches.

— Dis donc, mon capitaine, grinça-t-elle, tu ne peux pas leur mettre autre chose dans le crâne, à tes militaires ? Est-ce que les officiers comme toi ne sont pas censés faire régner la discipline ?

— Nous sommes aussi censés veiller à ne pas leur jeter des vierges en pâture ! Mais si toi et ton amie avez envie de jouer les allumeuses…

Au fard qui colora subitement les joues de Katie, Steve comprit qu'il y était allé un peu fort. Allons bon. Voilà qu'il avait aussi du mal à communiquer avec sa petite fille.

— Bon, on l'emmène, trancha Emma en voyant sa sœur fixer le plancher.

— Quoi ? On se tartine Superglu ? s'inquiéta Brian en dévalant l'escalier.

En maillot de rugby, short kaki et Top-Siders, il avait plus le look J. Crew que celui d'un aspirant de la marine. Mais Steve garda ses réflexions pour lui.

— Vous n'avez qu'à faire un détour par chez Brooke, puis vous nous déposerez toutes les deux au cinéma, insista Katie en faisant les gros yeux à son frère.

— Et vous repasserez la chercher à la fin de la

séance pour les ramener à la maison ! ajouta Grace. Je compte sur vous. Promis, Brian ?

La mine suicidaire, celui-ci leva une main comme pour prêter serment.

— Croix de bois, croix de fer, si je mens, je vais chez Crowther !

Steve regarda ses enfants partir d'un grand rire et sourit à sa femme. Les trois gosses s'adoraient. Les jumeaux étaient responsables de leur sœur, juste contrepartie à l'usage de la voiture. Une organisation dont profitait pleinement Katie, ravie de son pouvoir sur ses aînés, surtout sur Brian. Devant ses copines, elle adorait s'asseoir à l'arrière et faire un geste de la main à son chauffeur particulier en lâchant un « Roulez, James ! » du meilleur effet.

Dès qu'ils furent partis, Steve mit en marche son ordinateur pour vérifier ses mails – calamité attachée à son poste actuel. Sur le bureau, il trouva une pile de notes de l'écriture de Grace, sur lesquelles il reconnut des coordonnées d'agences immobilières, avec les noms et les numéros de téléphone de femmes de marins. Grace et ses bonnes œuvres... Toujours soucieuse d'aider son prochain. Parfois si occupée à assister les autres que sa famille devait se mettre en pilotage automatique. Une perle rare.

Ce soir, au dîner, sa perle rare lui avait paru quelque peu rentrée dans sa coquille, plus silencieuse que d'habitude. Par moments, Grace lui évoquait l'eau calme et claire qui cache un récif. Tranquille en surface, mais agitée et trouble au fond. Allons ! il était aviateur... pas plongeur, et encore moins devin.

7

Grace fit quelques pas sur le perron en suivant des yeux la voiture des enfants. Whidbey Island offrait des couchers de soleil exceptionnels, le ciel se parant d'ors et de roses tels que Grace n'en avait jamais vu ailleurs. Sans qu'elle en comprenne au juste la raison, ce spectacle féerique la remplit de mélancolie.

Un bruit de pas dans son dos la fit tressaillir, et elle se retourna pour faire face à Steve.

— Bonsoir, bel officier.

Il était si souvent et si longtemps absent qu'elle l'oubliait parfois, lorsqu'il était là.

Les feux arrière de la Bronco rougeoyèrent dans le lointain, puis disparurent après un virage. Cette fois, elle se retrouvait seule avec son mari, pour toute une soirée en tête à tête. Un plaisir rare. Pourtant quelque chose l'attristait.

— Toi, tu te fais du souci pour les gamins, dit-il.

— Je n'aime pas beaucoup les savoir sur la route.

— Pourquoi ? Brian est un excellent conducteur.

— Ce n'est pas ça. Pas uniquement. Je déteste l'idée qu'ils partent.

— L'été touche à sa fin, mais…

— Je ne parle pas de la fin des vacances, le coupa-t-elle doucement. Je redoute le jour où ils partiront pour de bon.

— Ma pauvre chérie, tu aimerais mieux qu'ils restent à la maison ?

Ah ! Ils n'étaient pas sur la même longueur d'onde… Grace s'accouda sur la rampe du perron et fixa ce carré de terre battue et de gazon qui avait vu passer tant de familles avant eux. À l'horizon, les montagnes scintillaient dans les feux du crépuscule, inaccessibles.

— Pourquoi me tournes-tu le dos, Gracie ? Ce n'est pas moi qui ai dicté les règles de la vie. Éduquer des enfants, tu le sais bien, c'est logiquement les préparer à devenir un jour indépendants, à quitter le nid pour voler de leurs propres ailes…

Bien sûr, elle le savait, mais elle ne se souciait pas de logique en ce moment. Elle avait besoin de… comment dire ? comment lui faire comprendre ?

— Je ne te fais pas la tête, Steve.

— Alors qu'est-ce qui ne va pas là-dedans ? demanda-t-il en effleurant du doigt puis des lèvres son front.

À ce contact, la mélancolie de Grace fondit comme neige au soleil.

— Tu as l'air contrariée, tu fronces les sourcils…

Elle le regarda dans les yeux en souriant.

— Non, c'est fini.

— Bon. J'aime mieux ça.

Il lui enlaça l'épaule, elle se blottit contre lui et ils restèrent un moment sur le perron à savourer le silence du soir, seulement troublé par le cri d'une mouette et les rires des petits enfants qui jouaient dans le jardin d'à côté.

— Steve…

— Mmm ?

— Tout à l'heure, quand les filles et moi achetions des vêtements pour leur rentrée, je me suis vue dans le miroir, et alors… c'est affreux, Steve ! Je suis devenue une grosse dondon, une bobonne !

Cela semblait si stupide, énoncé à haute voix. Les yeux de Steve s'arrondirent.

— Quoi ? fit-il en tombant des nues.

— Je me trouve vieille et grosse, souffla-t-elle, à deux doigts de fondre en larmes.

— Mais qu'est-ce que tu racontes ? Tu n'es pas grosse du tout et tu n'as que…

Il marqua une pause – le temps de compter dans sa tête, devina-t-elle.

— Tu n'as même pas quarante ans !

— Exact, j'en ai trente-neuf. Trente-neuf !

Steve pouffa et l'attira dans ses bras, enfouissant son visage dans ses cheveux et respirant son parfum comme s'il le découvrait. Et peut-être l'avait-il oublié, songea-t-elle en enlaçant son mari pour mieux se presser contre son torse rassurant. Qui sait s'il n'oubliait pas tout quand il restait six mois en mer ? La texture de sa chevelure, l'odeur de sa peau, le goût de ses lèvres… tout. Elle se rendit compte qu'elle ne lui avait jamais posé la question.

— Où as-tu pris ça ? chuchota Steve en lui redressant le menton d'un doigt.

— Ça quoi ?

— Cette idée d'être vieille et grosse. C'est si… bête !

Oui, résumé ainsi, cela pouvait sembler stupide… mais c'était très sérieux, et même grave. Elle n'aurait pas dû lui en parler. Sur ce coup-là, Steve ne pouvait rien pour elle. Est-ce qu'on répare quelque chose qu'on ne s'est pas cassé ? Elle-même aurait été bien en peine de mettre le doigt sur ce qui s'était brisé en elle.

— Ça m'est tombé dessus devant un miroir, commença-t-elle en hésitant. Un de ces grands miroirs impitoyables où l'on se voit en pied, devant, derrière, et qui vous montrent sans fard que les années ont commencé à vous transformer en pot à tabac.

Steve en eut un haut-le-corps et elle étudia son visage dans la lumière déclinante du soir. Il avait la mâchoire carrée et les traits du guerrier taillés à la serpe. Avec cela, un regard d'un bleu insondable, dans lequel toute femme normalement constituée aurait voulu se noyer.

— Tu ne peux pas me comprendre : tu portes la même taille de jeans qu'il y a vingt ans, reprit-elle en soupirant.

Il l'attira à nouveau à lui et fit descendre ses mains le long de ses hanches.

— Je ne comprends effectivement pas comment tu arrives à te voir dans une glace autrement que comme tu es ! Tu es sûre que ce n'était pas un miroir déformant ?

Grace n'avait pas envie de rire et, pour la première fois en vingt ans de mariage, elle se déroba à ses caresses.

— Je ne cherche pas tes flatteries. Je te jure que je ne plaisante pas.

— Quelles flatteries ? Je ne dis que la vérité, Gracie. Tu es celle que j'ai choisie et que j'adore, tu es la mère de mes enfants. Pour moi, tu es la plus belle femme du monde et tu le seras toujours, conclut-il en se penchant sur ses lèvres.

Sous son baiser, elle sentit ses soucis s'envoler. En plus d'un physique de dieu grec, Steve avait une sorte de spontanéité enfantine et une perception positive du temps qui passe. Elle se pressa contre lui, les yeux clos, palpitante. Elle sut qu'ils feraient l'amour cette nuit et que ce serait merveilleux. C'était l'un des points forts de leur mariage.

— Ça va mieux ? murmura-t-il.

Elle hocha la tête pour la bonne raison que c'était plus facile que d'essayer de lui faire comprendre ses états d'âme.

Apparemment satisfait, il lui piqua un dernier baiser sur le haut du front et recula.

— Tu fais toujours ça, observa-t-elle.

— Mmm ?

— Je dis que c'est toujours toi qui mets fin le premier à nos baisers.

Comme il ouvrait de grands yeux, elle poursuivit :

— Comme c'est toi qui quittes le lit le premier après l'amour.

Il sourit.

— J'étais loin de me douter que cela te posait un problème, Gracie. Mais qu'à cela ne tienne : dorénavant, je resterai couché à tes côtés aussi longtemps que tu voudras !

Il lui rouvrit les bras, mais elle resta immobile.

— Le problème n'est pas là, soupira-t-elle en se creusant la cervelle pour imaginer comment l'amener à la comprendre.

Ce n'était pas évident à expliquer, mais il s'agissait

d'un aspect de leur relation qui, au fil des ans, avait lentement et pernicieusement perturbé ses pensées.

— C'est juste que, parfois, je me sens comme... tiens, un des éléments sur la liste de tes objectifs : être promu CAG, faire passer en douceur à Katie notre prochain déménagement, pousser mon fils à faire Navale... et dire à ma femme de se sortir ces idées stupides de la tête.

— Mais enfin, qu'est-ce qui te rend si cynique, tout à coup ?

Sous-entendu : je ne te reconnais pas, quelle mouche te pique ? analysa Grace. Elle lut dans ses yeux une stupeur mêlée d'incrédulité.

— Rien, rien... Je suis simplement un peu stressée en ce moment. Tu veux qu'on se loue une bonne vidéo ?

— J'ai une meilleure idée.

Il mit un CD dans le lecteur de la chaîne hi-fi du salon – une compilation faite maison de ses musiques préférées, et choisit un morceau de jazz : *Authentic Rhinestone*. Puis il revint l'enlacer étroitement pour l'entraîner dans une danse sexy.

— OK ?

Elle ferma les yeux tandis qu'une vague de désir montait en elle. Même après tant d'années, il savait affoler tous ses sens.

— OK.

Steve était un excellent danseur, comme beaucoup d'officiers. Il excellait d'ailleurs dans tout ce à quoi il touchait – et dans tout ce qui pouvait favoriser sa carrière, se prit-elle à songer. Elle s'en voulut aussitôt de cette pensée. Steve n'était pas un bon mari et un bon père par calcul, ou par intérêt.

Ils traversèrent insensiblement le salon en dansant, et ils dansaient encore quand ils se retrouvèrent dans leur chambre. Steve commença à lui ôter son chemisier pendant qu'elle tirait les rideaux.

Au moment de se retrouver nue devant lui, Grace vit flotter devant ses yeux l'image peu flatteuse qui l'avait tant frappée dans le salon d'essayage. Elle se raccrocha à la petite phrase de son mari : *Pour moi, tu es la plus belle femme du monde et tu le seras toujours.* Et il le lui faisait sentir à sa manière, avec ses doigts habiles et sa bouche exigeante, tandis qu'il achevait de la déshabiller. Avant même qu'il se soit défait de ses propres vêtements pour la rejoindre sur le lit, elle ne pensait plus à rien du tout.

C'était une autre sorte de danse, une chorégraphie de leur propre invention, rodée et peaufinée par des années de pratique. Et par une intimité, une complicité profonde et véritable. Chacune de leurs étreintes était un havre pour Grace, un moment fort entre tous où elle se sentait accomplie et... oui, belle.

Cette fois comme les autres, elle perdit la notion du temps et fut ensuite ébahie de voir, par une fente entre les rideaux, que la nuit était tombée. Allongé contre elle et sur elle, Steve respirait lentement, l'air épanoui.

— Je devrais t'inviter plus souvent à danser, chuchota-t-il. Tu sais, Gracie, poursuivit-il, je crois que j'ai découvert pourquoi les enfants doivent quitter le nid familial...

— Oui ? murmura-t-elle en se dressant sur un coude.

Il croisa les mains derrière sa nuque.

— Pour que leurs parents puissent se livrer à des orgies de sexe en toute liberté.

Elle rit et posa la joue sur son torse, les yeux clos. Une délicieuse somnolence s'emparait d'elle.

— Tu sais, je crois que je suis tombée amoureuse de ce coin, lui confia-t-elle tandis que ses pensées dérivaient sur la maison qu'elle avait visitée le matin.

Le lecteur de CD tournait toujours dans le salon. Les haut-parleurs diffusaient à présent *Ruby Tuesday* des Rolling Stones.

Il lui emprisonna un sein dans sa paume et soupira :

— Moi aussi, j'adore ce coin.

— Très drôle.

— Je suis sérieux, Gracie. Tu vas me manquer plus que jamais.

Sa voix venait de prendre une tonalité qu'elle ne connaissait que trop bien.

Elle rouvrit les yeux.

— Tu pars ?

— C'est-à-dire que… oui. Je vais à Washington mardi prochain. Grand briefing au Pentagone. Je serai absent le restant de la semaine.

Il se garda d'ajouter que ce déplacement n'était que le prélude à un nouveau déploiement qui allait le retenir six mois loin de son foyer, et préféra ajouter :

— Mais ne t'inquiète pas : je serai de retour juste à temps pour le barbecue chez les Crowther.

Grace chassa sa main de son sein. Et voilà, il repartait… Oh, rien de neuf ni de surprenant à cela, et une séparation d'une semaine serait vite passée. Non, ce qui la choquait, c'était qu'il ait attendu ce moment magique de tendre faiblesse après l'amour pour le lui annoncer. Très bien, à elle de lui faire part de ses propres projets.

— Eh bien, maintenant que je connais ton

programme, tu vas écouter le mien, commença-t-elle en s'asseyant au bord du lit.

— Hé ?

Elle attrapa prestement sa robe de chambre qu'elle enfila avant d'allumer la lumière. En dépit des protestations romantiques de Steve, elle ne sentait pas le besoin d'exhiber devant lui un corps qui n'avait plus vingt ans. Elle alluma sa lampe de chevet et prit le document bien rangé dans le tiroir.

— Ce matin, les filles et moi avons visité une maison à vendre sur Ocean View Drive, expliqua-t-elle en chaussant ses lunettes.

Steve, lui, n'avait pas encore besoin de lunettes. Il avait la vue parfaite d'un pilote.

Avec un soupir, il se redressa sur son coude pour regarder le dépliant qu'elle lui tendait.

— Ah oui ? Celle-là ?

Grace se rendit compte qu'elle retenait son souffle. La photo donnait une image raisonnablement flatteuse de la maison dorée par le soleil, avec les eaux saphir du Puget Sound en arrière-plan. Mais elle voulait qu'il voie ce qu'elle avait vu : pas seulement un pavillon avec jardin juché sur une falaise, entre des arbres très hauts et le fjord en contrebas, mais un coin de paradis où ils pourraient rêver sur la terrasse, main dans la main, sous le regard des étoiles... Elle se mordit les lèvres, se sentant bêtement sentimentale.

Penché sur le dépliant, Steve avala l'information rapidement et intégralement. Le pilote en lui assimilait les données en une poignée de secondes. Pourtant, quand il releva les yeux vers elle, son expression traduisait une incompréhension totale. Manifestement, il avait besoin d'éclaircissements...

— Qu'est-ce que tu en dis ? Elle te plaît ? demanda Grace en lui reprenant le document pour le poser sur la table de nuit.

— J'ai comme l'impression que je ferais bien de répondre oui.

Mais il se contenta de glisser ses doigts par l'ouverture de sa robe de chambre.

— J'en ai envie, tu sais, insista-t-elle.

— Ça tombe bien : moi aussi !

Elle éloigna sa main baladeuse de ses cuisses et se mit à marcher de long en large dans la chambre.

— Je parle sérieusement. Je voudrais que nous achetions cette maison.

Cette fois, il tomba carrément des nues.

— *Acheter ?* Gracie, tu oublies que nous n'allons rester que deux ans dans la région. Trois, au maximum. Alors nous serions coincés avec une maison ici.

— On n'est pas « coincé » avec une maison, protesta-t-elle. On en est propriétaire. On y vit. Ce n'est pas un piège, mais un endroit à nous où l'on a le bonheur de se retrouver le soir et…

— Et si je suis muté au Pentagone, comme je l'espère ?

Sa carrière. Encore et toujours sa carrière !

Au début, il ne lui déplaisait pas d'attendre chaque nouvelle affectation qui sonnait comme une aventure. Mais, les années passant, elle avait trouvé cela de moins en moins excitant. Aujourd'hui, elle aspirait à poser ses valises pour de bon.

Elle s'arrêta devant lui, les bras croisés.

— Steve, il est temps, grand temps, que nous jouissions d'un peu de stabilité. J'ai besoin de posséder une maison à moi, à nous. Ne serait-ce qu'en prévision du jour où les enfants nous quitteront. Un havre sûr où l'on sait qu'on peut toujours revenir jeter l'ancre.

— Bon, mais que se passerait-il si nous devions nous en séparer et que nous n'arrivions pas à la revendre ? Tu as songé au risque ?

Elle préféra en rire.

— Un pilote de ta trempe qui recule devant le risque... Qui l'eût cru ?

— Quand je suis en mission, je m'expose obligatoirement au danger ; c'est un risque calculé. Tandis que là, c'est un risque gratuit, inconsidéré, et qui peut affecter toute la famille. Brian va entrer à l'académie, Emma à l'université ; Katie commence à peine les choses sérieuses au lycée. Bon, tu vas me dire que les études de Brian seront prises en charge par l'État dès son arrivée à Annapolis, c'est vrai. Il n'empêche...

Faux : elle n'avait pas du tout prévu de dire cela, s'avoua Grace, en se gardant bien d'évoquer les réticences de Brian à faire Navale.

— ... qu'il faut penser aux filles, poursuivait Steve sur sa lancée. Même avec ce que nous avons mis de côté, leurs études vont nous coûter bonbon. Le moment est mal choisi pour se mettre sur le dos des crédits à n'en plus finir.

— Effectivement, ce n'est pas le moment rêvé. Il y a des années que nous aurions dû le faire ! La mise de fonds initiale peut être couverte par l'héritage de ma grand-mère et pour le reste, nous obtiendrons facilement un prêt.

Il paraissait à la torture.

— Enfin, Grace, s'il te faut absolument une maison, trouvons au moins quelque chose dans notre gamme de prix. Celle que tu me montres est en bord de mer, elle vaut le double de ce que nous pouvons nous permettre ! Sois un peu raisonnable.

— J'ai été très raisonnable et économe pendant des années.

— Écoute, tenons-nous-en à notre plan de toujours, et attendons…

— Non, j'ai changé d'avis. Je veux cette maison, Steve. C'est pour cela que les gens mettent de l'argent de côté : pour devenir propriétaires. Regarde un peu autour de toi.

— Oh, les autres…, grommela-t-il.

Elle ne jugea pas utile de préciser qu'à leur âge, la plupart des « autres » étaient déjà propriétaires d'au moins un pavillon.

Il reprit le document et buta à nouveau sur le prix de vente.

— Je sais que tu fais des merveilles avec notre budget, Grace. Mais un achat pareil…

Il referma le dépliant et l'envoya promener sur la table de nuit.

— C'est quelque chose dont nous sommes toujours convenus que nous parlerions… plus tard. Ce n'est pas à l'ordre du jour – et, qui plus est, ça dépasse nos moyens. Ce serait une folie.

— Mais si je trouvais un moyen de rendre possible cette « folie », comme tu dis ?

— Qu'est-ce que tu as en tête ?

— Je pourrais travailler.

L'idée avait grandi en elle avant même sa rencontre avec Marcia Dunmire, et voici qu'une énergie nouvelle l'envahissait. C'était une option envisageable, pas une fantaisie. Peut-être aurait-elle dû s'en ouvrir à Steve différemment, avec ménagement et diplomatie, mais il venait bien, lui, de lui balancer tout à trac qu'il partait dans trois jours. Et monsieur s'offrait le luxe de s'offusquer !

Raide et fermé à double tour, il la dévisageait comme si elle l'avait trahi.

— Ne me regarde pas ainsi, je ne suis pas dangereuse ! Mais ce ne sont pas des propos en l'air. Je ne parle pas d'un travail de secrétaire intérimaire à temps partiel. Cela m'a frappée aujourd'hui avec la force de l'évidence. Il y a un domaine où je suis bonne, où je pourrais réellement faire carrière. Tu as devant toi une future médiatrice en relogement.

— Pardon ?

— En relogement, tu as bien entendu. Il s'agit d'aider les gens à retrouver un domicile ailleurs. Ne serait-ce qu'à l'armée, il y a là un créneau fantastique !

Silence.

— Mon idée n'a pas l'air de te plaire..., reprit Grace d'un ton sec.

— Elle m'a surtout l'air nébuleuse...

— Épargne-moi au moins ta condescendance.

— Je fais preuve d'esprit pratique. Sans parler des enfants, comment veux-tu concilier tes activités de maîtresse de maison avec une affaire à monter et à faire tourner ?

— Et le télétravail ? De nos jours, on peut parfaitement travailler chez soi grâce à Internet.

Elle vint s'asseoir à côté de lui sur le bord du lit et expliqua patiemment :

— Je n'ai pas besoin d'un bureau. Mes clients se contenteront de ma présence virtuelle sur le Web et de ma voix au téléphone. Je l'ai fait des années à petite échelle, comme bénévole.

— Je sais, Grace. Tu es même hyper-douée, personne ne dit le contraire. Je t'ai vue jongler avec des difficultés en tout genre et tracer ta voie aussi sûrement qu'un aiguilleur du ciel. Je t'ai vue dénicher en catastrophe des écoles pour des gosses, des places à la crèche, et aider au relogement de plus de familles que je ne puis m'en souvenir. Elles ne te remercieront jamais assez. Mais tu es trop occupée pour en faire ton métier.

— Dis, est-ce que je peux en placer une ?

— Grace, mon cœur, je ne veux pas que tu aies à gagner ta vie. C'est à moi, et à moi seul, de subvenir à nos besoins. Je tiens à ce que tu sois disponible pour les petits.

— Mon pauvre Steve, « les petits » ont beaucoup grandi pendant que tu étais au loin. Aucun des trois n'a plus besoin de moi à la maison vingt-quatre heures sur vingt-quatre, je t'assure !

— Mais peut-être que moi, j'ai besoin de toi ici, Grace. Ça ne t'est jamais venu à l'idée ?

Elle pencha la tête de côté.

— Franchement, non. Même pas une fois. C'est la chose la plus ridicule que j'ai entendue de ma vie.

— Charmant…

Il enfila un boxer et commença à tourner en rond dans la pièce – signe chez lui de forte contrariété, comme la petite veine qui battait à son front.

Grace se surprit à contempler son torse puissant. Entre ses pectoraux parfaitement sculptés se nichait la médaille de saint Christophe qui ne le quittait jamais. Le jour – au tout début de leur mariage – où elle lui avait demandé d'où elle lui venait, il avait vaguement marmonné qu'elle datait de son premier déploiement... point final.

Vingt ans après, la toison jadis si noire de sa poitrine avait viré à un gris des plus sexy. Pour la nième fois, Grace s'étonna qu'il gagne en séduction avec l'âge, alors qu'elle-même avait l'impression de se faner lentement, mais sûrement... Ce n'était pas juste.

— Pour en revenir à cette maison, reprit-il, ce n'est pas qu'elle ne soit pas pour nous. Nous pourrions nous l'offrir, en faisant attention. Le vrai problème, c'est qu'elle n'est pas pour nous *maintenant*. Il y a des années, toi et moi sommes convenus que l'accès à la propriété ne collait pas avec notre style de vie. Le jour où je quitterai l'armée, nous irons où vous voudrons. On avisera à la retraite, voilà notre plan de toujours. Ce n'est pas vrai ?

Elle leva les yeux au ciel.

— Si... seulement, les plans peuvent changer.

À l'époque où ils avaient abordé le sujet, une seule fois, elle était effectivement tombée d'accord avec lui sur l'inutilité d'acheter une maison, étant donné la fréquence de leurs déménagements. Mais c'était une unique fois, et il y avait bien longtemps.

— Quand as-tu décidé de changer les règles ? attaqua-t-il. Qu'est-ce que c'est que ces nouveautés ?

Elle voulut répondre, mais il la coupa :

— Une propriété est un fardeau. Un gouffre financier. Quel intérêt y a-t-il pour nous à acheter dans un endroit d'où nous partirons dans moins de trois ans, je te demande un peu !

— Quel intérêt ? s'étrangla Grace. Et notre avenir, ça ne compte pas ? Si tu te souciais un peu de nous et pas uniquement de la marine, pour une fois ?

Il se raidit.

— Je pensais que tu étais toujours d'accord avec nos plans à long terme. Tu as éduqué – et ce n'est pas fini ! – les trois meilleurs gosses au monde. Ton mari va encore monter en grade dans la marine. Qu'est-ce qu'un engagement professionnel pourrait t'apporter en plus ?

Elle croisa les bras sur sa poitrine.

— Je n'arrive pas à croire que tu me demandes ça !

— Je n'arrive pas non plus à croire que tu demandes *ça*, riposta-t-il en désignant le dépliant. Pourquoi maintenant ? Pourquoi précisément cette maison ?

— Elle a quelque chose de très spécial, Steve. Viens au moins la visiter avec moi.

— À quoi bon, Grace ? Ce serait une perte de temps.

Il lâcha ces derniers mots avec un haussement d'épaules qui la hérissa.

— Je n'ai pas besoin de ta permission pour acheter une maison, articula-t-elle.

Elle le vit se raidir à nouveau.

— Tu ne le ferais pas.

Il semblait beaucoup plus sûr d'elle qu'elle ne l'était elle-même.

— Nous avons décidé d'un commun accord que nous attendrions ma retraite pour devenir propriétaires, répéta-t-il en guise de mise au point finale.

— Qu'à cela ne tienne : prends ta retraite et offrons-nous cette maison.

— Très drôle, Grace.

— Qui t'a dit que je plaisantais ?

Il enfila un T-shirt d'un mouvement sec.

— C'est évident !

8

— Officiellement, c'est-à-dire d'après le calendrier, c'est la dernière nuit de l'été..., annonça Emma à son frère après qu'ils eurent déposé Katie et Brooke au cinéma.

— Hé ? Qu'est-ce que tu racontes ? grogna Brian en mettant son clignotant pour signaler qu'il allait déboîter.

Même quand il conduisait, il ne pouvait s'empêcher de remuer. Ses doigts tambourinaient sur le volant, son corps battait la mesure, ses genoux tressautaient... Sa bougeotte perpétuelle rendait ses professeurs fous, mais comblait d'aise ses entraîneurs sportifs qui appréciaient ce trop-plein d'énergie.

— Eh oui, andouille : tu es quand même au courant qu'on a cours lundi !

— Youpi !

— Donc, non seulement nous vivons la dernière nuit de l'été, mais aussi le dernier samedi soir avant notre dernière rentrée des classes au lycée...

Et la dernière fois qu'elle irait acheter des fournitures scolaires avec sa mère et Katie. Et la dernière fois que Brian et elle rouleraient dans la nuit claire et fraîche, cherchant comment fêter dignement la fin de l'été avant de poursuivre leur chemin à la fac, chacun de son côté.

Brian se faufila sur la route côtière.

— Ouais, et alors ?

— Alors… rien, rétorqua sa sœur en réprimant son vieux sentiment d'exaspération. Simple observation.

Parfois, elle regrettait que son frère jumeau n'ait pas été une fille. Brian était tellement… garçon ! Si obtus, si terre à terre.

— On ferait bien d'en profiter, alors, commenta-t-il un moment plus tard, à sa grande surprise. Où a lieu la soirée, déjà ?

— À Mueller's Point. Comme d'hab'.

Ils connaissaient tous les lieux de ralliement ; ils avaient eu l'été entier pour étudier les us et coutumes du coin. Les jumeaux avaient pour règle de se faire des amis à toute allure, où qu'ils aillent. Ce n'était pas vraiment un don, plutôt un instinct de survie : quand on déménage tous les deux ans, soit on apprend à s'adapter et à faire son trou en vitesse, soit on meurt à petit feu victime de l'exclusion.

Les enfants d'un officier de marine n'avaient pas une existence facile. À six ans, Brian et elle savaient déjà décortiquer une ville, s'y intégrer et prendre leurs marques en un temps record. Le système n'était peut-être pas parfait, mais il fonctionnait. À ce jour, Emma avait gardé le contact avec des amis et amies éparpillés sur les cinq continents, des gamins rencontrés au gré des affectations paternelles avec lesquels elle avait tissé des liens de camaraderie aussi chaleureux que brefs.

C'était parfois terriblement frustrant, car il lui arrivait de ressentir de véritables affinités. Devoir partir était alors un crève-cœur. Chaque fois, les adieux donnaient lieu aux mêmes promesses : « Je ne t'oublierai jamais. Je t'écrirai tous les jours. Je viendrai te rendre visite tous les ans... » Mais, malgré leur sincérité, ces serments n'étaient jamais tenus. Jamais. C'était la vie, supposait Emma : une succession sans fin d'adieux et de promesses non tenues...

— Tout de même, ça fait un drôle d'effet, reprit Brian, accélérant en direction du parc du comté.

L'endroit, situé en bord de mer, était l'un des rendez-vous favoris des jeunes. Il comportait une cale pour les bateaux, un ponton et un brasero sur la plage.

— Quoi donc ?

— Ben, de se dire que c'est notre dernière rentrée des classes...

— Au lycée, oui. Mais il y a la fac.

— Il y a la fac, répéta Brian d'une voix morne, comme éteinte.

— Arrête de bouder. Tu pourras y jouer au baseball et faire des étincelles sur les pistes de course. Qu'est-ce qu'il te faut de plus ?

— P'pa veut que j'entre à l'École navale...

Son frère obtiendrait de passer l'entretien préliminaire et il s'en tirerait haut la main, aucun doute là-dessus. Brian était un battant. Mais être admis à l'académie ne serait qu'une étape. Toute la difficulté consisterait à en sortir en vainqueur. Pour ça, il devrait se dépasser et tout donner, sans réserve. Se couler dans le moule qui façonnait l'élite de l'armée. Devenir un pilote doté de qualités athlétiques, mais aussi morales et intellectuelles. Être bardé de diplômes universitaires, comme celui d'ingénieur. La marine ne confiait pas à n'importe qui les commandes d'une bombe volante de cinquante millions de dollars !

— Ce ne serait pas une si mauvaise idée, Brian.

— Oh non, pas toi !

— C'est une sacrée bonne affaire, si tu calcules bien. On t'offre la meilleure formation, et après tu as un boulot garanti. Un boulot génial, soit dit en passant.

— Et p'pa aura son fiston dans la marine, conclut Brian. C'est la clef de toute l'histoire, ne viens pas me dire le contraire.

— Bien sûr que c'est ça. Et alors ?

— Alors, c'est son rêve, pas le mien ! Il n'a pas pu entrer à Annapolis à mon âge et il a l'impression qu'en m'y envoyant, il réparera une injustice.

— Tu as une meilleure idée ?

— Oui : je pourrais fiche le camp et m'engager dans un cirque.

— Magnifique. Et par la même occasion, te présenter au concours du Frère le plus crétin de la planète.

— Bon sang, Emma ! Je viens d'avoir dix-huit ans et…

Sa jumelle pouffa.

— Pas possible ? J'aurais jamais deviné.

— Ha, ha. Ce que je veux dire, c'est que j'aimerais pouvoir vivre ma vie avant d'être vieux et décrépit. Quand est-ce que je vais pouvoir mettre en application le grand truc de Goethe, tu sais, quand il parle d'avancer hardiment dans la direction de ses rêves ?

Malgré son envie de lui rire au nez, Emma fut saisie par l'amertume de ses propos.

— Pourquoi pas maintenant ?

Il resta silencieux un bon moment, le regard fixé sur la route qui serpentait. La nuit volait à leur rencontre en déroulant un tapis d'étoiles au-dessus de la cime des arbres. Finalement, il haussa les épaules et lâcha :

— D'accord.

— D'accord quoi ?

— Je vais suivre ma voie, et pas celle que p'pa a tracée pour moi.

— Les Beaux-Arts ? chuchota Emma.

Elle ressentit malgré elle de l'admiration pour son frère. Il en rêvait depuis qu'il était tout petit.

— Oui, il faut que je me lance.

— Bon, mais papa va trouver que ce n'est pas un métier, que tu ne gagneras jamais ta vie avec un crayon… Et il n'a peut-être pas tort, Brian.

Elle songea aux dessins magiques de son frère. Son imagination sans limites savait créer de nouveaux mondes, des univers inconnus mais qui traduisaient des visions si nettes qu'on les croyait réelles.

— Peut-être papa veut-il simplement t'éviter d'être un artiste sans le sou, ajouta-t-elle.

— Si je me suis trompé, ce sera entièrement ma faute. P'pa n'a rien à voir là-dedans. Et puis, de toute façon, je préfère vivre sans le sou comme un artiste raté que de m'engager dans la marine. Nous sommes arrivés : place à la fiesta !

Emma hocha lentement la tête. À l'évidence, son frère n'irait jamais à Annapolis.

— Tu as prévenu papa ?

— Ça va pas ! Bien sûr que non.

— Mais tu as l'intention de le lui dire avant le prochain déploiement ?

— Et si tu te mêlais de tes oignons, pour changer ?

grommela Brian en garant la Bronco. Occupe-toi donc de tes propres projets d'avenir, d'accord ?

— Je n'ai pas de projets d'avenir. Je n'ai donc pas de problèmes.

Il haussa les épaules.

— Dans ce cas, tu devrais peut-être envisager de jouer au loto. À moins que tu convoites le titre de Ratée de la famille...

Il attrapa sur la banquette arrière deux énormes sacs de sticks au fromage – sa participation à la « fiesta » – et descendit de voiture sans attendre Emma. Elle n'en prit pas ombrage : un frère et une sœur n'arrivaient jamais ensemble à une soirée.

Cette question avait longtemps été une source de conflit entre eux. Le jour de leur cinquième anniversaire, les jumeaux s'étaient battus comme des chiffonniers, chacun revendiquant la place d'honneur. La bagarre avait pris fin brutalement lorsque Emma avait planté ses dents dans le bras de Brian, le mordant jusqu'au sang. Depuis, ils avaient toujours fêté leurs anniversaires séparément mais le même jour, l'un sous la supervision de leur mère, l'autre sous celle de leur père (à moins qu'il ne soit en mer, auquel cas quelqu'un le remplaçait, généralement la femme d'un autre officier de marine).

À en croire les psychologues et autres spécialistes, cette rivalité était une caractéristique des vrais jumeaux. Emma le tenait de sa mère, qui avait lu absolument tout ce qui avait été publié sur le sujet, de *Être de bons parents de jumeaux* à *L'Art d'éduquer les jumeaux*, en passant par *Comment élever des jumeaux comme des individus à part entière*... Dieu sait qu'il existait une tonne de littérature sur la question, pour permettre aux chers bambins de se sentir plus « normaux ».

Il était absurde de prétendre que la gémellité n'avait rien d'exceptionnel, songea Emma tout en se remettant du brillant à lèvres devant le rétroviseur. Cela dit, cette particularité n'était pas un problème, si on en décidait ainsi. Maintenant que Brian et elle en avaient presque terminé avec le lycée, cela n'avait plus grande importance. Ce qui ne signifiait pas pour autant qu'elle ait envie d'arriver à une soirée avec son frère !

La fête était déjà bien entamée. Un groupe de jeunes était assis autour d'un grand feu, et un autoradio allumé dans l'une des voitures diffusait de la musique à plein volume. Des feux d'artifice abandonnés sur place depuis le 4 Juillet sifflaient dans le crépuscule avant d'exploser en gerbes multicolores. Quelques sacs de provisions et des glacières jalonnaient les lieux. Les dernières lueurs du jour s'attardaient sur l'eau, ondulant avec le mouvement des vagues.

Le moral d'Emma remonta lorsqu'elle reconnut plusieurs de ses amis près du feu. Les bûches rougeoyantes dégageaient une odeur bizarre et les flammes pétillantes illuminaient le visage des participants, presque tous ses futurs condisciples de terminale. La moitié d'entre eux étaient aussi des enfants de militaires, les autres, des gosses de la région, qui connaissaient le coin comme leur poche.

Des bois flottants polis et délavés par les tempêtes, judicieusement échoués sur la plage, faisaient office de bancs. Brian, qui s'était déjà mêlé au groupe, avait pris place entre deux pom-pom girls. Les filles étaient folles de son frère : elles raffolaient de son charme tout fou, de sa chevelure blonde et du bleu de ses yeux, ainsi que de la gentillesse spontanée qui constituait sa seconde nature.

Emma entra à son tour dans le cercle de lumière, et Cory Crowther se leva aussitôt pour l'accueillir. Le genre d'initiative qu'elle appréciait.

Cory était très beau gosse, dans le style super-héros tout en muscles : larges épaules et sourire géant. Son ego était probablement lui aussi surdimensionné, mais il avait l'air de la trouver intéressante. Bien qu'il ait été absent presque tout l'été, tout le monde le connaissait, ne serait-ce que parce qu'il était le capitaine de l'équipe de football et le fils du CAG, excusez du peu.

— Salut, Emma, lança-t-il avec un accent traînant des plus sympathiques – peut-être légèrement accentué par la bière.

Il tapota le tronc d'arbre, à sa droite.

— Viens t'asseoir avec nous. Tu connais Darlene Cooper, je suppose ?

— Salut, Darlene.

Emma sourit à la bimbo assise à gauche de Cory.

— Salut.

Darlene était une fille un peu ronde, qui arborait un T-shirt délavé ainsi qu'une collection de piercings, alliés à des cheveux multicolores. La cool de chez cool, songea Emma.

Darlene poussa la glacière vers elle.

— Une bière ?

— Merci.

Emma n'y tenait pas trop, mais elle prit quand même une cannette, pour faire comme tout le monde.

Elle boirait quelques gorgées et garderait la bouteille à la main, histoire de ne pas passer pour une pimbêche.

— Alors, pas trop nerveuse à l'idée de faire ta rentrée dans un nouveau bahut ? demanda Cory.

Emma secoua la tête.

— Si j'avais dû me rendre malade chaque fois que j'ai changé de ville, je me serais flinguée dès l'école primaire.

Ça le fit rigoler.

— Je suis content que tu ne te sois pas flinguée.

Sa jambe se déplaça légèrement – hasard ou non ? –, de telle sorte que sa cuisse chaude et musclée rencontra celle d'Emma – qui ne la recula pas. Elle sourit. Cory était peut-être un peu imbu de lui-même, mais c'était un personnage de premier plan par ici, très important dans l'univers clos, fermé sur lui-même et parfois brutal du lycée. Elle aurait tout à gagner à s'en faire un allié.

— Tu es de quel coin, toi ? lui demanda Darlene.

— D'un peu partout. Dernièrement, j'habitais Corpus Christi. Et toi ?

Darlene avala une longue gorgée de bière.

— D'un peu partout, comme toi. Chaque fois que mon père reçoit une nouvelle affectation, on met les voiles. On vit ensemble, juste lui et moi.

— Ta mère n'est pas avec vous ?

— Non. Elle a fichu le camp quand j'étais bébé. Je ne l'ai pas revue depuis.

Emma perçut la souffrance derrière le ton faussement nonchalant.

— Mais comment fais-tu quand ton père est en mer ?

— Ça dépend. En général, je m'installe chez des

amis ou des proches. Une fois, j'ai même dû aller dans une famille d'accueil.

Elle renversa la tête en arrière et avala une autre gorgée.

— Mais cette année, ce sera cool. Maintenant que j'ai dix-huit ans, j'ai l'appartement pour moi toute seule quand il est en déplacement. Et vous savez quoi ? Il y a un jacuzzi dans notre résidence !

— C'est bon à savoir, commenta Cory.

— Oh, là là ! tu en as de la chance ! s'extasia Shea en enroulant un doigt dans ses mèches brunes.

Shea portait un short en nylon très large, comme les athlètes, et un sweat-shirt à la gloire de l'équipe de foot des Huskies. Son père était le pasteur de l'église luthérienne de la Trinité, à Oak Harbor, et Shea passait ses vacances à l'école biblique. Emma savait que la congrégation tout entière aurait été sidérée de voir la fille du pasteur assise parmi eux, buvant de la bière. Les adultes ont tendance à voir ce qu'ils ont envie de voir. Sous prétexte que Shea avait grandi dans un cadre religieux, ils la prenaient pour une petite fille bien sage, irréprochable.

Emma pointa un doigt sur les insignes qui ornaient la veste de Cory.

— Toi, tu es resté dans le même lycée pendant quatre ans, comment ça se peut ?

Il étendit ses longues jambes vers le feu.

— On a été débarqués ici il y a cinq ans, et ma mère a décidé de rester.

— Mais comment faisiez-vous quand ton père recevait un nouvel ordre d'affectation ?

— Ben... il partait sans nous. Mon vieux est devenu le vétéran des porte-avions. Il est à terre en ce moment, et il réapprend à vivre en famille. Mais ça n'a jamais vraiment été son truc. Il était fait pour le QOC.

Emma se retint d'une main au tronc d'arbre qui leur servait de siège et se retourna pour contempler l'eau noire parsemée d'étoiles mouvantes.

Elle ne parvenait pas à imaginer son propre père dans le QOC, le Quartier des officiers célibataires. Sans sa moitié et ses gosses, il sécherait sur pied et mourrait. Chaque famille était différente. Emma se réjouissait que ses parents à elle soient toujours restés unis, soudés, que chaque ordre d'affectation les ait envoyés tous ensemble à Fallon, au Nevada, ou au fin fond de l'Alaska.

— Aucune chance que ma mère déménage, maintenant qu'elle a trouvé le pavillon de ses rêves à Penn Cove, expliqua Cory.

— Décidément, cet endroit semble produire son petit effet sur les femmes de militaires, déclara-t-elle en revoyant l'expression de sa propre mère quand elles étaient allées visiter cette maison géniale, sur la falaise.

Darlene décapsula une autre bière en soupirant :

— Ça doit être super de rester au même endroit pendant cinq ans. J'imagine même pas !

— Dis donc, t'es pas à plaindre, avec ton appart ! rétorqua Cory. Dès que nos vieux seront repartis en mission, ça va être souvent la fête chez toi !

Darlene jeta un bout de bois dans les braises et regarda les flammes se refermer dessus.

— Sûr.

Emma ne put s'empêcher d'éprouver de la compassion pour Darlene. Elle buvait trop et ne réussissait pas vraiment à dissimuler la solitude qui assombrissait ses yeux.

— Alors, tu ne regrettes pas trop le Texas ? demanda Shea à Emma. Tu as laissé un copain là-bas ?

— Oui et non.

Emma sourit malicieusement.

— Le climat texan est trop chaud pour moi, mais c'est vrai, il y avait un garçon.

Elle était sortie pendant six mois avec Garrett. Un petit ami génial : beau, prévenant, gentil et hyper-cool. Sa famille n'avait jamais vécu ailleurs qu'à Corpus Christi, où son père était professeur de golf. Quand elle avait quitté le Texas, ils avaient pleuré tous les deux. Garrett avait juré de lui écrire, de lui téléphoner et de lui envoyer des mails tous les jours. Emma, quant à elle, n'avait rien promis du tout. À force, elle avait appris que cela ne servait à rien. Mais son pauvre cœur trop tendre, lui, ne s'y ferait jamais. Il se brisait chaque fois, malgré ses tentatives pour le protéger.

— Mais tu n'as pas de petit ami en ce moment, souligna Cory.

— Exact.

Il colla derechef sa jambe à la sienne.

— Ça pourrait changer.

Un hululement ressemblant à un cri de guerre indien explosa dans la nuit. Une cavalcade de pieds nus fit vibrer les planches en bois du ponton et un bruit de plongeon annonça la deuxième phase des festivités nocturnes. Sauter dans les eaux glacées du Puget Sound était depuis des temps immémoriaux le sport local. À marée basse, le ponton était assez haut pour flanquer délicieusement la frousse et l'eau suffisamment profonde pour qu'il n'y ait aucun danger.

Le premier à se lancer, un maigrichon répondant au prénom de Théo, barbota dans l'eau sombre, le clair de lune miroitant sur son crâne rasé.

— Alors quoi ? Vous venez ? cria-t-il. Vous n'allez pas me laisser me geler tout seul ! Qu'est-ce que vous attendez ?

— J'arrive ! lança Darlene en enlevant sa chemise et son short pour ne garder que son maillot de bain.

D'autres bruits de plongeon retentirent. Des cris aigus vibrèrent dans l'air pur de la nuit. Aux oreilles d'Emma, ce chahut avait la mélancolie des dernières fois. Elle devinait que la fin des vacances était dans tous les esprits. Cela, et peut-être la pensée qui l'avait titillée récemment : très bientôt, ils seraient tous lâchés dans le monde des adultes, livrés à eux-mêmes. Une perspective inévitable, à la fois enthousiasmante et intimidante.

Dans un éclat de rire, Shea se leva d'un bond et courut rejoindre les autres. Elle vacillait comme un bateau dans la tempête, et Emma eut presque l'impression d'entendre la bière glouglouter à l'intérieur de l'estomac de la fille du pasteur.

— Elle est en état de nager ? demanda-t-elle à Cory.

— À mon avis, avec ce qu'elle a ingurgité, elle est même capable de voler !

— Sans blague, combien de bières a-t-elle bues ?

Il sourit d'un air entendu.

— La bonne question est : combien de ces trucs a-t-elle avalés ?

Il agita un petit sachet en plastique contenant six

pilules sur lesquelles figurait le dessin minuscule mais aisément reconnaissable d'une cerise. Il en fit glisser une dans sa paume.

— À toi, baby.

Emma détestait se trouver dans ce genre de situation. Envoyer balader le garçon le plus sexy et le plus influent du campus n'était pas une bonne idée. Mais c'était encore pire de toucher à l'ecstasy.

— Je vais m'en tenir à la bière, dit-elle, et elle joignit le geste à la parole en avalant une gorgée de bière.

— Tu as la frousse ? Laisse-toi tenter.

Emma jeta un regard autour d'elle et s'aperçut que Cory et elle étaient seuls près du feu. Tous les autres étaient partis sur le ponton, et la nuit noire au-delà du cercle de lumière produit par les flammes conférait au moment une intimité nouvelle.

— Non merci, dit-elle dans un rire en secouant la tête. Tu ne devrais pas toucher à ça non plus, d'ailleurs. Tu n'as pas l'intention de te présenter à l'École navale ?

— Bien sûr que si. C'est une tradition sacro-sainte chez les Crowther.

— Ah oui ? Il me semble pourtant avoir entendu dire qu'on n'aimait pas du tout ce genre de substances à l'académie…

— T'inquiète.

Cory rangea le sachet et s'étira voluptueusement.

— Je serai propre comme un sou neuf le jour où je passerai la visite médicale.

— Non, ce que je veux dire, c'est que si tu intègres l'armée…

Elle s'interrompit et haussa les épaules.

— Je suis pour le respect des libertés individuelles, mais je dormirai mieux la nuit si je sais que nos soldats sont clean et sobres.

— Hé, réveille-toi, petite fille ! La meilleure came sur le marché est celle que fournit l'armée !

Emma préféra changer de sujet. Même dans la marine, il y avait des problèmes de drogue, elle ne l'ignorait pas. Un bon nombre d'hommes et de femmes sous les ordres de son père étaient touchés par ce fléau ; certains à peine plus âgés qu'elle. Le capitaine Steve Bennett leur ordonnait de suivre une cure de désintoxication, et ce sans doute plus fréquemment encore qu'elle ne le supposait.

— Parlons un peu de toi, reprit Cory. Tu comptes aller en fac à la rentrée prochaine ?

Un sentiment d'incertitude, désormais familier, la fit frissonner de la tête aux pieds. Pourquoi était-elle différente des autres ? Tous les garçons et filles de son âge avaient une idée, même vague, de ce qu'ils feraient après le lycée. Ou au moins de ce qui leur plairait. Pas elle. Quand elle réfléchissait à son avenir, aucune image claire ou cohérente ne s'imposait à son esprit.

Elle jeta un regard en coin à Cory. Elle n'avait certainement jamais fréquenté un aussi beau garçon, mais on ne confiait pas les secrets de son cœur à une star du foot. Apparemment, Cory n'avait même pas remarqué qu'elle n'avait pas répondu.

— Pourquoi tu me regardes comme ça, petite fille ?

— Pourquoi veux-tu absolument m'appeler petite fille ?

— Tu préfères que je t'appelle grande fille ?

— Je préférerais que tu m'appelles Emma.

— Emma. Mmm, joli prénom.

Ça, il manquait de conversation, mais il avait une façon bien à lui de la regarder, comme si elle comptait réellement à ses yeux. Elle aurait été incapable de dire si son intérêt était sincère ou s'il s'agissait seulement de sa manière de flirter. La sensation d'intimité et de solitude semblait décuplée par le feu. Même si Emma entendait leurs camarades rire et s'éclabousser en poussant des cris, elle distinguait à peine ce qui se passait derrière la flaque de lumière.

— Comment se fait-il que tu n'aies pas une petite amie, Cory ? lui demanda-t-elle.

— Qu'est-ce qui te fait dire que je n'en ai pas ?

— C'est la dernière nuit de l'été et tu es assis ici avec moi. Si tu avais une petite amie, tu serais avec elle.

Il se tourna pour lui faire face, et la brise ébouriffa ses cheveux bruns. Sa main effleura la nuque d'Emma et glissa doucement le long de son dos.

— Je suis peut-être avec elle en ce moment.

Son sourire cent pour cent hollywoodien étincela littéralement dans l'ombre.

— Oui, je suis peut-être avec elle…

Elle rit tout bas mais ne put réprimer un petit frisson voluptueux.

— Vantard.

Elle le laissa cependant l'embrasser. Elle en avait envie, et la technique de Cory s'avérait irréprochable. Il semblait savoir exactement comment placer sa bouche et l'enlacer dans ses bras musclés. Elle aimait cela quand elle était avec un garçon plutôt que de se faire tripoter. Cette sensation des bras d'un garçon autour de ses épaules, de ses lèvres sur les siennes lui avait manqué tout l'été.

La langue de Cory cherchait la sienne. Cette soudaine intimité la choqua et l'excita tout à la fois. La partie d'elle-même qui avait été élevée à l'école de la bienséance de Grace Bennett lui ordonna de mettre immédiatement un terme à ce baiser. On ne se laissait pas aller de cette façon avec un garçon qu'on connaissait à peine.

À regret, elle posa les mains sur les avant-bras musclés de son partenaire. Mais ce mouvement de recul ne produisit pas l'effet escompté : Cory resserra son étreinte, et l'autre partie d'elle-même en savoura la force passionnée, laissant les sensations délicieuses l'emporter sur la raison. Peu lui importait qu'on la voie ou qu'on la juge. C'était la fin de l'été, la vie était belle – et elle avait bien l'intention d'en profiter !

Jusqu'à ce que son jumeau casse tout. Avec des cris de dément, il se rua à l'intérieur du cercle de lumière dessiné par le feu.

— Vous devriez y aller ! cria-t-il en les éclaboussant de gouttes glacées. Elle est délicieuse !

Emma et Cory se séparèrent comme deux charges négatives. Elle rajusta ses vêtements et foudroya son frère des yeux.

Brian grelottait devant le feu, vêtu uniquement de son short. Il avait la chair de poule, l'eau avait plaqué ses cheveux sur son crâne. Darlene le rejoignit en riant, immédiatement suivie par une autre fille qu'Emma reconnut. Elle s'appelait Lindy, mais Emma et Katie lui avaient trouvé un autre nom : Pot de colle. Elle était folle de Brian et lui avait couru après tout l'été.

— Ne vous occupez pas de moi, dit-il. Je me réchauffe et j'y retourne.

— C'est aussi ce qu'on était en train de faire, grommela Cory en riant jaune.

— Rends-moi service, Crowther : la prochaine fois que tu décideras de peloter ma sœur, attends que je ne sois pas là. Ça me révulse.

Il mima un haut-le-cœur.

— Mêle-toi de tes oignons, grogna Cory en remuant les braises avec un bout de bois, faisant jaillir du feu un nuage d'étincelles.

— Hé, je sais pourquoi tu te tires à ton entraînement de foot tous les étés, lança Brian.

— Parce que je suis le meilleur, c'est aussi simple que ça.

— Non, c'est parce que tu es trop gros et trop mou pour faire partie de l'équipe d'athlétisme.

Cory poussa un grondement et se rua sur lui. Ses mains furibondes happèrent le vide. Aussi vif que Bip Bip échappant à Vil Coyote, Brian détala dans un éclat de rire moqueur. Même nu-pieds, il réussit à distancer Cory sous les acclamations générales. Il l'obligea à le pourchasser tout autour du parc, slalomant autour des poubelles et des tables de pique-nique, entrant et sortant des zones d'ombre comme un trait de lumière.

Emma les suivit des yeux, à la fois amusée et exaspérée. Elle était tentée d'entamer un flirt avec Cory, mais en même temps elle ne pouvait blâmer Brian de jouer les grands frères protecteurs. Elle avait exactement la même réaction quand une fille qu'elle n'aimait pas se jetait au cou de Brian.

— Cory va le tuer ! s'inquiéta Lindy.

— Pour ça, il faudrait déjà qu'il l'attrape, sourit Emma.

— Brian court vraiment très vite, soupira Pot de colle d'un air rêveur.

— Personne n'a jamais pu le battre depuis la quatrième.

Son frère avait toujours été rapide comme le vent. Sauf une année, juste avant l'adolescence : ses jambes à elle avaient grandi plus vite, du coup, elle l'avait battu à la course. Dépassé par une fille… il en avait été malade, et elle, ravie.

Emma regarda les deux garçons qui continuaient à se pourchasser sur la plage. Un peu plus petit mais beaucoup plus agile, Brian conservait l'avantage, poussant Cory à le charger comme un taureau enragé. Finalement, il prit le risque de s'engager sur le ponton et le remonta en courant sur toute sa longueur, sans se soucier de ralentir en parvenant à son extrémité.

Cory comprit trop tard le piège dans lequel il était tombé. Emma éclata de rire, imaginant son juron au moment où il prenait conscience de l'inéluctable. Il tenta de freiner au bout de la jetée glissante, agita les deux bras comme les ailes d'un moulin à vent, et perdit l'équilibre. Sa chute sonore dans l'eau mit un terme au spectacle.

Sans cesser de rire, Emma s'avança vers le ponton.

— La guerre est terminée ! cria-t-elle en se penchant pour mieux voir les deux garçons qui remontaient à la surface, toussant et crachant.

— Fils de pute ! jeta Cory à un Brian hilare. Ma veste est fichue, mon portefeuille trempé !

— Ça sent le roussi, chuchota Linda. Tu ferais mieux de dire à ton frère de s'excuser.

— C'était pour rire, répondit Emma.

— N'empêche, vous avez ridiculisé Crowther

devant tout le monde. Il va se venger et faire de votre vie un enfer.

— Qui, Cory ?

Emma secoua la tête.

— Il a l'air très sympa.

— Il n'aime pas qu'on se paie sa tête.

Emma jeta un coup d'œil autour d'elle pour voir si quelqu'un avait une serviette de bain sèche. C'est alors qu'elle aperçut à ses pieds le sweat-shirt UW Huskies de Shea. Bizarre. Elle n'apercevait pas la jolie brune au milieu du petit groupe qui se tenait au bout du ponton. Et dans l'eau, il n'y avait que Brian et Cory.

— Où est passée Shea ?

Personne ne répondit pendant quelques secondes.

— Je ne la vois nulle part, dit enfin quelqu'un.

— Est-ce qu'elle est allée se baigner ?

— Moi, je l'ai vue plonger il y a une dizaine de minutes.

— Dix minutes !

Personne ne restait aussi longtemps dans une eau à treize degrés. Emma s'humecta les lèvres et demanda :

— Quelqu'un a une torche ?

— Tu crois qu'elle est toujours dans l'eau ? fit une voix tremblante.

— Je crois qu'on devrait s'assurer qu'elle n'y est pas.

— Je fonce regarder dans la boîte à gants, dit Lindy. Mon père y entasse un tas de choses.

Les ados qui n'étaient pas encore ivres scrutèrent l'eau en appelant Shea. Quelqu'un braqua les phares d'une voiture sur la mer, puis Lindy les rejoignit en courant avec une torche. Emma aperçut Brian et Cory qui émergeaient de l'eau, le premier gardant prudemment ses distances avec le second. Ils se tordaient de rire tous les deux, maintenant, nota-t-elle rapidement. Personne ne restait longtemps fâché avec Brian.

Mais Shea était toujours portée manquante.

Le long de la plage, les vagues venaient mourir sur les gros paquets d'algues ou sur les pièces de bois flottant gisant çà et là sur le sable.

Emma sentait ses nerfs se tendre. Toujours pas trace de Shea. Peut-être n'était-ce pas justifié, mais l'inquiétude continuait à la gagner.

— J'ai une lampe ! cria de loin Lindy en revenant tout essoufflée.

Elle promena le faisceau lumineux sur l'eau noire.

— Tu la vois ? interrogea Emma.

La lumière effleura une balise, à quarante mètres de là.

— Non.

Lindy braqua sa lampe dans une autre direction.

— Non, ne balaye pas la surface de l'eau au hasard, dit Emma. Procède avec méthode.

En dépit des appels de plus en plus angoissés qui montaient de tous côtés, elle restait à la fois calme et lucide. Quelqu'un émit l'idée que Shea était probablement en train de cuver sa bière dans une voiture, peut-être même sur la plage, mais Emma continua à scruter la mer. Son regard suivait le rayon lumineux de la torche. Sans quitter l'eau des yeux une seule seconde, elle ôta ses sandales puis sa chemise.

— Qu'est-ce que tu fais ? demanda Lindy. Tu veux aller la chercher à la nage ?

— Non. Mais dès qu'on l'aura repérée, je...

Elle agrippa le bras de Lindy.

— Attends ! Reviens un peu en arrière, ordonna-t-elle d'une voix qu'elle eut du mal à reconnaître.

Elle dirigea elle-même le faisceau sur la gauche. Il y avait quelque chose dans l'eau.

— Est-ce que c'est elle ? gémit Darlene.

— Impossible à dire.

Cela ressemblait à un amas d'algues enchevêtrées, ou à des débris flottants. Emma se dressa.

— Surtout, gardez la torche braquée à cet endroit. Je vais voir.

— Je crois que c'est elle, souffla Lindy. Ô mon Dieu, elle ne bouge pas !

Emma avait déjà plongé.

L'eau était si froide que sur le coup, elle ne sentit rien. Puis une brûlure la parcourut comme un incendie de forêt. La flamme glacée l'écorcha du cuir chevelu aux orteils. Elle nageait de toutes ses forces quand elle refit surface dix mètres plus loin. Malgré le contact de l'eau salée, elle gardait les yeux ouverts. La lumière de la torche de Lindy tremblait, mais restait fixée sur la forme indistincte.

Dans les cours de secourisme, on disait toujours de ne penser à rien d'autre qu'à la tâche à accomplir. Emma concentra toutes ses pensées sur Shea. La mer était si glacée que, très rapidement, elle ne sentit plus ses doigts ni ses orteils. Pourvu qu'elle se soit trompée... que ce ne soit pas Shea qui flotte là...

Mais à l'instant où son cerveau formulait cette prière, elle reconnut le halo sombre des longs cheveux noirs de la jeune fille déployés dans l'eau, et la bulle verte formée par son short en nylon – peut-être ce qui la maintenait à la surface.

Elle agrippa Shea et parvint à la retourner sur le dos. Elle prononça son prénom sans attendre réellement de réponse, et n'en eut aucune. Ce fut un corps glacé et inerte qu'elle empoigna tant bien que mal pour le ramener vers la plage.

Emma avait passé son diplôme de sauveteur au Texas, sous la férule d'un maître nageur retraité de l'armée, et ses vociférations d'ancien sergent-chef retentissaient encore dans sa tête. Il était si sévère que la moitié des élèves avaient abandonné après la première séance. Mais pas elle. Ses aboiements, ses sarcasmes, son insistance pour qu'elle apprenne et récite par cœur toutes les étapes d'un sauvetage prenaient leur sens aujourd'hui. Si l'on voulait être efficace, il fallait se montrer capable d'agir dans l'urgence et le stress en se rappelant la procédure jusqu'au plus petit détail. La moindre erreur pouvait être fatale.

Nager dans le noir et le froid glacial en traînant une victime inconsciente tenait du cauchemar. Emma avait la sensation de ne pas avancer d'un centimètre. L'eau devenait une masse compacte, ennemie, qui freinait ses mouvements, l'empêchait de progresser, semblant aspirer leurs deux corps comme des sables mouvants.

Emma entendait le râle de sa propre respiration, un sifflement asphyxié qui montait dans l'aigu à la fin de chaque inspiration douloureuse. Seules l'adrénaline et sa volonté de fer lui donnaient la force de continuer. Brian nageait moins bien qu'elle et il était trop essoufflé par sa course pour lui venir en aide. Elle devrait s'en sortir seule.

Elle progressait lentement, un mouvement après l'autre, concentrée sur l'instant présent, refusant de se laisser gagner par le doute. Cependant, elle ne pouvait s'empêcher de visualiser les profondeurs béantes, au-dessous d'elle, trop sombres pour qu'on les y retrouve un jour.

Sa respiration s'accéléra encore, et elle s'obligea à nager encore et encore, sachant que chaque battement de pieds et de mains la rapprochait un peu plus de la rive, de la vie. Elle percevait tout de même les étoiles qui scintillaient, et la lune qui, brillant d'un coup violemment, l'aveuglait. Puis elle se rendit compte que la lumière venait des phares d'une voiture. Son pied toucha le fond. Oh, merci mon Dieu, songea-t-elle. Merci, mon Dieu !

Brian et Cory se précipitèrent dans l'eau pour saisir Shea sous les aisselles et la tirer sur la plage. Entre eux, son corps inerte ressemblait à un cadavre crucifié. Emma trébucha, cherchant de l'oxygène, émettant un râle à chaque inspiration. Mais elle trouva assez de ressources pour ordonner :

— Allongez-la. Mettez-la sur le dos.

Ils étendirent Shea sur le sable mouillé. Tout le monde quitta le ponton en courant pour venir voir puis s'arrêta à quelques pas de la forme inerte, comme si un champ de force invisible les maintenait à distance. Emma se laissa tomber à genoux à côté de l'adolescente.

Dans le faisceau vacillant de la lampe-torche braquée par une main tremblante, Shea ressemblait à une statue sculptée dans la pierre, la peau grise et terne, les lèvres sans couleur, les yeux bizarrement entrouverts, révulsés… Ses mains étaient gonflées comme des éponges saturées d'eau.

— Merde, souffla Cory. Elle ne respire plus.

— Elle est morte ? s'écria quelqu'un.

— On te dit qu'elle ne respire plus, rétorqua un autre. Ça veut dire qu'elle est morte, imbécile !

— Quelqu'un a un portable ? lança Brian. Il faut appeler le 911, vite !

Emma savait que le délai moyen d'intervention des urgences locales était de quinze minutes, à supposer que les secours réussissent à gagner rapidement ce coin perdu. Il serait sûrement trop tard pour Shea.

Restait la méthode qu'on lui avait apprise, songea Emma en se creusant la cervelle pour se remémorer ses cours de secourisme. Dégagement des voies respiratoires, bouche-à-bouche et… zut, quel était le troisième point, déjà ? Le sergent avait pourtant gravé en elle la procédure ! Elle la connaissait, mais son cerveau affolé ne fonctionnait plus normalement. Pourquoi personne n'avait-il pensé à la préparer à la réalité, à lui dire qu'un jour elle serait ni plus ni moins amenée à tenter de ressusciter un cadavre, ou presque ?

Cette pensée horrible la traversa comme un électrochoc et ses mains s'activèrent. Elle pouvait y arriver. Elle devait y arriver !

— Pas le temps d'attendre les secours… poussez-vous ! Je vais pratiquer la manœuvre de Heimlich.

Cory et Brian échangèrent un regard et s'écartèrent.

— Ce n'est pas un truc qu'on fait aux gens qui s'étouffent ? demanda quelqu'un.

— Fermez-la. Elle est secouriste, dit Brian.

Emma ignora les murmures dubitatifs et se concentra. Seigneur, ces paupières entrouvertes lui donnaient la chair de poule. Un noyé avait seulement cinquante pour cent de chances de survivre, à moins que les voies respiratoires n'aient été dégagées avant le massage cardiaque. En ce cas, ses chances s'élevaient à quatre-vingt-dix-sept pour cent. Emma préférait nettement la seconde option.

Elle tourna la tête de Shea sur le côté et de l'eau s'écoula de sa bouche. Posant ses deux mains l'une sur l'autre, elle utilisa le poids de son corps pour effectuer la manœuvre de Heimlich. Un peu plus d'eau s'échappa de la bouche de Shea. Emma renouvela l'opération jusqu'à ce qu'il n'y en ait plus à évacuer.

— D'accord, murmura-t-elle pour elle-même. Les voies respiratoires sont dégagées… Maintenant, respire, Shea… Respire !

Mais entre le bruit des vagues et le brouhaha angoissé des voix autour d'elle, il était impossible d'entendre si la jeune fille réagissait ou non. Elle se pencha, cherchant ce qui pouvait obturer les voies aériennes, glissant ses doigts à l'intérieur de la bouche. Vite, vite ! Son cœur transmettait le message d'urgence à son cerveau et à ses mains. Shea ne respirait toujours pas. Elle allait devoir lui faire du bouche-à-bouche, insuffler à nouveau de l'air dans ses poumons.

Emma essaya de faire abstraction de ses yeux entrouverts et révulsés, du contact glacé de sa peau caoutchouteuse. Son cerveau se concentra sur une seule et unique pensée : redonner vie à ce corps inerte allongé sur le sable. La première tentative de respiration artificielle fut maladroite et inefficace. Le goût de la bière et de l'eau salée lui emplit la bouche. Ses dents cognèrent contre celles de Shea, et elle ne scella pas sa bouche sur la sienne de façon totalement hermétique. Derrière elle, quelqu'un murmura « c'est dégueulasse ! », mais Emma ne l'entendit même pas, totalement investie dans ce qu'elle faisait.

— Waouh, croassa l'un des spectateurs. C'est glauque…

— La ferme ! siffla Brian. Allez plutôt chercher une couverture ou une serviette.

Emma releva la tête pour regarder si la poitrine de Shea se soulevait. Difficile à discerner dans la pénombre. Allez, s'encouragea-t-elle. Tu peux faire mieux que ça.

Sa deuxième tentative fut couronnée de succès : cette fois, l'air circula. Elle le sentit, comme si elle gonflait un canot en plastique.

Au début, Shea ne donna aucun signe de vie, mais Emma s'obstina. Souffle, tourne la tête pour regarder sa poitrine, souffle, tourne la tête… Tout ce qui l'entourait disparut progressivement de son champ de vision, de même que les bruits autour d'elle s'étaient estompés : les filles qui sanglotaient, les garçons qui dansaient d'un pied sur l'autre en jurant, les vagues qui s'écrasaient sur le sable, puis refluaient dans l'obscurité.

Le rythme de la respiration artificielle s'imposa peu à peu – souffler, compter un-deux-trois, souffler. Ses lèvres devinrent insensibles, la tête commença à lui tourner, mais elle ne ralentit pas la cadence et sut qu'elle n'arrêterait pas, quoi qu'il arrive. Une force inconnue la poussait à continuer, encore et encore.

Elle eut brusquement l'impression d'être venue au monde dans ce seul but.

Elle capta la petite étincelle de vie à l'instant où elle se produisit. Le doute se mua en certitude, lentement, presque imperceptiblement. Pas du tout comme dans les films où la victime laissée pour morte se redresse d'un coup en exhalant une respiration dramatique. Ce fut juste un soupir et un frisson, si subtils qu'Emma crut d'abord les avoir imaginés. Mais non. Shea eut un spasme. Des deux mains, Emma la fit basculer de côté. Puis tout s'enchaîna.

Le corps de la noyée se convulsa tandis que la vie revenait en elle. Quelqu'un hurla, puis tout le monde s'approcha pour voir le miracle qui venait de se produire sur la plage.

Shea haletait et enfonçait ses mains dans le sable pour s'asseoir, toussant et hoquetant sans pouvoir s'arrêter.

Épuisée, Emma s'écroula à côté d'elle, prise de vertige et stupéfaite.

— Shea, tu sais où tu es ? Tu te rappelles ce qui t'est arrivé ? demanda-t-elle en lui tapotant le dos.

Les yeux de la jeune fille reprirent vie, mais restèrent fixés au loin.

— J'ai peur. Je veux retrouver ma mère, balbutia-t-elle en enserrant ses genoux repliés de ses bras, secouée de frissons.

— Tu devrais rester allongée, le temps de reprendre tes esprits, lui conseilla Emma avant de se tourner vers les autres. Quelqu'un a appelé les secours ?

— Oui, moi, dit Lindy.

— Je ne veux pas les voir ! gémit Shea.

Elle se frotta les bras et frissonna à nouveau. La certitude qu'elle avait failli mourir hantait ses yeux.

— Je veux rentrer à la maison. Maintenant.

— Tu sais, ce serait plus raisonnable d'attendre l'arrivée des secours, insista Emma.

— J'ai dit que je ne voulais pas les voir !

Brian tendit la main pour aida Shea à se lever. Quelqu'un lui posa une serviette de bain sèche sur les épaules.

— Appuie-toi sur moi, dit Brian en la soutenant. Tu te sens capable de marcher ?

— Accompagne-la jusqu'à ma Dodge Ram, ordonna Cory. Je vais la reconduire chez elle.

Emma savait qu'elle aurait dû insister pour qu'ils attendent les secouristes, mais devant la mine désespérée et misérable de Shea, elle ne discuta pas.

— Je veux rentrer à la maison, répétait l'adolescente en se tordant les mains.

Quelqu'un lui tendit un paquet de vêtements secs qu'elle serra contre sa poitrine. Elle continuait à frissonner violemment, presque convulsivement.

— Il faut que je rentre chez moi.

— Ça va aller, la rassura Emma.

Elle tremblait de tous ses membres, elle aussi.

— Mais tu devrais informer tes parents de ce qui s'est passé, et peut-être faire venir un médecin pour qu'il t'ausculte…

— Non. Pas question. Jamais !

Ses yeux n'étaient que deux trous sombres.

— Toi, tu veux bien m'accompagner chez moi, dis ?

— Bien sûr, acquiesça Emma, consciente que Shea était au bord de l'hystérie.

— Je me sens si… bizarre. Si stupide.

— On est tous soulagés que tu ailles mieux. Va t'installer dans la camionnette de Cory. Je te rejoins dans une minute.

Shea s'éloigna en direction de la route, son paquet de vêtements toujours serré sur sa poitrine.

Emma resta totalement immobile pendant un moment. La nuit avait gagné une qualité surnaturelle. Des pensées tournoyaient dans sa tête – elle n'avait toujours pas choisi la fac à laquelle elle souhaitait s'inscrire… elle avait rendez-vous chez le dentiste… elle ne savait pas encore si elle allait obtenir les horaires de travail qu'elle souhaitait à la piscine… Puis, d'un coup, ce tourbillon d'idées éparses se désagrégea. Un frisson la secoua de l'intérieur tandis que son taux d'adrénaline retombait.

Cory lui passa un bras protecteur autour des épaules.

— Tu as vraiment été géniale. Tu lui as sauvé la vie.

— Merci, murmura-t-elle – mais elle ne savait pas très bien au juste de quoi elle le remerciait.

On éteignit le feu, on ramassa et on roula les nattes en paille, puis tout le monde reflua en désordre vers les voitures, se fondant dans la nuit. La soirée était terminée et… *Katie !*

— Quelle heure est-il ? s'affola tout à coup Emma.

— Un peu plus de vingt-deux heures.

— Brian ! va vite chercher Katie et Brooke au cinéma ! Je rentrerai avec Cory après avoir déposé Shea chez elle.

Il acquiesça de la tête, puis s'élança en courant vers la Bronco, enfilant sa chemise en chemin. Il y avait des moments où Emma était contente d'avoir un frère comme lui. Dans les situations d'urgence, il ne perdait pas de temps en palabres.

Elle jeta un coup d'œil à Cory.

— Euh... tu es en état de conduire ?

— Ne t'inquiète pas. Ma baignade forcée m'a réveillé.

Il s'éloigna en direction de la Dodge Ram où attendait Shea, puis se retourna.

— Hé, tu peux apporter le pack de bières ? lança-t-il de loin.

Emma obéit et se dirigea vers la route. Quelque part dans la nuit, un avion se préparait à atterrir. Elle reconnut le ronronnement caractéristique du P3 Orion – un appareil espion capable de tout voir en vol, même d'infimes détails. Elle se demanda si « on » avait assisté à son sauvetage de Shea Hansen.

Elle approchait de la camionnette de Cory quand une voiture se rangea sur le bas-côté, ses phares braqués sur elle. Éblouie, Emma faillit lâcher le pack de bière et mit sa main en visière devant ses yeux. Une portière claqua, un homme en uniforme kaki émergea du véhicule.

— Catastrophe, souffla Emma entre ses dents.

Son fardeau lui parut subitement peser une tonne.

— Apportez-moi donc ça par ici, mademoiselle, lança le shérif adjoint d'une voix ferme. La fête est terminée.

9

L'Œil du tigre saturait les haut-parleurs. Josh Lamont reposa son verre vide sur la table, en même temps que la grande asperge assise en face de lui, un pilote du nom de Roger Bell.

Ses copains de l'escadron des Aigles de combat et leurs petites amies avaient formé un arc de cercle autour de leur table et observaient le spectacle avec fascination.

— Douzième round !

Avec la mine appliquée d'un savant concoctant un mélange explosif dans ses cornues, Marty Turnbull remplit leurs verres à ras bord.

— Bon, je crois que ça suffit, intervint Rachel Willis, la femme de leur supérieur. Vous nous avez prouvé que vous étiez de vrais mecs, tous les deux, alors faites la paix, OK ? Vous êtes des grands garçons et…

— Certainement pas ! gronda Roger que les gars de l'aéronavale avaient surnommé le Fêlé. Question d'honneur. Lamont craquera le premier ! J'ai dit.

Roger était le frère de Rachel – ce qui était d'ailleurs

l'unique raison pour laquelle les pilotes de la marine toléraient sa présence parmi eux.

— Il va regretter d'être venu au monde, grommela le Fêlé en s'essuyant la bouche d'un revers de la main.

— Hé, Josh, qu'est-ce que tu dis de ça ? cria quelqu'un.

— J'en dis que le lieutenant Bell est un mort qui marche, mais plus pour longtemps, articula Josh. M'dame Willis, vous pouvez d'ores et déjà lui commander un taxi, parce que quand j'en aurai fini avec lui, votre frère n'aura même plus la force de se traîner jusqu'à la porte !

Les doigts du mort qui marche se refermèrent sur son verre de tequila.

— Ah ouais ? C'est ce qu'on va voir ! éructa-t-il en lui soufflant dans le nez son haleine chargée. Prêt ?

— Prêt !

Josh était trop ivre pour se rappeler pourquoi il s'était lancé dans un concours d'ingurgitation de tequila avec un fêlé de l'armée de l'air – confrérie envers laquelle la marine n'éprouvait que dédain. Tout ce dont il se souvenait, c'était qu'en tant que dernier arrivé dans les Aigles de combat, il n'avait pas eu d'autre choix que de défendre l'honneur de son escadron. Et s'il ne faisait pas le poids face à un rigolo de l'armée de l'air, ses frères d'armes ne le lui pardonneraient pas de sitôt…

Josh plissa les paupières. Bizarre : le visage de cette andouille de Roger oscillait devant ses yeux comme l'aiguille de l'altimètre sur le tableau de bord de son coucou pendant une séance de piqué. En temps normal, il aurait envisagé d'enclencher la procédure d'éjection, mais il n'était pas pour rien pilote de l'US

Navy. L'élite de l'aviation, la crème de la crème ! Un as de la cabriole aérienne, capable de poser son appareil sur un timbre-poste en pleine tempête. Alors, ce n'étaient pas quelques petits verres de tequila qui allaient saper sa volonté !

Il leva son gobelet, pas peu fier d'arriver à trouver le chemin de sa bouche, et avala son contenu d'une traite. Et hop ! Au suivant ! C'était drôle : depuis un moment déjà – un bon quart d'heure au moins, non ? –, il ne sentait même plus la brûlure de l'alcool : son palais semblait anesthésié.

Selon un rituel désormais bien établi, il fit claquer sa langue, reposa son verre vide sur la table en même temps que son adversaire, et le regarda droit dans les yeux.

Oh, oh ! l'image de ce clown de Roger venait de faire un looping complet. Afin de rester concentré, Josh inspira un grand coup et attaqua l'immortelle *Mary Ann Barnes, reine des acrobates* de sa voix de ténor qui lui avait valu de chanter en soliste dans les chœurs de l'académie d'Annapolis – ce qui n'était pas donné à n'importe qui !

Le Fêlé contre-attaqua instantanément en entonnant, faux, un étonnant cocktail de *Oh my Darling Clementine* et *Tiens, voilà du boudin !* – signe qu'il allait mal. Les camarades de Josh se joignirent à lui pour célébrer *Mary Ann* à l'unisson, ce qui poussa Roger à beugler encore plus fort et encore plus faux.

Rachel secoua la tête d'un air écœuré et s'éloigna du ring. Le visage de son cinglé de frère tanguait de plus en plus. Josh aurait pu jurer qu'il était lui-même sur le pont d'un navire en pleine tempête, puis il comprit que ce n'était pas lui qui vacillait, mais son adversaire :

cette andouille attaquait le deuxième couplet quand une expression bizarre, comme hébétée, passa sur sa trogne de grosse brute décérébrée. Ses yeux se révulsèrent et il s'effondra d'un bloc sur la table, son front renversant les verres vides. Josh poussa un grand soupir.

Tous les pilotes, navigateurs et officiers des contre-mesures électroniques qui faisaient cercle autour d'eux lancèrent des hourras enthousiastes. Le héros du jour encaissa stoïquement une pluie de claques dans le dos en priant pour qu'ils arrêtent avant qu'il ne vomisse sa tequila. Il put tout juste grimacer un sourire.

— Attendez, les gars, faut en finir une bonne fois avec ce Fêlé, articula-t-il laborieusement.

— Bien parlé !

Le lieutenant Becky Kent-Dobias, une championne des contre-mesures originaire de Sammamish, dans l'État de Washington, fit passer le T-shirt USAF de Bell par-dessus sa tête. Le Fêlé bredouilla une obscénité du fond de son coma éthylique. Le mari de Becky, un civil prénommé Tom, apporta une bombe de mousse à raser et un rasoir jetable qu'il tendit cérémonieusement à Josh.

— À vous l'honneur.

— Merci, m'sieur.

Josh s'empara des instruments de sa vengeance tout en espérant qu'il n'était pas ivre au point de mutiler le pilote de l'Air Force. Il examina Bell, qui s'était mis à ronfler plus fort qu'un régiment de légionnaires, écroulé en arrière sur le dossier de sa chaise, le visage levé vers le plafond.

— Voyons un peu…

Il contourna sa victime, tartina de mousse son sourcil gauche et, d'un geste d'une précision implacable, le rasa.

Ses amis des Aigles de combat lancèrent une nouvelle salve d'acclamations.

— Parfait, commenta Josh en contemplant avec solennité le visage à moitié scalpé de sa victime.

— Pas tout à fait.

Becky s'approcha avec un gros marqueur noir indélébile. Elle écrivit en lettres capitales « Vive la marine ! » en travers de son torse nu.

— Voilà. Maintenant, c'est parfait.

Quelqu'un prit deux photos polaroïd pour le Livre d'or de l'escadron. Puis, à moitié conscient, le Fêlé fut hissé dans un taxi.

— Désolé pour votre frère, m'dame, dit Josh à Rachel Willis.

Bon, il espérait qu'elle comprendrait. Elle était mariée à un pilote de l'aéronavale. Elle avait déjà dû assister à ce genre de scène. Il lui décocha son sourire le plus charmeur, quoique probablement légèrement de travers. Il ne sentait plus du tout son visage, à présent.

Rachel pencha la tête sur le côté et éclata de rire.

— Quand êtes-vous arrivé, mon chou ?

— Il y a juste quelques jours, m'dame.

Il articulait soigneusement chaque mot, essayant de ne pas paraître aussi saoul qu'il l'était.

— Je suis très fier de m'entraîner avec les Aigles de combat. Le meilleur escadron de l'US Navy.

Elle plissa les yeux.

— Nous ne nous sommes pas déjà rencontrés ?

Aïe, aïe, aïe ! songea Josh. Il s'attendait à tout

moment à cette remarque, mais n'avait pas préparé de réponse.

— Pourquoi ?

— Vous me rappelez quelqu'un.

Sans blague ! railla-t-il en son for intérieur.

— Vous avez laissé une fiancée quelque part ?

— Ah ça non, m'dame. Actuellement, ma seule histoire d'amour, c'est avec mon jet.

— T'as raison, vieux ! approuva Marty Turnbull. C'est le meilleur moyen de s'éviter des ennuis. Si vous permettez, on va rentrer, maintenant, madame. Par chance, on est venus à pied et je connais le chemin par cœur.

Rachel fit promettre à Josh de venir faire du jet-ski avec les gosses un week-end. Elle maternait tout l'escadron, en particulier les nouveaux venus, comme Josh. Celui-ci adorait la compagnie des enfants. Il accepta.

— Merci. Vous pouvez compter sur moi.

— J'espère que vous serez plus sobre qu'aujourd'hui.

— Oui, m'dame. Promis.

Ils dirent au revoir à la compagnie et sortirent dans la nuit froide. Josh respira à pleins poumons dans l'espoir que l'air glacé le dégriserait. Tout au bout de la base, un avion était en phase d'atterrissage. Un P-3, d'après son envergure. Probablement de retour d'un exercice de nuit.

— Euh, tu es sûr que tu connais le chemin du QOC ? demanda-t-il à Turnbull, qu'on appelait couramment par son diminutif qui lui servait aussi d'indicatif : Bull.

— Si je connais le Quartier des officiers célibataires ?

Tu rigoles ? Je pourrais y aller les yeux bandés. Mais je te préviens, ce n'est pas la porte à côté.

Josh haussa les épaules.

— Pas de problème. Personne ne m'attend à la maison.

— Tu es un sacré futé, toi. Un conseil : fuis le mariage comme la peste !

— Qu'est-ce que tu as contre le mariage, Bull ?

— Ça serait trop long à t'expliquer. Mais crois-moi : le célibat, il n'y a que ça de vrai. Au moins, tu ne risques pas d'avoir le cœur en miettes et tu ne fais de mal à personne, sauf à toi-même. Savoir que ta dulcinée t'attend à la maison pendant que tu es coincé en mer pour six mois, ça finit par te ronger le cerveau.

— Tu parles d'expérience ?

— J'ai eu une femme, oui. Je ne pensais qu'à elle quand j'étais en mer. Juste avant mon départ, je lui avais signé une procuration pour qu'elle puisse être indépendante en mon absence. Résultat : elle a vidé mon compte avant de se tirer avec mon meilleur ami.

Josh chercha quelque chose à dire, et resta sans voix.

— Merde alors.

Ce fut tout ce qui lui vint à l'esprit. Mais, même sobre comme un chameau, il n'aurait pas su quoi répondre. Ce genre de trahison était le pire cauchemar qu'on puisse vivre.

— Sauve qui peut ! V'là les flics, souffla Bull en regardant une voiture qui venait de surgir à l'angle de la rue.

— Et alors ? On n'a rien à se reproch…

Josh s'interrompit brusquement. Les phares du véhicule balayaient une boîte aux lettres où s'affichait, en lettres autocollantes fluorescentes, RÉSIDENCE BENNETT.

L'euphorie ouatée dans laquelle l'avait plongé la tequila se dissipa instantanément, le laissant dégrisé et tendu.

Alors, *c'était ici qu'habitait Steve Bennett...*

Voir sa maison le rendait plus réel à ses yeux. Il ralentit le pas pour regarder la Sedan de couleur sombre s'engager dans l'allée.

— Hum, c'est bizarre, dit Bull.

Deux policiers descendirent du véhicule et ouvrirent la portière arrière à une jeune et jolie blonde. Elle semblait à la fois calme et pleine de morgue, tandis que les flics l'escortaient jusqu'à la porte de la maison.

Les lumières du porche s'allumèrent et une haute silhouette masculine apparut sur le seuil. *Lui...* Il portait un pantalon de pyjama et un T-shirt, et il était pieds nus, comme n'importe quel Américain surpris chez lui au beau milieu de la nuit.

Josh avala sa salive. Un nœud s'était formé dans son estomac et il décida de retarder l'inévitable aussi longtemps que possible. Il n'avait aucune envie de rencontrer Bennett.

— Tiens, tiens, qui l'eût cru ? murmura Bull, inconscient de la tempête qui faisait rage dans le crâne de son ami. On dirait que le CAG en second a des problèmes...

Ce pauvre Bull n'imaginait pas à quel point ! songea Josh. Le surprendre ainsi, *lui*, changeait la vision qu'il avait de Bennett. Jusqu'alors, ce dernier était à ses yeux une icône, une sorte de statue du Commandeur, intouchable et inaccessible. Mais à présent, il redevenait un homme comme les autres – humain. Trop humain.

10

Steve n'avait généralement pas de difficulté à trouver le sommeil, même avec le vacarme qui régnait sur un porte-avions, mais ce soir, c'était différent. D'habitude, il savait exactement comment gérer les soucis et les pensées déstabilisantes. Il les rangeait dans un coin de son cerveau, et les y enfermait à double tour, de manière qu'ils ne le tracassent pas jusqu'à ce qu'il décide de s'en occuper. La marine vous apprenait à compartimenter ainsi votre esprit, votre cœur, votre vie – et à traiter les problèmes un par un. Malheureusement, celui qui le préoccupait en ce moment ne se laissait pas évacuer facilement. Au contraire, il menaçait de tout bouleverser.

Steve cessa de fixer le plafond pour regarder sa femme. Elle dormait à l'autre bout du lit, sur le dos, ses bras nus posés à plat sur les couvertures. Normalement, il l'aurait prise doucement dans les siens et se serait assoupi en la pressant contre lui. Mais voilà, ce n'était pas une nuit normale.

Dans la pénombre, il l'observa longuement, cherchant sur son visage le moindre signe de contrariété. Mais non, elle avait tout à fait l'air de la Grace qu'il aimait. Son épouse adorée. Le ciment de la famille, en l'absence de qui rien n'avait de sens. Pourtant, il avait vécu la moitié de sa vie sans elle.

Il n'aurait pas dû y avoir de problème. Les familles de marins devaient être fortes. Assez pour consentir des sacrifices. Tous les Bennett l'avaient compris et accepté depuis belle lurette. Mais voilà qu'aujourd'hui, apparemment dans un coup de cafard, Grace donnait tous les signes d'un rejet du mode de vie qu'elle avait pourtant contribué à façonner. Brusquement, elle voulait à la fois se lancer dans un travail et dans l'achat d'une propriété. Une propriété en bord de mer, qui plus est. Une folie. C'était le mot, Grace avait subitement la folie des grandeurs…

Une crispation d'appréhension lui tordit l'estomac. Et si elle s'était mis en tête de ne plus se déplacer à l'avenir ? Si elle faisait comme Allison, l'épouse de Mason Crowther, et refusait carrément de déménager le jour venu ?

C'était ridicule, se rassura Steve. Pendant dix-neuf ans, Grace l'avait suivi partout dans le monde, veillant à ce que tout se passe au mieux, s'occupant de l'intendance et embarquant les enfants vers d'autres horizons comme on part en pique-nique.

S'implanter ici pour de bon risquait de bouleverser le cours de leur existence, de remettre en question les objectifs qu'ils s'étaient fixés de longue date. Mais Grace avait tout à coup l'air si… remontée. Comment la faire changer d'avis ? Peut-être, réfléchit-il, sa manière de voir les choses n'était-elle pas si récente. À vrai dire, il y avait bien longtemps qu'ils n'avaient pas parlé ensemble de leur avenir…

Il se leva sans la réveiller, passa un pantalon de

pyjama et sortit de la chambre sur la pointe des pieds en refermant doucement la porte derrière lui. Il descendit dans la cuisine, jeta un coup d'œil par la fenêtre. Bon. La Bronco II se trouvait dans l'allée, preuve que les enfants étaient bien rentrés au bercail.

Il ouvrit le réfrigérateur, trouva le jus d'orange et but à même la bouteille. Grace n'aurait pas apprécié, mais elle était en haut, dans les bras de Morphée. Et de toute façon, il y avait tellement de choses qu'elle n'appréciait pas depuis quelque temps.

Steve poussa un soupir. Il n'avait vraiment pas besoin d'avoir des ennuis sur le front arrière. Pas en ce moment, alors qu'il visait le poste de sa vie, le but et le couronnement de sa carrière.

Il referma le réfrigérateur en exhalant un autre soupir accablé. Il était sur le point de remonter se coucher lorsque des faisceaux de phares traversèrent la cuisine. Le véhicule s'arrêta devant la maison des Bennett. Les sourcils froncés, Steve s'approcha de la fenêtre pour voir deux policiers s'avancer d'un pas égal. Diable…

Il attrapa un T-shirt dans la buanderie et l'enfila tout en gagnant la porte d'entrée. Une visite en pleine nuit ne présageait jamais rien de bon. Son cerveau passa en revue les possibilités. Un de ses hommes s'était blessé, peut-être un pilote débutant. Ou bien un de ses camarades officiers avait des ennuis. Ou alors…

Il ouvrit la porte avant même qu'on ne frappe.

— Monsieur, nous sommes désolés de vous déranger à cette heure, commença le plus grand en montrant sa carte de police. Mais nous devons vous parler de votre fille…

Steve découvrit Emma avec autant de stupeur que d'appréhension pour ce qui allait suivre. Sa fille, cette jeune étrangère qui se tenait sur le seuil entre deux policiers, les cheveux sales et les vêtements trempés ?

On lui expliqua que le shérif adjoint l'avait conduite au poste après l'avoir trouvée sur une plage du parc du comté et inculpée de détention de boissons alcoolisées, comportement dangereux et baignade dans un secteur non autorisé. En état de choc, Steve entendit l'énumération des infractions – les pires cauchemars de tous les parents.

Raide comme un automate, il remercia les policiers de leur intervention, demandant à Emma de leur présenter des excuses pour le désordre qu'elle avait provoqué et de promettre de ne jamais recommencer. Elle s'exécuta d'une voix égale et claire, qui ne trahissait ni crainte ni remords. Mais cela suffit aux représentants de la loi, qui, manifestement respectueux du rang de Steve, le saluèrent avant de se retirer, laissant face à face le père et la fille.

Steve attendit que les feux arrière de leur véhicule aient disparu dans la nuit pour se tourner vers Emma.

— À nous deux maintenant, jeune dame…

— Ne réveille pas maman, soupira-t-elle.

— C'est tout ce que tu trouves à dire pour ta défense, « ne réveille pas maman » ?

Comme elle gardait le silence, il se mit à marcher en long et en large dans le vestibule. Il avait toujours été désemparé vis-à-vis de ses enfants quand ils avaient fait des bêtises ou qu'ils s'étaient créé des ennuis. À l'armée, si l'un de ses hommes commettait une faute, il savait exactement comment réagir et trouvait sans difficulté la sanction adaptée, ni trop forte, ni trop faible, la plus juste. Tandis que là...

— Tes vêtements sont encore trempés, grogna-t-il en la voyant frissonner.

— Justement, j'aimerais bien monter me changer.

— Pas tant que tu ne te seras pas expliquée.

Elle redressa le menton.

— Ce qui s'est produit était...

— Est-ce que Brian et Katie sont rentrés à la maison sans problème ?

— Oui. Maintenant, est-ce que tu vas m'écouter ?

Au fond de lui, il admirait son sang-froid. Dans les mêmes circonstances, Katie ou n'importe quelle autre fille ne serait probablement plus qu'une fontaine de larmes, mais Emma se tenait droite comme un I et le regardait dans les yeux.

— Je t'écoute.

— Nous nous sommes tous réunis à Mueller's Point pour fêter ensemble la fin de l'été, commença-t-elle. Il y avait un feu de joie sur la plage, et plusieurs de nos copains ont commencé à plonger du ponton...

— Dans les eaux glacées du Puget Sound ? En pleine nuit ?

— Et après ? C'est une tradition sur l'île. Les jeunes disent que leurs parents l'ont fait avant eux, et sûrement leurs grands-parents encore avant. Quoi qu'il en soit, une fille a eu des problèmes, alors j'ai plongé pour la ramener. Elle flottait sur le ventre à la surface de l'eau, elle ne respirait plus.

— Tu es allée la secourir à la nage ? demanda lentement Steve.

Elle fronça les sourcils. Il ne la croyait pas ?

— Je viens de te le dire.

— Pourquoi toi ?

— Je suis maître nageur. Je sais comment m'y prendre.

— Cette fille... tu l'as sauvée ? Elle va bien ?

— Oui. Elle avait les poumons pleins d'eau, j'ai dû pratiquer la manœuvre de Heimlich, mais... puis lui faire du bouche-à-bouche.

Pour la première fois, l'imperturbabilité d'Emma vacilla. Sa lèvre inférieure se mit à trembler.

— Papa, j'ai eu si peur, si tu savais... J'avais beau faire, elle ne respirait toujours pas. Elle était glacée et inerte, comme morte. J'étais terrifiée à l'idée...

Il l'attira maladroitement contre lui, toute grelottante de froid et d'angoisse rétrospective.

— Tu as fait exactement ce qu'il fallait, mon poussin. Ton amie te doit la vie. Après, elle est allée à l'hôpital ?

— Non, chuchota Emma contre sa poitrine. Demande à Brian, si tu ne me crois pas. Il a assisté à toute la scène.

Steve se sentait partagé entre l'admiration et le scepticisme. Il la relâcha et recula d'un pas.

— Comment expliques-tu que tu te sois fait arrêter avec de l'alcool une minute après ton exploit ?

Les yeux de sa fille se rétrécirent. Elle garda le silence.

— Emma ! Où t'es-tu procuré ce pack de bière ?

— Un de nous l'avait apporté.

— Qui ?

— Un de nous.

— Il me faut un nom, Emma. Parle. J'ai besoin de cette information.

— Ça, sûrement pas, crois-moi sur parole ! répliqua-t-elle avec une assurance exaspérante.

— Emma, je t'avertis que si tu refuses...

— Parfait. Puisque tu tiens vraiment à le savoir, c'était Cory Crowther.

Elle croisa les bras et haussa les épaules.

— Tu es bien avancé, maintenant.

Crowther... Malheur de malheur !

— Tu vois ? reprit Emma. Il valait mieux pour toi que tu ne saches pas. Maintenant, tu es obligé de décider si tu vas dénoncer ou pas le fils de ton supérieur.

— Tu sais bien que je ne le ferai pas.

— Je sais. De mon côté, je n'ai pas lâché son nom aux flics.

Steve s'était trompé sur le fils Crowther. Au cours de leurs rencontres, ce grand gaillard sportif, poli, respectueux, lui avait fait plutôt bonne impression. Mais apparemment, il n'était pas si bien que ça.

— Écoute, Emma. Il y a des bruits qui courent sur ce garçon. Je ne voulais pas le croire, mais j'ai eu vent de certaines rumeurs le concernant et... enfin, j'aimerais mieux que tu ne traînes pas avec lui.

— L'ennui, c'est que tu n'es pas moi et que tu n'as pas à me dire qui peut ou ne peut pas faire partie de mes amis. Tu es mal placé pour ça !

— Qu'est-ce que c'est censé vouloir dire ?

— Qu'à cause de toi, de ton métier, je ne peux pas me montrer trop difficile dans le choix de mes relations, parce que je ne suis jamais restée assez longtemps dans un même endroit pour avoir beaucoup d'options. Un ou deux ans dans une école, trois au maximum ; voilà à quoi j'ai eu droit depuis que je suis toute petite. Ça ne donne pas exactement le loisir de nouer des amitiés parfaites, pas vrai ?

Steve n'avait pas bronché pendant sa tirade. Mais il avait du mal à croire ce qu'il entendait. Sa fille était intelligente, spirituelle, aimable, jolie... pourquoi aurait-elle du mal à se faire des amis ? Ça ne tenait pas debout.

— Emma, tu ne retiens que le côté négatif des choses, sans te rendre compte de ta chance. Car tu as eu une vie privilégiée. À ton âge, tu as déjà vécu aux quatre coins du monde, tu parles couramment deux langues, tu as vu plus de choses que les gosses n'en rêvent...

— Mais je n'ai jamais eu de meilleure amie, murmura-t-elle d'une voix qui le transperça comme un poignard.

Il s'éclaircit la gorge.

— Donc, tu sors boire avec le fils de mon supérieur.

— Je n'avais pas conçu la soirée de cette façon. Mais si tu vois les choses sous cet angle...

— Lui aussi a été reconduit entre deux gendarmes ?

— Tu rêves ! Le shérif adjoint l'a félicité d'avoir sauvé une imprudente de la noyade, et lui a seulement dit de faire attention en conduisant sur le chemin du retour. C'est moi qui ai été prise en « flagrant délit de détention de boissons alcoolisées », comme ils ne se sont pas privés de te le rapporter.

— Mais si c'était Cory Crowther le responsable, pourquoi n'est-il pas intervenu en voyant que tu avais des ennuis ?

Elle haussa les épaules.

— Papa, qu'est-ce que cela aurait changé ? Nous

nous serions retrouvés deux dans le bain, et après ? Tu as pensé à ta carrière ? Tu devines ce qui se serait passé.

Oh, oui. Mais, Emma, comment le savait-elle ?

— De toute façon, reprit-elle, cela aurait fini par être de ma faute et c'est toi qui aurais payé le prix du scandale. Cory a bien fait.

— Puisque tu le dis. Mais tu ne m'ôteras pas de la tête que ce garçon ne brille pas par son courage.

Aucun livre n'expliquait la complexité des rapports hiérarchiques au sein de la marine. Mais ses gosses baignaient là-dedans depuis qu'ils étaient hauts comme trois pommes. Emma avait parfaitement compris que la carrière de son père dépendait en partie de la bonne volonté de son supérieur. Or, si Mason Crowther décidait de faire de sa vie un enfer, il y réussirait sans mal. La position d'adjoint du CAG était périlleuse, et Emma le savait. Emma, sa fille. Son petit cœur. Dire qu'il croyait la connaître…

Elle étouffa un bâillement.

— Tu veux bien me laisser aller me coucher à présent, s'il te plaît ?

— Vas-y. L'incident est clos, et… eh bien, je suis fier de toi, ma grande. Tu as sauvé la vie de ton amie.

— Merci, papa. Bonne nuit.

Elle commença à monter l'escalier, puis hésita et revint en arrière.

— Qu'est-ce que tu vas raconter à maman ?

Vu l'état présent de ses relations avec Grace, Steve ne tenait pas spécialement à mettre un autre problème sur le tapis.

— Nous n'ennuierons pas ta mère avec ça. D'ailleurs, je ne veux plus entendre parler des

Crowther. J'ai déjà le père sur le dos au travail, ça suffit bien. Tu mérites mieux que son fils, qui a plus d'instinct de conservation que de sens de l'honneur ! Nous sommes bien d'accord ? Plus de Cory… et pas un mot à ta mère.

— Parfait. Je ne dirai rien.

11

Le premier jour de cours, Grace se leva de très bonne heure. Elle était toujours la première debout, afin de préparer le petit déjeuner et de veiller au bouclage des cartables et sacs de livres, avec la rigueur d'un général en chef passant son régiment en revue avant la bataille.

Elle emballait les trois déjeuners de ses petits soldats quand Steve débarqua dans la cuisine. Elle savait qu'à huit heures précises, il rassemblerait ses troupes pour leur servir, comme à chaque rentrée des classes, sa harangue sur les efforts à fournir dans leurs études, la confiance que leurs parents mettaient en eux, concluant à tous les coups par un : « Et maintenant, il faut cravacher ! » propre à dynamiser un mollusque.

Frais sorti de la douche et craquant dans son uniforme kaki, Steve parut absolument superbe à Grace, pour ne pas changer. Mais une inspection plus minutieuse lui permit de déceler des cernes autour de ses yeux.

— Tu n'as pas passé une bonne nuit ?

— J'ai très bien dormi.

Il se remplit une tasse de café et déplia sa serviette sans ajouter un mot.

Grace inspira profondément. Bon, ce n'était toujours pas ça entre eux... Ils auraient dû en parler aussitôt, régler le problème une fois pour toutes. Mais il partait demain pour Washington ; le grand déballage devrait attendre son retour. Cependant, pour ne pas lui donner l'impression qu'elle opérait en douce dans son dos, elle lui confia son intention de prendre rendez-vous le jour même avec un banquier.

— Un banquier ? Pour quoi faire ?

— Je compte demander un prêt pour la création de mon entreprise de relogement.

— Bon sang, Gracie !

Il se reprit et poursuivit plus calmement :

— J'aimerais autant que tu ne te précipites pas à la légère dans cette affaire. Tu vas avoir besoin de donner tes qualifications, tes références...

— Je ne me précipite pas, et ne t'inquiète pas pour mes qualifications. Quant à mes références, j'en aurai largement assez avec les témoignages des familles de marins que j'ai aidées bénévolement ces dernières années. Tout se met en place, Steve. À propos, je vais aussi demander une licence de travailleur indépendant.

Steve la regarda comme si elle était une créature venue d'ailleurs.

— Une licence ?

— C'est la première étape. Il faut encore que je me constitue en société.

— *Grace Society ?* ironisa-t-il.

— C'est pas vrai ! Tu ne peux pas te montrer moins méprisant ?

— Quoi ? Qu'est-ce que j'entends ? Papa ose te mépriser ? couina Katie en dévalant l'escalier. Je suis hyper-choquée !

— Holà, Miss Grain-de-sel ! Au lieu de dire des bêtises, fais plutôt un hyper-bisou à ton père.

Pendant qu'elle se pendait à son cou, Steve lança à Grace un regard d'excuse. Ils n'en avaient pas fini avec le sujet, loin de là, mais, tacitement, ils fermèrent le chapitre dans l'immédiat : l'ordre du jour, c'était la rentrée des classes.

Katie, levée depuis six heures du matin, avait déjà changé de vêtements quatre fois, passé trente bonnes minutes à se coiffer pour « se faire une tête possible » et s'était rongé les ongles jusqu'au dernier. À huit heures, elle était totalement épuisée.

— Que dirais-tu d'un bon petit déjeuner ? lui demanda Grace en la servant d'office. Je vais te donner en plus la moitié de mon tofu.

— Depuis quand tu t'es mise au tofu ?

— Depuis que j'ai entendu dire que c'était plus sain qu'une tarte Tatin ! Tiens, goûte.

Katie plissa le nez.

— Je n'ai pas faim.

— Essaie de boire au moins ton jus d'orange, insista sa mère en lui remplissant un verre.

— Regardez-moi ça, commenta Steve en resserrant son nœud de cravate. Ma petite Katimini entre en troisième... alors que je la revois encore au jardin d'enfants.

— Tu étais en mer quand j'allais au jardin d'enfants !

— Ça ne veut pas dire que je ne m'en souviens pas.

Grace sentit une boule se former dans sa gorge. Elle

se rappelait comme si c'était la veille le jour où son dernier bébé s'était éloigné du nid pour la première fois. Elle avait caché son émotion pour ne pas affoler davantage la pauvre Katie, déjà assez nerveuse comme ça. Mais si terrifiée qu'elle ait été, la fillette était bravement partie pour l'école, tel un vaillant petit soldat partant au front.

Le pire, c'est qu'elle était tout aussi angoissée aujourd'hui, se dit Grace en voyant le verre de jus d'orange trembler dans sa main. Pauvre Katimini ! Les situations nouvelles la déstabilisaient toujours.

Grace sentit une onde de remords la traverser à la pensée de tous les changements d'école, de voisinage, d'habitation et de mode de vie que leur existence quasiment itinérante avait imposés à la petite dernière, la plus fragile de la famille. À peine s'était-elle faite à un endroit qu'il lui fallait recommencer ailleurs en se construisant d'autres repères… D'où sa vulnérabilité et son manque de confiance en soi. Au moins dans les années à venir, songea Grace, il faudrait lui garantir enfin cette stabilité dont elle avait si grand besoin.

Brian déboula dans la cuisine, les cheveux encore humides de sa douche, un sac bourré à craquer en bandoulière.

— Est-ce que j'ai raté la grande tirade de p'pa, façon *Henri V*, au sujet de « notre petite bande, notre heureuse petite bande de frère et sœurs » ?

Grace lui tendit un verre de jus de fruits.

— Jamais de la vie. Il t'a attendu.

— Je savais que tu ne voudrais pas en manquer un mot, déclara Steve.

Emma arriva à son tour, fraîche et dispose, ne

montrant pas une once de la nervosité qui agitait sa sœur comme les vibrations d'un réacteur nucléaire.

— Bonjour, tout le monde. On a droit à des beignets ?

— À la fraise. Un solide petit déjeuner pour champions, annonça Grace en faisant circuler la boîte de pâtisseries.

— Merci.

Avec une expression indéchiffrable, Steve observa un moment Emma, l'air très absorbée par le grille-pain.

— Excusez-moi, lança Brian en se glissant entre eux pour fouiller dans le placard.

Il s'empara d'un énorme bol qu'il remplit à ras bord de lait et de céréales au chocolat. Puis il se rassit et l'attaqua goulûment.

Grace se détourna de ce spectacle pour se servir une tasse de café noir.

— Je me demande où il a appris ça...

— Appris quoi ? fit Emma, qui s'était levée de table à son tour pour vérifier son maquillage dans le miroir de l'entrée.

— À bâfrer comme un homme des cavernes ! répondit Katie.

— Tsss, vous voulez dire comme un champion, protesta Brian entre deux bouchées. Ça ne s'apprend pas : c'est un don.

— C'est pas tout ça, il faut que je file, annonça Steve en ramassant son attaché-case.

En le voyant décrocher son képi du portemanteau, Grace eut l'impression qu'il était déjà passé d'un univers à l'autre. De ce petit déjeuner tout bête en famille à sa réunion d'état-major où se discutaient problèmes capitaux et défis à relever. Steve faisait partie d'un monde secret, fermé, auquel elle n'accéderait jamais. Ce n'était pas nouveau, mais cela ne lui avait jamais paru plus évident qu'en cet instant où il posait la main sur la poignée de la porte.

— Et notre discours de rentrée des classes, alors ? protesta Katie. On n'a pas eu notre « Il faut cravacher ! » ni le couplet façon *Henri V* !

— Répétez-le dans vos têtes, vous le savez tous par cœur, déclara Grace. Si le lycée a une troupe de théâtre amateur, vous serez engagés.

— Prie plutôt pour qu'on veuille bien de moi dans l'orchestre, soupira Katie.

— Naturellement, on voudra de toi ! Ils vont tomber sur les fesses en t'entendant à la clarinette !

— C'est vrai, tu crois que j'ai une chance ?

— Ouais, s'ils sont sourdingues, opina Brian avant de porter le saladier à ses lèvres et d'en engloutir d'un coup le contenu, sous le regard unanimement horrifié des trois éléments féminins de la maisonnée.

Steve posa un baiser sur la joue de Grace ; elle ferma les yeux et respira son parfum de savon à raser et d'after-shave. Mais leur conflit était loin d'être clos et il se glissait entre eux comme une ombre froide.

Une bouffée de souvenirs des premiers temps de leur mariage flotta dans son esprit. Le matin, Steve était souvent gai comme un pinson, spontané, et ardent… Combien de fois, juste avant de se précipiter au travail, lui avait-il fait l'amour avec une fougue qui la laissait pantelante et comblée !

Où étaient passés cette gaieté, cet élan ? Envolés avec leur jeunesse ? Elle ne se rappelait pas s'être réveillée un matin en constatant que leurs rires, leur belle complicité avaient déserté la maison. Non, cela s'était tari lentement, de façon presque imperceptible – occulté comme toujours par les menus soucis quotidiens, les enfants, la carrière de Steve, le mouvement même de la vie…

Pourtant, ils formaient une famille heureuse, se gourmanda Grace. Elle avait voué sa vie à ce qu'il en soit ainsi, et refusait de reconnaître son échec. Comme elle refusait que Steve puisse lui reprocher de désirer plus !

Sur le pas de la porte, il se retourna.

— Ah, chérie, je serai probablement en retard ce soir. Oui, une réunion pour discuter du projet d'un grand magazine qui envisage de faire un reportage à bord de mon futur porte-avions. Quoi qu'il en soit, je dirai à Killigrew de te passer un coup de fil pour te tenir au courant.

— Mais non, ce n'est pas la peine.

Il ne l'appelait presque jamais du bureau. Quand Steve se donnait à son travail, c'était à cent pour cent.

— Les loupiots, bonne journée à tous les trois ! Vous avez entendu ?

Il les gratifia chacun d'un sourire rapide. Sous l'œil paternel, Katie redressa le menton avec détermination, Brian bomba le torse et chargea son sac sur son épaule. Quant à Emma, elle échangea avec Steve un regard que Grace ne réussit pas à sonder.

— Vous avez entendu ? répéta-t-il.

— Oui, capitaine, répondit Emma avec un salut militaire plus vrai que nature.

Après lui, ce fut au tour des enfants de s'en aller – sans problème pour les jumeaux, la mort dans l'âme pour Katie, qui serrait fort son étui à clarinette –, et leur mère se retrouva seule dans la maison vide où l'on aurait entendu une mouche voler.

Grace jeta le reste de son tofu. Au diable le régime ! C'était trop pénible. Dans un mouvement de provocation, elle puisa un beignet à la fraise qu'elle mastiqua, sans nul plaisir, d'ailleurs. Chaque début d'année scolaire était un nouveau commencement, mais toujours aigre-doux pour elle qui restait en arrière.

En temps normal, elle se serait jetée à corps perdu dans ses fonctions d'épouse d'officier, s'occupant d'œuvres sociales, de groupes de soutien, de bénévolat. Mais, pour la première fois depuis son mariage, la sensation particulière d'appartenir à « la grande famille de la marine » la désertait. Aujourd'hui, elle souhaitait autre chose. L'idée semée par Marcia Dunmire avait germé en elle, et Grace n'avait pas l'intention de laisser Steve parler de ses projets avec autant de dédain.

Elle décida en tout premier lieu de sortir faire un petit tour. Il faisait beau et rien ne valait un peu d'exercice pour attaquer la journée, c'était bien connu. Elle se donna un coup de peigne. Le reste de son beignet serré entre les dents, elle chaussa ses vieilles Reebok, puis partit brûler ses calories.

Elle se sentit parfaitement méritante jusqu'à ce que des joggeuses la dépassent avec une aisance provocante. Leurs jambes fines et musclées brillaient dans le soleil du matin, tandis qu'elles avançaient d'une foulée rapide, souple, facile. À l'instar des militaires parfaitement impassibles pendant un défilé, elles fixaient un point droit devant elles, ignorant superbement celle qu'elles laissaient en arrière.

Grace serra les poings, les dents, et accéléra, ce qui la mit en sueur. Elle longea la rangée de bâtiments militaires uniformément peints en gris que Brian avait baptisés la Ménagerie eu égard à leurs noms : *Léopard*, *Jaguar*, *Guépard*, *Tigre*, *Lion*, marqués du numéro d'escadron correspondant.

Refusant de s'avouer qu'elle s'essoufflait, Grace poussa jusqu'au bout de la base aéronavale. C'était un temps idéal, la mer et les montagnes scintillaient avec cette clarté propre au nord-ouest des États-Unis. Arrivée sur les quais, elle huma à pleins poumons le mélange d'air frais, d'iode, de saumure et d'huile de moteur, puis pivota sur ses talons et s'engagea sur le chemin du retour.

À sa droite, au milieu d'un carré de pelouse, se dressait le monument qui matérialisait les pires craintes des familles de marins. Pourtant, il exerçait une indiscutable attirance, due sans doute à un certain fatalisme, et au respect pour les disparus. Ce matin-là, Grace y remarqua une jeune femme contemplant gravement les noms gravés dans la pierre des aviateurs et aviatrices morts au service de leur pays.

Grace s'arrêta non loin de l'inconnue qu'elle observa du coin de l'œil : très brune, une chevelure épaisse, le teint mat ; dans les vingt-deux ans ; jolie. Elle ressemblait un peu à Catherine Zeta-Jones.

— Vous vous rendez compte ? murmura l'inconnue.

Elle désignait du doigt l'âge du décès figurant à côté du nom de chaque disparu, et ajouta :

— Les pauvres étaient encore plus jeunes que ne l'est mon mari à présent…

Au moins ne pleurait-elle pas ici un être cher, songea Grace en s'approchant.

— Votre mari vole, lui aussi ? demanda-t-elle.

— Non, grâce au ciel ! Michael travaille sur un porte-avions comme officier armurier.

— Ah, un « pétaf », comme ils disent dans leur jargon.

— Oui, vous savez ça ?

Grace se garda de lui dire qu'elle savait aussi que ces plaques commémoratives ne célébraient pas seulement la mémoire des pilotes, mais aussi des personnels embarqués… comme son Michael.

— Je n'aurais sans doute pas dû regarder ça, reprit la jeune femme, mais je n'ai pas pu m'en empêcher. Michael dit que la plupart des militaires ne viennent pas ici.

— C'est vrai, les marins, et tout particulièrement les aviateurs navals, sont très superstitieux, confirma Grace. Mon mari, par exemple, ne s'embarque jamais sans sa médaille de saint Christophe.

Elle sourit et lui tendit la main.

— Grace Bennett.

L'autre fronça les sourcils.

— Bennett, comme le… capitaine Steve Bennett ?

— C'est lui.

— Patricia Rivera. Michael ne jure que par votre mari ! Ils se sont connus sur je ne sais plus quel porte-avions, expliqua-t-elle en lui serrant chaleureusement la main. Nous venons d'arriver ici. C'est un endroit… étonnant.

— Où habitez-vous, Patricia ?

— Pour le moment, je vis dans une chambre du motel de la base, jusqu'à ce que nos meubles arrivent.

Mais quand on me pose la question, j'ai envie de répondre que je vis surtout en pleine confusion. Je ne sais vraiment pas comment je vais réussir à tout organiser.

Grace sourit avec compréhension. Elle se rappelait la jeune mariée nerveuse qu'elle avait été, si pleine de rêves qui s'étaient vite envolés au contact de la rude vie militaire.

— Bienvenue au club, ma chère. Croyez-en ma vieille expérience, prenez les problèmes un par un !

— Merci du conseil, madame Bennett.

— Oh, je vous en prie, appelez-moi Grace !

Sans se concerter, elles s'éloignèrent du monument aux morts et marchèrent côte à côte dans la même direction.

— Vous savez, Grace, je suis l'aînée de cinq enfants. Comme maman travaillait, on peut dire que je les ai pratiquement tous élevés, alors je pensais que j'étais prête à tout ! Mais rien ne m'a préparée à la vie avec un officier de marine. Ce n'est pas la faute de Michael, il m'avait bien prévenue, seulement…

— Vous êtes mariés depuis longtemps ?

— À peine un mois. La première semaine, ça allait très bien : nous avons passé notre lune de miel à Ixtapa. Je me suis dit que déménager dans un nouvel endroit serait amusant, ce qui n'est pas faux. Mais hier soir, Michael m'a fait peur en me signant une procuration…

— C'est normal, tout le monde y passe, lui assura Grace. Nous autres, épouses, devons pouvoir tout régler par nous-mêmes et en leur nom pendant leur absence.

— Je sais bien, mais tout de même… cela me

donne un peu l'impression que mon mari m'abandonne.

— Mais non, Patricia, il ne vous abandonne pas, il part effectuer un travail difficile, s'entendit répliquer Grace. Et il le fait pour votre avenir à tous les deux autant que pour son pays.

Elles marchèrent un moment en silence.

Grace pensait à l'époque de sa première rencontre avec Steve. Leur amour avait d'emblée été si solide… aussi palpable que l'alliance qu'il lui avait passée au doigt. Combien de fois s'était-elle réveillée en pleine nuit pour la toucher, avec chaque fois le même émerveillement. Steve Bennett l'avait épousée, c'était trop beau pour être vrai. Elle avait eu tant de mal à se convaincre qu'il voulait bien d'elle, Grace McAllen, la fille la plus malheureuse d'Edenville, ce trou qui portait si mal son nom.

Curieux. Elle n'avait pas pensé à cela depuis longtemps. La candeur de leur jeune amour, tout neuf et tout fou, avait mûri. Lorsqu'elle avait rencontré Steve, il n'était encore qu'un jeune pilote, mais rêvait déjà d'une carrière digne de ses inépuisables réserves de courage, d'énergie et de compétences, qui satisferait sa soif d'aventure autant que son désir de servir son pays. Au début des années 1990, il avait participé en Irak à l'opération Tempête du désert. C'est à cette époque qu'elle avait entrevu une part de lui dont elle ne soupçonnait pas l'existence. La guerre l'avait rendu plus dur et, dans les années qui avaient suivi, son ambition professionnelle s'était développée au détriment de ses préoccupations familiales et domestiques. Son univers mental s'était pernicieusement rétréci au lieu de s'élargir. C'était de là que venaient tous leurs problèmes actuels.

— Vous avez l'air triste, Grace… Vous avez des soucis ?

— Hein ? Non, non… Je réfléchissais.

Elle sourit à cette gamine, à peine plus âgée qu'Emma, qui aurait bien le temps de voir son couple battu par les vents et marées de la vie militaire.

— Patricia, vous en êtes au même point que moi il y a presque vingt ans. Steve est parti si souvent en déploiement que je crois être devenue malgré moi experte en gestion de mari absent !

— Comment faites-vous quand il n'est pas là ? Les journées doivent paraître si longues, et si vides…

— C'est sûr, nos maris nous manquent, mais, vous verrez, les activités et responsabilités ne manquent pas, et le temps finit par passer plus vite qu'on ne pourrait le croire. Quand j'étais jeune mariée, comme vous, je m'étais trouvé un poste d'adjointe administrative dans une compagnie maritime.

Elle sourit rétrospectivement.

— Mes collègues trouvaient ça mortel, mais c'était un job intéressant. J'étais bonne là-dedans.

— Un travail ne remplace pas un mari !

— Bien sûr. Mais toute notre vie ne devrait pas tourner autour de l'homme qu'on épouse, ni dépendre de lui.

— Je sais. Il n'empêche que c'est le cas, avoua Patricia avec une petite moue timide.

Sa franchise acheva de toucher Grace.

— Seulement si vous vous laissez faire ! lâcha-t-elle.

Comme moi…

Elles passèrent devant les longues rangées de

hangars et les bâtiments qui entouraient les pistes d'atterrissage et suivirent des yeux le ballet des gros P-C3 Orion qui servaient aux vols d'entraînement. Ils n'avaient pas le profil d'oiseau des avions de combat, mais c'étaient des « bêtes électroniques », comme disait Steve.

— Bon, assez pleurniché sur mon sort, décréta Patricia en pressant le pas. Alors, vous avez laissé tomber ce travail qui vous plaisait ?

— J'ai démissionné à la naissance des jumeaux.

— Ouh là ! Des jumeaux ? Ce doit être génial !

— Ça, on n'a pas le temps de s'ennuyer ! Aujourd'hui, ils entrent en terminale. Bien sûr, c'est toujours aussi génial de les avoir, mais eux n'ont plus autant besoin de leur maman… Et je vois bien que leur jeune sœur, Katie, commence déjà à devenir indépendante, elle aussi. C'est la vie…

Elle se sentit aussitôt coupable de s'exprimer ainsi et reprit vivement :

— Je suis un peu nostalgique, ce matin, mais ne vous y trompez pas : mon mari et mes enfants sont formidables. Je ne sais pas ce que je ferais sans eux. Même s'il m'arrive aussi de ne pas savoir quoi faire avec eux ! Tenez, ma petite dernière, Katie, s'est mis en tête que l'orchestre de son lycée ne voudrait pas d'elle alors qu'elle joue divinement bien de la clarinette. Résultat : elle tremble de peur et a passé la moitié de la nuit à pleurer.

— La pauvre ! Quel âge a-t-elle ?

— Presque quinze ans.

— Oh, d'accord. Je comprends mieux…

Grace et Patricia s'arrêtèrent de marcher pour jeter un œil à une brocante à domicile organisée par trois femmes de militaires préparant leur prochain déplacement.

Patricia tomba en arrêt devant un cendrier en forme de gant de base-ball qui n'avait sûrement pas servi une fois en dix ans.

— Vous avez vu ce truc ? Étonnant, non ?

— Mmm, et il y a des chances pour qu'il n'en soit pas à sa première brocante ! Ça me rappelle mon Pouic-pouic...

Grace prit le cendrier en main et le tourna rêveusement entre ses doigts.

— Quand Steve et moi nous sommes mariés, nous avons d'abord habité à Pensacola, et j'ai déniché dans une de ces brocantes à domicile un drôle de pichet en forme de poulet. Pas joli, joli, oh non, mais rigolo – bref, il m'avait tapé dans l'œil, je l'ai acheté et baptisé Pouic-pouic dans la foulée. L'année d'après, quand nous avons déménagé pour Pax River, en Virginie, j'avoue que je n'ai pas jugé utile d'emporter ce pauvre Pouic-pouic. Je l'ai vendu avec d'autres bricoles à ma propre brocante à domicile et n'y ai plus pensé. Quelques années plus tard, Steve a de nouveau été affecté à la base de Pensacola... et j'y ai retrouvé mon pichet au marché aux puces.

— Je parie que vous l'avez racheté.

— Eh oui, tout émue qui plus est ! Il devait me manquer sans que je le sache... Alors, ne faites pas comme moi, gardez vos Pouic-pouic – juste au cas où.

Il y avait des choses comme ça dans la vie, philosopha Grace en son for intérieur. On les gardait plus longtemps qu'on n'en avait besoin, parce que c'était plus facile que de s'en séparer.

Elle toucha le bras de Patricia, sentant une véritable

affinité entre elles, bien qu'elles se connaissent à peine. Les épouses de marins avaient tendance à se lier assez vite, n'ignorant pas que le temps qu'elles passeraient ensemble était malheureusement compté. Grace avait bien conscience que ces amitiés éphémères, mais sincères, avec des femmes dans la même situation qu'elle l'avaient aidée à traverser les moments difficiles.

— Puis-je vous inviter à boire une tasse de café ?

— Merci, mais je dois vite rentrer au motel me doucher et me changer : j'ai un entretien d'embauche ce matin.

Patricia leva la main.

— Non, ne prenez pas cet air impressionné, il n'y a pas de quoi. Je ne postule qu'à un travail de serveuse à l'IHOP.

— Il n'y a pas à en avoir honte. Je suis sûre qu'ils se féliciteront de vous avoir engagée.

— J'espère ! Nous avons besoin d'argent.

— Pourquoi l'IHOP ?

— Parce qu'ils ne paient pas trop mal et que c'est une chaîne. Si je suis prise ici, je pourrai toujours retrouver un poste chez eux ailleurs, le jour où nous aurons déménagé, en conservant mon ancienneté et certains avantages.

Elle passa ses doigts dans ses cheveux aile de corbeau et perdit son peu d'assurance :

— Il y a tellement à faire, de tous les côtés… je ne sais même pas par où commencer ! J'ai hâte de m'installer dans mes meubles, mais l'idée d'avoir à mener de front mon nouveau travail, mon emménagement et tout le reste…

— Si vous avez besoin d'aide, faites-moi signe. Je

ne prétends pas avoir toutes les réponses aux difficultés que pose la vie d'épouse de marin, mais l'intendance au moins ne me pose plus de problème !

L'expression de soulagement que refléta le visage de Patricia lui fit chaud au cœur. Ce n'était pas grand-chose, mais ça lui remontait le moral, songea-t-elle tandis qu'elles échangeaient leurs numéros de téléphone.

Grace avait un don particulier pour aider les gens. Un trait de sa personnalité qui n'avait rien à voir avec la Grace-épouse-de-Steve ou la Grace-mère-de-trois-enfants, ni avec la Grace-bénévole-et-mondaine qui organisait des thés avec ces dames dont les conjoints voguaient et volaient dans la marine. Un don pour la planification, la médiation et le soutien à autrui qui n'appartenait qu'à elle.

Sur le chemin de la maison, son pas se fit plus alerte et déterminé. Pendant un bon moment, elle avait réussi à chasser de son esprit la rentrée des classes, l'anxiété de Katie et ses propres problèmes en cours avec Steve. Du jamais-vu.

Ce qu'il y avait aussi de nouveau, c'était le sentiment qu'elle éprouvait que quelque chose s'était insensiblement déséquilibré dans leur couple… ou plutôt faussé. Un peu comme un piano désaccordé. Difficile de déterminer au juste le moment où les premières fausses notes étaient apparues, mais cela ne datait sûrement pas de la veille. La maison sur la falaise n'était que le révélateur du conflit, et non sa cause.

Steve refusait purement et simplement d'acheter ce pavillon. Là-dessus, au moins, il s'était montré on ne peut plus clair. Il ne voulait pas davantage entendre parler de travail sérieux pour elle, sous prétexte que ces innovations « nébuleuses » n'entraient pas dans leur plan initial ! Un fichu plan qui remontait aux calendes grecques ! Au nom duquel monsieur interdisait à sa femme de changer d'avis. De changer de vie. On croyait rêver ! À l'entendre, il faudrait attendre sa retraite à lui pour reconsidérer la question et réfléchir à une nouvelle existence.

Grossière erreur. Il y avait belle lurette que madame réfléchissait à la vie qu'elle souhaitait désormais mener.

12

Dans le cadre de sa thérapie de groupe, Lauren Stanton avait reçu pour consigne de se concocter un bon petit repas pour elle toute seule au moins deux fois par semaine. Elle était censée tout préparer comme si elle voulait soigner un invité, mitonner un menu raffiné pour une personne, sortir l'argenterie et la plus jolie vaisselle, et déguster le tout, si possible aux chandelles, avec un excellent vin servi dans un verre en cristal.

Après deux ans de soupe instantanée et de yaourt aux céréales en guise de dîner, Lauren était psychologiquement prête à accepter un changement dans ses habitudes. Il lui semblait simplement un peu ridicule de se donner autant de mal pour elle seule mais, à en croire les membres les plus expérimentés du groupe, elle abordait le problème sous un mauvais angle.

« La personne la plus importante de votre vie, c'est vous-même ! N'oubliez jamais cela et faites-vous plaisir ! » lui répétaient-ils avec autant de conviction que de compassion. Lauren avait donc résolu de suivre cette règle. Pourquoi pas, après tout ? Depuis la mort de Gil, elle ne faisait rien d'autre que travailler et… et travailler. Le sol s'était ouvert sous ses pieds. Si elle ne réagissait pas, et vite, elle disparaîtrait purement et simplement.

Voilà pourquoi, par ce beau samedi après-midi, elle prit la direction des parcs à moules de Penn Cove. Originaire du Dakota du Sud, Gil détestait les fruits de mer en général, et les coquillages en particulier. En digne insulaire, Lauren trouvait au contraire extrêmement appétissant tout ce qui sortait des profondeurs sombres et froides de l'Océan. Cette petite excursion à la recherche des moules fraîchement pêchées dont elle raffolait s'inscrivait donc dans la droite ligne de sa thérapie : la quête d'un plaisir personnel.

« La solitude est une très bonne chose ! », affirmaient-ils aussi dans le groupe. Prétendument parce qu'elle offrait l'opportunité de se considérer comme quelqu'un de fort. Lauren ne devait pas canoniser « le cher disparu », mais conserver au fond de son cœur une image réaliste de son mariage. Et éviter par ailleurs de nouer trop vite une nouvelle relation… sans attendre trop non plus ! Question de dosage. Certaines veuves s'habituaient si bien à leur vie de célibataire qu'elles ne parvenaient plus ensuite à partager leur quotidien avec quelqu'un d'autre. À vingt-six ans, Lauren avait tout intérêt à garder la place chaude pour un éventuel prince charmant.

Gil était son aîné de seize ans, ce qui ne l'avait pas empêchée de l'épouser par amour. La seule ombre de leur union résidait dans l'absence d'enfant. La mort brutale de son mari avait totalement brisé Lauren, l'avait anéantie. Puis elle s'était arrachée peu à peu aux profondeurs de sa détresse, en mettant au point certaines règles de vie : avant tout, sur le plan physique, un régime approprié associé à du sport pouvait l'aider à trouver le chemin de la guérison ; quant au plan émotionnel, il était beaucoup trop dangereux de tomber amoureuse.

Elle faisait des progrès de jour en jour, s'encouragea Lauren en se dirigeant vers le ponton de Haglund. De là, elle monterait dans un canot et ramerait jusqu'aux piquets où les habitants de l'île élevaient des moules depuis des générations. Ollie Haglund vendait sa production aux meilleurs restaurants du Puget Sound, mais il ne voyait aucune objection à en céder gracieusement un litre ou deux à ses amis et voisins préférés.

Un mini-van portant l'insigne de l'escadron des Aigles de combat était garé non loin de l'entrée du parc à moules. Dès que Lauren aperçut Ollie, elle agita la main. Avec sa casquette de marin, sa trogne de vieux loup de mer et son éternelle pipe entre les dents, il lui rappelait son grand-père norvégien, lui aussi pêcheur.

Sur Widbey Island, la mi-septembre était la période la plus chaude de l'année. Lauren pressa le pas. Le soleil tapait dur sur ses épaules et ses cuisses nues, protégées sommairement avec de la crème solaire. La journée était magnifique, le ciel aussi pur que son short blanc, aussi bleu que son T-shirt. Ses pieds nus enfoncés dans des espadrilles délavées, elle se sentait parfaitement dans son élément sur le bois humide des pontons. Elle avait grandi ici, avec sa sœur, au milieu des marais salants et des hautes terres boisées, sous le regard vigilant et aimant de sa mère, entourée de l'affection sans faille des habitants de l'île.

Physiquement, la Lauren actuelle n'avait plus rien à

voir avec la petite fille sans assurance d'autrefois, mais les apparences étaient trompeuses. À l'intérieur, la jeune femme était restée craintive et timide.

Elle contourna le mini-van d'une bizarre couleur aubergine.

— Bonjour, Ollie !

— Bonjour, jeune dame.

— Je vous propose un marché, attaqua-t-elle en levant son seau en plastique blanc. Mes tomates en grappes contre une portion de vos moules.

— Impossible : mes moules sont gratuites pour vous, répondit Ollie avec un clin d'œil.

Il se tourna vers l'employé de *L'Abri des flots*, un des bons restaurants de poisson de Seattle, qui chargeait les caisses de coquillages dans sa fourgonnette en louchant sur les jambes de Lauren.

— Uniquement pour les jolies filles qui m'apportent des tomates, ce qui te met hors jeu, mon gars.

Le rugissement d'un moteur couvrit la réplique de l'intéressé : un cinglé pilotant un jet-ski passa à toute allure à côté d'eux, soulevant un nuage d'écume dans son sillage. Derrière lui, sur le siège, deux gamins se cramponnaient en riant. Leurs cris de joie étaient à peine audibles, compte tenu du mugissement assourdissant de l'engin. Lauren mit sa main en visière et resta un moment fascinée par les prouesses du trio assis sur le scooter des mers. Même à distance, elle percevait les sensations grisantes que leur inspirait leur folle chevauchée sur les eaux. Le fou furieux aux commandes du jet-ski semblait insensible à la beauté de cette journée, songea-t-elle tandis que le pilote torse nu et les garçons hurlants traversaient l'entrée de la crique.

— À tous les coups, c'est encore un de ces maudits gars de la marine ! grommela Ollie.

— Hé, ces gars de la marine, comme vous dites, étaient les meilleurs clients de mon mari, lui rappela-t-elle.

— Possible, mais lui ne pilotait pas un de ces engins au milieu de mon parc à moules.

Exact. Gil était beaucoup trop prudent et respectueux des autres – ce qui ne faisait que rendre sa mort tragiquement ironique.

Lauren posait son seau dans le canot quand le jet-ski passa à nouveau devant elle à toute allure. Et elle entendit distinctement l'homme au torse bronzé hurler à la mort comme un loup affamé de chair fraîche.

— Il faut lui reconnaître une qualité, commenta Ollie. Ce chauffard des mers a bon goût !

Lauren sentit monter en elle un fou rire, mais elle le réprima aussitôt et continua à s'activer.

— Bel exemple à donner à ses enfants, grommela-t-elle.

— Ce n'est quand même pas un crime d'admirer une jolie fille.

— Quand on est marié et père de famille, si.

— Ah bon, vous le connaissez ?

— Non. Simple supposition, dit-elle en sautant dans le canot.

Elle laisserait à quelqu'un d'autre le soin d'expliquer à cet homme que l'âge des cavernes était révolu et qu'on ne se léchait pas les babines à la vue de chair fraîche. Mais tout en s'emparant des rames, elle se surprit à lancer des regards furtifs en direction du Cro-Magnon.

Elle souqua en direction des plates-formes flottantes. Les gouttelettes d'eau qui jaillissaient des avirons étaient glacées. Cet imbécile sur son scooter des mers allait faire attraper une pneumonie à ces pauvres petits. Elle s'amarra au parc à moules et farfouilla dans la coque à la recherche d'une paire de gants en caoutchouc. Les moules poussaient sur de longs filets couverts d'algues.

Lauren s'activa allègrement pendant un moment, laissant remonter des souvenirs heureux de son enfance où Caroline et elle ramassaient des moules pour la paella maison de leur mère. Elle tirait à elle un filet ruisselant quand elle aperçut ce satané jet-ski approcher à vitesse réduite.

— Hé, qu'est-ce que vous faites ? demanda-t-elle en mettant sa main en visière.

— Je visite.

— Je crois que vous vous êtes trompé d'adresse.

Elle s'efforça de ne pas dévorer le pilote des yeux. Son torse et ses épaules couleur de chêne étaient parsemés de gouttelettes d'eau. Ses cheveux étaient bruns, coupés court, ses yeux d'un bleu dévastateur, sa bouche semblait sur le point de rire. Et il ne portait pas d'alliance.

— Je ne pense pas.

Mon Dieu ! Il avait l'accent du Sud. Elle adorait ça.

Il donna un petit coup de coude au gamin assis derrière lui et prit une expression sérieuse.

— *My name is Bond*, dit-il. *James Bond.*

Les gamins, deux frères, maigres comme des coucous et grelottant dans leur gilet de sauvetage, rigolèrent d'un air béat. Ils devaient avoir dans les six et huit ans : le public rêvé pour ce clown.

— Et toi, tu t'appelles comment ? demanda le plus petit des deux à Lauren.

Le regard de connaisseur du beau mec glissa sur elle avec une franchise insolente.

— Je parierais pour Lara Croft ? ou Wonder Woman ?

Pendant un bref instant, Lauren s'autorisa un petit frisson d'excitation, mais elle le réprima vite et se raisonna.

— Bon, vous voudrez bien m'excuser, je suis occupée.

— À quoi ? Qu'est-ce que tu fais ?

Le plus jeune des deux gamins avait une incisive du bas portée manquante et des épis sur la tête. De son immense gilet de sauvetage orange jaillissait une frimousse couverte de taches de rousseur, aux yeux brillants.

— Je cherche des moules.

— Vous entendez, les mollusques ? Montrez vos biceps à la dame, enchaîna le beau mec.

— Hein ? firent les gamins d'une seule voix.

— Chez moi, les moules, ça s'appelle des muscles. Alors, montrez-lui les vôtres.

Ils obéirent immédiatement, serrant fermement les poings pour faire saillir leurs biceps. Lauren se mordit la lèvre pour ne pas éclater de rire.

— Ouh là ! fit-elle. Très impressionnant.

Ils pouffèrent comme seuls les petits enfants savent le faire, et elle n'eut pas d'autre choix que de rire avec eux.

— À toi de lui montrer tes biscoteaux, Josh, dit l'aîné.

— Voui, montre-lui, Josh ! renchérit le petit.

Tiens. Ils l'appelaient Josh, pas papa.

— Josh a de super-gros biscoteaux, l'avertit le petit.

— Super-géants, renchérit son frère. Tu vas voir !

Le sourire de Lauren s'accentua.

— Je vous crois sur parole. Mais ce qui m'intéresse, c'est ça...

Elle tira une corde couverte de coquillages bleu-noir luisant.

— Oooh, s'extasia le petit.

— Cool ! approuva l'autre.

— Je vais les faire cuire pour mon dîner.

— Gloups...

— Beurk...

Leurs visages reflétaient la même expression horrifiée.

— Tu vas faire manger ça à tes enfants ?

— Je n'ai pas d'enfants. Mais vous pouvez venir partager mon dîner, si vous voulez.

Ils se blottirent contre leur pilote avec une grimace dégoûtée.

— Hé, moussaillons, ce n'est pas une façon de répondre à l'invitation d'une dame !

Ils se redressèrent aussitôt et répondirent d'une même voix :

— Non, merci, m'dame.

Au même moment, le beau mec qui répondait au nom de Josh sourit, ses yeux dans ceux de Lauren.

— Mais moi, j'accepte volontiers.

Elle faillit en lâcher son seau de saisissement. Elle ouvrit la bouche pour rétorquer : « Vous n'êtes pas invité », mais s'entendit répondre :

— Je m'appelle Lauren Stanton.

— Josh Lamont, aviateur naval. Et ces petits marins-là s'appellent Danny et Andrew.

— Josh est un chevalier du ciel, lança fièrement Danny.

— Un vrai, comme à la télé ! insista Andrew.

Un chevalier du ciel, un gars de la marine… autrement dit, pas du tout son type. Elle avait eu l'occasion de rencontrer bon nombre de militaires sur cette île. Elle avait des copines de lycée qui étaient sorties avec certains d'entre eux, et parfois même cela s'était terminé par un mariage. Mais pour autant qu'elle le sache, aucune de ces unions n'avait duré. Les hommes de l'aéronavale étaient comme les barbes à papa : délicieuses, mais trop vite terminées, la laissant sur sa faim.

— Ça y est, Josh a un rendez-vous d'amoureux, souffla Danny à Andrew.

Ils se donnaient des coups de coude comme de mauvais garnements.

— Silence, mauvaise troupe ! ordonna Josh. L'affaire est loin d'être conclue.

Il revint à Lauren et ajouta simplement :

— Où et quand ?

Elle baissa les yeux sur sa récolte d'un beau noir luisant, au fond du seau. Cette sortie était censée faire partie de sa thérapie. Puis elle se remémora ce qui s'était passé la dernière fois qu'elle s'était préparé un repas soigné : elle avait vidé la bouteille de vin et s'était endormie comme une masse dans sa robe BCBG.

— Chez moi, répondit-elle. À dix-neuf heures.

Elle pointa un doigt vers les cottages et les bungalows sur le promontoire qui dominait la crique.

— On voit ma maison d'ici. C'est la verte, avec les tournesols devant l'entrée.

Il ne quitta pas Lauren des yeux tandis qu'il s'adressait aux garçons.

— *Ça*, moussaillons, c'est ce que j'appelle un rendez-vous !

À dix-huit heures cinquante-cinq, Lauren choisissait un programme musical dans ses CD. Surtout pas quelque chose de romantique. Le but de la manœuvre consistait à meubler les inévitables silences. Non, pas les Dixie Chicks – c'était l'un des groupes préférés de Gil. Elle écarta pour la même raison le Dave Matthews Band, et opta finalement pour une compilation que sa sœur lui avait envoyée. Pour autant qu'elle s'en souvienne, la plupart des extraits étaient neutres, parfaitement inoffensifs. Presque de la musique d'ascenseur.

À dix-neuf heures pile, la sonnette retentit et elle sursauta. Ponctuel, à la seconde près.

Les talons de ses sandales cliquetèrent sur le carrelage de l'entrée. Elle s'arrêta brièvement devant une étagère où elle avait posé une photo de Gil et chuchota :

— Je n'ai aucune idée de ce que je suis en train de faire. Mais souhaite-moi bonne chance.

Comme elle posait la main sur la poignée de la porte, une ballade sentimentale s'échappa des haut-parleurs de la chaîne stéréo. Aucun rapport avec de la musique d'ascenseur, c'était terriblement suggestif… Il n'y avait plus qu'à espérer qu'il n'y fasse pas attention.

Elle ouvrit la porte.

— Jolie chanson, dit-il en lui souriant.

Lauren eut l'impression d'entrer dans un rêve. Il était incroyablement beau, incroyablement craquant, un bouquet de fleurs dans une main, une bouteille de vin dans l'autre. La seule chose qui détonnait légèrement, c'était le mini-van aubergine garé dans l'allée. D'habitude, les officiers, surtout célibataires, pilotaient des Harley ou des voitures-pour-emballer-les-filles, pas des mini-vans.

— Vous êtes sensationnelle, dit-il à Lauren.

Et vous donc ! songea-t-elle.

— Merci. Je vous en prie, entrez.

Il remplissait tout l'espace de sa petite maison, briquée du sol au plafond. Ce n'était pas qu'une question de taille – il mesurait probablement un mètre quatre-vingt-dix et était bâti comme un athlète olympique – mais son énergie semblait déborder de partout, s'inviter chez elle.

— J'ai un aveu à vous faire, commença-t-il.

Malheur ! Il avait une femme, une fiancée, des penchants sexuels particuliers... Les possibilités fusèrent dans son esprit.

— Oui ?

— Je n'ai jamais pu résister aux rousses aux cheveux courts.

Cette déclaration aurait pu l'indisposer, mais il n'en fut rien. Au contraire : elle ressentit un nouveau petit frisson délicieux. Baissant la tête pour cacher la rougeur brûlante de ses joues, elle le délesta du bouquet et de la bouteille.

— Le vin vous convient ? s'inquiéta-t-il.

— Il est parfait. Le bordeaux blanc est idéal avec des coquillages. Vous vous y connaissez ?

— J'aimerais pouvoir répondre oui, mais ce serait un mensonge. En fait, j'ai regardé sur Internet.

— Eh bien, encore merci. Je mets vos roses dans l'eau.

Josh parcourut la pièce des yeux. Il y avait des vases et des fleurs dans tous les coins.

— On dirait que j'arrive comme les carabiniers, trop tard.

— Pas du tout, j'adore être entourée de fleurs, répondit-elle depuis la cuisine en remplissant un pichet évasé dans l'évier. Celles-ci viennent toutes de mon jardin.

Quand elle réapparut pour poser la composition sur la table, il était debout devant la porte-fenêtre et regardait la vue.

— Bourrée de talents, dit-il. Elle cuisine les moules, elle fait pousser des fleurs…

— Et des tomates ! Les miennes sont les meilleures de Whidbey Island !

— Qu'est-ce que vous savez faire d'autre ? demanda-t-il sans se retourner.

Elle oublia de répondre. Elle regardait ses fesses et fut subitement submergée par une vague de désir. Il se retourna au même instant et elle pria pour qu'il ne puisse pas lire dans ses pensées.

— On joue aux devinettes, attaqua son invité, ou vous me livrez spontanément les informations de base ?

— Je n'ai pas joué aux devinettes depuis des années.

— OK. Lieu de naissance ?

— Ici même, sur Whidbey Island. Et vous ?

— Atlanta, en Géorgie. Et quelle est votre attraction préférée dans une foire ?

— Tout bêtement le manège de chevaux de bois, décréta-t-elle, un peu surprise car elle n'y avait jamais vraiment pensé auparavant. Vous, c'est le grand huit, évidemment.

Il eut l'air abasourdi.

— Comment avez-vous deviné ?

Elle ne put s'empêcher de rire.

— Ce n'est pas sorcier : je vous ai vu dompter votre jet-ski. Depuis quand avez-vous quitté Atlanta ?

— Depuis que je suis parti faire mes classes à l'École navale. Mais dites, qu'est-ce que vous faites pour vous amuser dans le coin, à part vous occuper de fleurs, de tomates et de moules ?

Il évitait systématiquement de parler de lui. Tiens, tiens... Il n'était décidément pas comme tout le monde. La plupart des hommes étaient des adorateurs de leur nombril.

— J'aime le sport. Je fais de la natation, de la voile en été, et du ski en hiver. Et vous ?

— J'ai pratiqué la boxe quand j'étais plus jeune.

Un sourire teinté de fierté éclaira son visage.

— J'ai mis K-O le Bombardier vénitien !

— Le... Bombardier vénitien ?

— Scott Burns. Si, vous avez dû entendre parler de lui. J'ai raccroché les gants il y a des années, mais j'ai toujours rêvé de pratiquer la voile. Le jet-ski, c'est sympa, mais un peu trop bruyant quand même.

Je pourrais vous apprendre la voile si vous... Elle faillit prononcer ces mots à voix haute mais s'arrêta à temps. Trop dangereux. Il risquait d'y voir un encouragement.

— Un marin qui ne sait pas naviguer ? ironisa-t-elle. Les contribuables ont du souci à se faire.

— J'apprends très vite, répliqua-t-il avec un regard de gamin rieur.

— Et en sortant de l'académie, qu'avez-vous fait ?

— Je suis parti suivre une formation de pilote à l'école d'élèves officiers de la base navale de Pensacola, en Floride. Je continue à me perfectionner, tantôt ici, tantôt dans le Nevada. Pour le moment, je travaille comme instructeur des jeunes recrues. En attendant de prendre les commandes de mon premier Prowler. C'est un bijou de chasseur-bombardier, expliqua-t-il en souriant. Dix-huit mètres de long pour une envergure de seize mètres. Vitesse de croisière : neuf cent vingt kilomètres-heure ; rayon d'action sans ravitaillement…

Bon, il était parti à lui vanter sa petite merveille. Génial. Un pilote de chasse… Difficile de trouver une spécialité plus dangereuse.

— Mais je vous ennuie avec mon coucou d'enfer…

— Pas du tout. À propos de ravitaillement, je vais déboucher la bouteille, dit-elle en s'échappant dans l'étroite kitchenette.

Il la suivit, examinant les murs d'un blanc brillant, la vitrine abritant sa collection de porcelaines de Delft bleues et blanches. Elle le vit pointer un doigt gourmand sur les délicieux petits gâteaux à la crème qu'elle avait achetés pour le dessert.

— N'y pensez même pas ! dit-elle en lui donnant une tape sur la main.

Il rit et referma les doigts autour de son poignet.

— Je n'aurais pas osé, m'dame.

Une onde de chaleur la traversa.

— Ce sont des puits d'amour.

— Mmm, des promesses, toujours des promesses...

— Attendez donc, vous n'y avez pas encore goûté !

— Mais je ne demande que ça. Mon instinct me dit que j'ai frappé à la bonne porte.

Sa voix sensuelle glissait sur elle comme de la soie. Elle eut l'impression que son sourire s'enroulait autour de son cœur, et récupéra sa main.

— Je sais que vous vous donnez beaucoup de mal pour m'envoyer des signaux « non disponible », continua-t-il, mais je n'ai jamais reculé devant un défi.

Il lui prit le tire-bouchon des mains.

— Laissez, je m'en charge.

Lauren ne protesta pas. Elle n'avait pas envie de lui montrer qu'elle ne maîtrisait pas trop l'art de déboucher une bouteille de vin parce que c'était Gil qui s'en était toujours chargé. De même qu'il nettoyait les feuilles mortes dans le caniveau, gérait leur budget et remplissait leur feuille d'impôts. Après sa mort, elle avait dû tout prendre en main et persévérer jusqu'à maîtriser chaque situation. Mais elle n'était pas encore tout à fait à l'aise avec les bouchons.

Celui-ci s'expulsa avec un *pop !* sonore. Elle remplit deux verres et lui en tendit un.

— À votre santé.

— À la vôtre. Vous avez un animal familier ?

— Oh, encore le jeu des devinettes ?

— Nous venons à peine de commencer. Alors ?

Elle tourna un regard malheureux vers la chatière de la porte du jardin, et les deux écuelles en métal posées sur le petit tapis de sol en plastique.

— Il y a bien Vagabond. Un chat de gouttière que j'ai recueilli il y a quelque temps, mais il a recommencé à fuguer. Je ne l'ai pas vu depuis une semaine. J'ai placardé des affichettes dans tout le quartier, et je change son eau et sa nourriture tous les jours, au cas où.

Elle observa Josh par-dessus son verre.

— Vous, vous êtes plutôt du genre à posséder un chien. Un gros, de préférence.

Il sourit.

Ce garçon était beaucoup trop beau pour l'aéronavale. Il aurait fait fureur comme mannequin pour des boxer-shorts ou des coupés sport.

— Alors ? insista-t-elle.

— Et moi qui espérais devenir l'homme mystérieux de votre vie. Je suis si transparent ?

— J'attends, dit-elle en feignant de ne pas avoir entendu son commentaire troublant.

— J'avais trois golden retrievers quand j'étais gosse. Ils s'appelaient Harpo, Chico et…

— Groucho !

— Raté. *La* troisième s'appelait Scarlett. *Autant en emporte le vent* est une institution à Atlanta. Ma mère prétend que ce sont ses golden retrievers qui m'ont élevé.

— Comme Romus et Romulus ?

— Voilà. Des loups amicaux. Je les considérais comme des frères. J'étais enfant unique. Et vous ?

— J'ai une sœur merveilleuse qui est partie vivre à Georgetown et s'est installée dans le district fédéral de Columbia pour devenir courtière. Nous avons grandi ici avec notre mère. Elle est décédée il y a cinq ans et nous a laissé cette maison, à Gil et à moi.

— Votre sœur s'appelle Gil ?

— Non, mon mari. Il est mort il y a deux ans.

La main de Lauren se crispa sur le pied de son verre. Elle n'avait pas eu l'intention de parler de lui maintenant. Après sa disparition, elle avait très vite découvert qu'à la seconde où elle révélait qu'elle s'était retrouvée veuve à vingt-quatre ans, un ange passait dans la conversation.

— Je suis désolé. Et je suis sûr que vous seriez multimillionnaire si on vous donnait un dollar chaque fois qu'on vous dit ça...

Il y avait telle sincérité et une telle douceur dans son sourire que le moment de gêne se dissipa.

— Comment vivez-vous votre quotidien ? reprit Josh.

— Mieux. « Un pas après l'autre », comme on dit dans mon groupe de thérapie.

Elle s'empara d'un couteau et hacha un peu de persil pour les moules.

— Les premiers temps, c'était une minute après l'autre, et même une respiration à la fois. J'ai donc fait des progrès.

Elle fit couler de l'eau fraîche sur les coquillages dans la passoire au-dessus de l'évier.

— Préparer ce repas faisait justement partie de ma thérapie, mais vous avez tout flanqué en l'air.

— Merci beaucoup.

Son expression faussement vexée la fit rire.

— L'exercice consistait à me préparer un petit dîner fin. Juste pour moi.

— Si je comprends bien, je vous gâche votre soirée.

Elle le fixa droit dans les yeux et se sentit fondre. Beau, intéressant, drôle, gentil... il avait tout pour lui.

Et tout à coup, il fut si près d'elle qu'elle aurait pu le toucher.

— Oui, chuchota-t-elle, comme il inclinait lentement son visage vers le sien pour l'embrasser. Oui, vous gâchez ma soirée.

13

Parvenue au 8853 Ocean View Drive, Grace tourna pour s'engager dans l'allée et son imagination partit aussitôt au galop : elle rentrait chez elle, dans *sa* maison. Les gravillons de l'allée crissaient sous ses pneus ; le rosier grimpant déployait une généreuse floraison rose pastel ; les dahlias rouges et jaunes dodelinaient dans la brise, tandis que, perchées sur de longues tiges, des roses trémières effleuraient presque la gouttière du toit…

En sortant de la voiture, elle aperçut au fond du jardin un couple de martinets voletant autour d'une jolie mangeoire à oiseaux fixée au sommet d'un poteau. Le rêve et la réalité se mêlaient.

Avait-elle tort d'être amoureuse de ce pavillon ? Son prix était-il vraiment au-dessus de leurs moyens, comme l'affirmait Steve ? Ils n'avaient cessé de se chamailler à ce sujet. Mais en réalité, leur dispute n'avait aucun rapport avec cette maison, ni avec son désir de travailler. C'était plus grave. Grace avait enfoui en elle – volontairement – certaines craintes qui avaient besoin de s'exprimer. Les uns après les autres, les enfants partiraient bientôt vivre leur vie… Steve et elle resteraient en tête à tête. Peut-être redoutait-il de se retrouver seul avec elle ? Cela expliquerait bien des choses, à commencer par son refus de se fixer…

Elle frappa à la porte, et Marcia Dunmire lui ouvrit, aussi douce et amicale que les dahlias qui s'épanouissaient dans sa cour. Depuis leur précédente rencontre, la vieille dame avait troqué sa canne anglaise contre une canne simple.

— Bonjour, Grace ! Quel bonheur de vous revoir !

Elles avaient passé des heures ensemble au téléphone afin de mettre noir sur blanc leur « grand projet ». Grace avait trouvé un expert-comptable et conçu une stratégie commerciale. Elle avait aussi contacté un bon nombre de compagnies de déménagement, et réussi à en convaincre plusieurs de travailler en bonne intelligence avec elle, à charge de s'adresser mutuellement des clients. Bref, avec ou sans l'approbation de Steve, plus rien ne l'empêchait de se jeter à l'eau.

— Entrez vite, l'invita Marcia. Je suis si contente que vous vous soyez décidée à tenter l'aventure !

— À vrai dire, j'espérais presque que vous essayeriez de m'en dissuader, avoua Grace, l'estomac noué.

Après tout, Steve avait peut-être raison, se répétait-elle pour la nième fois. Ce n'était peut-être pas le moment de se lancer dans un projet aussi hasardeux. D'autant qu'elle allait se retrouver des mois durant sans mari pour la soutenir : il le lui avait appris à son retour du Pentagone, pendant le barbecue chez les Crowther… alors qu'elle pouvait difficilement marquer le coup. Le nouveau déploiement approchait à grands pas.

— Vous paraissez nerveuse, mon petit.

— Je le suis : ce n'est pas tous les jours que quelqu'un m'offre la possibilité d'ouvrir mon site sur le Net.

— Bah, ce n'est pas tous les jours non plus qu'une amie tombée du ciel s'occupe de ma maison de retraite, riposta Marcy. Café ?

Elle lui montra une cafetière, sur la cuisinière.

— Allez-y, il est tout chaud.

Grace prit un mug sur le comptoir et se servit en regardant par la fenêtre. Comme le grand salon, la cuisine était terriblement vieillotte, mais offrait sur la mer une vue qui la transporta. Une émotion inattendue lui serra la gorge. Aucun des logements qu'ils avaient habités ne l'avait bouleversée ainsi. Dans cette maison, elle se sentait enfin chez elle. Pour la première fois de sa vie, elle avait réellement l'impression d'appartenir à un lieu.

— Le mont Baker est la plus belle montagne du monde, affirma Marcia. Vous ne trouvez pas ?

Grace hocha la tête. Le soleil automnal peignait en jaune et or son sommet neigeux. Un unique petit nuage s'accrochait à sa cime, comme un étendard flottant sur le donjon d'un château fort.

— Si. Vous avez eu une chance extraordinaire de vous réveiller tous les matins avec ce spectacle devant les yeux.

— J'en ai conscience. Je regrette seulement de ne pas avoir eu le cran d'escalader cette montagne quand j'étais jeune, comme vous. Je remettais toujours au lendemain, et puis…

Elle exhala un soupir.

— Je me demande combien de projets n'ont jamais vu le jour pour cause de paresse…

— Sûrement beaucoup. Nous en sommes tous là.

Grace tendit la main vers la brique de crème liquide, se ravisa, et but son café noir et sans sucre.

— Quoi qu'il en soit, je me suis occupée de vous.

Elle sortit un paquet de brochures et de formulaires de son sac en canevas et les posa sur le comptoir. En échange de la contribution de Marcia à son site Web, Grace avait insisté pour régler tous les détails de son départ en maison de retraite.

— Voilà les résidences pour personnes âgées que j'ai trouvées près de chez votre fille, à Phoenix. J'ai dressé une liste des activités qu'elles proposent, et j'y ai joint une carte du quartier. Ainsi, vous pourrez voir d'un coup d'œil s'il y a une bibliothèque, un cinéma ou une salle de gymnastique à proximité. Vous n'aurez qu'à examiner toutes les propositions, faire votre choix, et je m'occuperai du reste.

— Grace Bennett, vous êtes un ange ! s'extasia Marcia, tandis que le pli soucieux de son front s'effaçait. Finalement, j'aurai un toit au-dessus de ma tête quand je partirai pour l'Arizona.

— Cet endroit va beaucoup vous manquer, n'est-ce pas ?

Elle haussa les épaules.

— Pas tant que ça. Je suis contente de me rapprocher de ma fille et de mes petits-enfants ; je ne veux pas passer à côté des plus belles années de leur vie.

La vieille dame promena son regard sur la pièce, son mobilier vieillot, sa tapisserie fanée.

— Vous savez, je me sentais prise au piège, ici, quand les enfants étaient petits. J'aurais voulu partir, n'importe où ! J'ai toujours envié les femmes de marins et leur vie trépidante de globe-trotters.

Grace faillit s'étrangler avec son café.

— Des globe-trotters ?

— Ma foi, c'est ainsi que je me représentais les choses, en tout cas.

— Je suis sûre qu'il ne vous est jamais venu à l'esprit que les femmes de marins vous enviaient vous !

Marcia secoua la tête.

— Difficile à imaginer.

— Et pourtant... Nous considérerions comme un luxe de planter des bulbes de tulipe et de pouvoir nous dire qu'on sera là pour les voir fleurir. Ou de nous lier avec des voisins et de savoir que nous serons encore amis dans dix ans. Ou tout simplement de regarder nos enfants suivre leurs études dans la même école, avec les mêmes copains, d'une année sur l'autre.

— Mmm. Je vois. Cependant, à l'inverse, sachez que passer toute sa vie dans la même petite ville étriquée c'est horriblement frustrant à la longue.

— Bouger sans cesse comme une tribu de romanichels est loin d'être aussi romantique que ça en a l'air ! Selon vous, une petite ville est un cadre trop étriqué pour y passer toute son existence ? Eh bien, imaginez que votre mariage est la ville en question. Population : deux habitants. Plus une petite poignée de touristes de passage qui s'appellent les enfants...

Marcia se resservit du café et y ajouta une bonne dose de crème.

— Je n'ai jamais considéré la situation sous cet angle. Grace, je ne voudrais pas paraître indiscrète mais... seriez-vous en train de me dire que votre mariage constitue pour vous un sujet de frustration ?

— Absolument pas, répondit Grace très vite. Ce

n'était pas du tout l'impression que je voulais donner. La vie dans la marine a été merveilleuse. Ces vingt dernières années ont représenté une expérience inoubliable.

Marcia haussa un sourcil.

— Mais… ? Car il y a un « mais », n'est-ce pas ?

— Oui, je… Suis-je une mauvaise épouse parce que j'ai envie de connaître autre chose ?

— Grands dieux, non ! Allez, venez voir votre site.

Grace relâcha la respiration qu'elle avait retenue sans s'en rendre compte et suivit son amie dans le bureau adjacent à la cuisine.

— Voici d'abord quelques-uns de mes autres clients, dit Marcia en faisant signe à Grace de s'asseoir sur le fauteuil à roulettes devant l'ordinateur.

Grace découvrit, bouche bée, les sites Web fabuleux qu'elle avait déjà créés pour une fleuriste, une société de financement, une avocate et un club de fitness.

— Attendez une minute… Un club de fitness ? Ça veut dire que je pourrais entretenir ma forme en surfant sur le Net ?

Marcia éclata de rire.

— Ne rêvez pas. C'est quand même un peu plus compliqué que ça…

Elle cliqua sur ce dernier site… et apparut sur l'écran l'icône animée d'une jeune femme soulevant et baissant des haltères rose vif.

— Ma cliente, Lauren Stanton, est née ici. Elle est allée au même lycée que mes enfants, en fait.

— *« Cent pour cent tonique, cent pour cent pour vous »*, récita Grace. Tiens ! j'ai déjà vu un prospectus pour ce club. J'avais justement l'intention de m'y inscrire pour des séances d'entretien.

— Lauren est un excellent professeur. J'ai suivi son cours pour seniors. Du moins, jusqu'à mon accident. Mais vous, vous êtes beaucoup trop jeune.

Grace éclata de rire.

— Je ne me rappelle plus la dernière fois où l'on m'a dit que j'étais trop jeune pour quoi que ce soit !

— Vous êtes un bébé ! trancha Marcia. Jetons un coup d'œil à ce que j'ai fait pour vous jusqu'ici.

Elle tapa à toute vitesse une adresse Internet.

— Sésame, ouvre-toi !… Bien, nous voici sur le domaine de Grace.

— Mon domaine ? sourit l'intéressée. Au Moyen Âge, ce mot désignait une terre féodale réservée à l'usage exclusif d'un seigneur.

— Eh bien de nos jours, ça représente une petite parcelle privée du cyber-espace. Pour l'instant, le site n'est pas encore actif – en ligne, si vous préférez –, mais je le rendrai opérationnel dès que j'aurai votre feu vert. Cela dit, j'ai déjà intégré tous les paramètres dont nous avons discuté au téléphone.

Grace regarda l'écran en cillant.

— « Çademenageavecgrace.org », articula-t-elle pour tester oralement la formule. Que pensez-vous du nom que j'ai choisi ? Ça ne fait pas trop…

— Non, il est parfait, n'y touchez pas, affirma Marcia. Et le graphisme, il vous convient ?

C'était carrément superbe. Le titre se détachait en lettres blanches sur fond bleu, dans une police de caractères à la fois sérieuse, plaisante et dynamique. Les liens étaient signalés en bas de l'écran sous la forme de petits nuages joufflus.

Grace tourna les yeux vers la fenêtre.

— Je devine où vous avez puisé votre inspiration.

— Alors, ça vous plaît ? Tel quel, le site n'est pas trop frivole pour une commerciale ?

— Je l'adore ! Et je n'ai rien d'une commerciale. J'ai toujours eu envie de travailler dans cette branche, mais…

— Alors il n'y a pas à hésiter. Foncez !

— Vous êtes un coach génial.

Comme tout était simple avec elle ! Grace avait essayé un nombre incalculable de fois de discuter avec Steve, mais il ne voyait que les risques et les obstacles de son projet. Marcia, elle, lui donnait l'impression que sa démarche était l'aboutissement logique du travail que Grace effectuait bénévolement depuis des années.

— Merci, Marcia.

— De quoi, mon Dieu ? Mon petit, dites-vous bien que si, finalement, vous ne vous sentiez pas encore prête à créer votre entreprise, rien ne vous interdit d'utiliser déjà ce site à des fins privées. De plus en plus de gens ont un blog sur le Web pour partager leurs photos, leurs idées, leurs humeurs… De cette façon, leurs amis et leurs proches peuvent le consulter comme un journal et garder le contact. C'est très pratique, et très convivial.

Grace secoua la tête.

— Steve et moi avons très peu d'amis, et plus personne en dehors des enfants. Mon mari est un orphelin qui n'a connu que des familles d'accueil dont il aime mieux ne pas se souvenir. Quant à moi, j'étais fille unique, et mes parents, ainsi que la seule grand-mère que j'aie connue, sont aujourd'hui décédés.

— Oh, je suis désolée.

— Ne le soyez pas. Ma grand-mère m'a fait promettre de ne pas être triste dans la vie, et je m'efforce de tenir parole.

C'était loin d'être aussi simple, mais Grace ne souhaitait pas aborder le sujet.

— Je suppose que c'est en partie la raison pour laquelle Steve et moi souhaitions fonder une grande famille.

— Et vous avez guidé tout ce petit monde d'un côté à l'autre de la planète.

— Eh oui.

— Comme quoi vous êtes bel et bien une professionnelle du déménagement, aucun doute là-dessus.

Grace ne put s'empêcher de rire.

— Une professionnelle qui n'a pas un seul client.

— D'où l'intérêt du site Web pour vous faire connaître. Tenez, voici le formulaire sur lequel les internautes pourront laisser leurs coordonnées et demander à entrer en contact.

Elle cliqua sur un nouvel écran.

— Cessez de chercher des raisons pour lesquelles ça ne marchera pas, Grace. C'est l'occasion idéale de vous lancer dans le business. À propos, dès que vous aurez enregistré vos références bancaires, vous pourrez accepter les règlements par carte : c'est sécurisé. Voyez plutôt…

Grace avait la tête qui tournait. Se lancer enfin… créer sa propre affaire… travailler à son compte et à domicile… Cette idée la hantait depuis des semaines, la harcelant le jour, la tenant éveillée la nuit, la poursuivant jusque dans ses rêves. Elle avait toujours pensé qu'elle était faite pour diriger une petite entreprise.

Même s'il y avait bien longtemps qu'elle avait tiré un trait sur ce projet, il résonnait toujours en elle.

Et tandis qu'elle écoutait Marcia lui expliquer le concept de l'entreprise sur Internet, son vieux projet reprenait vie. C'était incroyable. Comme si on venait de lui ouvrir la porte d'un monde familier. Tous les rouages de fonctionnement lui semblaient parfaitement clairs…

Son visage devait trahir son excitation, car Marcia la dévisagea avec insistance.

— Vous arrivez à suivre ?

— Oui. Cette fois, je suis prête à franchir le Rubicon. Advienne que pourra !

Marcia s'épanouit.

— Bravo ! Je n'en attendais pas moins de vous !

Elles passèrent le reste de la matinée à travailler pour régler tous les détails. Il était près de midi quand cinq jets passèrent en formation serrée au-dessus de la maison dans un bruit de tonnerre, ramenant Grace à la réalité.

— Je n'ai pas vu le temps passer ! dit-elle, stupéfaite.

— Si c'est pour moi, vous pouvez rester aussi longtemps que vous le souhaitez.

— Merci, mais il faut que je file. Je dois encore passer à la banque, et j'ai rendez-vous avec une candidate au déménagement.

Marcia lui décocha un clin d'œil.

— Pensez à lui demander une lettre de référence !

C'était peut-être une idée. Patricia Rivera lui fournirait sans difficulté une attestation.

— Je vous raccompagne jusqu'à votre voiture, déclara Marcia en agrippant sa canne.

— Ne vous donnez pas cette peine. Je peux très bien…

— Taratata. J'ai besoin d'exercice.

Une fois dehors, Grace lança un regard soucieux au panneau À VENDRE planté dans l'allée.

— Toujours pas d'acquéreur ?

— Non… Mais, pour ne rien vous cacher, j'en suis bien contente.

— Pourquoi ?

— Parce que je voudrais que ce soit vous qui l'achetiez.

Grace éclata de rire.

— Suis-je à ce point transparente ?

— Mon petit, s'il y a une chose dont je suis sûre, c'est que vous êtes amoureuse de ma maison. Je m'en suis rendu compte à votre première visite.

— C'est vrai. J'ai eu le coup de foudre, j'avoue. Ça ne m'était jamais arrivé auparavant. Pour une maison, tout au moins. Mais je ne peux pas me l'offrir : dans deux ans nous déménagerons à nouveau.

— Vous pourriez déjà habiter ici en attendant. Il arrive parfois tellement de choses, en deux ans…

Marcia pianota du bout des doigts sur la poignée de sa canne.

— C'est important de vivre sous un toit qu'on aime. Petit à petit, la vie quotidienne influe sur l'existence en général.

Grace fut profondément touchée par ces paroles. Les joues empourprées, elle ouvrit la portière de sa voiture.

— Encore merci pour tout !

Pendant le trajet du retour, elle passa et repassa en revue les objections de son mari. Il fallait obtenir un prêt, on ne s'engageait pas à la légère dans un tel investissement, des traites d'une pareille ampleur seraient un vrai boulet... qu'ils auraient à traîner au moment où les études des enfants...

— Les enfants ont toujours eu envie d'un animal à la maison, murmura Grace en passant la vitesse supérieure.

14

Cinquante-six messages ?

Bouche bée, Grace fixait l'icône de sa boîte aux lettres électronique. Oui, c'était bien le nombre de nouveaux mails arrivés à l'adresse mentionnée sur son site ! Jamais elle n'avait reçu autant de courrier en une seule journée.

D'une main un peu fébrile, elle cliqua sur l'icône de sa boîte aux lettres pour l'ouvrir. Un nœud se forma au creux de son estomac. Elle parcourut le premier envoi : *Notre programme de messagerie à domicile a déjà été adopté par dix millions de foyers…* Elle pinça les lèvres, appuya sur la touche « Supprimer » et passa au suivant. *Trouvez un emploi sur le Net grâce à…* Supprimer. Au suivant…

Avec une exaspération grandissante, Grace apprit successivement qu'elle pouvait réduire les mensualités de sa maison, augmenter la taille de son pénis et dénicher une épouse russe. Il y avait aussi une association d'étudiants qui demandait à Çademenageavecgrace des conseils pratiques pour organiser une soirée qui déménage à fond la caisse…

Elle était sur le point d'effacer l'ensemble des mails,

lorsque l'un d'eux capta son regard : ... *me guider pour obtenir les devis comparatifs des compagnies de déménagement*. Ça ne ressemblait pas à un canular. Et il y en avait plusieurs autres du même genre : *J'aimerais connaître le prix moyen du loyer d'un bureau vide à San Jose*, ou encore : *Nous cherchons la liste des écoles privées du District de Columbia*... Des requêtes sérieuses apparaissaient çà et là entre deux messages déjantés et trois publicités.

Grace n'en croyait pas ses yeux. Ça marchait ! Fantastique ! De parfaits inconnus lui demandaient conseil à elle ! Ils recherchaient son expertise de professionnelle. Et si elle parvenait à les impressionner, ils deviendraient ses clients. Des clients qui la paieraient.

— Je n'arrive pas à le croire, murmura-t-elle, tandis que toutes ses angoisses refaisaient surface. Je suis un escroc. Une pirate du Net.

Elle décrocha le téléphone et appela la personne qui lui avait adressé la première requête sérieuse de la liste, grâce au formulaire. Grace tomba sur un répondeur et laissa un message d'une voix manquant quelque peu de naturel. Les renseignements fournis sur les deux fiches suivantes étant incomplets, elle répondit par e-mail. Son impatience montait, alors qu'elle composait un nouveau numéro. Cette fois, on décrocha avant qu'elle ait eu le temps de faire machine arrière.

— Les Caves Cameron à votre service...

— Bonjour, mademoiselle. J'aimerais parler à M. Ross Cameron.

Rien dans les inflexions calmes et posées de Grace ne laissait deviner sa nervosité.

— Il m'a laissé un e-mail. Je m'appelle Grace Bennett, de Çademenageavecgrace.org.

— Ne quittez pas.

Elle attendit quelques secondes, puis :

— Ross Cameron à l'appareil. À qui ai-je l'honneur ?

La voix la fit frissonner sans qu'elle s'en explique la raison. Grave, ronde, onctueuse. Une voix de chocolat chaud.

— Grace Bennett. Ravie de vous entendre, monsieur Cameron. Je vous appelle au sujet du message que vous avez laissé en visitant mon site.

— Oh, oui. Le nom de votre société m'a sauté aux yeux.

Une *société*. Elle avait une *société* !

— En quoi puis-je vous être utile ?

— Eh bien, je suis importateur de vin. Ma société est basée à Chicago, mais j'ai l'intention de la transférer à Seattle. Cette délocalisation pourrait durer six mois, voire plus. Vous sentiriez-vous capable de prendre les choses en main ?

Grace avala une grande goulée d'air. Elle ne s'était jamais occupée que de déménagements de particuliers. Une société – mon Dieu, non, sûrement pas.

— Absolument, affirma-t-elle.

— Bien. En ce cas, je…

— Monsieur Cameron ?

— Oui ?

— Puis-je vous demander quels mots vous avez tapés sur le moteur de recherche ?

Un rire étouffé lui parvint.

— SOS super-déménageur.

Grace se détendit, attrapa un bloc-notes et s'attela à

la tâche sans perdre une seconde. C'était son premier client, elle tenait à lui offrir une prestation de premier choix.

Elle commença par lui dire la vérité :

— Monsieur Cameron, je vais être totalement honnête avec vous : si nous tombons d'accord, vous serez mon premier client Internet.

Un silence hésitant suivit. L'estomac de Grace se noua.

— Monsieur Cameron ?

— Désolé. Je me demandais si j'avais gagné un grille-pain ou un truc dans ce genre.

— Eh bien… en fait, oui. Nous prendrons à notre charge vos frais de changement d'adresse.

C'était Marcia qui avait eu l'idée d'un service gratuit en guise de bonus.

— Je tiens néanmoins à préciser que j'exerce cette activité depuis des années. J'espère que vous consulterez les quelques lettres de référence insérées dans mon Livre d'or.

— C'est déjà fait. Apparemment, vous faites des miracles, madame Bennett.

Cette voix. Elle aurait pu l'écouter en boucle pendant des heures. Elle resta néanmoins totalement concentrée sur sa tâche, notant les besoins et les exigences de M. Cameron, réfléchissant à la meilleure façon de coordonner toutes les étapes du déménagement. Au terme de leur conversation, elle avait l'accord verbal de Ross Cameron et un contrat en bonne et due forme par e-mail.

Elle ne put s'empêcher de sourire en entendant son premier client pousser un ouf de soulagement en apprenant qu'il pourrait dormir sur ses deux oreilles :

elle s'occuperait de tout. Ce fut une Grace parfaitement détendue qui raccrocha. Loin de ressentir la moindre angoisse, elle débordait même de confiance en soi. Elle était capable de faire fonctionner cette entreprise, et de le faire bien !

Quand elle se leva de son bureau, elle avait deux clients potentiels, plus un troisième qui avait promis de la recontacter. Certaines personnes cherchaient une assistance gratuite et Grace dut s'interdire de les appeler. Marcia lui avait fortement déconseillé de poursuivre son bénévolat, arguant que ce serait porter préjudice à ses vrais clients. Son site proposait donc des services payants de « conseils et renseignements pour tous déménagements ».

Grace quitta son fauteuil pivotant dotée d'une impressionnante liste de tâches à effectuer, mais dépourvue de peur ; elle était dans le bain, maintenant. Elle se dirigea vers la porte, hésita, s'arrêta devant le miroir de l'entrée et sourit à son reflet. C'était bien elle, avec sa douzaine de kilos en trop et sa coupe de cheveux démodée, mais elle trouva que l'expression de son visage avait changé.

— Fonce, ma vieille ! Fonce ! s'exhorta-t-elle à mi-voix.

Elle monta dans sa chambre enfiler un pantalon en jersey noir et un chemisier blanc qui lui donnaient l'allure d'une choriste d'église portée sur les nourritures terrestres… Il était temps qu'elle se mette sérieusement au régime.

Pour l'instant, elle avait plus urgent à faire. Elle empoigna le téléphone et composa le numéro de

Steve, mourant d'envie de lui annoncer la grande nouvelle. Comme c'était bizarre. Elle n'arrivait toujours pas à croire que ce qui lui arrivait était réel. Et il en serait ainsi tant qu'elle n'aurait pas partagé sa joie avec son mari.

Elle raccrocha subitement. Non. Elle préférait lui en parler de vive voix. Bien sûr, il serait préoccupé par les derniers préparatifs avant son départ, le lendemain, mais elle n'aurait besoin que de quelques minutes. Elle lui annoncerait la nouvelle pendant le dîner, ce soir, en même temps qu'aux enfants. Oh, et puis non, elle n'y tenait plus : elle allait la lui apprendre tout de suite, dans son bureau. Il était normal qu'il soit le premier informé.

Tout en fourrant ses affaires dans son sac à main, elle se rendit compte que Steve avait toujours été son point de repère. En toute occasion, elle avait besoin d'avoir son avis, qu'il s'agisse d'organiser un goûter pour les femmes des autres officiers ou du bulletin scolaire des enfants. Quand il était en mer, elle gérait le quotidien, mais toutes les grandes décisions restaient en suspens jusqu'à son retour, et quand il revenait, elle s'en délivrait avec le plus grand soulagement.

Il lui vint subitement à l'esprit que la totalité de sa vie d'adulte avait été rythmée par ses devoirs et obligations d'épouse et de mère. Son entreprise toute neuve lui apporterait peut-être l'équilibre qui lui manquait… En tout cas, Çademenageavecgrace lui procurerait une bouffée d'oxygène lorsque Steve serait loin.

Une effervescence particulière régnait sur la base, comme toujours à la veille d'un déploiement. L'imminence du départ de Steve s'imposa douloureusement à Grace. Il allait tellement lui manquer ! Les années avaient beau passer, la séparation était toujours aussi dure. Elle s'accrocha à l'idée de son nouveau travail, espérant que celui-ci convaincrait son mari qu'ils pouvaient s'offrir la maison de Marcia.

Comme elle roulait en direction des bureaux du commandement de la marine, Grace pensa aux enfants. Eux aussi étaient habitués aux interminables « croisières » paternelles, mais ils les vivaient toujours mal. Heureusement que leur nouveau lycée leur plaisait ! Brian et Emma étaient bons élèves, et même Katie s'était très bien acclimatée à sa classe où elle allait encore faire des étincelles. Elle partageait son temps entre ses devoirs, ses cours de clarinette et les répétitions avec son orchestre. Contrairement aux jumeaux, qui adoraient le sport, Katie n'était heureuse qu'avec ses livres et sa musique. « J'ai de la chance de les avoir tous les trois », songea Grace. Elle avait de la chance tout court. Excepté le départ de Steve, la vie était belle, décida-t-elle.

Elle se gara sur l'un des emplacements réservés aux visiteurs et baissa le pare-soleil pour utiliser le miroir de courtoisie. Un mini-van aubergine vint se ranger à côté d'elle, et une portière claqua. Elle tourna la tête et suivit des yeux un jeune officier de haute taille et de belle prestance. Le parking grouillait de militaires en uniforme, mais quelque chose chez cet inconnu capta son attention. Un sentiment bizarre l'envahit.

Elle le voyait seulement de loin et de dos, mais il lui sembla si incroyablement familier qu'un frisson lui parcourut l'échine. Les hanches étroites et les larges épaules étaient caractéristiques d'un officier de l'aéronavale, mais un je-ne-sais-quoi dans son attitude, ou peut-être dans sa démarche, donnait à Grace une impression de déjà-vu.

Avant qu'elle ait pu mettre le doigt dessus, il entra dans les bureaux du haut commandement et disparut.

15

La petite fenêtre de l'aide-mémoire s'ouvrit subitement sur l'écran d'ordinateur de Steve et se mit à clignoter, lui rappelant qu'il avait rendez-vous avec quelqu'un qu'il n'avait encore jamais rencontré : l'enseigne de vaisseau de première classe Joshua James Lamont, nouvellement affecté à l'escadron d'élite des Aigles de combat.

À la ligne *Motif de l'entretien* figurait cette seule indication : *Personnel.*

Personnel… Cela pouvait recouvrir pas mal de choses : ennuis de santé, problème familial, conflit avec d'autres pilotes… Mais dans tous les cas, l'intéressé s'adressait d'ordinaire à son chef d'escadron, sans remonter jusqu'au sommet de la hiérarchie.

Il s'agissait probablement d'une demande de mutation. Quel ennui… Naturellement, cette sorte d'entretien entrait dans le cadre des attributions du commandant en second, mais à un an de sa future promotion, Steve aspirait à des missions de plus grande envergure.

Quelle sorte de CAG ferait-il ? Serait-il un modèle pour les hommes et les femmes placés sous son commandement ? Saurait-il les tirer vers le haut et se montrer lui-même à la hauteur ? Ou se transformerait-il en un autre Mason Crowther, le genre de chef autocratique et tatillon sans aura ni envergure pour qui il n'avait que mépris ? Lors de la première guerre du Golfe, quand il avait volé au combat comme une tête brûlée assoiffée d'aventure, son officier commandant était un sadique qui avait réussi à se faire détester de tout l'escadron. Ce qui ne l'avait pas empêché de gagner ses galons de vice-amiral. Et il était devenu l'un des hauts gradés les plus respectés de toute la marine américaine.

Steve avait choisi cette vie et en avait accepté les contraintes en toute connaissance de cause. Lui aussi aspirait à une grande carrière dans la marine, ce qui passait par le jeu des promotions. Un officier ambitieux ressemblait à un requin tendu vers sa proie ; s'il laissait échapper son avancement, il pouvait dire adieu à ses rêves.

Mais bien souvent, admit Steve, les compromis entre ses idéaux et la réalité le frustraient. Le conflit qui couvait entre sa femme et lui avait eu pour effet indésirable la remise en question de son attitude et de ses choix. Quel genre d'homme refuserait une maison à sa famille ?

Attention : il avait tout de même mis de l'eau dans son vin. N'avait-il pas déclaré à Grace qu'il serait d'accord pour acheter à condition de trouver quelque chose dans leurs moyens ? Mais elle n'avait pas voulu faire sa moitié du chemin… et ils se retrouvaient dans une impasse.

Il se crispa. Douter de lui n'était pas dans son caractère. Depuis ses débuts au centre de formation de

Great Lakes, quand il ne possédait rien d'autre que sa volonté et son ambition, il s'était concentré sur son travail, son service, son devoir. Un devoir qui l'avait façonné en retour, traçant les contours de son existence. Sans l'US Navy, que serait-il ? Un individu lambda, avec une famille et des crédits sur le dos pour finir de payer un pavillon. Serait-il heureux en menant la vie normale de M. Tout-le-monde ? Il n'en avait pas la moindre idée. Au fond, hors du cadre de la marine, il ne savait pas qui il était.

Dès le jour de leur rencontre-coup de foudre, Grace avait cru en lui avec une foi qu'il n'était jamais tout à fait sûr de mériter. Mais voilà que récemment…

— Votre rendez-vous est arrivé, monsieur. C'est… c'est le lieutenant Lamont, fit la voix de Killigrew dans l'interphone.

— Je sais. Faites-le entrer.

Steve inspecta automatiquement sa table de travail. La marine vous rentrait ça dans le crâne : ordre et netteté d'abord. Et ce n'étaient pas des détails, surtout quand il fallait montrer l'exemple à un jeune officier.

La porte du bureau s'ouvrit sur un Killigrew effaré.

— Monsieur… voici le… voici le lieutenant Lamont.

— Bien. Faites-le entrer, répéta Steve en se demandant ce qui lui prenait.

Lui-même se leva, autant pour se dégourdir un peu les jambes que par politesse. Rester assis des heures durant n'avait jamais été sa tasse de thé, même si ses fonctions administratives l'y condamnaient.

— Bienvenu, monsieur Lamont.

Killigrew se retira, laissant apparaître le visiteur

derrière lui – et Steve comprit d'un coup la raison de l'attitude de son ordonnance.

Muet de saisissement, il regarda fixement l'enseigne de première classe Joshua Lamont se mettre au garde-à-vous devant lui.

Steve aurait été incapable de prononcer un mot, même si cela avait été une question de vie ou de mort. Pétrifié, il contemplait sa propre image avec vingt ans de moins.

16

Grace traversa la plate-forme supérieure inondée de soleil du bâtiment abritant le bureau de Steve. Kevin Killigrew n'était pas dans le secrétariat : elle l'avait aperçu de loin devant la machine à café, racontant avec animation une histoire à ses collègues. Abandon de poste pour cause de bavardage, sourit-elle. Ceux qui prenaient les femmes pour des pipelettes devraient venir faire un tour à l'armée, ils réviseraient leur jugement.

Ni vu, ni connu, elle colla son oreille à la porte. Pas de bruit dans le bureau : il devait être seul. Un bonheur qu'elle n'avait pas éprouvé depuis bien longtemps l'envahit. Au diable le protocole ! Elle frappa deux petits coups, tourna la poignée et entra dans la foulée.

— Steve, devine quoi ! Je viens de… Oh, pardon, tu n'es pas seul…

Elle se figea en voyant le jeune lieutenant du parking se tourner vers elle avec déférence, son képi sous le bras, et…

Ô mon Dieu !

Le sourire de Grace n'était plus qu'une grimace, et son beau bonheur tout neuf un lointain souvenir.

— Je suis désolée de vous déranger, articula-t-elle mécaniquement. Je ne savais pas que…

Elle ne reconnaissait pas sa propre voix et se tut, sans pouvoir décrocher son regard du jeune officier. Ce visage, cette silhouette… Elle humecta ses lèvres sèches tandis que son cerveau enregistrait l'incroyable. Ces yeux bleu clair, ces traits volontaires, ces cheveux noirs et brillants, cette petite veine sur le front… Et cette haute taille, ces épaules carrées, ces hanches minces, ces mains larges… Chaque élément du tableau se mettait en place et composait le portrait de Steve à l'époque de leur rencontre. Grace eut l'impression qu'en poussant la porte de ce bureau, elle venait de faire un bond de vingt ans dans le passé.

Sauf qu'à l'arrière-plan du jeune Steve, l'image de son mari flottait comme un mirage. Et le mirage prit la parole :

— Grace, voici le lieutenant Joshua Lamont. Lieutenant Lamont, mon épouse, Mme Bennett.

— Enchanté, madame. Comment allez-vous ?

Ça, je n'en ai pas la moindre idée.

Sans trop savoir comment, elle lui serra mécaniquement la main. Elle sentit ses lèvres bouger, sans avoir conscience des mots qui en sortaient.

— Bien. Lieutenant, je vous remercie de votre démarche, déclara Steve d'une voix qui parut à Grace lointaine et caverneuse. Vous pouvez disposer.

— Oui, monsieur. Merci, monsieur. Au revoir, madame.

Lamont salua, puis quitta vivement la pièce en refermant la porte derrière lui.

Le silence retomba dans le bureau, lourd, pénible.

Grace vit Steve contourner sa table de travail et faire les deux pas qui les séparaient. Elle recula d'autant. Tout à coup, il était devenu un étranger.

Elle croisa les bras sur sa poitrine.

— Je suppose que tu vas me sortir que ce... lieutenant Lamont est un parent éloigné ? Un neveu perdu de vue, peut-être ?

Dommage pour Steve, il n'avait ni frère ni sœur... à moins qu'il les lui ait cachés aussi ! Elle s'attendait à tout, à présent.

— Non, Grace. Il... il est de moi.

Il avouait – et le monde acheva de virer au cauchemar.

Grace sortit enfin de son état de choc pour étudier son visage. Steve avait l'air aussi pâle et troublé qu'elle. Mais qu'est-ce qui le bouleversait ? la visite de ce Lamont ?... ou qu'elle ait découvert son secret ?

Ô Seigneur !

— Eh bien, je t'écoute ! Qu'est-ce qu'il me reste à apprendre ? Que tu es un de ces maris qui ont une double vie, avec une autre femme ? Et une autre série de gosses ?

— Gracie, tu me connais mieux que ça, tout de même.

— Je n'en suis plus si sûre !

Elle se sentait engourdie de la tête aux pieds, les jambes en coton, le cerveau en déroute et les oreilles en feu.

— Je ne suis vraiment plus sûre de rien en ce moment, ajouta-t-elle d'une voix blanche, tremblante de colère.

Steve se passa la main dans les cheveux.

— Laisse-moi t'expliquer.

Oh, elle aurait dû écouter sa fierté et le planter là pour ne pas supporter sa présence une seconde de plus. Ou le forcer à ramper à ses pieds, en la suppliant de… Mais non, pas de fausses illusions. Steve Bennett n'avait jamais supplié personne. En outre, il partait le lendemain matin, et même une crise matrimoniale aux proportions épiques ne l'empêcherait pas de s'embarquer. Elle fit donc une croix sur son désir de le voir à ses genoux. Et puis, de toute façon… De toute façon, elle voulait entendre ce qu'il avait à dire. Une part d'elle-même brûlait d'une curiosité malsaine, morbide, comme celle d'un badaud devant un accident de voiture.

Elle ne fit pas un mouvement – ce qui n'était pas plus mal car elle risquait de s'effondrer comme un château de cartes et garda le silence. Cela valait mieux aussi car, au premier mot, sa voix aurait trahi le torrent de rage qui déferlait en elle. Elle attendit simplement la suite, se demandant s'il existait un argument susceptible d'atténuer le choc.

— J'ai épousé une fille à ma sortie de l'École navale, lâcha Steve.

Grace mobilisa toutes les ressources de sa volonté pour ne pas piquer une crise. *Marié… ?* Il s'était déjà marié avec une autre et elle n'en avait jamais rien su !

— Elle s'appelait Cecilia King. Cissy. Nous nous sommes mariés juste après que j'ai terminé ma formation de base. Elle et moi n'étions encore que des gamins. Nous vivions ensemble depuis moins de six semaines lorsque j'ai reçu mon premier ordre de mission. Cissy m'a promis qu'elle attendrait mon retour.

Il croisa les mains. Grace estima que c'était peut-être pour masquer un léger tremblement, mais elle ne broncha pas. Qu'il se débrouille, elle ne l'aiderait certainement pas.

— Elle n'a pas tenu cinq semaines, reprit-il avec effort. À l'époque, les communications étaient encore plus difficiles. Il n'y avait pas d'e-mails et quasiment aucune chance de pouvoir téléphoner. Bref…

Grace s'en souvenait très bien. Elle avait connu ces jours d'attente interminable d'un appel qui ne venait pas ou d'un courrier épisodique.

— En mer, j'ai reçu une lettre où Cissy m'expliquait qu'elle avait rencontré un autre homme. Un orthodontiste d'Atlanta, je crois. Elle avait utilisé sa procuration pour entamer la procédure de divorce et m'envoyait les papiers à signer dans la même enveloppe.

Grace cilla. Elle imaginait le tout jeune sous-officier qu'il était à son premier déploiement, bloqué à des milliers de kilomètres de sa jeune épouse et apprenant par un bout de papier la fin de son mariage. Le cœur serré, elle se sentit gagnée par la compassion, mais s'interdit de s'attendrir.

— J'ai signé les papiers du divorce et je n'ai plus revu Cissy, poursuivit Steve en portant la main à sa médaille de saint Christophe. Je n'ai plus parlé d'elle une seule fois, je n'y ai simplement plus *pensé*. Ce n'était pas si difficile, je n'avais quasiment pas de souvenirs d'elle. Je l'avais à peine connue, elle ne faisait pas réellement partie de ma vie. Et je n'ai plus jamais eu de nouvelles d'elle.

Jusqu'à aujourd'hui, acheva mentalement Grace, droite et raide comme une statue. Les doigts de Steve trituraient sa médaille porte-bonheur. Qui sait si elle ne lui venait pas de cette femme ?

— L'idée qu'elle pouvait être enceinte de moi au moment du divorce ne m'a pas effleuré. Pas une seconde, je le jure – sinon j'aurais pris contact avec mon enfant.

Son enfant... Joshua Lamont, le fringant lieutenant de l'US Navy qu'elle venait de croiser, était le fils de Steve. Son fils aîné. Son enfant d'un premier lit, comme on disait prosaïquement dans les romans.

— Il vient de m'apprendre que son beau-père l'avait légalement adopté à la naissance. Mais on ne lui a pas caché qu'il était le fils d'un autre.

Grace desserra les dents pour demander :

— Et il lui a fallu toutes ces années pour te retrouver ?

— Il aurait pu le faire depuis longtemps s'il avait voulu. Il ne le souhaitait pas. Ce n'est pas l'envie de voir son père génétique qui lui a fait franchir cette porte, il a simplement appris qu'il allait bientôt passer sous mon commandement. Alors, il a choisi de venir me trouver.

— Tu peux avoir sous tes ordres ton propre...

Le mot ne passait pas. Elle reprit sèchement :

— Tu peux l'avoir sous tes ordres ?

— Absolument.

— Alors pourquoi cet entretien ?

— Tu l'as vu, Grace, répondit-il en haussant les épaules.

Traduction évidente : il a jugé utile de me prévenir avant que tout le monde à l'armée s'aperçoive de notre ressemblance.

— Lamont a fait le bon choix, dit Steve. Lui et moi

n'avons aucun lien légal. Rien ne l'empêche de servir sur mon porte-avions.

Grace n'en revenait pas. Steve parlait de cette rencontre du seul point de vue de sa paternité mise au jour. Peut-être était-ce d'ailleurs le seul qu'il envisageait…

Les paupières plissées, elle scanda :

— Je ne peux pas croire que tu m'aies caché *ça*.

— Je te l'ai expliqué, Grace, je ne savais pas que Cissy attendait un enfant.

— Mais tu savais tout de même que tu t'étais marié et que tu avais divorcé ! Pourquoi ne m'en as-tu jamais parlé ?

Il la regarda, aussi décontenancé par sa question que si elle l'avait giflé à la volée.

— Il n'y avait rien à raconter.

— Si : la vérité ! Tu n'as pas pensé que se dire la vérité entre mari et femme, c'était important ?

— Naturellement, c'est important, mais là… Écoute, mon union avec Cissy était une erreur de jeunesse, un échec dont je n'étais pas particulièrement fier.

Il posa les deux mains sur ses épaules.

— Au moment de t'épouser – toi, la femme de ma vie –, je n'ai pas voulu que tu apprennes l'échec de mon premier mariage, ni aucun de mes échecs, d'ailleurs.

Elle se dégagea et s'écarta vivement de lui.

— On ne s'engage pas pour la vie en dissimulant une chose si énorme. Tu avais déjà été marié, Steve. J'avais le droit de le savoir !

— Pour saborder mes chances avec toi ? Bon sang, Grace, je voulais que tu aies confiance en moi…

— En me mentant !

— Je ne t'ai pas menti.

— Bien sûr que si, par omission. Tu m'as caché ton passé pendant vingt ans de vie commune. Je méritais d'entendre la vérité de ta bouche, et pas de la découvrir en tombant par hasard sur… le fruit de tes amours de jeunesse !

Elle n'arrivait pas à chasser de son esprit l'image, la voix et l'accent du Sud de Joshua Lamont. Steve pouvait bien prétendre voir dans cette visite-surprise une démarche administrative à but professionnel, elle était certaine qu'il ne s'agissait en réalité que d'un prétexte, une occasion de régler une affaire privée.

Ce sémillant officier était le digne fils de son vrai père. Force était de constater que Lamont n'avait pas choisi d'être orthodontiste comme son père adoptif ou quoi que ce soit d'autre, mais pilote de chasse dans la marine… comme par hasard !

Grace pensa à ses propres enfants, à Brian surtout, et son sentiment de trahison s'accrut.

— Que vas-tu expliquer aux enfants ?

— Nous n'avons pas besoin de…

— *Nous ?* le coupa-t-elle, la gorge nouée. Nous, certainement pas, mais *toi*, oui. Et tu ferais mieux de leur parler ce soir, puisque tu t'en vas demain matin.

— Grace… ne me dicte pas ce que j'ai à faire.

— Je préfère croire que j'ai mal entendu.

— Écoute, à la veille de mon départ, ça ne fera que les perturber…

— Oh. Pas possible, tu crois ? fit-elle avec un rire amer. Où as-tu été pêcher cette idée ?

Dire que quelques minutes plus tôt elle allait lui sauter au cou pour lui apporter la grande nouvelle censée combler le fossé qui les séparait... Quelle idiote elle faisait ! En guise de « grande nouvelle », elle avait été servie ! Et il ne s'agissait plus d'une petite faille dans leur mariage, mais d'un gouffre profond, vertigineux.

Elle se détourna brusquement de sa vue, incapable de supporter sa présence une seconde de plus.

Elle posait sa main sur la poignée de la porte, quand il l'arrêta :

— Gracie, attends... Parlons-en...

Elle se retourna vers lui.

— Il fallait le faire il y a vingt ans.

— Eh bien, cela ne s'est pas passé comme ça, voilà. Réparons cette erreur tout de suite. Tu dois m'écouter, Grace. Assieds-toi, et mettons les choses au clair. On peut bien discuter en êtres raisonnables et civilisés, non ?

Ce ton autoritaire et vaguement condescendant... elle n'était pas sûre qu'il était voulu, mais quelle importance ? Une seule chose comptait pour l'instant : filer loin d'ici et trouver un coin tranquille où elle pourrait réfléchir en être « raisonnable et civilisé » à la bombe qui venait d'exploser dans sa vie et à la conduite à adopter.

Elle pivota sur ses talons et sortit du bureau en claquant la porte.

Très droite, les oreilles en feu, Grace traversa rapidement le secrétariat, puis l'interminable couloir qui conduisait à la sortie. Elle reçut comme des coups de poignard tous les regards dardés sur son dos.

TROISIÈME PARTIE

Blackout

Blackout : 1) Suspension des communications ou de la possibilité de communiquer due à un problème matériel, un manque de puissance ou un mauvais équipement. 2) Arrêt total des communications causé par la survenue d'un ou plusieurs dysfonctionnements.

17

Lorsque Lauren ouvrit la porte de sa maison, Josh ne s'embarrassa pas de convenances.

— Il me faut quelque chose de fort : toi ou une bouteille de tequila, choisis ! attaqua-t-il en s'engouffrant à l'intérieur.

Sur quoi il la plaqua contre le mur du couloir et l'embrassa à pleine bouche. Le parfum de ses cheveux l'enivrait. Aucune des femmes qu'il avait connues ne sentait aussi divinement bon. Il supposa que cela signifiait forcément quelque chose.

Lauren avait noué ses bras à son cou et rejeté la tête en arrière. Elle aimait leur baiser autant que lui, il le lisait dans ses yeux. Mais il y lut aussi une bonne dose d'insoumission…

— Ravie d'apprendre que je vaux trente-huit degrés d'alcool, souffla-t-elle. Tu as l'art du compliment ! Lâche-moi, je vais te servir ta tequila.

Elle se dégagea d'une pirouette et, avec un froncement de sourcils courroucé, rajusta le chemisier qu'il avait malmené dans son ardeur.

Encore un trait qui lui plaisait en elle, s'émerveilla Josh, alors que les autres lui couraient après, elle au moins ne se laissait pas faire. Quand il était en formation, il avait vite découvert que tout ce qu'on racontait sur le prestige de l'uniforme en général et le succès des pilotes en particulier était on ne peut plus vrai. Les femmes se jetaient littéralement dans ses bras. Il ne comptait plus ses bonnes fortunes dans les bars et le long des plages de Pensacola.

Au début, il avait adoré ça et avait eu plus que sa part de conquêtes. Mais au bout d'un moment, il avait découvert qu'il attendait d'une relation plus que du plaisir sexuel. Il avait gardé pour lui cette révélation, de crainte que ses copains ne le prennent pour un idiot sentimental. Mais il ne pouvait pas changer sa nature et cesser de vouloir ce qu'il désirait de tout son être – une vraie vie et pas simplement du bon temps. Aujourd'hui, pour la première fois, il entrevoyait la possibilité d'avoir les deux.

Lauren disparut dans la cuisine et en revint bientôt avec deux verres, un citron coupé en rondelles et une soucoupe de sel. Elle sortit d'une armoire une bouteille d'El Patron.

— La tequila de monsieur est avancée.

Il ne se priva pas du bonheur de la reprendre dans ses bras. Avec son programme de formation, il ne pouvait pas la retrouver plus d'une à deux fois par semaine. Mais chacune de leurs rencontres lui prouvait un peu plus qu'ils étaient faits pour vivre ensemble. Et Lauren était exactement la personne dont il avait besoin en cette minute, au sortir de sa pénible confrontation avec Steve Bennett.

Il savait qu'il aurait dû immédiatement appeler sa mère pour lui apprendre comment les choses avaient tourné, mais il apprenait à écouter son cœur. Et son cœur le guidait vers Lauren.

— À présent, tu me raconteras peut-être ce qui ne va pas ?

— Je ne sais pas si tu as mérité ça, grimaça-t-il.

Elle l'entraîna vers le sofa et s'assit sur ses genoux.

— C'est grave à ce point ?

Elle avait noué ses bras frais autour de son cou. Josh ferma brièvement les yeux. Il était raide dingue de cette femme, et c'était arrivé si vite et si fort qu'il en avait le vertige.

— Cela concerne ma famille, lâcha-t-il.

Elle pencha la tête de côté.

— Je t'écoute.

Il enlaça sa taille d'un bras et se versa de l'autre main un verre de tequila qu'il vida d'un trait, tout en se demandant par où commencer.

— Mon père… était en réalité mon beau-père.

Elle plissa comiquement le nez.

— Oh. C'est effectivement gravissime. Il faut organiser une conférence de presse.

— Je n'ai pas fini.

— Je suis tout ouïe.

— J'ai été élevé par ma mère et son mari. Le problème n'est pas là, ça arrive à pas mal de gens. Mes parents m'ont révélé qui était mon père biologique dès que j'ai été en âge de comprendre. Le problème n'est pas là non plus.

— Bon. Où est-il, alors ?

— Eh bien… mon vrai père n'a jamais été au courant de mon existence, jusqu'à aujourd'hui. Je sors de son bureau, j'ai été obligé de lui en parler.

Il l'observa en hésitant.

— Dis, tu es sûre de vouloir entendre cette histoire ?

— Tu plaisantes ? Si tu n'étais pas venu, j'aurais passé la nuit à regarder des émissions de téléréalité.

— Moi, ce sera moins long. À peine sortie du lycée, ma mère a épousé sur un coup de tête un aviateur prometteur et frais émoulu de l'aéronavale. Leur mariage n'a pas tenu le coup : ils ont divorcé au bout de quelques mois, sans que maman lui dise qu'elle était enceinte. Avant ma naissance, elle a épousé en secondes noces Grant – un divorcé, lui aussi. Mon beau-père m'a adopté. Il est le seul père que j'aie jamais connu – et d'ailleurs jamais voulu connaître.

— Tu as de la chance, remarqua Lauren. Moi, j'aurais donné n'importe quoi pour avoir un papa.

Josh l'embrassa sur la tempe.

— Comme maman et lui ne pouvaient pas me donner un petit frère ou une petite sœur, il m'a entouré d'encore plus d'amour. Beaucoup plus que je n'en méritais, probablement.

Lauren posa la joue sur son épaule.

— Pourquoi n'ont-ils pas eu d'autres enfants ?

— Je n'en sais rien. Je n'ai pas osé demander de détails. Grant était plus âgé que ma mère, et comme il n'avait pas eu non plus d'enfants de son premier mariage, j'en ai déduit que le problème venait de lui. Mais après tout, ce n'est qu'une supposition. Pauvre papa…

Elle quitta ses genoux et alla s'asseoir à côté de lui en lissant sa jupe.

— Navrée. Tu as l'air ennuyé, je ne voulais pas me montrer indiscrète…

— Tu ne l'es pas. Je veux que tu saches tout de moi, Lauren.

L'espace d'une seconde, elle parut si paniquée qu'il éclata de rire.

— C'est cette idée qui t'affole ? Tiens, remets-toi, dit-il en lui servant un verre de tequila.

Lauren y trempa les lèvres et esquissa une grimace.

— Ça t'a plu d'être fils unique ?

— Je m'y suis fait, je n'avais pas le choix. Mais je me suis aussi juré que j'aurais une grande famille quand je me marierais.

Il lui prit la main, se demandant si elle saisissait bien la portée de ses mots. Elle observa leurs doigts entrelacés et secoua la tête avec un petit rire.

— À t'entendre, tu es la prunelle des yeux de ton père !

Josh tourna la tête pour regarder par la fenêtre les crêtes des montagnes qui rosissaient dans le crépuscule. Tu me manques, papa, songea-t-il.

— Je l'étais. Comme il était tout pour moi. Il est mort l'année dernière.

— Oh, Josh…

Elle se mordit la lèvre, pâle et confuse.

— Je suis désolée. Je plaisante, alors que toi…

— Arrête, tu es exactement ce dont j'ai besoin. Exactement.

Il lui prit la main, la porta à sa bouche et posa un baiser au creux de sa paume.

— Comment était-il ? demanda-t-elle doucement.

— Tendre, drôle, futé. Il voulait toujours pour moi ce qu'il y avait de mieux. À ses yeux, c'était de devenir orthodontiste, comme lui. Ma mère et lui ont dû rêver de cette association familiale !

Josh se resservit une tequila et se remémora le conseil de son père : « Ne laisse jamais ton travail te posséder, mon fils. Sinon, il finira par te dévorer tout cru. » Et il ajoutait, avec cette moue qui n'appartenait qu'à lui : « Aucun risque que ça t'arrive dans l'orthodontie. D'où l'intérêt ! » Il avait raison là-dessus. La profession était stable, respectée, lucrative. En tant qu'associé – et futur héritier – du prospère cabinet paternel, Josh aurait tout eu : une superbe maison à Buckhead, ses entrées au Country Club, une épouse de bonne famille et autant de rejetons qu'il en voulait.

Il regarda Lauren dans les yeux et admit la vérité :

— J'avais bien conscience de tous les avantages garantis par la vie qu'il m'offrait sur un plateau, mais impossible d'accepter. Son beau rêve… n'était pas le mien.

— Et tu t'en sens coupable, devina Lauren.

— Vis-à-vis de lui, oui… Bon sang, cet homme m'a élevé, m'a donné tout ce qu'il avait, sans compter. La seule chose qu'il attendait de moi en retour, c'était que je suive ses traces, que je monte dans le train en marche et que je prenne les commandes le jour venu. Et moi, je lui ai refusé ce bonheur.

— Oh, voyons, Lamont ! Je suis certaine qu'il t'aimait assez pour se réjouir que tu mènes la vie que tu t'es choisie, pas celle qu'il t'avait destinée en croyant bien faire.

— Tu es gentille, mais…

— Mais quoi ?

— Tiens, mon inscription à l'École navale, je suis sûr qu'il l'a prise comme une gifle.

Elle leva les yeux au ciel.

— Au moins ! Tu penses : entrer à l'académie pour

devenir pilote de chasse de l'US Navy… quelle honte ! Je plains les parents dont les enfants tournent aussi mal !

— Bon, j'aurais pu faire pire. Et tu sais quoi ? J'ai failli quitter la marine pour vivre près de ma mère, à Atlanta, quand il nous a quittés. La pauvre a été sacrément remuée par sa disparition. Elle l'est toujours, d'ailleurs.

— Mais tu es resté dans l'armée.

Il haussa les épaules.

— Je m'étais donné tellement de mal pour être accepté dans l'élite. Mais il n'y a pas que cela ou que ma vocation. Je me suis persuadé que j'aurais commis une erreur monumentale en organisant ma propre vie en fonction de besoins qui n'étaient pas les miens – fussent-ils ceux de mère.

— La plupart des mères sont fières d'avoir un fils pilote dans la marine.

— Eh bien, pas la mienne. Oh, elle n'aurait jamais osé me demander de démissionner, mais elle a fait tout son possible pour me convaincre de la rejoindre.

Sa main se fit plus lourde sur celle de Lauren.

— Maman savait aussi qu'en restant dans l'aéronavale, je finirais par rencontrer mon père biologique.

— Oui, « l'aviateur prometteur de l'aéronavale »…

— Il a tenu ses promesses, c'est un haut gradé maintenant.

Depuis des années, Josh suivait de loin la carrière de Bennett, guettant les photos sur lesquelles il apparaissait au hasard de telle ou telle publication interne. Simple curiosité, rien de plus. Mais depuis leur rencontre tout à l'heure, il ressentait autre chose, sans pouvoir vraiment l'identifier.

Le silence était tombé dans la pièce. Lauren le rompit la première.

— Alors, qui est ton père ?

— Le capitaine Steve Bennett. Commandant en second du groupe aérien sur le porte-avions *Dominion*... ma future affectation.

— Bigre. Tu as choisi de voler à cause de lui ?

— J'espère que non !

Il remit délicatement en place une boucle de cheveux de Lauren. Il était chaque fois plus confiant avec elle. Il ne s'était jamais senti aussi bien avec une femme. Lauren avait une manière de l'écouter qui faisait naître les mots sur ses lèvres.

— C'est un peu comme si j'avais suivi les traces d'un être virtuel, s'entendit-il lui confesser. Un parfait inconnu, un étranger qui ne m'était rien, qui n'avait rien fait pour moi, à part me transmettre quelques gènes. Pour ce que j'en savais, je ne perdais pas grand-chose à ce qu'il reste dans l'ombre...

— Du côté obscur, pendant que tu y es ! s'exclama Lauren. On se croirait dans *La Guerre des étoiles*, quand le père et le fils...

— Très drôle, la coupa Josh.

Mais elle avait raison, on aurait dit Luke Skywalker et Darth Vador, se dit-il au même instant. Deux pilotes eux aussi. Il ne put s'empêcher de rire. Incroyable. Cette fille le déridait même lorsqu'il n'était pas particulièrement en train. Elle avait le don d'alléger le monde. Il avait eu une sacrée bonne idée de venir passer la soirée ici.

— Alors ? À quoi ressemble Darth Vador ?

Josh se gratta le menton. Difficile de juger d'après une seule et brève entrevue. Aujourd'hui, Bennett s'était montré impeccablement professionnel. Il avait sacrément bien encaissé le choc de voir débarquer dans son bureau et dans son existence un grand fils qui lui ressemblait comme deux gouttes d'eau.

Mais une autre image trottait dans la tête de Josh : Bennett dérangé chez lui en pleine nuit par un duo de flics encadrant une jolie blonde qui était probablement sa fille. *Ma sœur*, songea-t-il en butant sur ce mot nouveau pour lui. Cet incident, il en avait eu connaissance par hasard, et il ne le raconterait à personne, pas même à Lauren.

Il porta la main à sa poche de chemise et en sortit une coupure de presse où l'on voyait un gros plan de Bennett en uniforme saluant à côté du drapeau.

Lauren se pencha sur la photographie et en eut le souffle coupé.

— Mon Dieu, ce n'est pas croyable… Tu es sûr qu'il ne t'a légué que la moitié de ton ADN ? Tu es sa copie conforme !

Il hocha la tête, envahi par cet étrange flottement que provoquait toujours dans son esprit la vision de son père biologique. Comment un être qu'il n'avait pas rencontré plus de dix minutes en un peu plus d'un quart de siècle pouvait-il être aussi… présent en lui ?

Il expliqua à Lauren les raisons de sa démarche de cet après-midi, évoqua les regards appuyés et les bruits de couloir qu'avait suscités son apparition dans les bureaux du commandement. L'ordonnance de Bennett s'en était mise à bégayer ! Puis il lui raconta le face-à-face…

« Monsieur, mon nom est Joshua James Lamont. Je suis né à Atlanta, en Géorgie, il y a vingt-six ans. Ma mère s'appelle Cecilia King Lamont. »

Bennett avait accusé le coup une fraction de seconde. Puis son visage s'était fermé, masquant toute émotion. Josh n'avait pas eu besoin de donner plus d'explications… À quoi bon ? Leur parenté sautait aux yeux. C'était justement la raison pour laquelle – « dans l'intérêt du service », avait-il déclaré à Bennett – il avait jugé utile de l'informer de leur « lien biologique ».

Les deux hommes s'étaient retranchés dans le cadre rigide des usages militaires. Et c'était très bien ainsi. Malheureusement, leur belle impassibilité avait failli s'écrouler quand l'épouse de Bennett avait surgi au beau milieu de leur tête-à-tête.

— La pauvre ! s'exclama Lauren. Quelle situation épouvantable… Comment a-t-elle réagi ?

— Tu penses bien que je n'ai pas traîné ! Mais elle avait l'air salement sonnée…

Il revit en pensée le visage de cette… comment, déjà ?… Grace Bennett, pâle et bouleversée. Comment oublier ce regard où se mêlaient détresse et stupeur incrédule ?

— Maintenant, que va-t-il se passer ? s'enquit Lauren.

Josh pencha la tête de côté, et elle sentit ses doigts courir le long de sa cuisse.

— Ils firent l'amour, puis ils vécurent longtemps heureux et eurent beaucoup d'enfants.

Elle repoussa sa main baladeuse.

— Trêve de plaisanterie, Lamont.

— Je suis sérieux. Tu savais que cela finirait comme ça, Lauren.

Elle se leva brusquement du sofa.

— Tu ferais mieux de partir, Josh.

La petite note craintive dans sa voix l'inquiéta.

— Pour aller où ? Je ne suis nulle part mieux qu'avec toi. Nous sommes bien ensemble, Lauren. Bon Dieu, je crois que nous sommes même faits pour vivre ensemble !

Sur ce, il se leva à son tour et se planta devant elle.

— Je te veux. Je suis dingue de toi.

Elle détourna le visage et haussa les épaules.

— Ne dis pas ça…

— J'ai essayé de ne pas le dire. Mais je ne peux plus le garder pour moi.

— Écoute, nous avons passé des moments merveilleux ensemble, toi et moi. Tu es un type formidable, qui a eu une sale journée. Je t'admire pour ce que tu as fait, pour ce que tu es. Mais ça ne peut pas marcher entre nous. Peut-être devrions-nous laisser plus de temps au temps, et avancer tous les deux…

— Oui, oui, bien sûr… Avancer « un pas après l'autre », comme toi depuis la mort de ton mari ?

Elle recula comme s'il l'avait frappée tandis qu'il continuait en martelant ses mots :

— Tu es coincée, Lauren. Et si tu ne te libères pas, tu resteras coincée pour le restant de tes jours. C'est ce que tu veux ?

— Si c'est le seul choix que tu me laisses, alors oui !

Elle avait presque crié et il en resta sidéré.

— Mais… pourquoi ?

— Parce que la vie n'est pas un conte de fées et que notre histoire ne finira pas comme tu l'imagines : « … et ils vécurent longtemps heureux »… Nous le serons jusqu'à ce que nous nous brisions mutuellement le cœur.

— Je ne te blesserai jamais, Lauren.

— C'est pourtant ce que tu fais, rétorqua-t-elle. Tu ne crois pas que je souffre assez de savoir que je ne pourrai jamais t'avoir tout à moi ?

— Foutaise ! Tu m'as bien, en ce moment.

— En ce moment, oui, tu l'as dit – mais pour combien de temps encore ? Jusqu'à ce que tu partes pour des mois sur ton porte-avions ? Et que ton retour ne soit que le prélude à un nouveau départ aux antipodes ?

L'argument lui cloua le bec. Sa vocation de pilote avait été assez forte pour le pousser à défier ses parents. Son engagement dans la marine serait assez solide pour le forcer à abandonner la femme qu'il aimait chaque fois que le devoir l'appellerait.

— Désolée, Josh, je ne me sens pas l'âme d'une femme de marin qui passe sa vie à agiter son mouchoir quand il se tire n'importe où sur le globe…

— Ni à lui souhaiter la bienvenue à son retour ?

Les larmes qu'il vit perler dans ses yeux le désarçonnèrent. Elle souffrait vraiment… Il lui sourit avec beaucoup de douceur et la prit tendrement contre lui.

— Tout ira bien, ma chérie, promis, chuchota-t-il d'une voix enrouée. Tout va s'arranger.

— Comment ?

— Si tu as confiance en moi. En nous. Si tu crois dur comme fer que nous serons toujours heureux, je te le jure !

— Je crois dur comme fer que tu devrais aller retrouver ta vraie maîtresse… la marine.

Mais elle restait blottie dans ses bras, et sa réplique manquait de conviction.

— Mon ange, il n'y a qu'une chose au monde

capable de me chasser d'ici ce soir. C'est que tu me dises en me regardant droit dans les yeux que tu ne crois pas en notre couple.

Elle appuya le front sur son épaule.

— Je...

— Dans les yeux, Lauren. Ou alors ne dis rien.

Au prix d'un effort, elle redressa la tête et affronta son regard. Il frémit en voyant des larmes mouiller ses joues. Il aurait voulu la rassurer, lui dire que tout irait bien, mais ce n'était pas la solution, il le savait. Tout comme il savait qu'elle devait affronter sa peur, quitte à en souffrir. Il plongea son regard au fond du sien. Regarde-moi, cria-t-il silencieusement. Tu ne vois donc pas que je t'aime ?

— Lamont, murmura-t-elle. Sincèrement, je crois...

Il blêmit. Elle allait le dire... Elle allait lui balancer à la figure qu'ils n'étaient pas faits l'un pour l'autre.

Elle se mordit la lèvre, prit une inspiration, puis lâcha :

— Tu n'es qu'un sale pirate, mais je crois bien que je t'adore.

— Voui, m'dame, souffla-t-il d'une voix rieuse, tout en la serrant contre lui comme un fou.

18

Partir en mer, quitter Grace, sa famille n'avait rien d'une partie de plaisir pour Steve – cela ne l'avait jamais été. Le pire de tout – jusqu'à aujourd'hui... – fut les deux fois où il avait dû abandonner sa femme enceinte et manqué les accouchements. Heureusement, Grace s'était montrée formidable. Elle lui avait écrit chaque jour, de vraies lettres – les mails n'existaient d'ailleurs pas à l'époque –, remplissant les pages de détails émouvants et les enveloppes de photos des bébés. Grâce à elle, il les connaissait par le menu avant même de les avoir pris dans ses bras. Chaque jour, il remerciait Dieu de lui avoir donné une femme pareille. Elle seule avait tenu sa famille à bout de bras, lui rendant ses déploiements supportables.

À présent, il admettait ce qu'il avait d'abord refusé de croire, que l'apparition de Lamont dans leur vie marquait le début d'un profond bouleversement. Plus rien ne serait comme avant, cette crainte le hantait. Grace et lui avaient besoin de temps pour digérer cette histoire, et plus encore pour sortir de la mauvaise passe qu'ils traversaient depuis des mois.

Le problème, c'était que le temps, justement,

manquait cruellement. Quand Grace était partie de son bureau en claquant la porte, le plantant en pleine discussion, il était resté un bon moment comme un imbécile au milieu de la pièce vide, les bras ballants, plus désorienté qu'après un bombardement. Entre l'arrivée de Lamont et la sortie de Grace, la rumeur avait dû aller bon train dans le service. À l'heure qu'il était, plus personne sur la base ne devait ignorer que le capitaine Bennett avait reçu la visite d'un jeune pilote qui était son portrait craché, ni que sa femme avait apparemment mal pris la chose…

Peut-être aurait-il dû lui courir après, mais sa fierté l'en avait empêché. Pour être honnête, il avait aussi reculé devant la perspective d'affronter l'inévitable regard des autres, leurs brusques silences gênés lorsqu'il serait passé devant eux – surtout parce que ces autres étaient ses subordonnés…

Bref, il s'était remis au travail, non pas pour se changer les idées – ç'aurait été difficile ! – mais parce qu'il lui restait beaucoup de choses à régler avant son départ du lendemain. De ce côté-là, au moins, tout serait en ordre ; ça ferait une moyenne avec le chaos qui régnait dans sa vie privée…

Au fil des années, la famille Bennett avait mis au point un certain nombre de rituels d'« avant-déploiement », dont le but tacite était d'atténuer la rudesse de la séparation. Ainsi, avant chaque départ en croisière, Steve essayait de donner à ses enfants quelque chose de spécial. Quand ils étaient tout petits, il pouvait leur offrir à chacun une bonbonnière remplie de cent quatre-vingts Bisous en chocolat (il les comptait lui-même), un par jour d'absence. Sinon, c'étaient des tirelires pleines, des livres de contes, des jouets.

Un jour où Katie était à deux doigts d'une crise d'hystérie à l'idée de le voir partir pour six mois, il avait passé la nuit à lui écrire cent quatre-vingts petits mots qu'il avait pliés en quatre avant de les ranger dans une boîte étiquetée « Messages de papa », avec cette ordonnance : « À prendre chaque soir avant d'aller se coucher. Ne pas dépasser la dose prescrite ! »

Maintenant qu'ils étaient devenus grands, il était plus difficile de leur proposer une ration quotidienne de sucrerie ou de « Messages de papa ». Mais il n'était pas mécontent de ce qu'il leur offrirait tout à l'heure ; il s'était donné assez de mal…

Quelle tristesse ! Il était sûr que ses gosses n'avaient jamais mesuré à quel point lui aussi était malheureux de les quitter. C'était peut-être un peu sa faute… il le leur avait si bien caché. Il n'avait pas voulu qu'ils sachent ce qu'il ressentait à l'idée de les abandonner tout petits, rampant sur le tapis, pour ne les retrouver que six mois plus tard, sachant marcher… Ou de rentrer enfin à la maison et d'être accueilli par des cris et des larmes, non de joie – hélas ! – mais de peur, parce que ses propres gamins le prenaient pour un étranger…

Il était passé à côté de leur enfance, en tout cas d'une bonne moitié de celle-ci. La petite souris était passée sans lui pour les dents de lait de Katie. Il avait raté le premier match de base-ball de Brian. Il n'avait pas non plus applaudi Emma dans la jolie robe de son premier bal.

Assis à son bureau, Steve redressa le menton, le dos, comme il seyait à un militaire. Mais, dans le silence de la pièce vide, une vérité résonnait à ses oreilles. Avoir des secrets pour ceux qu'on aime était une grave erreur ; tôt ou tard, on en payait le prix. Pour lui, la facture venait de tomber, avec vingt ans de retard.

Fatigué et déprimé, il rédigea trois enveloppes à l'intention de Brian, Emma et Katie. Les lettres qu'il y glissa avaient été écrites avant que le lieutenant Joshua Lamont débarque dans sa vie, mais il n'en modifia pas un mot. Ses sentiments pour eux n'avaient pas changé.

Les leurs, en revanche, risquaient bien d'évoluer… et pas plus tard que tout à l'heure.

La perspective de devoir parler à ses enfants de ce qui s'était passé aujourd'hui – et vingt-six ans auparavant – le rendait malade. Mais Grace n'en démordrait pas, conclut-il en esquissant un geste de colère.

Quand Steve rentra à la maison pour le dîner, il ne savait pas à quoi s'attendre. En un clin d'œil, le bel édifice familial qui faisait son bonheur allait peut-être s'effondrer comme un château de cartes.

Il trouva Grace dans la cuisine, s'activant devant l'évier à l'émail abîmé comme si de rien n'était. Au son de ses talons sur le carrelage, elle tourna vers lui un visage à l'expression indéchiffrable. Normalement, elle l'aurait embrassé avant de lui demander comment s'était passée sa journée. Mais rien n'était plus normal aujourd'hui.

— Gracie, il faut que nous parlions sérieusement, commença-t-il.

— Parler de quoi ? Je veux tout savoir ! intervint Katie en fonçant dans la cuisine.

Elle se jucha sur le tabouret de bar et décocha à son père le sourire rayonnant qu'elle lui réservait.

— Salut, papa !

Il lui rendit son sourire, le cœur à l'envers. Est-ce que sa Katimini chérie le regarderait encore avec ces yeux-là quand il lui aurait révélé l'existence d'un demi-frère de douze ans son aîné ?

Il tourna les yeux vers Grace mais se heurta à un mur. Aucune aide à espérer de ce côté-là. Il se retrouvait bel et bien tout seul.

Steve ne voyait vraiment pas comment il allait pouvoir se sortir de ce pétrin. Les turboréacteurs d'un bombardier n'avaient pas de secret pour lui, mais les arcanes du cœur restaient un mystère insondable. Grace et les enfants formaient sa première vraie famille, au sens littéral du terme. Avant eux, il ignorait purement et simplement en quoi cela consistait. Ballotté à droite et à gauche, sans aucun lien du sang, il avait grandi sans personne à qui s'attacher. À l'âge tendre de sept ans, il avait déjà appris à s'endurcir le cœur et à intérioriser ses sentiments. C'était pour lui la seule façon de survivre.

Steve n'avait pas eu de jeunesse, mais une idée fixe : tenir bon et s'en sortir coûte que coûte. Et si la vie avait été dure, pour lui il en avait retenu une leçon, qui valait ce qu'elle valait : ne jamais accepter ses propres échecs. C'est ainsi qu'il avait refusé d'admettre que son union avec Cissy était un ratage. Au point de préférer occulter carrément son mariage, en nier la réalité. Maintenant seulement, il comprenait ce que la plupart des gens savaient probablement de toute éternité : on ne peut réfuter le passé.

La voix de Katie le ramena au présent :

— Alors ? De quoi alliez-vous parler « sérieusement » ?

— Du restaurant où je vous emmène dîner, improvisa-t-il.

Grace hocha la tête. Bonne réponse. La dernière chose dont elle avait envie était de se mettre aux fourneaux ce soir.

— Chouette ! Moi, je vote pour cette taverne hollandaise qui se prend pour un resto français ! déclara Katie en bondissant de son tabouret pour entamer une danse de joie.

— Le *Kasteel Franssen* ? demanda Emma qui descendait l'escalier. Il n'a de hollandais que son moulin à vent, mais le cadre est joli, on se croirait sur un mini-golf.

— Et le buffet de desserts est géant ! lança Katie en sautillant sur place. Il y a des montagnes de crème fouettée, des montagnes ! Oh, s'il te plaît, papa, on y va ? Dis oui. Dis oui !

— C'est votre mère qui décide. Ma chérie ?

Pour faire bonne figure, il adressa un grand sourire à Grace.

— Très bien. Je réserve une table, dit-elle en pivotant sur ses talons.

Pendant le court trajet jusqu'au restaurant, les enfants ne semblèrent pas remarquer le silence de leurs parents, ils étaient trop occupés à échanger les derniers potins du lycée.

— J'ai entendu dire que Cory Crowther avait demandé à Emma d'être sa cavalière au prochain bal, annonça Katie.

Grace se retourna vers sa fille aînée.

— Je ne suis pas au courant.

Emma haussa négligemment les épaules tout en écrasant le pied de sa sœur.

— Mais moi non plus. La fête n'aura pas lieu avant fin novembre, et Cory ne m'en a pas parlé – tu entends, Superglu ? alors ne commence pas à raconter n'importe quoi à tout le monde !

— Pour qui tu me prends ? Je sais tenir ma langue, protesta Katie. N'empêche que c'est garanti véridique. Et si Cory ne t'a encore rien dit, ça ne va pas tarder. J'ai mes sources !

— Je rêve ! grinça Emma. Mademoiselle a ses sources !

— Et comment ! Même la mère de Crowther sait que son précieux rejeton en pince pour toi.

Dans le rétroviseur, Steve vit Emma enfouir son visage dans ses mains.

— Ma vie est un cauchemar, gémit-elle.

— Sans blague, tu comptes vraiment sortir avec Cory ? lui demanda son frère.

Ce fut Katie qui répondit en se frappant le front.

— Brian, tu es un grand malade. Une chance pareille, ça ne se refuse pas !

Steve n'était pas du tout de cet avis. Son estime pour le jeune Crowther avoisinait le zéro pointé depuis l'incident de la bière, sur la plage, où ce minable avait laissé accuser une amie à sa place. Emma maintenait que Cory se s'était pas montré plus fautif qu'un autre cette nuit-là. « Pas plus fautif qu'un autre »... quel piètre compliment, quel pitoyable éloge ! s'agaça intérieurement Steve. Il se calma en s'avouant que, même si ce garçon s'avérait la perfection incarnée, il ne le trouverait jamais encore assez bien pour sa petite fille.

Tandis que le ton montait sur la banquette arrière entre les trois enfants, chacun parlant plus fort pour se faire entendre, il se surprit à se demander quel genre de gamin avait été Joshua, Josh… C'était la première fois qu'il l'appelait mentalement par son prénom et qu'il pensait à lui comme à son fils.

Comme pris en faute, il jeta un coup d'œil à Grace, mais elle ne se souciait apparemment pas de son mari, lui tournant même le dos pour mieux se mêler à la discussion des jeunes, qui n'étaient pas d'accord sur la jeune fille que Brian devrait inviter à ce bal, Lindy ou Candice. Grace avait l'air de les connaître toutes les deux.

— Mêle-toi de tes oignons, Superglu ! lança Brian à Katie. Occupe-toi plutôt de te trouver un chevalier servant, parce que c'est pas gagné ! Celui que tu dégotteras…

Steve vola au secours de sa petite dernière, rouge betterave.

— … aura beaucoup de chance, c'est moi qui vous le dis. Rappelle-toi ce dont nous avons parlé, Brian. Pendant mon absence, je compte sur toi…

— … pour veiller sur tes adorables sœurs, acheva Katie, trop heureuse de ce changement de sujet. Merci, p'pa, mais nous ne sommes plus au Moyen Âge ! Les filles n'ont pas besoin d'un mec pour les protéger. On se débrouille très bien toutes seules. Pas vrai, Em ?

— On se débrouille mieux sans eux, renchérit l'intéressée. Mais il faut bien leur donner l'illusion qu'ils servent à quelque chose. N'est-ce pas, Brian ?

— Grosse erreur, je suis extrêmement utile ! décréta celui-ci pendant que son père se garait dans le parking du *Kasteel Franssen*. J'aurai la joie de vous le rappeler la prochaine fois que vous aurez besoin que je vous emmène faire un tour quelque part.

Les taquineries et chamailleries cessèrent comme par enchantement à la seconde où ils entrèrent dans la salle de restaurant à l'éclairage feutré et au charmant décor rétro. Les trois monstres de la banquette arrière étaient devenus des hôtes polis, discrets, pleins de bonnes manières.

Tout était dans la formation, songea Steve. Dans la vie civile aussi bien qu'à l'armée. Grace avait élevé leurs enfants d'une main de fer dans un gant de velours, et ses leçons portaient ses fruits. L'éducation qu'elle leur avait prodiguée était pour eux comme une seconde nature. Ils avaient le sens des valeurs et de la discipline.

Comme ils gagnaient la table qui leur avait été réservée dans un des box du restaurant, Steve s'entendit appeler par son prénom. Il tourna la tête en direction de la voix et reconnut immédiatement l'homme en costume civil qui lui faisait signe.

— Je vous abandonne juste une minute, murmura-t-il. Un vieux copain…

Grace inclina la tête et alla s'asseoir à leur table avec les enfants pendant que Steve rejoignait son ami.

— Joey Lord ! Ma parole, j'ai l'impression de saluer un fantôme.

— Pardi, depuis le temps qu'on ne s'est pas vus, vieille branche !

Ils échangèrent une poignée de main chaleureuse, puis Joey se tourna vers la séduisante jeune femme avec qui il dînait.

— Chérie, voici Steve Bennett, un ancien compagnon d'escadron. Indicatif d'appel : « Loup solitaire »

– pas vrai, vieille branche ? Mon capitaine, je te présente mon épouse préférée, ma ravissante moitié, Haley.

Steve se garda de révéler qu'il était maintenant le « Loup gris »... Tandis qu'il saluait galamment la femme de Joey, il ne lui fallut qu'une seconde pour évaluer son âge – à peine la moitié du sien – et la valeur des bijoux qu'elle portait. Sacré Joey ! Cette jouvencelle devait être au minimum la Mme Lord numéro deux.

Joey avait connu non pas un, mais deux divorces, après des mariages qui avaient tourné court aussi vite et brutalement que celui de Steve et Cissy. Brisé par son deuxième échec, il avait démissionné de la marine, ce qui avait rendu malades ses copains d'escadron d'autant que la carrière de Joey prenait justement son essor. Mais il n'y avait rien eu à faire pour le ramener à la raison. Ce vieux Joey avait sciemment laissé passer sa chance de monter en grade. À en juger par son expression radieuse, il n'en éprouvait toutefois aucun regret.

— Alors, comment ça se passe dans le privé ? demanda Steve.

— Ah, si je te le dis, je vais te faire rêver... On me paie – grassement – pour piloter des prototypes. Je couche à la maison cinq ou six jours par semaine et je serai aux côtés de ma belle Haley quand notre bébé viendra au monde. C'est ce qui s'appelle être un homme comblé, non ?

Avant que Steve ait pu répondre, Joey tira une carte de son portefeuille et la lui tendit.

— Garde-la. Et n'hésite pas à me contacter si jamais tu envisages de quitter l'armée.

— Il neigera en enfer avant ! Mais merci quand même, dit Steve en empochant la carte qu'il s'apprêtait déjà à oublier. Eh bien, je vais vous laisser… d'ailleurs, ma famille m'attend.

— Elle doit en avoir l'habitude, observa doucement Joey. Tu embarques bientôt ?

— Eh oui.

— Bonne route, mon capitaine. Prends soin de toi.

Une minute plus tard, Steve s'asseyait sur une chaise à haut dossier à côté de Brian. Grace et les filles s'étaient installées sur la banquette capitonnée.

— Désolé. Joey Lord était l'un de mes plus vieux compagnons d'armes. À présent, il travaille dans le privé.

— Waouh ! un pantouflard, souffla Katie, scandalisée. Comment peux-tu serrer la main d'un pantouflard ? ajouta-t-elle, très remontée.

— Attends une minute, ce type n'est pas un criminel, protesta Brian. On lui a peut-être offert un gros salaire et la chance d'avoir une vraie vie.

— Ah non, c'est trop facile ! Il s'était engagé par écrit avec l'US Navy, non ? Et c'était aussi un engagement moral ! s'enflamma Emma. La marine investit plus de deux millions de dollars dans la formation d'un pilote de chasse ou d'un opérateur radar-navigateur.

Ses parents la regardèrent, surpris par sa véhémence.

— Comment sais-tu cela ? demanda Grace.

— Un recruteur est venu faire une conférence au lycée. Je suis allée l'écouter.

— Je n'arrive pas à croire que tu aies assisté à ce truc, s'exclama Brian. Comme si nous n'en savions pas assez sur la marine !

— Je vais où je veux, et puis ça m'a permis de couper au cours d'instruction civique.

— C'est pas juste, moi j'y ai eu droit et c'était mortel ! râla Katie. Vivement que je sois en terminale !

Le lycée resta le principal sujet de discussion pendant les trois quarts du dîner. Tout en participant de loin en loin à la conversation, Grace dardait sur Steve un regard qu'il n'interprétait que trop bien : « Qu'est-ce que tu attends ? Retarder l'inévitable ne sert à rien ! » Pendant que les enfants retournaient se servir au buffet de desserts, il voulut prendre la main de sa femme par-dessus la table. Elle la retira froidement, sans un mot, et ce geste, ce silence l'accablèrent.

Il aurait éprouvé la même sensation coincé dans un avion en chute libre, sans aucun moyen de s'éjecter, avec un crash à la clef. Les enfants revinrent avec des montagnes d'œufs à la neige. D'accord, il leur parlerait… mais tout de suite ? ici ? dans un lieu public ? Il chercha de l'aide dans les yeux de Grace, mais n'en trouva pas. Il ne s'était jamais senti aussi seul.

— Très bien, soupira-t-il. Mes enfants, à présent il faut que je vous confie…

— … deux-ou-trois-bricoles-avant-mon-départ, récita Katie en ajoutant du caramel à ses îles flottantes. Nous sommes suspendus à tes lèvres, papa.

Grace s'appuya contre le dossier de la banquette, posa ses mains l'une sur l'autre sur la table, et regarda Steve qui esquissa un geste d'impuissance. Il s'empressa de sortir de son attaché-case quatre enveloppes en papier kraft et les distribua à la ronde.

— D'abord, un petit quelque chose pour les longues soirées d'hiver.

Chacun ouvrit son paquet.

— Oh, des CD… faits maison ! Pas du commerce ! s'extasia Katie en découvrant trois disques dans leur boîtier en plastique de couleur. Merci, papa !

— Tu les as gravés toi-même ? s'étonna Brian en fixant son père avec des yeux ronds.

— Jusqu'à la dernière note. Ça prend un de ces temps ! J'ai cru que je n'aurais jamais fini à l'heure.

— Ce sont des copies légales ? s'enquit malicieusement Emma.

— Naturellement. J'ai imprimé la liste des morceaux que j'ai sélectionnés pour chacun de vous avec leurs références. Elle est dans l'enveloppe.

— C'est vraiment un cadeau original, papa, sourit Emma. Merci.

Leur sourire le dédommageait amplement des heures et des heures de téléchargement et de gravure. Trouver les chansons qui convenaient, selon lui, à leur personnalité, c'était comme partir à une chasse au trésor. Une quête à la fois plus difficile et plus amusante que prévu qui lui avait permis d'aller à la rencontre de ses enfants.

— C'est génial, hein, m'man ? lança Katie avec un entrain forcé. Comme ça, le temps passera plus vite, et papa sera un peu avec nous.

Ses lèvres tremblaient déjà à la pensée qu'il serait loin quand elle écouterait ses CD.

— Oui, poussin, c'est un beau cadeau, répondit Grace.

Elle parcourut gravement la liste des morceaux de ses propres CD et hocha la tête.

— Il y en a que je n'ai pas entendus depuis des années…

Ce fut tout. Un peu déçu, Steve se demanda si elle

se rendait bien compte de ce qu'elle tenait entre les mains : la bande-son de leurs vingt années de mariage. Il s'était efforcé de compiler leurs airs préférés, ceux qu'ils avaient découverts ensemble, sur lesquels ils avaient dansé, dîné aux chandelles, fait l'amour… Chacune des chansons, en somme, qui avaient joué un rôle dans leur vie. Par bonheur, il avait une excellente mémoire musicale. Dans certains des foyers où il avait été placé, enfant, la musique avait été son refuge et son réconfort, et il connaissait mieux que personne l'échappée qu'elle offrait.

Katie lui planta un gros baiser sonore sur la joue.

— Encore merci, papa.

— Ouais, merci, c'est super – t'es super, ajouta Brian.

— Vous trouverez aussi une lettre, dit Steve. Mais vous la lirez plus tard.

— Comme d'hab', approuvèrent les jumeaux d'une même voix.

La rédaction de ces lettres constituait toujours pour Steve la partie la plus difficile et délicate de ses préparatifs de départ. Si aucun d'eux, au grand jamais, ne le formulait à voix haute, il était possible qu'il ne revienne pas vivant d'une mission. Et ce risque volontairement occulté flottait dans la tête de tous à chaque séparation, d'autant plus lancinant qu'aucune parole ne l'exorcisait.

Le serveur créa sans le vouloir une détente bienvenue en apportant les cafés, et Steve en profita pour se remplir les yeux et la mémoire du sourire confiant de ses trois enfants, qu'il s'apprêtait à casser avec ses maudites révélations. Il grava leurs visages aimés dans son cœur pour les y conserver tels quels pendant les longs mois à venir. Leur adoration ne faisait aucun doute mais, dans une seconde, l'image de leur père allait en prendre un sacré coup.

— Je dois maintenant vous faire part de quelque chose de grave, commença-t-il.

Son ton aussi devait être particulièrement approprié, car il obtint aussitôt un silence troublé. Les sourires s'évanouirent. Quatre paires d'yeux convergèrent sur lui d'un même mouvement.

— Tu... tu pars à la guerre ? balbutia Katie, plus blanche que sa serviette de table.

— Je croyais que c'était une mission pas plus dangereuse que d'habitude, dit Emma, pâlissant elle aussi.

— Il ne s'agit pas du déploiement. Il s'agit de moi.

Cette fois, il se sentait carrément dans la peau du type qui va sauter pour la première fois en parachute sans avoir lu le mode d'emploi...

— Je ne vous ai jamais beaucoup parlé de ma jeunesse. Un élément nouveau m'amène à vous en dire un peu plus aujourd'hui... à propos de... de ce qui m'est arrivé il y a longtemps. Vingt-six ans pour être exact.

— Tu as fait quelque chose de vraiment mal ? demanda Katie d'une toute petite voix.

— Tu as été en prison ? souffla Brian.

— Non, non, rien de tel. Mais...

Il s'autorisa une dernière hésitation. Quelques secondes encore ! Quelques secondes où il était toujours le papa qu'ils avaient connu et aimé. Avant que tout ne bascule.

— Que s'est-il passé ? demanda Emma.

— … Je me suis marié. Avant de divorcer six mois plus tard.

Six yeux ronds comme des soucoupes le dévisagèrent fixement, puis pivotèrent en même temps vers Grace. Elle haussa les épaules.

— C'est l'histoire de votre père, pas la mienne.

Les six yeux revinrent se braquer sur Steve.

— Comment s'appelait-elle ? On l'a déjà vue ? Où vit-elle à présent ? Comment se fait-il que tu ne nous en aies jamais parlé avant ce soir ? le mitrailla Katie.

— Toi, maman, enchaîna Emma, tu savais que…

— Non. Je ne l'ai appris que cet après-midi.

Grace n'ajouta rien, le laissant se dépêtrer avec la suite de sa confession.

— Je n'en ai jamais touché mot à personne, reprit-il avec effort, parce que je n'avais pas spécialement lieu d'en être fier. Et aussi, je suppose, parce que je déteste remuer le passé. Vous, mes enfants, et votre mère êtes tout ce qui compte pour moi, je n'ai pas vu l'intérêt de vous raconter un lamentable épisode qui remonte au déluge, une stupide erreur de jeunesse.

Il y eut un bref silence, que Brian rompit le premier :

— Désolé, p'pa, mais c'est tout de même dur à avaler ! Comment tu as pu cacher un truc pareil à ta famille pendant tout ce temps ?

— Oui, tu aurais dû le dire ! accusa Katie en repoussant son dessert.

— Pas d'accord, lança énergiquement Emma. C'est sa vie privée, ça ne nous regarde pas.

Brian et Katie la fusillèrent du regard.

— N'importe quoi !

— On est quand même ses enfants !

— Justement ! nous n'étions même pas nés quand cela s'est passé, s'obstina Emma. Au nom de quoi papa aurait-il des comptes à nous rendre ?

Steve l'observa avec étonnement, et vit du coin de l'œil que Grace n'était pas moins surprise.

Emma vida son verre d'eau et s'expliqua :

— Je ne vois pas au nom de quoi il faudrait absolument confesser à tout le monde une simple erreur, surtout si elle remonte à si longtemps. Il y a prescription, non ? On a tous le droit de changer avec le temps et de vouloir rayer de sa mémoire ce qui a pu nous arriver une seule, unique et malheureuse fois.

Touché, il lui tapota le bras.

— Ma grande, tu viens d'exprimer au mot près ma façon de voir les choses. Enfin, ce qu'elle était. J'ai compris mon erreur aujourd'hui même. Parce que je vous aime par-dessus tout, je vous devais la vérité, à vous trois, et plus encore à votre maman. Je regrette de m'être tu.

— Alors, vas-y, rattrape-toi ! lança Katie. Je t'ai déjà demandé le nom de ta première femme.

— Cecilia King – Cissy pour les intimes. Elle sortait du lycée et était aussi jeune et naïve que moi. Elle a vite déchanté en comprenant qu'elle n'était pas du tout faite pour la vie d'épouse de marin.

— Bon, mais où est-elle, cette Cissy, à présent ? Et à quoi est-ce qu'elle ressemble ? insista Katie.

Steve leva une main.

— Je n'ai jamais eu aucune nouvelle d'elle depuis notre séparation. À l'époque, j'ai seulement appris qu'elle avait rencontré un type à Atlanta. Un civil. Dentiste, ou quelque chose comme ça. Il s'avère qu'à peine le divorce prononcé, elle l'a épousé.

— Et alors, pourquoi nous en parles-tu aujourd'hui, demanda Emma, si le chapitre est clos ?

— Justement non, il ne l'est pas.

Steve respirait mal. Cette fois, impossible de reculer.

— Cissy m'a quitté pour se remarier sans me faire part d'un élément très important. Elle était enceinte.

— De toi ? s'étrangla Katie, horrifiée.

— Tu lui as fait un enfant ? Oh, bon sang, papa ! gémit Brian.

— Il est venu me voir aujourd'hui dans mon bureau. Hier encore, j'ignorais jusqu'à son existence.

— Un garçon, murmura Emma avant d'ajouter plus bas encore : Un frère…

Bizarrement, ces mots à peine chuchotés firent à Steve l'effet d'un direct entre les yeux. Pour la première fois, il prit vraiment conscience qu'il avait un fils. Un autre fils.

— Son nom est Joshua Lamont.

— Tu es sûr qu'il est de toi ? appuya Katie.

Il n'avait même pas eu à envisager un test de paternité. À quoi bon ? Il suffisait de le voir pour le croire.

— Absolument sûr. Lamont est officier dans la marine. Pilote. Il ne serait jamais venu me trouver s'il ne se retrouvait pas…

— … affecté sur ton porte-avions, compris, acheva Katie dans un soupir.

Les questions des filles s'entrecroisèrent à la vitesse grand V.

— Maman, toi aussi, tu l'as rencontré ?

— De quoi il a l'air ?

— Où est-ce qu'il vit ?

— Quand va-t-on le voir ?

— Je l'ai croisé tout à l'heure dans le bureau de votre père, répondit Grace d'une voix neutre. Quant à vous dire à quoi il ressemble, ajouta-t-elle en se gardant de dire *à qui*, mettons que le lieutenant Lamont a parfaitement la tête de l'emploi.

Certes Joshua Lamont lui ressemblait mais Steve ne trouvait pas que les aviateurs de l'aéronavale avaient en commun un « type » physique particulier. Comment nier cependant qu'ils présentaient souvent un profil psychologique identique. Un pilote de chasse n'était réellement à l'aise qu'avec des pilotes comme lui, en tout cas pour communiquer. Forcément, ils étaient sur la même longueur d'onde. Qui pouvait mieux comprendre qu'un des leurs l'équation valeur = survie qui régissait l'exercice de leur profession ?

Steve comprit subitement que leur uniforme ne pouvait que les rapprocher, Lamont et lui. Comme pris en faute, il regarda Brian et lui trouva un visage défait. Son fils n'avait pas prononcé un mot depuis un moment et fixait sa tasse de café vide, perdu dans ses pensées.

Pauvre Brian, songea-t-il. De ses trois enfants, c'était probablement le plus touché, lui qui venait de passer d'un coup du statut de seul garçon de la famille à celui de petit frère d'un inconnu qui l'avait aussi devancé sur la voie royale de l'académie…

— Bon, alors, on peut savoir quand on va le rencontrer, ton pilote ? demanda Katie à son père.

— Si vous en avez vraiment envie, c'est à lui qu'il faudra poser la question – et à votre maman.

— Ça veut dire que toi, tu n'en as pas envie ? Tu crains des pleurs et des grincements de dents ?

Steve eut un petit rire triste.

— Pas du tout. Simplement, je ne me considère pas comme son père et lui ne se considère pas comme mon fils. Il savait qui j'étais depuis le début, mais il n'est venu me trouver que parce qu'il a appris que nos chemins allaient se croiser sur le plan professionnel. Sinon, nous sommes des étrangers l'un pour l'autre, et le fait qu'il ait suivi la même route que moi n'y change rien. Ni pour moi, ni pour ma famille – c'est-à-dire vous quatre.

Il les regarda et reprit en appuyant ses mots :

— Vous quatre. J'adore votre mère, j'adore mes trois gosses, et il en sera ainsi tant que je vivrai.

— Alors, fallait nous le dire, grogna Brian en sortant de son mutisme.

— Ça y est, idiot, riposta Emma en lui faisant les gros yeux.

— Les enfants, je pense que nous avons tous besoin d'une bonne thérapie ! annonça Katie avec une moue entendue.

Depuis qu'elle avait une copine de classe qui se rendait une fois par semaine en analyse, elle bataillait pour obtenir le même privilège.

— S'il te plaît, m'man, on pourrait pas tous se mettre en thérapie ?

Steve lui tapota la main d'un geste apaisant.

— Tout ira bien, Katimini.

Il chercha l'approbation de Grace, et n'en trouva pas le quart du commencement.

— Je vous le promets, tout ira bien, répéta-t-il.

19

Grace se réveilla tôt, sachant avant même d'ouvrir les yeux que le jour qui se levait serait différent de tous les autres. Des déploiements, elle en avait connu… jusqu'à en oublier le nombre exact. Mais un départ dans des circonstances pareilles, jamais. C'était une première dont elle se serait bien passée !

Elle se tourna doucement sur le flanc, respirant à peine. Steve dormait encore. Il avait reçu un don du ciel : pouvoir faire le vide complet dans son esprit pour se reposer. Elle brûlait de le secouer pour reprendre la discussion qu'ils avaient eue la veille au soir et jusque très tard dans la nuit, mais elle glissa la main sous son oreiller et résista à cette envie. Pourquoi jeter de l'huile sur le feu ? Ils n'avaient aucune chance de résoudre leur problème dans le délai qui leur restait. D'ici quelques heures, elle se retrouverait toute seule.

Comme si souvent au cours de leur mariage, l'appel du devoir allait tout interrompre, tout laisser en suspens pour six mois. Mais cette fois, Grace avait l'impression d'être abandonnée sans secours dans un champ de ruines après le bombardement de son foyer par son propre camp…

La révélation d'une zone d'ombre dans le passé de son mari avait levé en elle un orage de soupçons et de désarroi. Steve s'était marié avec une autre et ne le lui avait jamais dit. Pourquoi ? Que lui cachait-il encore ? Que savait-elle réellement de l'homme qu'elle avait épousé d'un cœur si joyeux et confiant, les yeux fermés pourrait-on dire… Il n'était plus pour elle qu'un menteur. Subitement, il était devenu un étranger.

Elle était si jeune quand elle l'avait rencontré, avide d'échapper à ce trou perdu d'Edenville, au bord d'un lac entre deux collines du Texas profond. Elle avait failli y mourir d'ennui et de désespoir à l'idée de l'avenir tout tracé que lui imposaient ses parents. Ce qu'ils attendaient de leur fille unique tenait en deux commandements : « Passe ton bac d'abord » et « Trouve-toi un mari. » Plus un vœu qui n'avait rien de pieux : qu'elle mette le grappin sur le fils de la famille la plus riche du coin, pour vivre à trois pâtés de maisons de chez eux. Sourds à ses protestations, ils préparaient déjà le terrain, « pour son bien », sans la consulter sur rien.

Steve l'avait sauvée, dans tous les sens du mot. Le jour où elle l'avait rencontré, elle revenait pour le week-end de Trinity University et était allée se baigner dans le lac de l'Aigle avec ses copines de fac, contente d'échapper pour un moment à la pression de ses parents qui rendait l'ambiance irrespirable à la maison. Elle se séchait les cheveux au bord de l'eau lorsqu'il avait surgi de nulle part dans un nuage de poussière, chevauchant sa Softail Harley.

Il s'était arrêté à deux mètres d'elle, avait planté dans le sol ses jambes immenses ; puis il avait enlevé son casque. Face à cette apparition, elle était restée muette et figée, consciente que son maillot de bain ne masquait pas grand-chose de son anatomie. Derrière elle, Grace entendait ses copines échanger des chuchotements avec des rires de vierges effarouchées.

— Bonjour, madame, commença l'inconnu en s'adressant exclusivement à elle. Pardon de vous déranger…

À vingt ans, Grace n'avait pas trop l'habitude de s'entendre appeler « madame ». Elle s'était avancée d'un pas dans sa direction.

— Que puis-je pour vous ?

— Je cherche quelqu'un, seulement…

Mon Dieu ! ces yeux dévastateurs, d'un bleu si intense…

— Vous êtes si jolie, j'en ai oublié son nom ! Vous, comment vous appelez-vous ?

Elle coula un regard par-dessus son épaule pour voir s'il parlait à une autre, mais non. Si incroyable que cela puisse paraître, c'était bien à elle que parlait ce jeune dieu sur sa moto en la fixant de son regard ravageur – elle, Grace McAllen… l'invisible, l'insignifiante.

Elle ne le garda pas longtemps pour elle toute seule. Ses bonnes amies de Trinity University eurent vite fait d'entrer en scène, le mitraillant à qui mieux mieux de questions et d'œillades. Elle apprit ainsi qu'il s'appelait Steve Bennett, qu'il était lieutenant dans la marine, et profitait d'un congé exceptionnel de deux semaines pour venir de Pensacola parce qu'il aimait bien rouler droit devant lui, et aussi parce qu'un ami de son école de pilotage l'avait invité à Edenville.

— Bud Plawski, ça me revient, dit-il en lançant un clin d'œil à Grace. Vous le connaissez ?

Non seulement elle le connaissait, mais elle avait grandi à deux pas de la maison de Seymour « Buddy » Plawski, le pire chenapan de toute la région. Il était si pénible que sa propre mère avait pris l'habitude de le flanquer dehors et de fermer sa porte à clef. Des années plus tard, cette graine de vaurien avait créé la surprise en décrochant son entrée à l'École navale. Et la dernière fois qu'il était venu en vacances dans sa ville natale, avec des ailes d'or sur sa poitrine, Edenville l'avait accueilli comme son héros.

Grace le trouvait toujours aussi lourd avec les filles – mais il fallait reconnaître qu'il avait en revanche excellent goût en matière d'amis…

Elle avait épousé le lieutenant Steve Bennett avant la fin de l'été, réussissant du même coup à se mettre à dos ses parents et sa grand-mère et à échapper au triste sort qui l'attendait. Où serait-elle aujourd'hui, sans Steve ? Au fond du trou ?

Peut-être pas.

Qui sait si elle n'aurait pas réussi à se forger toute seule une vie fabuleuse ?

Grace essaya de se rappeler si, au début de leur vie de couple, par exemple, elle l'avait interrogé, ne serait-ce qu'une fois, sur ses relations passées. Avaient-ils même jamais abordé le sujet ? Être aimée de Steve, devenir sa femme devant Dieu et les hommes lui avait paru si proprement miraculeux qu'elle n'avait sans doute pas osé le questionner.

Elle se souvint d'une seule conversation qu'ils avaient eue sur leurs proches, mais il n'avait été question que d'elle. Ses parents ne décoléraient pas contre

« cette ingrate de fille » qui avait rejeté leurs beaux plans d'avenir. Après sa « fuite » loin d'Edenville avec Steve, ils coupèrent définitivement les ponts. Grace ne reçut plus de nouvelles d'eux. Jamais. Un peu de sa grand-mère, dont le cœur était moins sec. Elle ne devait retourner qu'une seule fois dans la maison de son enfance, pour l'enterrement de son père. Et même ce jour-là – alors qu'en plus, Grace était enceinte des jumeaux et qu'il faisait une chaleur insupportable –, Olivia McAllen refusa de lui adresser la parole, ainsi qu'à Steve, et ne leur proposa ni un siège ni un verre d'eau. La dernière image que Grace conservait de sa mère était celle d'une femme toute de noir vêtue, raide comme un piquet, refusant obstinément de la regarder.

Grace avait été infiniment reconnaissante à Steve de l'amour qu'il lui portait – plus encore les deux fois où elle était retournée au cimetière d'Edenville, d'abord pour enterrer sa mère, puis, il y avait quelques années à peine, sa grand-mère.

Leur couple, leur petite tribu, était devenu la famille que ni l'un ni l'autre n'avaient eu la chance d'avoir. Grace considérait leur mariage comme le plus sûr des refuges, le cœur d'un cercle en amour massif.

Elle aurait tout fait pour Steve, partageait tout avec lui. Il savait tout d'elle, depuis toujours. Du jour de leur rencontre, elle lui avait tout livré, et avait supposé chez lui une égale franchise, respectant son silence. Le pauvre ne s'étant pas étendu sur son enfance malheureuse ni sur la période qui avait précédé leur mariage, elle avait mis cela sur le compte de la pudeur, masculine, sans imaginer une seconde qu'il lui cachait un secret !

Cecilia King, épouse Bennett – Cissy pour les intimes... Grace en était malade d'avance de ce qu'elle allait apprendre sur la première « madame Steve Bennett ». Mais elle n'ignorait pas que sa curiosité tournerait à l'obsession si elle restait dans l'ignorance.

Elle se tortura la cervelle à se demander à quoi pouvait bien ressembler cette Cissy, tout en s'efforçant de ne pas l'imaginer dans les bras de Steve. Était-elle jolie ? Comment l'avait-elle séduit ? À l'entendre, ils s'étaient mariés sur un coup de tête – manière diplomatique de ne pas dire un coup de foudre, non ? À la suite de quoi, la sirène l'avait vite oublié, plaqué, remplacé. Ah, elle n'avait pas perdu de temps pour se trouver un autre mari, et enceinte, encore ! Hum, cette Cissy avait tout l'air d'une aventurière, d'une mangeuse d'hommes...

Oh, et puis quelle importance ? se répéta nerveusement Grace pour la nième fois. Tant de gens – cinquante pour cent de la population, à en croire les statistiques – se mariaient deux fois dans leur vie.

Mais combien cachaient leur divorce comme un secret inavouable ?

Steve ouvrit les yeux.

— Hello, fit-il.

— Hello.

Il se tourna vers Grace et l'enveloppa de ses bras. Habituellement, elle adorait s'y blottir et se laisser emporter par le désir qui ne tardait pas à les enflammer. Mais pas ce matin. Il avait ouvert la boîte de Pandore, et il en était sorti un horrible mélange de doute, de colère et de déception.

Grace s'arracha à son étreinte et s'assit au bord du lit. Le réveil de la table de nuit indiquait 6 : 05 du matin. Dans moins de quatre-vingt-dix minutes, ils devraient être en route pour le port militaire d'Everett.

— Il faut y aller.

— Reviens te coucher, murmura-t-il. J'ai besoin de te serrer contre moi avant de partir. Je croyais qu'après cette nuit…

— Nous n'avons rien réparé cette nuit, Steve.

Ils avaient veillé très tard, en discutant à voix basse pendant qu'il terminait son paquetage. La tradition voulait qu'elle cache des surprises dans ses affaires pour qu'une fois à bord, il découvre un petit mot d'amour, quelques gourmandises, des photos des enfants… Cette fois, il ne trouverait rien dans son sac.

— Alors faisons-le maintenant, insista-t-il. Nous avons encore un peu de temps devant nous.

— Quoi ? Cinq minutes et l'orage sera passé, c'est ça ? Tu rêves, Steve, articula-t-elle en refoulant ses larmes.

— Laisse-moi te faire l'amour, Grace. Accorde-nous au moins ça.

Pour toute réponse, elle repoussa violemment les draps et se leva.

— Gracie… c'est peut-être notre dernière chance…

— Tant pis. Dis-toi bien qu'il n'en sera pas question tant que je ne saurai pas où j'en suis avec ta première femme.

— Où tu en es… ? répéta-t-il en écarquillant les yeux. Mais bon Dieu, tu n'as pas besoin d'en être quelque part avec elle !

— Pas avec elle. Avec toi. Avec moi. Et avec nous. Je ne suis pas sûre de…

— Pas sûre de moi ? aboya-t-il. J'aurais cru que tu saurais manifester un peu plus de compréhension à mon égard pour une malheureuse erreur de jeunesse, une bêtise commise alors que je n'étais pas plus âgé que les jumeaux !

Cette fois, Grace ne parvint pas à se maîtriser. Sa colère éclata.

— Je me suis toujours montrée compréhensive par le passé, que je sache ! J'ai supporté sans jamais rechigner les déménagements à répétition, les anniversaires sans toi, les Noëls sans toi, les vacances scolaires sans toi, les tonnes de petits drames familiaux et les problèmes de toutes sortes qui se produisent quand tu es au diable vauvert. J'ai accepté que tu vives ton rêve aux commandes de tes avions et sur tes porte-avions ; mieux : j'ai admis que c'était mon travail à moi de te décharger de tout pour favoriser ta carrière et t'aider à réaliser ta passion. C'est pourquoi je t'interdis de me dire que je ne suis pas compréhensive !

— Parfait. Alors sois-le jusqu'au bout, et admets que j'avais si honte de ce mariage raté que je n'ai pas voulu t'en parler. Parce que je tiens à ton estime, figure-toi. C'est si difficile à comprendre ?

Elle noua sa robe de chambre.

— Ça, non. Mais je comprends beaucoup moins pourquoi seul l'un de nous aurait le droit de tout savoir de l'autre. Ce n'est pas juste. Tu n'ignores rien de moi, de mes peurs d'enfant, de mes espoirs de jeune fille…

— Parce que tu as choisi de m'en parler, Grace.

— Faux ! Je n'ai rien choisi du tout. Mon cœur ne m'en a pas laissé le choix. Je ne me suis pas sentie capable de cacher quoi que ce soit à l'homme que j'allais épouser. Si tu crois que j'étais fière de mes parents... Mais je me disais que mon passé faisait partie de moi et que mon mari devait le connaître.

— Je t'aurais aimée quel qu'ait été ton passé.

— Alors pourquoi ne m'as-tu pas confié le tien aussi ? Nous aurions été à égalité.

Il resta muet.

— Regarde où j'en suis, reprit-elle en se forçant à baisser la voix. Je vais avoir quarante ans et je me demande ce que j'ai fait de ma vie. À part élever trois enfants merveilleux, j'ai tout sacrifié à ta carrière...

— Écoute...

— Non, écoute, toi ! Ne crois pas que je remets tout en question à cause de ta confession tardive. Cela remonte bien plus loin et c'est plus profond, c'est même existentiel. Les années ont passé et je m'aperçois de tous les choix que je n'ai pas faits...

Il jaillit du lit et regarda sa montre, le visage fermé à double tour.

— Navré de te voir découvrir subitement que tu n'aimes pas celle que tu aperçois dans ton miroir en te levant le matin. J'en suis sincèrement désolé. Mais je ne suis pas plus responsable de la crise que tu traverses à l'approche de la quarantaine que tu n'es coupable de l'échec de mon premier mariage !

Il se mit à tourner en rond dans la chambre comme un fauve en cage.

— Ce n'est pas ma faute si tu vas avoir quarante ans ! Et ce n'est pas non plus mon problème.

Grace eut envie de le gifler, elle qui n'avait jamais giflé personne.

— Tu as raison. Ce que peut bien ressentir ta

femme n'est pas ton problème. Mais sache que notre mariage risque de le devenir !

Il se permit de hausser les épaules, et cessa d'arpenter la pièce pour rafler quelques affaires qu'il fourra dans son sac.

— Moi, je n'ai aucun problème avec notre mariage. Tout irait parfaitement si seulement tu…

— Si seulement je quoi ? explosa Grace. Si je ne faisais pas tout un plat de ton premier mariage classé secret défense ? Si je ne montais pas sur mes grands chevaux à propos de cette Cissy-pour-les-intimes dont tu as soigneusement omis de prononcer le nom pendant vingt ans ? Si j'effaçais de ma mémoire votre grand fils, la copie conforme de son père ? Si j'oubliais que les trois quarts de la base sont au courant de l'existence de ce clone ? Ça, tu t'en moques pas mal : tu fiches le camp ! Tandis que moi, je vais devoir rester ici à supporter les regards ironiques des uns, apitoyés des autres, sans parler des retombées sur les gosses et de toutes leurs questions à propos de tes mensonges… Alors cette fois, ne me demande pas d'être compréhensive. Là, c'est trop !

Il y eut un silence écrasant pendant lequel ils restèrent dressés l'un devant l'autre, comme deux ennemis. Puis Steve baissa la tête et parla d'une voix sourde :

— Je n'étais qu'un gamin. Un gamin stupide. D'accord, j'aurais dû te dire la vérité dès le début, mais j'ai eu peur de te décevoir, de t'affoler… J'ai tout bousillé entre nous à cause de cette bêtise, si tu savais comme je m'en veux !

— Steve…

— Je n'ai pas osé t'en parler, scanda-t-il avec rage.

Et c'est pour ce mensonge par omission, cet unique mensonge, que tu pars en guerre contre moi ?

Grace secoua la tête, plus triste et fatiguée qu'autre chose.

— Tu n'y es pas. Je ne te reproche pas de t'être marié sur un coup de tête ; à l'âge que tu avais, c'était une bêtise d'autant plus pardonnable que tu étais seul, sans famille. Ce n'est pas cela qui nous sépare. Ce qui vient de se produire a seulement souligné le véritable problème qui existe entre nous, celui que nous ne pouvons plus ignorer ou éluder.

— Mais de quoi parles-tu, à la fin ? Que je sache, nous n'avions aucun « véritable problème » avant que tu fasses un drame.

— Oh. Je vois. Tu ne te souviens pas t'être disputé avec moi au sujet d'un certain travail auquel je tiens ?

— Nous nous sommes un peu chamaillés, c'est vrai, mais qu'est-ce que cela a changé pour toi ? Tu n'as pas tenu le moindre compte de mon opinion. Tu t'es lancée là-dedans alors même que je te demandais de t'abstenir…

— Rectification : tu ne me l'as pas demandé, tu me l'as carrément ordonné.

Nouveau haussement d'épaules contrarié. Sur quoi il glissa encore quelques paires de chaussettes dans son sac tout en grommelant :

— Ce qui ne t'a pas empêchée de me désobéir.

— Désobéir ? Mais, mon cher, nous ne sommes pas sur ton porte-avions et je ne suis pas ta subordonnée : je n'ai pas d'ordre à recevoir de toi. Quant à la maison dont je rêve…

Il leva les bras au ciel.

— Encore ! Je croyais que c'était une affaire réglée.

— Ah ça, c'est sûr ! C'est réglé dans ta tête.

— Exact. Mais si tu y tiens absolument, nous en rediscuterons à mon retour.

— Tu ne te moquerais pas de moi, par hasard ? Tu crois peut-être qu'elle sera encore en vente dans six mois ? J'ai essayé je ne sais combien de fois de t'emmener la visiter, mais autant parler à un sourd.

Steve ne prononça plus un mot pendant qu'il finissait de boucler son paquetage. Puis, sans la regarder, il marmonna :

— Je vais prendre ma douche. Avec tout ça, nous allons finir par être en retard...

Avant de disparaître dans la salle de bains, il ôta son alliance et la posa sur la table de nuit.

Grace resta seule dans la chambre – son lot pour les six mois à venir – et contempla l'anneau en or blanc. Elle savait pertinemment que les militaires embarqués sur les porte-avions nucléaires étaient priés de se défaire de tout ce qui pourrait constituer une source d'information pour des ennemis potentiels. Mais aujourd'hui, cette alliance abandonnée sur ce coin de meuble revêtait à ses yeux une signification sinistre, tel un mauvais présage.

Elle prit sur elle en finissant de s'habiller, mais eut à nouveau envie de pleurer en bordant leur lit. C'était la première fois qu'ils allaient se séparer sans avoir fait l'amour. Ce serait aussi la première fois qu'elle se tiendrait sur le quai pour regarder le bâtiment partir sans sentir sur son corps la chaleur de leur dernière étreinte, sur ses lèvres le feu de leur ultime baiser – autant de moments qu'elle enfouissait au fond d'elle-même, comme en réserve pour les jours, les semaines, les mois de célibat à venir. Cette fois, Steve ne lui laisserait en partant que des doutes durs et glacés.

Non, non, ce n'était pas possible, ils ne pouvaient pas se quitter comme ça ! Surtout si... Une peur panique s'empara d'elle à la pensée terrifiante qu'elle pourrait ne jamais le revoir. C'était un déploiement ordinaire ; Steve ne courait pas de danger particulier, mais le risque zéro n'existait pas. A fortiori sur le pont d'un porte-avions, où un accident était si vite arrivé...

Le cœur étreint d'une angoisse sourde, elle courut à la porte de la salle de bains et s'apprêta à frapper. Puis son bras s'abaissa lentement, elle pivota sur ses talons et s'éloigna sans faire de bruit.

Le ciel était d'un bleu glacial, l'air vif et pénétrant. Les mains crispées sur le bastingage du pont supérieur du car-ferry qui fendait les eaux calmes du Puget Sound en direction du continent, Grace fixait les cimes enneigées parées d'ombres couleur lavande.

— Tu es là ?

Steve vint à côté d'elle s'accouder à la rampe, resplendissant dans son uniforme, à l'image même de sa carrière brillante, impeccable. Le bas de son long manteau tourbillonnait dans le vent. En regardant tous les deux droit devant eux, ils passèrent rapidement en revue ce que Steve appelait les problèmes d'intendance : opérations bancaires courantes, factures d'assurance maladie, entretien de la voiture... Pour le quotidien, les choses semblaient presque normales. Leur couple pouvait encore faire illusion sur ce genre de préoccupations qui n'engageaient pas sérieusement l'avenir.

— Tu sais, Grace, j'ai toujours plaint les marins qui se tourmentent en permanence pour ce qui se passe chez eux pendant leur absence. Moi, je n'ai jamais eu de souci à me faire : je sais que tu t'occupes de tout à la perfection.

— C'est le contrat moral que nous avons passé en nous mariant. Je m'occupe des enfants, des finances, de la routine. Cela ne va pas changer.

Elle s'essuya les joues, le vent glacial la faisait pleurer.

— Je n'ai jamais eu de souci à me faire, répéta Steve d'une voix sourde. Jusqu'ici. Aujourd'hui, je me pose des questions.

— Moi aussi, figure-toi.

Ni l'un ni l'autre n'ajouta un mot pendant le reste de la traversée.

La colère, la souffrance, la tristesse planaient entre eux comme une nappe de brouillard. Tous deux savaient qu'en pleine période de crise, six mois de séparation pouvaient provoquer des dommages irréversibles dans leur mariage.

— J'ai froid, murmura Grace en remontant le col de son manteau. Je retourne à la voiture.

— Attends…

Steve fit un pas vers elle, mais elle recula d'autant et il se crispa.

— C'est ridicule ! Tu me punis comme si je t'avais trompée en…

— Tu m'as trompée.

— … en prenant une maîtresse. Combien de temps vas-tu me faire la gueule pour rien ?

— Je ne te fais pas la gueule, je suis malheureuse,

c'est très différent. Et je le resterai tant que tu n'admettras pas que nous avons un gros problème.

— S'il y a un problème, il est dans ta tête, trancha Steve. *Nous*, nous n'en avons pas. À moins que tu ne t'obstines à me charger de tous les péchés de la terre…

— Je regretterai toujours que tu n'aies pas cru bon de me parler de ton mariage avec Cissy avant d'y être forcé par les événements et l'arrivée de ton… de Lamont. Mais peut-être devons-nous y voir un signe du destin. Le signe que notre couple bat de l'aile et qu'il est grand temps de changer pas mal de choses…

Steve croisa les bras, se raidissant d'avance à l'annonce de tout changement.

— Je te vois venir ! Tu vas te servir de ce lamentable incident comme d'une épée de Damoclès, et me ressortir cette foutue maison sur la falaise dont tu me rebats les oreilles !

— C'est toi qui en parles, pas moi. Quant à me servir de cet « incident », comme tu oses dire en parlant de ton rejeton, tu me connais bien mal, mon pauvre Steve ! Si c'est là toute l'estime que tu as pour moi, j'aime autant…

— Le capitaine Bennett et sa si charmante épouse…

Ils pivotèrent d'un même mouvement pour découvrir le CAG Mason Crowther flânant sur le pont du ferry avec sa femme et son fils. Grace les regarda avec envie. Tous trois avaient l'air si unis, leurs visages fendus d'un sourire aussi lumineux que le soleil du matin. En sa qualité de commandant du groupe aérien, Crowther embarquait lui aussi sur le

Dominion, mais Grace était sûre qu'il n'avait pas de secret pour sa moitié, lui.

Pendant que le trio s'approchait d'eux, Grace retrouva ses réflexes comme par enchantement et se mit en pilotage automatique. Prenant le bras de Steve, elle plaqua un sourire aimable sur ses lèvres et redevint celle que venait de désigner Mason Crowther, celle-là même qu'elle s'était si longtemps entraînée à paraître aux yeux de tous : « la si charmante épouse du capitaine Bennett ».

— Steve, Grace, je ne vous présente plus ce qui me sert de progéniture, dit Crowther. Mais où est donc passée la vôtre ?

— Dans le snack-bar du ferry, occupée à engloutir son deuxième repas de la journée, répondit Steve.

Cory avait dressé l'oreille.

— Papa... si tu veux bien m'excuser ?

— Comme si tu avais besoin de ma permission ! sourit Crowther père avec bonhomie. Allez, file. Rendez-vous à la voiture.

Cory fonça vers le snack tandis que ses parents échangeaient un regard entendu.

— Il nous parle beaucoup de votre Emma en ce moment, confia Allison à Grace. Je crois qu'il a le béguin pour cette petite. Il est vrai qu'elle est charmante. D'ailleurs...

Elle eut un rire plein d'indulgence et ajouta :

— Mon petit doigt me dit que Cory compte demander à Emma d'être sa cavalière au prochain bal. Mais chut ! C'est tout à fait entre nous...

Ce qui n'empêchait pas la moitié du lycée d'être au courant ! Katie avait raison, se dit Grace tout en conservant son sourire bienveillant. De fil en aiguille, les deux épouses d'officiers, et aussi mères d'adolescents, en vinrent à évoquer les prochaines manifestations auxquelles elles se retrouveraient. Passionnant…

Il sembla à Grace que l'entrain perpétuel d'Allison était un peu forcé, aujourd'hui. Et son visage plus tiré que d'habitude. Oui, à bien l'observer, quelque chose n'allait pas. Le départ de son mari ? Allison devait être habituée à leurs longues séparations, elle qui refusait depuis des années de déménager de Whidbey Island pour le suivre. Une part de Grace admirait la femme pour sa force de caractère ; l'autre la plaignait d'avoir à assumer le rôle délicat d'épouse du CAG. Bien qu'elle n'ait aucun titre, aucune mission officielle, il lui incombait de maintenir pendant le déploiement le moral de ses troupes à elle – la cohorte des épouses séparées de leur tendre et cher –, avec pour armes des réunions de dames, thés, mondanités et petites fêtes pour les enfants. L'année prochaine, si tout se déroulait normalement, Steve hériterait de la charge de Mason Crowther… et Grace de celle d'Allison. Une perspective peu réjouissante !

Comme si elle lisait dans ses pensées, Allison lui toucha le bras en prenant une mine compatissante.

— Alors, comment vous sentez-vous ? J'imagine que ce doit être terriblement éprouvant pour vous…

Un peu surprise, Grace ouvrait la bouche pour répondre que, depuis le temps, les déploiements faisaient malheureusement partie intégrante de sa vie et qu'elle s'en sortirait – elle s'en sortait toujours. Puis l'évidence la frappa de plein fouet : Allison ne parlait pas du déploiement.

Cette tête de condoléances… ce ton doucereux… elle était au courant pour Joshua Lamont.

Les Crowther savaient tout ! C'était évident. Dans un monde clos comme une base militaire, le moindre bruit se répandait très vite. Au train où allaient les bavardages, Allison pouvait même avoir appris la vérité avant elle... Combien de personnes, en ce moment même, faisaient des gorges chaudes de Steve et d'elle, spéculant sur l'avenir de leur couple ?

Grace en frissonna d'horreur. Par chance, la sirène du ferry fit diversion... comme la cloche qui sur un ring sauve un boxeur sonné.

— Vite ! il faut vite que je rejoigne les enfants à la voiture, lança-t-elle. Commandant, tous mes vœux pour votre croisière ! Allison, au plaisir de vous revoir bientôt à la maison.

La lumière du soleil miroitait sur les eaux paisibles du Puget Sound. Les quais étaient noirs de monde – la foule des grands départs. L'embarquement de quelque cinq mille personnes à bord d'un porte-avions n'était pas une mince affaire, mais Grace était toujours sidérée de voir que la marine se contentait de gérer le chaos. Elle ne pouvait s'empêcher de penser que cela se passerait beaucoup mieux si on la laissait faire. Elle avait déjà réfléchi à cent façons de faciliter et d'accélérer les opérations, seulement voilà, elle n'avait pas son mot à dire.

Certains personnels vivaient sur le bâtiment, d'autres y avaient embarqué depuis longtemps ; les derniers à prendre leur poste seraient les pilotes qui rallieraient le *Dominion* à bord de leur avion quand il serait déjà loin. Joshua Lamont en ferait partie, ce qui expliquait son absence ici aujourd'hui, se félicita

Grace. Elle n'aurait guère apprécié de voir Steve dire au revoir à Brian et bonjour à son autre fils.

Les quais n'étaient maintenant plus qu'un concert de soupirs et de promesses cent fois répétées, de mille et une recommandations touchantes et de serments d'amour qu'on s'échangeait pour se réchauffer à leur souvenir pendant les six mois de séparation à venir. Grace entendait l'écho de ses propres pensées dans les chuchotements des femmes éplorées tout autour d'elle. Ils revenaient telle une litanie : « Je t'aime. Prends soin de toi. Tu as promis de m'écrire tous les jours. Surtout, fais bien attention à toi. »

Ces mots, elle les avait prononcés si souvent, avant. Aujourd'hui, elle ne savait pas quoi dire.

Plus elle observait ces scènes, hélas ! trop familières de couples se quittant et de gamins en larmes, plus elle se sentait gagnée par la panique. Elle se retrouvait aussi perdue et fragile que lorsque, jeune mariée, elle avait vu son mari partir au bout du monde pour la première fois.

Elle se concentra sur ses enfants, et d'abord sur Katie, dont le menton tremblait déjà. Emma couvait la foule d'un regard grave, très adulte, tandis que Brian, les mains dans les poches, jouait (mal) la décontraction du roi des cool. Pour eux, Grace s'efforça de se comporter comme si ce déploiement ne différait pas des autres, ne constituait pas le climat d'une crise qui menaçait de saper les bases de dix-neuf ans de mariage.

Comme chaque fois, Steve prenait les enfants un par un pour un dernier aparté. Il commença par son fils. Elle cilla en remarquant que leur garçon était maintenant presque aussi grand que son père. Les deux hommes s'embrassèrent en s'étreignant gauchement. Elle essaya d'imaginer ce que Brian éprouvait au fond de lui à l'idée de se trouver subitement doté d'un demi-frère.

Emma et Steve restèrent longtemps dans les bras l'un de l'autre. Il lui glissa quelque chose à l'oreille, à quoi elle répondit par un sourire brave avant de chasser une larme. Puis il passa à Katie. Les épaules secouées de sanglots, la petite s'accrochait à son cou.

— Papa, je t'aime tant ! croassa-t-elle. Je me fiche de ce qui s'est passé il y a un quart de siècle, tu sais. Je ne m'inquiète pas du tout pour ça.

— Bien sûr, mon petit cœur… Bien sûr que tu n'as pas du tout à t'inquiéter. Merci de m'avoir dit ça, ajouta-t-il d'une voix enrouée.

Les enfants connaissaient par cœur le rituel immuable des départs paternels. Après leurs propres tête-à-tête, ils reculèrent d'eux-mêmes de quelques pas afin que leurs parents puissent passer ensemble les ultimes secondes. Steve serra sa femme contre lui ; glacée jusqu'aux os, Grace ferma les yeux pour mieux sentir et absorber sa chaleur, son odeur, sa présence. Elle aimait son mari – mais à présent, elle se demandait avec effroi si cet amour serait assez fort pour sauver leur mariage… Cette crainte la hantait, la tétanisait.

Elle s'arracha doucement, mais fermement, à ses bras. Pour autant qu'elle s'en souvienne, c'était pour la toute première fois elle qui interrompait leur étreinte. Steve s'en rendit-il compte ? Toujours est-il qu'il piqua du nez et enfila ses gants avec une nervosité rarissime chez lui.

— J'ai tout bousillé, si tu savais comme je m'en

veux, marmonna-t-il en écho à ses excuses du réveil. Dis-moi que ce n'est pas vrai, qu'une seule et lamentable erreur n'a pas pu tout gâcher !

Grace était effarée. Il n'avait toujours pas compris… il refusait de comprendre ! Il n'avait donc pas vu le malaise s'immiscer dans leur mariage comme un ver dans un fruit ?

Tout autour d'eux, les familles commençaient à se disperser, tête basse et le pas traînant, au fur et à mesure que les marins montaient à bord de l'USS *Dominion*. Grace frissonna. Il lui semblait que la monstrueuse gueule béante du porte-avions les engloutissait comme l'ogre d'un conte horrifique.

Steve s'humecta les lèvres.

— Écoute, je t'appellerai par le téléphone satellitaire et nous pourrons reparler de tout ça à tête reposée. D'accord ?

— Non.

La réponse lui avait échappé, elle ne l'avait pas préméditée. Sans pouvoir se l'expliquer, Grace craignait confusément que s'acharner à régler un problème conjugal à distance ne leur fasse finalement plus de mal que de bien.

— Je ne crois pas que ce soit une bonne idée.

— Quoi ? Tu ne veux pas que je t'appelle ?

Il la dévisageait comme si elle avait perdu l'esprit.

— Je ne sais pas, Steve… Appelle plutôt les enfants.

— Je le fais toujours. Je leur envoie des mails tous les jours.

— Oui.

— Gracie, ne me ferme pas la porte !

— Non, mais je ne vais pas non plus hiberner jusqu'à ton retour.

— Ce qui signifie…

Une sirène retentit aussi fort que les trompettes du Jugement dernier. Les haut-parleurs annoncèrent que le *Dominion* allait appareiller. Tous les membres d'équipage étaient invités à rejoindre immédiatement leur poste.

Steve se raidit. Ses doigts déjà gantés effleurèrent la joue de sa femme. Il se pencha pour l'embrasser là où sa main s'était posée, puis ses lèvres dévièrent sur la bouche de Grace. Elle ferma fort les yeux et mémorisa ce baiser.

— Bye, Gracie, articula-t-il avec effort.

— Prends soin de toi.

Les haut-parleurs tonitruants battaient implacablement le rappel des retardataires.

— Cette fois, il faut vraiment que j'y aille, dit Steve sans bouger.

— Oui. Fais bien attention à toi. S'il te plaît…

— Grace…

Nouveau coup de sirène, plus pressant encore. Steve mit son képi, envoya un baiser aux enfants puis, sur un dernier regard à sa femme, jeta son sac sur son épaule et s'éloigna à grandes enjambées.

Grace restait clouée sur place, n'osant bouger, de peur de s'effondrer devant tout le monde. Autour d'elle, on pleurait, on criait, on agitait des mouchoirs et des chapeaux. Un jeune enfant appelait sa maman entre deux sanglots.

Le regard de Grace s'accrochait à la haute silhouette de Steve. Même de loin, même dans cette marée humaine, elle le suivait des yeux sans aucune difficulté. Elle savait à l'avance, à la fraction de seconde près, le moment exact où il se retournerait une dernière fois et agiterait sa casquette dans le ciel.

Enfin, il disparut, englouti à son tour dans les entrailles du monstre d'acier.

Grace retrouva l'usage de ses membres.

— Ça va ? demanda-t-elle aux enfants.

Ils inclinèrent la tête et tous les quatre se dirigèrent en silence vers la voiture.

20

— Au cas où tu l'aurais oublié, c'est aujourd'hui que tu es censé passer ton examen d'aptitude physique pour l'École navale.

Emma se tourna vers son frère qui garait leur voiture dans le parking du lycée, à deux pas du gymnase.

— Dans quinze minutes, Brian !

— Où as-tu pêché ça, la Fouine ?

— Cory doit passer le sien aujourd'hui, j'ai pensé que tu étais dans le même groupe.

— Oublie ça. Je n'y vais pas.

Il sortit de la voiture et claqua la portière.

Les bois qui entouraient le lycée étaient déjà sombres. L'année glissait vers l'hiver et les jours raccourcissaient de façon déprimante. Dans cette région du nord, le soleil ne montrait pas le bout de son nez avant huit heures et retournait se coucher dès seize heures. Aujourd'hui, avec la pluie qui tombait sans discontinuer depuis le matin, Emma avait même l'impression qu'il ne s'était pas levé du tout.

Elle baissa la vitre de sa portière pour parler à son

frère qui se dandinait d'un pied sur l'autre sous l'averse, les mains enfoncées dans ses poches.

— Ces tests d'aptitude sont indispensables. Tu ne peux pas faire l'impasse dessus.

— Ah non ? Eh bien, tu vas voir.

— Où est le problème ? Ne me dis pas que tu as peur de les rater !

Elle lâcha un rire incrédule.

— Cory m'a résumé le programme. Course, saut en longueur, tractions à la barre fixe, plus des pompes et quelques échanges au basket-ball. L'enfance de l'art pour toi. Tu réussirais haut la main ces épreuves, même en dormant ! Tiens, je pourrais les passer, moi, sans problème.

— Si ça te plaît tant que ça, ne te gêne pas.

— Arrête, Brian. Dis-moi plutôt pourquoi tu renonces.

Il expédia un grand coup de pied dans un caillou.

— Parce que c'est une perte de temps stupide. Je t'ai expliqué que je n'ai rien à faire de l'académie d'Annapolis. Je l'ai répété à tout le monde, d'ailleurs, mais personne ne veut me croire.

— Moi, je te crois. Seulement, tu devrais tout de même passer ces tests – qu'est-ce que ça te coûte ? insista-t-elle. Cela ne t'engage à rien, mais tu n'aurais pas brûlé tes vaisseaux si jamais tu changeais d'avis.

— Je ne changerai pas d'avis. Alors à quoi bon perdre mon temps ?

Elle secoua la tête.

— Et celui de ton examinateur, tu t'en moques ? Tu t'es quand même inscrit à cette épreuve, personne ne t'y a forcé. À présent, il faut y aller… au moins par correction envers lui.

— « Par correction envers lui », grommela Brian en l'imitant. Non, mais tu crois que ce type n'attend que moi ? J'ai reçu une convocation pour cet après-midi comme Dieu sait combien d'autres candidats. La belle affaire ! Il ne remarquera même pas mon absence. Alors fiche-moi la paix avec ce gugusse !

Sa hargne incompréhensible déconcerta Emma. Où était passé son jumeau toujours facile à vivre, blagueur, désinvolte ?

— Brian…

— Lâche-moi ! Puisque tu es si intéressée par les examens d'entrée à l'École navale, t'as qu'à passer ces tests débiles à ma place !

Sur quoi il se pencha par la portière, attrapa une grande enveloppe dans la boîte à gants et la lui flanqua rageusement sur les genoux.

— Tiens, voilà tous les papiers. Va faire mumuse !

Restée seule, Emma remonta pensivement sa vitre et alluma le lumignon du toit. Tandis que la pluie crépitait sur le pare-brise et la carrosserie, elle tourna entre ses doigts l'enveloppe adressée à Brian. Expéditeur : *Académie navale d'Annapolis, Maryland.* Cela semblait si officiel, si… providentiel. Annapolis était un site proprement historique, le creuset où l'on formait l'élite de la nation. Comment Brian pouvait-il *ne pas vouloir* y aller ?

Elle sortit de l'enveloppe le livret d'information et les documents à retourner dûment complétés. Brian n'avait rien rempli, pas coché la moindre case, découvrit-elle sans surprise. Quel idiot ! Il avait probablement entre ses mains l'avenir le plus excitant qui soit au monde, et il ne daignait même pas s'y intéresser !

Elle tomba sur sa convocation aux tests d'aptitude

physique programmés pour l'après-midi. Dans cinq minutes, en fait. C'était fichu.

Puis son regard accrocha le nom de l'examinateur – et elle en lâcha la lettre de saisissement. Le cœur cognant à grands coups dans sa poitrine, Emma reprit le document et fixa le nom en s'humectant les lèvres.

— Mon Dieu, murmura-t-elle. Pas étonnant qu'il se soit dégonflé…

21

Votre club de fitness
Cent pour cent dynamique.
Cent pour cent pour vous
Fiche d'information clientèle à remplir

Nom : Grace McAllen Bennett
Adresse : 820 Intruder Drive, Whidbey NAS, WA
Téléphone/Fax/ e-mail : 360-555-3117 Grace@çademenageavecgrace.com
Âge : 39 ans
Sexe : néant pour les six mois à venir (au moins)
Taille : 1,70 m
Poids normal : 64 kg
Poids actuel : Top secret !
Problèmes physiques : ~~tour de taille, cuisses, hanches, bras~~ des pieds à la tête
Limites : lire dossier joint (10 pages)
Buts recherchés :

Voyons voir… Grace mâchonna pensivement son stylo. Pourquoi diable avaient-ils besoin de savoir tout cela ? Et ses *buts* ? Ils voulaient rire ou quoi ?

Elle coula un regard furtif vers les quatre autres femmes présentes à l'accueil de ce centre de remise en forme physique. Elles remplissaient leurs formulaires sans se poser de questions, trouvant probablement pour la colonne « Buts recherchés » de nobles objectifs, comme augmenter leur densité osseuse ou s'entraîner pour un marathon afin de récolter des fonds pour la recherche contre la cellulite. Toutes lui semblaient plus toniques et sveltes qu'elle. Ces filles n'avaient d'ailleurs pas grand mérite : tout le monde était plus tonique et svelte qu'elle !

Grace finit son pensum et rendit le formulaire à l'hôtesse d'accueil, une jeune fille aux cheveux roux coupés court qui l'examina rapidement et sourit.

— Ravie d'accueillir une nouvelle.

— Ça se voit tant que ça ?

— Bienvenue, Grace…

Un froncement des sourcils plissa son joli front.

— *Bennett ?*

Grace hocha la tête. Peut-être la jeune rouquine était-elle une camarade de classe des jumeaux, se dit-elle.

— En chair et en os – avec une surcharge du premier ingrédient. D'où mon problème…

— Mmm. Le cours va commencer dans quelques minutes. Si vous voulez vous familiariser avec les lieux…

Grace erra dans le « studio » que d'innombrables miroirs larges et hauts transformaient en salle de torture. Où qu'elle regarde, elle avait une vue imprenable sur ses hanches. Un cauchemar. Plusieurs femmes étaient déjà arrivées, buvant de l'eau minérale entre deux exercices et trois étirements. Elles portaient toutes des caleçons de cycliste ou des pantalons de yoga, avec des hauts dignes de Raquel Welch. Grace se sentit terriblement ringarde dans son collant de gymnastique passé de mode, son T-shirt « Go Navy » et ses Reebok minables.

Heureusement, un visage familier pointa le bout de son nez.

— Coucou !

— Patricia ! Comment allez-vous ?

— Très bien. Je ne sais pas ce que je serais devenue sans vous, Grace. Encore merci pour mon emménagement !

— Merci à vous pour votre certificat de satisfaction. Je l'ai inséré dans le Livre d'or de mon site. Savez-vous que j'ai maintenant deux clients ! Bon, ce n'est pas beaucoup, mais…

— C'est un début. Bravo. À son retour, votre mari sera rudement fier de vous.

— Le vôtre ne vous manque pas trop ? enchaîna Grace en pensant que Michael Rivera était peut-être aux côtés de Steve en cet instant précis.

— Je fais de mon mieux pour m'habituer à vivre seule. Quand je dis seule…

Patricia accompagna ces mots d'un geste de la main sur son ventre qui fit fondre Grace en même temps qu'il captait aussitôt l'attention de leur voisine.

Celle-ci s'avança vers elles, la main tendue.

— Je me présente, Radha Mitali. Navrée de m'immiscer dans votre conversation, mais je suis une *doula*.

Une *quoi* ? Grace ne savait pas s'il fallait la consoler ou la féliciter.

— Pardon ? fit Patricia.

— Une doula a vocation d'accompagner les grossesses, sourit Radha. Je soutiens les femmes enceintes pendant la période qui entoure la naissance, et bien sûr, durant leur accouchement. Les services d'une doula certifiée offrent un grand réconfort physique et émotionnel.

Patricia haussa un sourcil intrigué.

— Ah oui ? Il faudra que je voie ça avec mon assurance.

— Je donne aussi des cours de sexe tantrique, crut bon d'ajouter Radha.

— Pardon ? répéta Patricia.

— Le tantra utilise l'énergie sensuelle de la Vie. L'union sexuelle peut ainsi devenir une expérience cosmique.

— Ah oui ? Il faudra que je voie ça avec mon assurance, marmonna Grace.

Deux adeptes du fitness se joignirent à leur petit trio. Grace crut reconnaître en l'une d'elles l'employée de l'agence qui lui avait remis le dépliant sur la maison de Marcie. Celle par qui le scandale arrive, aurait dit Steve.

— Vous ne travailleriez pas dans l'immobilier, par hasard ? lui demanda-t-elle pour en avoir le cœur net.

— Gagné. Marilyn Audleman. Et voici ma collègue et néanmoins amie, Arlene Kusik.

Grace et Patricia se présentèrent à leur tour, puis la dénommée Arlene, dont la cellulite n'excédait pas celle d'un top-model, leur annonça qu'elles avaient fait le bon choix en s'inscrivant à ce cours.

— Avant même de vous en apercevoir, vous aurez les biceps de Demi Moore dans *G.I. Jane* !

— Pourquoi ? Vous connaissez son chirurgien ? soupira comiquement Grace.

Marilyn se tourna vers la porte et fit signe à quelqu'un de les rejoindre.

— Stan, venez donc encourager les nouvelles.

Grace était étonnée de voir un homme d'un certain âge à ce cours. Il avait l'air gentil et expliqua d'une voix timide :

— J'essaie de retrouver la forme afin de ne pas faire trop mauvaise figure quand il faudra danser au mariage de ma fille.

— Je ne savais pas que *La Danse des canards* exigeait une formation sportive, plaisanta Patricia.

Il esquissa une grimace.

— La vérité, c'est que mon smoking a vingt ans d'âge, et que j'aimerais bien pouvoir encore rentrer dedans. Histoire de faire une surprise à ma tendre moitié. Je suis prêt à tout pour lui plaire !

— Il y a des femmes qui ont de la chance ! applaudit Grace.

À la même seconde, son sourire se figea bêtement sur ses lèvres tandis que ses yeux clignotaient en découvrant le nouveau venu qui leur fonçait droit dessus. Un apollon aux yeux de braise et aux cheveux d'or, vêtu en tout et pour tout d'un maillot moulant et d'un mini-short d'où sortaient des jambes à faire trembler l'Olympe et Hollywood réunis.

— Les nouvelles, je vous présente Dante Romano, dit Marilyn.

Le dieu gréco-romain rejeta en arrière sa crinière flamboyante et tendit la main à Patricia, puis à Grace.

— Mesdames, très honoré.

— Dante est guide de montagne, révéla Arlene.

— Spécialisé dans l'ascension du mont Rainier, précisa-t-il avec un accent tout droit venu du Texas ou du Kansas.

Comme pour justifier sa présence, il ajouta :

— Ce cours est excellent pour améliorer l'endurance.

L'endurance ? Ouh, là ! cela présageait pas mal d'efforts, non ? Dans sa candeur naïve, Grace n'avait pas pensé à ça. Finalement, elle avait peut-être eu tort de venir. Et si elle filait sans demander son reste ? Mais son regard s'arrêta sur les pectoraux de Superman qui ondulaient sous le tissu gonflé à craquer. Tout compte fait, elle resterait encore un peu, juste pour le voir passer à l'action.

— Très bien, puisque tout le monde est là, nous allons pouvoir commencer, déclara une voix claire et forte.

Grace se raidit automatiquement. La jeune hôtesse d'accueil venait d'entrer dans la salle. Elle referma la porte derrière elle, glissa un CD dans le lecteur de la chaîne hi-fi et claqua dans ses mains.

— Je suis Lauren Stanton, et je suis ici pour vous en faire baver.

Sur ces bonnes paroles, elle ferma la deuxième porte, condamnant toute issue.

Elle, Lauren Stanton ? la directrice et professeur ? Grace ouvrait des yeux ronds.

Avec sa petite moue espiègle et ses cheveux coupés à la garçonne, Lauren n'avait pas l'air beaucoup plus âgée qu'Emma. Une gamine – avec des charmes de femme, reconnut Grace en y regardant de plus près. Ses seins étaient un défi à la loi de la pesanteur !

Dans les minutes qui suivirent, elle arrêta de penser pour effectuer comme tout le monde les mouvements que leur indiquait Lauren. À sa propre surprise, elle ne rencontra guère de difficultés. Génial ! songea-t-elle entre deux exercices. J'y arrive ! Pendant l'un d'eux, elle se surprit même à réfléchir au menu de son dîner. Mais quelques secondes plus tard, elle se sentait déjà beaucoup moins fringante. La sueur lui coulait le long du dos et sur le visage. Serrant les dents, elle réussit à suivre le rythme démentiel imposé par une Lauren scandaleusement fraîche et légère.

Dieu merci, la tortionnaire ralentit enfin la cadence et fit un pas de côté pour arrêter la musique. Du coup, Grace retrouva son souffle et sa bonne humeur. Allons, elle ne s'en était pas si mal tirée, décida-t-elle, très fière d'elle-même. Ça, c'était de l'endurance !

Lauren claqua légèrement dans ses mains.

— Pas mal, cet échauffement. À présent, au travail !

Échauffement ? Parce qu'on n'en était qu'à l'échauffement ? s'affola Grace. Elle n'eut pas le temps de s'horrifier davantage, car Lauren pressa la télécommande, et les haut-parleurs se mirent à cracher une musique de fou, une sorte de tam-tam guerrier, un véritable lance-flammes à calories.

Épouvantée, Grace vit tous ses voisins et voisines se mettre en mouvement au quart de tour. Impossible de se défiler. Elle respira un grand coup et entra dans la danse.

22

Une odeur familière de plancher ciré et de sueur froide assaillit Josh à l'instant où il pénétra dans le gymnase de ce lycée. Il était en train de manquer un après-midi d'entraînement, mais tant pis : rien n'aurait pu l'empêcher d'accomplir sa mission. Il y avait de cela neuf ans, un instructeur de l'École navale avait changé le cours de sa vie. Josh ne l'oublierait jamais. L'idée d'aider à son tour des petits jeunes lui plaisait. Il adorait la marine, il adorait les gosses et considérait sa tâche comme un privilège.

Il se sentait terriblement voyant dans son uniforme, mais savait combien l'apparence comptait quand on rencontrait des candidats à l'académie. Aujourd'hui, il avait prévu un petit discours d'accueil puis des tests d'aptitude physique.

Son attaché-case contenait six feuilles, une pour chaque candidat. Il venait juste de recevoir les dossiers des aspirants et n'avait pas eu le temps de les lire – il savait déjà que les postulants étaient plus nombreux que les élus. Il était plus difficile d'accéder à l'École navale qu'aux plus grandes universités. Le processus d'intégration constituait un filtre naturel permettant de ne conserver que les éléments les plus prometteurs.

Cinq élèves l'attendaient dans le gymnase, tous en shorts et T-shirts. Ils se turent dès qu'ils le virent approcher, et adoptèrent une attitude attentive.

Rien que des garçons, apparemment. Quatre d'entre eux possédaient une musculature digne de ce nom mais Josh savait d'expérience qu'il fallait plus que des gros bras pour faire un bon aviateur marin, ainsi qu'il le leur déclara dans son introduction :

— Quand j'avais votre âge, messieurs, je pensais que l'affaire était dans le sac. J'avais de très bonnes notes en classe, d'excellents résultats aux tests, mon nom gravé sur les coupes de foot et de basket du lycée, des annotations élogieuses de mes professeurs… Combien d'entre vous sont dans ce cas ?

Une main se dressa spontanément. Trois autres se levèrent d'un geste plus hésitant.

— Bravo. Mais vous savez quoi ? C'est loin d'être suffisant. Il ne suffit pas d'être un bon élève sur le papier pour être admis à l'École navale. Il faut que vous le vouliez si fort que vous en rêviez la nuit et que personne, ni vos amis, ni vos parents, ni vos conseillers pédagogiques, n'aient l'ombre d'une chance de vous en dissuader. Pas même ces recruteurs sportifs prêts à vous faire un pont d'or juste pour vous laisser jouer pendant quatre ans dans la cour des grands.

Il scruta leurs visages.

— Ai-je été assez clair ?

Comme ils acquiesçaient de la tête, il continua.

— Bien. Donc, je suis ici pour veiller à ce que vous passiez vos évaluations dans les règles.

Il posa son attaché-case sur une pile de matelas en mousse empilés contre le mur.

— Je discuterai individuellement avec chacun d'entre vous après votre test d'aptitude physique. Pour l'instant, je vais faire l'appel.

Il consulta sa liste.

— Adams ?

— Présent !

Un garçon trapu et musclé s'avança et claqua des talons. Un bagarreur, devina Josh.

— Bennett ?

Il éprouva une sensation bizarre en prononçant ce nom. Il n'avait pas encore pris connaissance de son dossier, mais il ne pouvait s'agir que du fils de Steve Bennett. Son demi-frère... Il se raidit, curieux de savoir lequel des gosses allait s'avancer. Mais ils se regardèrent mutuellement sans bouger.

— Bennett n'est pas là, répondit le plus balèze des garçons, un joueur de foot au physique de Chippendale.

Impassible, Josh poursuivit :

— Crowther ?

— Présent, monsieur !

Le Chippendale redressa fièrement les épaules. Il portait le maillot des Comètes et des Nike flambant neuves. Fils unique du CAG, soulignait le dossier.

Josh hocha la tête.

— Johnson ?

Un jeune Noir mince et d'apparence timide s'avança d'un pas.

— Présent !

— Lopez ?

— Présent, monsieur.

C'était probablement sa mère qui l'avait habillé, songea Josh. Tous ses vêtements étaient assortis, depuis son tee-shirt jusqu'à ses baskets en passant par son short. Ses muscles frisaient le zéro pointé.

— Pinchot ? enchaîna Josh en regardant le dernier candidat, que sa taille gigantesque et ses mouvements fluides désignaient comme un joueur de basket.

— Présent !

Josh jeta un coup d'œil à sa montre. Dans trente secondes, Bennett serait officiellement en retard. Ça la fichait mal pour un premier rendez-vous. Ce serait mentionné dans le rapport destiné au bureau des admissions.

— Je suis content de voir que vous êtes tous en tenue, dit-il en glissant les feuilles de tests sur son écritoire. Nous allons donc pouvoir commencer sans perdre de temps.

Josh reprit le dossier de Bennett et regarda à nouveau sa montre, gêné de signaler, lui, ce retard. Mais ce serait pire encore s'il enfreignait la règle en passant l'incident sous silence.

Encore cinq secondes. Quatre. Trois…

— Bon, apparemment, nous allons devoir nous passer de Bennett. Je…

— Excusez-moi…

Une fille venait d'entrer dans le gymnase. Grande, mince, blonde, jolie. Josh vit les garçons ouvrir des yeux comme des soucoupes.

— Nous sommes occupés, mademoiselle…

— Emma Bennett, lâcha-t-elle abruptement en fixant sur lui un regard intense.

Ses yeux étaient aussi bleus que la mer. Aussi bleus que… les siens. Josh se remémora la voiture de police qui avait reconduit une blondinette chez les Bennett à la fin de l'été. Était-ce elle ? Il ne laissa rien paraître de sa surprise. Bien sûr, il ne pouvait rien dire. C'était à Steve Bennett de lui révéler – ou non – leurs liens de parenté.

Josh plongea son regard au fond du sien.

— Un peu plus et nous commencions sans vous, Bennett.

— En fait, monsieur, je…

— Suffit. Nous sommes déjà en retard, rétorqua-t-il sèchement. Allez vous mettre en tenue, et au trot.

— Mais je suis juste venue vous dire…

— Mettez-vous en tenue ! aboya Josh, soucieux de la traiter comme n'importe quel aspirant. Vous êtes sourde, ou quoi ?

Elle se figea et le foudroya du regard. Quelque chose – du défi ? – étincela dans ses yeux. Alors, avec une grâce teintée d'insolence, elle ôta ses vêtements. On aurait dit une reine, songea-t-il tandis qu'elle se délestait de son sac à dos et ôtait sa veste. Puis, avec une lenteur délibérée, elle fit glisser son pantalon de jogging, révélant un short de tennis et des jambes à tomber par terre.

L'un des garçons siffla entre ses dents et Josh éprouva un élan protecteur inattendu. Pas touche ! songea-t-il avant de gronder :

— C'est pour aujourd'hui ou pour demain, Bennett ?

— Écoutez, si je suis ici, c'est…

— Fermez-la et rejoignez les autres !

Elle redressa le menton d'un air hautain tout en allant se placer à côté des garçons, bras croisés sur sa poitrine. Crowther lui chuchota quelque chose, mais elle haussa les épaules et regarda ailleurs.

Une véritable tempête faisait rage dans le crâne de Josh. Que savait-elle exactement ? Bennett avait-il parlé à sa famille ? Était-ce la raison pour laquelle cette fille se comportait de façon aussi provocatrice ?

Il s'obligea à se concentrer sur les tests de sélection. L'avenir de ces gamins était en jeu et il se devait de faire du bon boulot. Il nota chacun de leurs scores sur les formulaires officiels destinés à l'académie. Ils passèrent une série d'épreuves physiques – lancer de poids, tractions, course et saut en hauteur. Quatre des garçons réussirent leurs tests haut la main, en particulier Crowther, qui termina frais comme un gardon. Lopez, en revanche, posait problème. Lorsqu'il échoua à la troisième épreuve, il réagit mal et se laissa aller à une explosion de rage et de larmes. Josh se contenta de remplir sa feuille sans ajouter aucun commentaire.

La grosse surprise vint d'Emma Bennett. Elle surpassa haut la main la moyenne généralement obtenue par les femmes dans chaque épreuve. Il s'apprêtait à la féliciter lorsqu'il s'aperçut qu'elle était toujours suspendue à la barre, les bras en équerre, dans la position requise, un exercice qui laminait habituellement plus de la moitié des candidates féminines. Tout son corps tremblait sous l'effort.

— Qu'est-ce que vous faites, Bennett ? demanda-t-il.

— Je compte.

Il regarda son chronomètre.

— Vous êtes suspendue depuis presque une minute. Vous n'avez pas lu le descriptif des épreuves ?

— Non.

— Vous pouvez lâcher, Bennett. Vous êtes censée tenir douze secondes seulement.

Elle lâcha la barre et sauta sur le matelas, frottant ses paumes l'une contre l'autre. Elle s'assouplit les épaules puis, sans se départir de son attitude hautaine, alla rejoindre les autres candidats. Josh les remercia tous de leur participation et les exhorta à se dépasser lors des autres épreuves du concours d'entrée.

— Des questions ? demanda-t-il.

Comme ils gardaient le silence, il attaqua son monologue final :

— Parfait. En ce cas, c'est terminé pour aujourd'hui. Je vais envoyer vos résultats à qui de droit et je ne manquerai pas de vous contacter dans les prochaines semaines pour un entretien individuel. De votre côté, vous devrez également soumettre votre dossier avec une lettre de motivation aux sénateurs Murray et Dantwell, ainsi qu'au député Larsen : je vous rappelle qu'il vous faut la recommandation d'un membre du Congrès. Au cas où vous l'auriez oublié, vous postulez pour la plus prestigieuse école du pays. Il est plus difficile d'y entrer qu'à Harvard, Stanford ou Georgetown. Les critères requis par l'académie sont beaucoup plus difficiles à remplir, tout simplement parce qu'ils nécessitent des compétences exceptionnelles à tous les niveaux – intelligence, esprit d'initiative, aptitudes physiques, talent, valeurs morales… et sens des responsabilités – le champ est vaste. Sur ce…

Il leur remit un exemplaire de leur feuille de notes.

— … vous pouvez disposer.

Ils rassemblèrent leurs affaires. Inévitablement, Josh rencontra le regard d'Emma.

— Mademoiselle Bennett, s'entendit-il dire, je peux vous parler cinq minutes ?

Elle le dévisagea froidement, puis haussa les épaules et attendit sans bouger pendant que les autres sortaient un à un, leur lançant des regards intrigués.

— Vous avez fait du bon travail aujourd'hui, Bennett, commença Josh. Comment se présente le reste de votre concours d'entrée ?

— Mal. Je n'ai rien préparé.

— Il y a un problème ?

Elle laissa échapper un rire bref et sarcastique.

— Qu'est-ce qui vous amuse, Bennett ?

— Il y a comme un problème, oui ! Je ne suis pas candidate.

Josh haussa un sourcil.

— Si j'en juge d'après vos résultats aux tests d'aptitude physique, vous êtes pourtant très bien placée.

— Qu'en savez-vous ? Vous ne me connaissez même pas. Et si j'avais des notes nulles au lycée ?

— Je suis sûr que non.

Il bluffait, mais son expression pincée lui indiqua qu'il avait vu juste.

— Combien avez-vous de moyenne générale ?

— 3,8 sur 5, répondit-elle du bout des lèvres.

Cela dépassait largement la note requise.

— Et votre total aux tests d'aptitude à l'université ?

— J'ai obtenu 1 425 points.

— Eh bien ! Qu'est-ce qui cloche, alors ?

Elle tourna les yeux vers les dossiers empilés sur le banc.

— Vous ne les avez pas lus ?

— Je ne les ai reçus que ce matin.

— Si vous vous étiez donné la peine d'y jeter un

œil, vous vous seriez rendu compte que je n'étais pas candidate.

Avec l'air d'un justicier qui démasque un coupable, Josh chercha le dossier portant le nom de Bennett et l'ouvrit. Elle avait raison.

— Vous avez un frère…

— Un frère jumeau. C'est lui le postulant, pas moi.

— Alors pourquoi n'est-il pas venu ?

— Je suis sa sœur, pas sa nounou.

Le ton était mordant.

— Qu'est-ce que vous faites ici, en ce cas ? Pourquoi avez-vous passé les tests ?

— Comme si j'avais eu le choix ! Vous m'avez hurlé dessus dès que je suis arrivée

— Donc, vous n'êtes pas intéressée…

— Bravo ! ironisa-t-elle en se baissant pour ramasser son sac.

Avec un mouvement dédaigneux de la tête, elle se dirigea vers la sortie.

— Pourquoi, Emma ? demanda-t-il.

Il venait de l'appeler par son prénom. Elle s'arrêta et se retourna.

— Quoi ?

— Pourquoi n'êtes-vous pas candidate ?

Pour la première fois, elle parut perdue.

— Eh bien, je… en fait, je n'ai jamais envisagé cette possibilité.

— Vous devriez.

Peut-être était-ce un effet de la lumière mais, l'espace d'une seconde, il crut voir son visage tendu s'éclairer comme sous l'effet d'une révélation. Josh ressentit tout à coup une étrange connivence avec cette gamine rebelle. Il avait l'impression de se regarder dans un miroir, de voir ses propres espoirs, ses peurs et ses rêves à dix-huit ans.

La magie de l'instant s'effaça, et une hostilité ouverte brûla à nouveau dans les yeux de la jeune fille.

— Pour quoi faire ? Pour devenir comme vous ? lâcha-t-elle froidement.

L'instant d'après, elle était partie.

Elle sait. Josh s'élança derrière elle. La pluie avait enfin cessé, laissant un terrain détrempé sous un ciel maussade.

— Bennett !

Elle s'immobilisa à mi-chemin du terrain de sport et le regarda approcher par-dessus son épaule.

Il lui tendit sa feuille de tests.

— Vous en aurez besoin.

Elle la prit sans même y jeter un coup d'œil. Elle le regardait, lui. Le choc et le sentiment d'irréalité qui s'étaient emparés de Josh depuis qu'il avait vu le nom de son père sur sa liste s'accrurent. Tout au long de son enfance, il avait regretté de ne pas avoir un frère ou une sœur pour combler sa solitude et lui apporter cette complicité qui lui manquait tant.

Et voilà que sa sœur lui faisait face.

— Il faut que j'y aille, dit-elle.

Elle s'éloignait déjà, mais il la rattrapa et se maintint à sa hauteur.

— Vous avez été excellente, tout à l'heure, Bennett. Je suis sincère. Je ne voudrais pas que vous vous absteniez de postuler à cause de moi.

— Je vous l'ai expliqué, je crois. C'est mon frère qui est candidat, pas moi. C'est lui qui aurait dû passer les tests aujourd'hui, seulement il n'a pas pu se libérer. Brian est un bon athlète, bien meilleur que moi…

— Il vous a envoyée me dire ça ?

Elle s'arrêta et le toisa avec colère, le regard aussi fixe que l'horizon.

— Non. Je pense que vous pouvez deviner la raison de son absence, *monsieur*.

Elle avait fait en sorte que cette formule de politesse sonne comme une insulte.

— Le fait que vous tombiez du ciel ne change rien pour ma famille. Ce n'est pas la faute de mon père si votre mère l'a quitté sans jamais se soucier de lui dire qu'il avait un fils. Alors n'allez pas imaginer que nous avons des raisons de nous sentir coupables, parce qu'il n'en est rien !

Sa voix était montée peu à peu. Elle se brisa subitement quand elle éclata en sanglots.

Josh resta bras ballants devant elle, totalement désemparé par ces larmes, et bouleversé de façon inattendue par cette étrangère qui était sa sœur.

— Je n'avais pas l'intention de semer le trouble dans votre famille, murmura-t-il. Si je suis venu trouver votre père, c'est uniquement parce que je vais piloter dans un escadron placé sous son commandement.

Elle essuya son visage de la manche de son sweater.

— Zut, je ne pensais pas que cela me toucherait à ce point.

— Emma, je ne suis pas là pour embêter qui que ce soit. À mes yeux, mon vrai père est l'homme qui m'a élevé et que j'ai toujours appelé papa. Ce n'est pas Steve Bennett.

Elle resta silencieuse un long moment.

— Vous lui ressemblez tellement… comme deux gouttes d'eau, dit-elle enfin.

Il hocha la tête et tourna son regard vers le terrain où l'équipe de foot s'entraînait dur. On aurait dit des fantômes dans le halo blanc et trouble des lumières du stade.

— Je n'y peux rien. Écoutez, soupira-t-il, j'ai eu la chance d'avoir des parents formidables. Je n'ai jamais éprouvé le besoin de recevoir quoi que ce soit de mon père biologique.

— Vous n'êtes pas entré dans l'aéronavale à cause de lui ?

— Non. Je me suis engagé par décision personnelle.

— C'est drôle… Mon père a toujours rêvé d'avoir un fils dans la marine.

— Je ne me considère pas comme son fils. Mais je suis sûr qu'il serait aussi fier d'avoir une fille dans la marine.

Elle secoua la tête.

— Ça n'arrivera pas.

— Vous feriez pourtant une élève officier géniale, Emma.

— Qu'est-ce que vous en savez ?

— Je suis bien placé pour le savoir. Je connais parfaitement les qualités requises. Vous les avez toutes.

Elle s'humecta les lèvres.

— On n'entre pas comme ça à l'académie.

— Vous y entrerez haut la main.

Josh en était sincèrement convaincu. Il le sentait.

— Et si je n'ai pas envie de servir dans la marine ?

— Rien ne vous y oblige. Cela dit, les élèves officiers ne s'engagent pas totalement avant le début de la troisième année. Vous aurez donc le temps de prendre votre décision, tout en suivant la meilleure formation qui soit.

Elle hésitait, il le voyait. On pouvait lire à livre ouvert dans ses grands yeux bleus.

— Vous devriez au moins envisager cette éventualité, Emma. On ne sait jamais ce que l'avenir nous réserve.

Elle se tenait parfaitement immobile dans la pénombre grandissante. Son souffle formait de petits nuages dans l'air froid. Ponctués par les coups de sifflet de l'entraîneur, les chocs et les poussées de l'équipe de football résonnaient dans le silence.

— Emma ? insista Josh.

— Vous devez me jurer de ne rien dire. À personne !

— Au sujet de votre candidature à l'École navale ?

— Oui.

— Pourquoi ?

— C'est une idée tellement... bizarre. En plus, je n'ai pas envie de décevoir mes parents si, finalement, je ne suis pas acceptée.

Josh se remémora les discussions à n'en plus finir qu'il avait eues avec ses propres parents au même âge. Peut-être en allait-il ainsi dans toutes les familles.

— Entendu.

— Quand vous verrez mon père... sur le porte-avions... donnez-moi votre parole d'honneur que vous ne lui parlerez pas de moi.

— Vous avez ma parole.

Un regard scella leur secret.

23

Cela faisait drôle d'appeler Cissy depuis le porte-avions, songea Steve tandis qu'il composait son numéro à Atlanta. Il aurait donné cher, il y a vingt-six ans, pour pouvoir la joindre, le jour où il avait reçu sa fameuse lettre... Mais, à cette époque, aucun marin, officier ou pas, n'avait le privilège de téléphoner. Aujourd'hui, grâce au satellite, il pouvait entrer en contact avec n'importe qui dans le monde.

Même avec son ex-épouse.

— Allô ?

Cet appel, il fallait qu'il le passe, il l'avait su à la seconde où Josh s'était matérialisé devant lui. De sa main gauche, Steve toucha sa médaille de saint Christophe tandis que sa main droite se crispait sur le combiné.

— Oui ?

— Bonjour, je voudrais parler à Cissy King... Lamont.

Un temps.

— Stephen ? Ô mon Dieu ! tu as toujours la même voix !

Elle aussi avait toujours ce timbre de miel qu'il

n'avait jamais tout à fait oublié. Il l'imagina dans son manoir des environs d'Atlanta, veuve trop jeune d'un homme qui lui avait tout donné, y compris une raison de confisquer le fils de son précédent mariage.

— Joshua Lamont m'a donné ton numéro.

— Je sais, il m'a parlé de votre rencontre. Stephen…

— Bon Dieu, Cissy ! explosa-t-il. Pourquoi donc me l'as-tu caché ? Tu ne pouvais pas me dire que nous avions un enfant ?

— Seigneur ! j'avais presque oublié tes éclats de colère.

— Excuse-moi de hausser le ton pour si peu !

Un autre temps – si long qu'il crut que la communication avait été coupée.

— Cissy ?

— J'étais trop jeune, trop seule, et j'avais trop peur, avoua-t-elle avec une honnêteté désarmante.

— Peur ?

— D'avoir à élever toute seule mon bébé ; je m'en sentais incapable. J'ai compris que j'avais besoin d'un vrai mari.

— Un vrai mari ?

— Un mari à temps plein, si tu préfères. Quelqu'un qui serait tout le temps là avec moi, avec nous.

Il aurait mieux valu qu'elle s'en rende compte avant de m'épouser ! pesta intérieurement Steve avant de riposter d'un ton sec :

— Mais tu n'es pas restée toute ta vie une gamine esseulée et apeurée, que je sache. En vingt-six ans, il ne t'est jamais venu à l'idée de décrocher ton téléphone et de me révéler la vérité ?

— Je craignais ta réaction, Stephen. Je me disais que tu voudrais peut-être partager la garde.

— Pas peut-être, sûrement ! C'est si épouvantable, un homme qui assume sa paternité ?

— À ce moment-là, ça l'était ! J'avais déjà trouvé un bon père pour l'enfant, en la personne de Grant, et je n'avais pas envie de déclencher une guerre entre vous, de tout casser. J'ai pensé que ce serait plus sain de laisser les choses en l'état, d'effacer le passé afin que nous recommencions tous les trois une nouvelle vie.

— Mais tu m'as volé mon fils ! De quel droit ?

— Je suis sincèrement désolée, Stephen. Je me rends maintenant compte que je t'ai lésé, mais ensuite, Grant s'est montré si bon père, Josh était un enfant si heureux, si équilibré... Je n'ai pas le pouvoir de remonter le temps, de revenir en arrière, et toi non plus. Tout ce que nous pouvons faire à présent, c'est gérer la situation actuelle et aider de notre mieux notre fils à suivre sa voie, sans le perturber.

Steve répliqua vertement mais le décollage d'un F-14 Tomcat dans un jet de vapeur émis par la catapulte de lancement noya sa réponse, ce qui ne valait sûrement pas plus mal.

— ... compte sur toi quand il ralliera ton porte-avions, concluait Cissy lorsque le fracas s'apaisa un peu.

— Qu'est-ce que tu racontes ?

— Je disais que Josh va te retrouver d'ici peu. Et que je comptais sur toi – tu entends ! – pour garder un œil sur lui.

Génial ! Maintenant qu'elle avait perdu son second

mari, le premier était censé reprendre du service auprès de leur rejeton !

— C'est mon travail d'avoir l'œil sur tous les hommes et femmes placés sous mon commandement.

— Très bien. Je n'ai pas été très correcte avec toi…

Pas possible ! Après vingt-six ans, elle essayait de corriger le tir ?

— Et… Stephen ?

— Quoi encore ?

— Je voulais juste te dire… cela fait chaud au cœur de t'entendre. Tu as une bonne voix.

Steve eut un haut-le-corps. La voilà qui minaudait, à présent ! Givrée. Cette femme était complètement givrée !

— Au revoir, Cissy, lâcha-t-il avant de couper la communication.

Il faisait très froid sur le bâtiment, mais ce coup de fil l'avait mis en nage. Cissy King, sa première passion… Belle et ardente, elle avait apporté le rire à ses jours et la volupté à ses nuits. Et lui avait cru que leur mariage serait assez solide pour résister à tout ce que l'existence pouvait leur réserver. Mais « l'amour toujours » de Cissy n'avait pas tenu six mois. Après avoir encaissé sa trahison et l'annonce brutale de leur divorce, Steve n'avait plus été le même. Plus introverti. Moins confiant. Focalisé sur son ambition professionnelle.

L'arrivée de Grace dans sa vie avait constitué un pur miracle. Elle ne le savait probablement pas, mais elle l'avait sauvé, empêchant son cœur de se changer en pierre. Elle l'avait adouci, lui avait réappris à rire et à aimer plus fort qu'il ne l'aurait cru possible.

Et voilà qu'il était à deux doigts de la perdre, elle

aussi. De la même manière qu'il n'avait pas pris conscience de la frustration de Cissy, il avait été aveugle à celle de Grace. À quoi bon se voiler la face ? Elle était malheureuse *avant* l'arrivée de Josh, et lui n'avait simplement rien vu.

Pire, quand Grace lui avait fait part de son désir de changement, il l'avait envoyée promener avec ses aspirations sans même en discuter. Pourquoi ne lui avait-il pas prêté l'attention qu'elle méritait tellement ? Et ce soir où elle lui avait avoué d'une toute petite voix qu'elle se sentait grosse et vieille, il avait trouvé cela si stupide qu'il ne l'avait même pas écoutée... Combien de fois était-il passé à côté de ce qu'elle attendait de lui ?

Grace cliqua sur la souris et expédia à Steve l'e-mail dans lequel elle lui donnait des nouvelles d'Emma, de Brian et de Katie. Ce n'était pas parce que leur couple traversait une zone de fortes turbulences qu'elle allait gâcher les bonnes habitudes de leur mariage. En dépit de leur conflit et de leur avenir problématique, ils avaient en commun trois enfants, un passé qu'elle adorait. Elle se sentait obligée d'assurer une certaine continuité jusqu'à son retour.

Ce qu'elle aurait vraiment aimé, ç'aurait été de pouvoir lui parler de sa vie actuelle, de son affaire qui commençait à rouler, de ses nouvelles copines du club de fitness, et du pavillon de Marcie qui restait la maison de ses rêves...

La sonnerie du téléphone l'arracha à ses pensées.

— Grace Bennett à l'appareil.

— J'ai besoin de vous, Grace. Pitié !

Elle feignit de ne pas remarquer la chaleur qui l'envahissait à la simple audition de cette voix.

— Que se passe-t-il, monsieur Cameron ?

— Ross. Combien de fois devrai-je vous demander de m'appeler par mon prénom ?

Ross Cameron, son premier – et son meilleur – client, exigeait depuis quelques semaines de plus en plus de son temps et de son attention. Ses appels téléphoniques fréquents et invariablement plaisants, sans parler du ton enjoué des e-mails dont il remplissait sa boîte aux lettres, rythmaient ses journées.

Grace lui savait gré de la promptitude avec laquelle il lui réglait ses honoraires – c'était cet apport régulier de fonds qui avait rendu sa compagnie viable. Cet homme avait tout pour lui. Sans l'avoir jamais vu, elle avait appris à le connaître en opérant le transfert de sa société. Il était célibataire et il avait réussi. Il avait su s'attacher la fidélité et l'estime de ses employés. Apparemment, il avait l'art de se faire adorer. Quoi encore ? Il avait pas mal voyagé outre-mer, avait hérité de la collection de verres Ludwig Moser de sa grand-mère et de l'amour du hockey de son grand-père. Il faisait venir ses chaussures de Florence, possédait deux kayaks et conduisait une voiture d'époque.

— Grace, mon assistante tient à ce que ses enfants aillent dans une école Waldorf…

Ross semblait tendu, pour une fois ; elle l'imagina en train de marcher de long en large dans son bureau en se frottant le menton ou la nuque.

— … faute de quoi, elle refusera de se déplacer comme tout le monde à Seattle.

— Écoutez, monsieur Cameron…

— Ross.

— Ne vous mettez pas martel en tête pour si peu. J'ai l'habitude de travailler avec une spécialiste du monde de l'éducation. Elle vous trouvera l'école *ad hoc*. Je vous enverrai la liste des possibilités.

— Vraiment ?

— Promis.

— Pourquoi tout paraît-il plus facile dès que je vous en parle ?

Elle sourit et se rendit compte qu'elle rougissait comme une collégienne. Cette réaction l'intrigua, l'inquiéta même. Elle ne pouvait nier qu'elle éprouvait de l'attirance pour Ross. Une attirance interdite. Elle, une femme mariée… et pour un homme qu'elle n'avait jamais vu ! Il fallait qu'elle soit folle !

— Aucune idée, répondit-elle avec un temps de retard. Si j'avais le pouvoir de simplifier ma propre vie, croyez-moi, je ne m'en priverais pas !

— Oh, oh. Il y a donc un problème dans votre vie ?

— Vous voulez dire à part mes jumeaux qui vont bientôt quitter la maison et moi qui vais virer quadra ?

Elle croisa les doigts pour qu'il croie à une plaisanterie.

— Quarante ans, Grace ?

Il émit un petit sifflement avant d'ajouter doucement :

— Quand tombe votre anniversaire ?

— Pourquoi voulez-vous le savoir ?

— Pour inscrire la date fatidique dans mon calendrier, histoire de ne pas rater la fin du monde.

Elle rit encore, mais lui dit le jour.

— C'est un beau chiffre, reprit Cameron. Il n'y a pas de quoi en faire une maladie.

Mais je n'en fais pas du tout une maladie ! Elle

essaya bien de prononcer ces mots, mais ils refusaient de sortir. L'écouteur collé à l'oreille, elle contemplait son reflet dans la fenêtre du bureau. Elle s'était perdue elle-même, et de la pire façon qui soit. En laissant ses rêves se faner. À présent, parvenue à mi-chemin de sa vie, elle se rendait compte qu'elle s'était effacée tout doucement. Pourquoi n'en avait-elle pas pris conscience plus tôt ?

— Grace ?

— Oui ?

— À quoi pensez-vous ?

Je pense que je ne suis pas heureuse parce que mon mari m'a menti pendant vingt ans, faillit répondre Grace. Mais une évidence arrêta les mots sur ses lèvres. Steve n'était pas la cause de sa détresse. Le chagrin et la révolte couvaient en elle depuis longtemps. Ses aveux tardifs n'avaient été que la goutte d'eau qui faisait déborder le vase.

Ross parlait à l'autre bout du fil, mais elle l'entendait à peine, obnubilée par cette révélation. Elle se secoua, se revit dans la vitre et se sourit.

— Ross…

Tiens, c'était agréable de prononcer son prénom.

— Je suis désolée d'écourter notre conversation, mais il faut que je vous laisse.

— Quoi ? Déjà ?

— Je viens de me rappeler une chose que je dois faire.

— Cette baraque est encore à vendre ? demanda Katie en voyant sa mère freiner à hauteur du

8853 Ocean View Drive. C'est celle qu'on a visitée à la fin de l'été ?

— C'est bien elle.

— La maison n'est pas mal, expliqua Emma à Brian. Sauf la cuisine : une horreur !

— Elle est mille fois mieux que « pas mal », corrigea Grace. On dirait que vous avez oublié la vue qu'elle offre !

Grace se gara à côté de la voiture de Marilyn Audleman et coupa le moteur. Elle avait noué des liens avec plusieurs filles du cours de fitness, Lauren, Patricia, Rhada, Arlene et Marilyn, et avait fini par leur révéler son « grand rêve ». Toutes les cinq l'avaient poussée à passer à l'acte, ce qui lui avait fait chaud au cœur. Ce n'était pas comme son mari… Lorsqu'elle s'était décidée à le contacter sur le *Dominion*, sa réaction avait été celle qu'elle redoutait : Steve jouait la montre.

— Attends que je rentre à la maison, nous en reparlerons.

— Primo, tout le temps où tu étais à la maison, nous n'en avons pas parlé, sauf pour nous disputer. Secundo : si j'attends encore, quelqu'un va finir par nous devancer ! C'est ce que tu cherches ?

Il avait répondu par un silence, et ils avaient raccroché en campant sur leurs positions.

Assis à côté d'elle, Brian restait anormalement immobile et silencieux. Ses sœurs étaient déjà dans l'allée.

— Ça va, Bri ? s'inquiéta Grace.

Il haussa les épaules.

— Qu'est-ce que ça peut bien te faire ? Tu t'intéresses à mes états d'âme ?

— Oui, figure-toi !

Il vivait mal l'absence de son père et refusait catégoriquement de parler de Joshua Lamont, même de prononcer son nom. Comme s'il n'avait pas assez de la pression familiale quant à ses futures études, le parachutage de ce demi-frère avait eu raison de la désinvolture de l'ex-roi des cool.

— Ouais, ben moi, j'ai un million de trucs à régler cet après-midi. Ça va prendre combien de temps, cette visite ?

— Pas longtemps. Allons, viens, Brian.

Il ouvrit sa portière d'un coup d'épaule, descendit de voiture en grognant et emboîta le pas à sa mère. Katie et Emma avaient foncé à l'étage, se disputant probablement les chambres au cas où… Grace encouragea son fils à explorer les lieux ; elle-même les connaissait par cœur, à force d'y être venue quand Marcia y habitait encore.

La maison était bien vide depuis que la vieille dame avait déménagé en Arizona. Grace était restée en contact avec elle, et Marcia se montrait aussi affectueuse et avisée par e-mails qu'en paroles, sans compter qu'elle tenait parfaitement à jour le site Web de sa « jeune amie », ainsi qu'elle l'appelait. Çademenageavecgrace.org lui devait tant !

Grace et Marilyn discutèrent un moment en tête à tête. Le prêt bancaire était accepté, plus rien ne s'opposait à la vente.

— Je n'arrive pas à croire que je vais le faire…, confessa Grace, aussi terrifiée qu'excitée.

— Vous la voulez, cette maison. Vous en rêvez depuis toujours ! Alors, on ne revient pas là-dessus. Je vous appelle dès que j'ai la confirmation écrite de l'accord de Marcia.

— Oh, ce n'est pas cela qui m'inquiète, murmura Grace avec une moue éloquente.

Elle gagna la terrasse et contempla longuement le fjord, gris ardoise sous le ciel d'automne. Entre la lumière d'été et les brumes hivernales, elle ne se lasserait jamais de ce spectacle.

Elle sentit plutôt qu'elle ne vit les enfants la rejoindre.

— Alors ? demanda-t-elle.

— Pour moi, c'est OK, décréta Brian.

— Pour moi aussi, dit Emma.

— Idem, mais on va vraiment habiter ici, m'man ? Pour de bon ? appuya Katie.

— Je crois bien, ma chérie.

Emma n'en revenait pas non plus.

— Maman, j'ai du mal à croire que tu te décides comme ça pour quelque chose d'aussi important.

— Oh, je ne me décide pas « comme ça ». Il y a des années que je désire une maison à nous, j'ai même l'impression d'avoir attendu celle-ci toute ma vie. J'ai simplement décidé de ne plus retarder l'échéance.

Katie hocha gravement la tête.

— Parfait. En ce cas, j'espère que nous pourrons nous établir ici pour toujours. Maintenant que j'ai ma place dans l'orchestre du lycée, je ne bouge plus. J'y suis, j'y reste ! D'ailleurs, c'est une question de survie : un nouveau départ signerait ma perte !

— Ta perte ! Arrête ton char ! railla Emma. La famille a l'habitude de se déplacer et aucun de nous n'en est mort, que je sache.

— Parle pour toi. Moi, tous ces déménagements m'ont trop détruite !

Emma se tourna brusquement vers sa mère.

— Papa a vu cette maison ?

L'estomac de Grace se noua.

— Seulement sur le dépliant.

— Et il est d'accord ?

— Il est en mer, répondit Grace.

Devenir propriétaire n'avait rien de révolutionnaire en soi, mais pour Grace, c'était une véritable déclaration d'indépendance. À la minute où elle reçut l'accord officiel de l'agence immobilière de Marilyn avec le contrat de vente déjà signé par Marcia, elle envoya un e-mail à Steve, lui demandant de la rappeler de toute urgence.

Elle n'eut pas à attendre longtemps. L'un des avantages des hauts gradés était leur accès prioritaire aux téléphones satellitaires.

— Que se passe-t-il ? L'un de vous est malade ? attaqua la voix lointaine de Steve.

— Tout va bien. C'est simplement que j'achète la maison, répondit Grace avec un calme qui la surprit elle-même.

Il y eut deux, trois secondes de silence, puis il explosa :

— Tu avais dit que tu attendrais !

— Non, *tu* avais dit que j'attendrais. Et je ne peux pas.

— Grace ! Je sais que tu ne décolères pas à cause de mon premier mariage, mais là, tu vas…

— Tu te trompes, le coupa-t-elle. Je n'enrage pas à

cause de ton premier mariage, mais du second, le nôtre, et de ce qu'il devient ! Maintenant, je ne t'ai pas pris en traître. Tu as su dès le début que je rêvais de cette maison ; le seul hic était l'argent. Maintenant que j'ai trouvé les fonds pour l'acquérir, il n'y a plus de problème. Nous y serons merveilleusement bien, Steve. Tu verras.

— Ne fais pas ça, Grace. Attends juste encore un peu.

— J'ai trop attendu.

Grace sentit son cœur se serrer. Normalement, l'achat d'une maison était un moment de bonheur partagé dans un couple. Les larmes qui lui montaient aux yeux à cet instant n'étaient cependant pas un signe de bonheur.

— Je n'aurais jamais cru que tu oserais te servir de ma procuration pour aller contre ma volonté.

Ça, c'était un coup bas. D'autant que Steve savait pertinemment que toutes les épouses de marin étaient conduites un jour ou l'autre à acheter une maison ou une voiture en l'absence de leur mari. Forcément : il n'était jamais là !

Elle encaissa et riposta :

— Ce n'est pas toi qui vas y vivre le plus, alors je ne vois pas pourquoi tu t'inquiètes à ce point de l'endroit où nous habitons quand tu es en mer.

— Mais c'est aussi ma maison, bon Dieu !

— Bien sûr, et tu y seras chez toi quand tu rentreras. Plus chez toi que tu ne l'as jamais été nulle part, Steve ! Comment peux-tu ne pas désirer cela ?

— Ce que je désire, c'est que tu respectes notre plan de toujours.

Encore ! Il remettait leur vieux « plan » sur le tapis !

— De quoi as-tu peur, Steve ? Que je m'éloigne de toi parce que j'ai décidé d'avoir une vie à moi ?

— Tu *as* une vie ! grinça-t-il. Avec moi et les gosses.

— J'attends plus. C'est si difficile à comprendre ?

— Ah çà, oui ! tu peux le dire ! C'est même... Écoute, Grace, reprit-il après une brève interruption, je dois te quitter. Une urgence. De ton côté, arrête de te comporter si irrationnellement, OK ?

— Je dois y aller aussi. Ton irrationnelle de femme est bonne pour une réunion du « club des épouses d'officiers » chez Allison Crowther, il faut bien qu'elle te fasse honneur.

Elle tenait à raccrocher la première.

24

La nuit était si profonde, le ciel si pur qu'Emma pouvait reconnaître chaque constellation.

Les cris qui montèrent des gradins la ramenèrent sur terre. Les Comètes venaient de remporter leur dernière rencontre à domicile, et de se qualifier du même coup pour le championnat national.

Emma battit frénétiquement des pieds comme tout le monde, tandis que l'équipe entamait un tour de terrain sous les acclamations. Deux joueurs hissèrent le capitaine sur leurs épaules et le portèrent en triomphe pour avoir marqué le point de la victoire.

Bien sûr qu'il l'avait marqué ! Cory Crowther n'était pas du genre à rater une occasion pareille.

La foule enthousiaste se déversa comme une coulée de lave vers les gradins du bas pour approcher les joueurs. Se joignant à la marée des supporteurs, Emma réussit à atteindre Cory qui souriait jusqu'aux oreilles aux objectifs des appareils photo. Quand il repéra la jeune fille, il hurla son nom en se frappant la poitrine comme Tarzan. On fit place à l'élue du héros.

— Magnifique partie, lui glissa-t-elle à l'oreille. Je suis très fière de toi, Cory.

Il l'enlaça, la submergeant d'un parfum de sueur et de Gatorade mêlés.

— Merci, poupée.

Allison Crowther choisit cet instant pour faire son apparition. Malgré son large sourire, le regard qu'elle posa sur Emma avait quelque chose de glacial. Avec un frisson, la jumelle Bennett s'éloigna instantanément de Cory. Cette femme ne l'aimait pas. Emma n'avait jamais pris la peine de chercher pourquoi. Peut-être la mère de Cory avait-elle eu vent de l'histoire du pack de bière...

— Bravo, mon fils. Bonsoir, Emma.

— Bonsoir, madame Crowther. Comment allez-vous ?

Face à ce regard inquisiteur, Emma se demanda tout à coup si Cory ne lui avait pas parlé de sa candidature à l'académie. Elle lui avait fait jurer le secret, mais sa mère avait pu lui extorquer une confidence. Cela aurait expliqué sa froideur : Allison voyait sûrement d'un mauvais œil tout concurrent de son précieux fiston.

Sans répondre à la question courtoise de la jeune fille, Mme Crowther s'adressa exclusivement à Cory :

— Je tenais à être la première à te féliciter. Ton père sera fier de toi.

— Merci, Maman. J'espère bien.

Elle pivota vers le parc de stationnement.

— À tout à l'heure à la maison, mon grand.

Emma l'observa jusqu'à ce qu'elle se soit noyée dans la foule.

— Ta mère me déteste.

— T'en fais pas pour ça : elle déteste tout le monde.

— Mais pourquoi…

— Coryyy !

Katie venait de se jeter entre eux, tout essoufflée. Elle portait encore sa tenue de majorette, avec son casque à plumes vissé sur la tête et sa clarinette à la main.

— Oh, Cory. Tu as été génial !

— Merci, bébé.

Emma se retint de pouffer devant l'expression d'adoration qui illuminait le visage de sa jeune sœur.

— Hé, Crowther, bas les pattes ! Le petit lot de la fanfare est à moi !

Jimmy Bates, un élève de seconde qui jouait ailier droit dans l'équipe, vint se planter à côté de Katie, dont les joues virèrent au rouge écrevisse.

— Je ne suis pas à toi, siffla-t-elle entre ses dents. Et je ne suis sûrement pas ton « petit lot » !

— Tu préfères être mon gros lot ?

Mort de rire, il enroula autour de son doigt les franges qui pendaient de l'une des épaulettes de Katie, laquelle le foudroya du regard.

— Tu n'es pas drôle.

— Oh, bon, si tu nous jouais un petit air ?

— Fiche-moi la paix !

— Allez, quoi, juste un petit solo !

Cory avança d'un pas, les sourcils froncés.

— Ça va. Elle t'a dit de la laisser tranquille. Alors, tu dégages.

— Hé, doucement ! Est-ce que je me mêle de tes affaires ? Je croyais que c'était pour la grande sœur que tu en pinçais !

Cory le regarda d'un air mauvais.

— Dégage.

La mine écœurée, Jimmy battit en retraite, sous l'œil triomphant de Katie qui s'agrippa du coup au bras de Cory, son preux chevalier.

Chevalier, pas vraiment, mais il ferait un cavalier très acceptable demain soir, songea Emma. L'incident de la bière et de la drogue le soir où Shea avait failli se noyer n'était plus qu'un vague souvenir.

— On se voit demain ? lui glissa-t-elle avec un sourire. Viens, Katie. Brian nous attend.

Elles le trouvèrent au volant de la voiture, de mauvaise humeur.

— Il est tout simplement magique ! soupira Katie en se laissant tomber sur la banquette arrière, les yeux rêveurs.

— Qui ça ? grogna son frère.

— Cory Crowther, pardi ! Il a fait gagner le match à son équipe et il y a une minute, il a pris ma défense devant tout le monde !

Encore chavirée, elle lui raconta comment Cory avait remis cet abruti de Jimmy à sa place, mais cet exploit laissa Brian de marbre.

— Ouais, c'est un vrai prince ! grommela-t-il en démarrant sèchement.

Emma ne s'expliquait pas l'aversion réciproque entre son jumeau et Cory. Depuis qu'ils se connaissaient, ces deux-là étaient comme chien et chat.

— Oh, évidemment, toi tu t'en fiches pas mal que cette andouille de Jimmy Bates me traite de petit lot ! se rebella Katie, les lèvres pincées. Si je devais attendre que tu venges mon honneur, j'aurais le temps de sécher sur pied !

— Jimmy Bates n'a rien d'une andouille, pauvre pomme ! Il est jaloux, c'est tout.

— Jaloux ?

Brian la regarda dans le rétroviseur.

— T'as pas compris qu'il est raide dingue de toi ? Ça se voit comme le nez au milieu de la figure !

Katie s'effondra sur la banquette, bouche ouverte.

— Ooooh... Je vais me tuer ! Quelqu'un aurait-il une pilule de cyanure à me passer ?

25

Grace entra dans la chambre de Katie et la trouva plantée devant le miroir garnissant la porte du cabinet de toilette. Elle desserrait la mentonnière de son casque à plumes, le visage défait.

— Qu'est-ce qui ne va pas, ma puce ?

Grace contourna les cartons de déménagement qui s'empilaient au beau milieu de la pièce. Dimanche après-midi, ils seraient loin d'ici.

— Maman, je suis une vraie tache !

— Allons bon. Moi je vois une musicienne très douée absolument adorable dans ce costume.

C'était un uniforme classique de majorette, du panache flottant aux bottes en cuir blanches en passant par le blazer à boutons.

— Tu parles ! je ressemble à un casse-noix géant ! Je n'ai même pas de rendez-vous pour le bal de demain. Je ferais aussi bien de rester avec toi et de t'aider à faire les derniers cartons.

— Écoute, tu vas aller danser avec un groupe d'amis. C'est quand même plus amusant, non ?

— Laisse tomber. Je suis une naze de chez naze, maman.

— Ne dis pas ça !

Grace l'aida à retirer son costume. Katie se laissait faire, comme une grande blessée.

— Je voudrais bien savoir qui a pu te fourrer une idée pareille dans la tête. Quelqu'un ne t'aurait pas dit…

— Te fatigue pas, m'man, je n'en vaux pas la peine, articula Katie en se traînant lamentablement vers la douche.

Grace plia soigneusement les pièces du costume qu'elle rangea dans sa housse. La petite avait été si fière le jour où on l'avait choisie pour faire partie des majorettes de son orchestre. Il s'était forcément passé quelque chose. Mais quoi ?

Il existait peu de tortures pires que d'avoir mal pour son enfant, réfléchit Grace. D'un coup, sans avertissement, elle éprouva un terrible besoin de s'épancher auprès de Steve. Que ne donnerait-elle pas pour s'asseoir avec lui et parler de leur pauvre Katy-mini ! Ou des futures études de Brian, ou encore des réticences d'Emma à évoquer ses projets… Veiller sur trois adolescents, même adorables, n'avait rien d'une sinécure. Mais Steve était loin, et leur mariage en lambeaux.

Elle accueillit avec soulagement la sonnerie du téléphone qui la détourna de ses pensées.

— Allô ?

— Euh… ouais, hum, salut. Katie est là ?

Grace dressa l'oreille.

— Qui est à l'appareil, je vous prie ?

— Ah, oh, c'est… hum, Jimmy Bates.

— Ne quittez pas. Je vais voir si elle peut vous parler.

Le jet de la douche venait juste de s'interrompre. Grace frappa à la porte de la salle de bains.

— Katie, on te demande au téléphone.

— Je suis encore trempée. Si c'est Mélanie, dis-lui que je la...

— C'est un certain Jimmy.

— *Quoi ?*

La porte s'ouvrit à la volée. À peine couverte d'une serviette, les joues en feu, Katie se rua sur le téléphone, pendant que sa mère s'éclipsait discrètement.

Grace passa la tête par l'entrebâillement de la chambre d'Emma.

— Tu sais qui est ce Jimmy Bates qui demande à parler à ta sœur ?

Emma sourit.

— Son cavalier pour le bal de demain.

26

Grace brancha le fer à friser tandis que les filles se pomponnaient pour le « grand soir » en courant dans tous les sens comme des canards sans tête.

Les murs tremblaient encore de la dispute homérique des jumeaux pour savoir qui aurait le privilège de prendre sa douche le premier. Pendant ce temps, leur sœur avait astucieusement squatté la salle de bains maternelle, pulvérisant à cette occasion le record du monde du bain le plus long. Depuis la veille et l'appel de Jimmy, son humeur était au beau fixe, et elle ne tenait pas en place, tandis que Grace la coiffait.

Déjà habillée mais encore pieds nus, Emma marchait de long en large dans la pièce, le journal local ouvert à la page des sports. Comme on pouvait s'y attendre, l'article principal chantait les louanges des vainqueurs du match de football de la veille. Une grande photographie immortalisait un Cory Crowther triomphant, juché sur les épaules de ses équipiers.

— Donc, tu sors avec un dieu du foot, commenta Grace.

— C'est ce qu'il est d'après ce canard. Tu m'aides ?

Emma jeta le journal sur le lit et se tourna en

soulevant ses cheveux pour que sa mère remonte la fermeture Éclair de sa robe, un simple fourreau en velours bleu roi qui lui allait à ravir.

— Tu es amoureuse de Cory ? s'enquit négligemment Grace.

Sa fille aînée s'était toujours montrée secrète au sujet de ses flirts. Pour ne pas dire carrément muette. Elle avait de qui tenir ! songea Grace en pensant à Steve.

— Je ne sais pas, maman. Peut-être.

Affaire à suivre. Bien que Grace n'ait pas évoqué le sujet avec Steve, elle se doutait que l'idée de voir son Emma flirter avec le fils Crowther ne l'enchantait guère. Il avait quelque chose contre ce garçon. Mais quoi ? Mystère.

— Cory est hyper-canon et total sexy ! résuma Katie, s'évertuant à se mettre du mascara sans ôter ses lunettes.

— S'il te plaît tant que ça, pourquoi tu sors avec Jimmy Bates ? la taquina Emma. Tu veux que j'en parle à ton chouchou ?

Grace les laissa se quereller pour aller chercher son appareil photo numérique. Quand elle revint dans la pièce, Brian avait rejoint ses sœurs et les trois petits monstres s'étaient changés comme par enchantement en jeunes gens aussi posés qu'élégants. Ils étaient si beaux, tous les trois, et si adultes que leur mère en eut la gorge nouée. Quel malheur que Steve ne soit pas là pour les voir, pensa-t-elle.

Grace décida qu'il aurait au moins les photos, et dès ce soir. Même si leur mariage coulait à pic, ce n'était pas une raison pour le priver de tout. Steve adorait ses enfants, et l'armée ne l'avait que trop souvent privé de tous ces moments magiques avec les siens.

— Oh, non, m'man ! tu ne vas pas nous faire le coup des grandes eaux ! gémit Brian.

— Tu peux pleurer tant que tu veux, accorda Katie, magnanime. Du moment que tu as séché tes larmes quand on sonnera.

Grace se ressaisit et immortalisa le trio d'un éclair de flash.

Lorsque Jimmy Bates se présenta, ses joues étaient aussi écarlates que celles de sa dulcinée et il avait la main moite.

Après quelques photos supplémentaires, Grace alla saluer la mère du jeune garçon, qui les conduisait au bal où elle devait jouer les chaperons. Elle aurait volontiers échangé quelques mots avec elle, mais Katie semblait à la torture. Aussi Grace abrégea-t-elle son supplice, non sans prendre un dernier cliché des tourtereaux.

Quelques minutes plus tard, Brian partit à son tour en voiture chercher sa cavalière, Lindy Banks, celle que ses sœurs surnommaient Pot de colle.

Restée seule avec sa mère, Emma vérifia le contenu de son sac à main.

— Et toi, maman, quel est le programme de ta soirée ?

— Finir les cartons.

Emma se raidit.

— Papa n'est pas d'accord pour que nous déménagions.

— Il te l'a dit ?

— Il te le dirait sûrement si tu te donnais la peine de communiquer avec lui.

— Nous communiquons.

— Ben voyons ! Tu ne l'avais jamais traité aussi durement avant…

Grace secoua la tête.

— Je ne crois pas être trop dure, et, de toute manière, cela ne regarde que ton père et moi. C'est un problème que nous réglerons tous les deux, ajouta-t-elle avec un sourire rassurant.

Mais une petite voix intérieure lui soufflait que rien n'était moins sûr.

À cet instant, la sonnette retentit et le visage fermé d'Emma s'éclaira. Elle ouvrit la porte, et Cory Crowther parut sur le seuil, scintillant comme un jeune marié. Il jaugea Emma d'un regard d'expert et son sourire éclatant fut le plus explicite des compliments.

— Bonsoir, madame Bennett, dit-il lorsqu'il parvint à détacher les yeux de la jeune fille. Bonsoir, Emma. Tiens, c'est pour toi.

Et il lui offrit une belle rose blanche à agrafer à son corsage.

Grace prit encore une photo, attendrie par leurs visages rayonnants. Elle leur aurait bien dit de profiter de la magie de cet instant, mais ils étaient visiblement pressés de s'en aller.

— Bon, amusez-vous bien. Ne faites pas trop de bêtises. Et soyez rentrés pour minuit ! Je compte sur vous, Cory.

— Oui, madame. Vous avez ma parole.

Grace les regarda s'éloigner par la fenêtre, non sans remarquer avec quel geste de propriétaire il passait son bras autour de l'épaule d'Emma tandis qu'il l'escortait jusqu'à sa voiture. Une soudaine flambée d'appréhension la gagna à la vue de sa fille aux mains de ce garçon un peu trop sûr de lui.

La première chose qu'elle fit en se retrouvant seule fut d'importer les photos des enfants sur son ordinateur, puis de les expédier à Steve.

En temps ordinaire, elle aurait accompagné chacune d'une légende attendrie ou humoristique, en s'efforçant de recréer pour lui le moment qu'il avait manqué. Elle l'avait toujours fait, pendant des années et des années, mais ce soir, elle se sentait vide. Grace envoya les photos avec ce seul message en guise de titre générique : *Départ pour le bal du lycée*. Puis elle coupa l'ordinateur et retourna à ses cartons.

27

— Certaines choses ne changent jamais, dit Lauren.

Elle observait une tablée d'adolescents agités et vêtus avec trop de recherche dans un coin de la salle de banquet du quartier des officiers, éprouvant un élan de sympathie pour la serveuse qui s'évertuait à calculer des additions séparées.

Josh posa une main sur la sienne.

— De quoi parles-tu ?

— Des fêtes de terminale. Cette fille… ç'aurait pu être moi il y a dix ans.

— Je te vois d'ici, tu devais être la reine du bal.

— Oh, non !

Il lui fit du pied sous la table.

— Je regrette de ne pas t'avoir connue à l'époque, mon cœur.

— Josh, tu ne m'aurais même pas remarquée.

— Tu veux rire ? Je parie que tu étais deux fois plus mignonne que ces minettes enrubannées.

— Pari perdu.

— Tu aimes bien me contrarier, ce soir.

Elle se pencha sur la table pour chuchoter :

— Quand j'ai dit que ç'aurait pu être moi, je parlais de la serveuse.

Il jeta un coup d'œil à la jeune femme enrobée, coiffée d'un chignon, tandis que Lauren expliquait :

— Les soirs de bal et de toutes les fêtes, d'ailleurs, je faisais le service dans les bars et les restaurants.

— Et alors ? Il n'y a pas de honte à ça : beaucoup de gosses travaillent pour payer leurs études.

Elle lui sourit.

— Oui, mais moi, si je travaillais ces soirs-là, c'était aussi pour ne pas faire tapisserie. Je pesais cent vingt-cinq kilos à l'époque.

Le regard de Josh quitta les rondeurs de la serveuse pour venir se poser sur le tour de taille de Lauren.

— Tu blagues.

— Eh non.

— Je n'arrive pas à t'imaginer obèse.

— J'ai des clichés qui le prouvent.

Elle rit de son expression.

— Pas sur moi. J'ai enterré mes complexes, aujourd'hui. Mais mon passé fait partie intégrante de ce que je suis, et j'ai pensé que je devais te le dire.

— Tu es une femme étonnante.

— Attends, je n'en faisais pas un drame absolu. Bon, j'ai été à l'école ce que ces charmants bambins appellent une grosse dondon, avant de me faire traiter de baleine pendant mes années de lycée. Je ne me suis préoccupée de ma santé et de mon apparence qu'après mon mariage avec Gil. Il était obèse, lui aussi, ce qui n'a pas peu joué dans ses problèmes cardiaques. J'ai voulu réagir pour nous deux, et j'ai consulté un médecin qui m'a fait peur. C'est ainsi que je me suis inscrite à un stage de remise en forme, tout en suivant un régime strict. Et j'ai perdu plus de cinquante kilos en deux ans. Voilà. Fin de l'histoire.

Lauren posa ses mains à plat sur la nappe pour que Josh ne les voie pas trembler. Son rythme cardiaque s'était accéléré pendant sa confession. Elle lui avait menti en prétendant que son obésité n'était pas un drame. Son physique lui avait pourri la vie, avait gâché toute sa jeunesse. Contre toute attente, le simple fait d'en parler ravivait sa vulnérabilité.

Cependant même si Josh voulait tout savoir d'elle, il y avait certaines choses qu'elle ne lui confierait pas maintenant, peut-être même jamais. Par exemple, combien elle avait été malheureuse. Ou éperdument reconnaissante à Gil d'avoir bien voulu l'épouser. Comme elle n'avouerait pas à Josh la raison pour laquelle elle était allée consulter un gynécologue.

— Tu peux être sacrément fière de toi, déclara celui-ci. Grâce à ta volonté, non seulement tu es en parfaite santé, mais tu es fabuleusement ravissante. Tiens, quand je t'ai en face de moi, je suis tellement aveuglé par ta beauté que je ne vois plus rien d'autre !

Il avait l'art de l'embarrasser, avec ses compliments.

— Embêtant pour un pilote de chasse, plaisanta-t-elle.

— Sans rire, tu es ce qui m'est arrivé de plus beau dans la vie.

Il se pencha à son tour sur la table pour lui chuchoter :

— Lauren, mon cœur, moi aussi, j'ai une confidence à te faire…

Elle déglutit péniblement. Une armée de craintes en tout genre défilait déjà dans sa tête. Il décollait demain pour rallier ce maudit porte-avions… Il était très malade… Il la quittait… Il avait une petite amie en Floride…

— Oui ? murmura-t-elle.

— Tu vois la fille qui vient juste d'arriver ?

Elle regarda dans la même direction que lui. Un grand gaillard endimanché escortait une jolie blonde élégamment vêtue d'une robe bleu roi. Rectification : elle était mieux que jolie, carrément superbe. Le cœur de Lauren se serra.

— Je croyais que tu ne voyais plus rien… Tu la connais ?

Josh eut un sourire indéfinissable.

— Un peu. C'est Emma Bennett.

Lauren pencha la tête de côté. La demi-sœur de Josh ? La fille de Grace ?

— Maintenant que tu me le dis, murmura-t-elle, il y a entre vous un air de famille. Dans les yeux et aussi dans le maintien. Tous les rejetons de Bennett sont fabriqués sur le même modèle ?

— Pas la moindre idée. Je n'ai rencontré qu'Emma – et encore, par hasard. Je suis son instructeur pour l'entrée à l'École navale.

— Quoi ! elle veut faire l'académie ? s'étonna Lauren à qui Grace n'en avait jamais parlé. Elle est de taille ?

— Oh, plutôt deux fois qu'une.

— Ça ne te fait pas drôle que ta sœur suive la même voie que toi ? Cela a dû créer des liens entre vous deux…

— Détrompe-toi, répondit Josh d'une voix neutre. Je ne suis pas vraiment le bienvenu dans la famille Bennett !

Lauren se demanda si elle devait lui révéler qu'elle

était amie avec la seconde femme de son père. Une autre fois, peut-être, décida-t-elle. S'il la connaissait, Josh aimerait Grace. Qui ne l'aimerait pas ?

La première fois que celle-ci s'était présentée au club de remise en forme, Lauren avait cru voir en elle une de ces épouses d'officier de marine qui viennent faire trois petits tours et puis s'en vont, trop fatiguées et occupées pour pratiquer assidûment. Mais Grace s'était accrochée. Bien qu'elle ait plus d'humour que d'endurance, elle progressait à chaque séance. Et le résultat était là. En s'inscrivant, elle avait l'air de ce qu'elle était : une femme entre deux âges. Puis elle s'était battue pour reprendre du terrain aux années, récupérer le contrôle de sa santé et de son corps, plutôt que se ruiner en cures thermales, ou en liftings, liposuccions et autres tours de passe-passe de la chirurgie esthétique.

Du reste, Grace était largement récompensée de ses efforts. Sa forme physique s'améliorait à vue d'œil, de même que sa confiance en elle. Leur relation se resserrant, Lauren avait été tentée de l'interroger sur la vie d'épouse de marin. Mais elle n'avait pas osé, à cause des relations entre Grace et Josh… ou plutôt à cause de leur absence de relations.

Au moment où la serveuse leur apportait le dessert et le café, une famille de six personnes vint s'installer à la table voisine. Les enfants étaient tout petits, adorables… et extrêmement bruyants. Lauren observa Josh, s'attendant à lire une certaine contrariété sur son visage. Au lieu de quoi, elle constata qu'il multipliait les clins d'œil et les grimaces à l'attention d'un garçonnet de six ans environ, habillé en cow-boy et armé jusqu'aux dents de lait.

En relevant la tête, Josh rit de l'expression de Lauren.

— N'aie pas l'air si étonnée ! J'adore les gosses.

Lauren sentit se rouvrir une vieille blessure. Gil et elle n'avaient jamais eu recours au planning familial ; elle n'avait jamais pris la pilule, ni usé d'aucun contraceptif. La première femme de Gil avait refusé de lui donner des enfants ; en épousant Lauren, il brûlait de fonder une famille. L'un comme l'autre avaient tellement d'amour à donner. Mais Lauren n'était pas tombée enceinte.

Ils ne s'en étaient pas inquiétés la première année. Mais à l'approche de leurs trois ans de mariage, la panique s'était installée. Ils avaient alors pris contact avec un spécialiste, le Dr Hendler. Il leur fallut trois mois pour obtenir un rendez-vous… auquel ils ne se rendirent finalement pas. Gil mourut après trois ans de mariage, deux semaines avant la date de la consultation.

— Plus tard, je compte bien avoir toute une ribambelle de mioches à la maison, déclara Josh.

— Avec ton métier, tu ne seras pas souvent là pour t'en occuper, observa-t-elle d'un ton qui se voulait léger.

— C'est bien pourquoi un gars de la marine ne peut pas se permettre de rater son mariage ! Il lui faut choisir l'épouse parfaite, celle avec laquelle il formera la meilleure équipe pour élever les gosses. À propos, tu aimes les enfants ?

— Cette question ! J'ai même décidé de créer un cours de gymnastique rien que pour eux, ajouta-t-elle très vite, terrifiée par l'enchaînement de Josh.

— Tu es une femme étonnante, donc, pas étonnant que je sois tombé fou amoureux de toi !

Le cœur de Lauren manqua un battement.

— Ce n'est pas drôle.

À la table voisine, deux des enfants jouaient au hockey avec des coquilles d'huître.

— Je n'ai jamais été plus sérieux de ma vie, affirma Josh en posant la main sur la sienne. Je voulais te demander quelque chose...

Lauren se sentit glacée jusqu'à la moelle. Cette lueur dans les yeux de Josh lui annonçait que les mots qu'il s'apprêtait à prononcer pouvaient changer son existence – leur existence à tous les deux. Mais non, ce n'était pas possible ! Il n'y avait que dans les films que le bel officier demandait la main de l'héroïne accablée de solitude. Elle avait écrasé une larme à la fin d'*Officier et gentleman*, lorsque Richard Gere venait arracher Debra Winger à son triste destin, mais c'était du cinéma ; cela n'arrivait pas dans la vraie vie.

— Pourquoi moi, Josh ? chuchota-t-elle.

— Bonne question. Nous sommes opposés sur pas mal de points.

— Je ne te le fais pas dire. Tu vois bien que ça ne pourra pas marcher entre nous.

Le visage de Josh s'éclaira d'un sourire à tout casser.

— Grosse erreur. C'est pour cela que ça marchera !

28

Emma ne cessa de taquiner Cory sur sa couronne, tandis qu'ils se dirigeaient vers le parking.

— Dois-je t'appeler Sire ? Ou Votre Seigneurie ? Ou Cory Ier, roi de la fête ?

Il fit tournoyer le diadème en toc au bout de son doigt.

— Appelle-moi simplement Cory Maître-de-tout.

— Dommage qu'ils ne t'aient pas laissé la cape et le sceptre.

— Bah ! ce ne seront pas les occasions de m'en procurer qui manqueront. Je n'ai pas l'intention de m'arrêter en si bon chemin.

Emma n'en doutait pas. Cory Crowther recevrait sans nul doute de multiples récompenses tout au long de sa vie : il avait l'étoffe d'un gagnant. Pas étonnant qu'on l'ait sacré ce soir « roi du stade ». Il avait magnifiquement sauvé son équipe, la veille.

Son père n'avait pas semblé très enthousiaste, quand elle l'avait informé par e-mail qu'elle allait au bal avec Cory. « Tu sais ce que tu fais, j'imagine, Em… », lui avait-il écrit en retour, et elle avait compris qu'il pensait toujours à cette fameuse soirée sur la plage, où la police l'avait arrêtée, elle, en possession de l'alcool qu'il avait apporté, lui.

Des copains de classe les saluaient au passage, lançant à Cory moult compliments sur le ton de la plaisanterie. Shea Hansen, couronnée pour sa part « reine du bal », passa près d'eux au bras de son cavalier.

— Salut, Cory ! Et merci pour la danse !

— Pas de quoi, poupée.

Dès qu'elle s'éloigna, il ôta sa couronne et la posa sur la tête d'Emma.

— Elle te revenait de droit. Si tu ne l'avais pas sauvée de la noyade l'été dernier, cette petite dinde ne serait plus là pour porter un diadème.

— Elle fait une reine idéale, souligna Emma.

Shea était jolie, populaire, mais, par-dessus tout, elle était originaire de la région. On ne pouvait élire une nouvelle venue. Les gens ne voulaient pas d'une reine qui repartirait aussi vite qu'elle était arrivée.

Ils aperçurent Katie et Jimmy Bates se dirigeant vers l'arrêt du bus, tout près du lieu où la mère de Jimmy devait venir les chercher. Katie riait aux éclats, mais, à la seconde où elle aperçut Cory, elle le regarda comme si elle venait de voir une apparition céleste.

— Salut, lança l'idole avec un sourire étincelant. Alors, vous vous êtes bien amusés, ce soir ?

— Oh oui, bafouilla Katie, le dévisageant avec une admiration presque comique derrière ses lunettes.

— Oui, c'était bien, renchérit brièvement Jimmy. Bon, euh, à plus.

Emma tendit à Katie un sac en plastique contenant une pochette de photos.

— Tu peux les emporter à la maison, s'il te plaît ?

Et dis à maman que ce n'est pas la peine de m'attendre.

— Excellent conseil, murmura Cory en lui ouvrant la portière de la voiture. Je déborde de projets pour la soirée…

Depuis que le père de Darlene Cooper était parti en mer, son appartement était devenu le point de ralliement de tous les ados en mal d'amusement. Au moins, ils n'avaient pas de comptes à rendre à des adultes. C'est là qu'Emma et Cory décidèrent de faire un saut après le bal. L'ambiance était survoltée : la musique donnait à fond, et une faune bruyante, principalement composée d'élèves de terminale et de tout jeunes soldats, grouillait dans la cuisine et la salle à manger, où la table était recouverte d'énormes paquets de chips éventrés, de packs de bière et de sodas alcoolisés. Le règlement interdisait formellement aux militaires de se mêler aux lycéens, mais ils n'en tenaient jamais compte.

Darlene n'était pas une maîtresse de maison accomplie, loin de là. Emma ne put s'empêcher d'éprouver de la compassion pour elle, tandis qu'elle s'évertuait à faire sortir les fumeurs, ou à réparer les dégâts chaque fois qu'un verre se renversait. Elle ne donnait même pas l'impression de s'amuser.

— Si tu veux, je viendrai demain t'aider à tout nettoyer, lui proposa gentiment Emma.

— Oh, merci ! Ce serait génial.

Darlene parut se détendre un peu. Zut ! songea Emma avec un temps de retard. Demain, c'était le jour du déménagement. Elle allait devoir trouver le moyen de concilier les deux. Elle chercha Brian du regard, mais ne l'aperçut nulle part, pas plus que sa copine Lindy Banks.

— Je suggère qu'on aille tester le jacuzzi avant qu'il y ait trop de monde, dit Cory en raflant au passage un pack de six cannettes sur la table.

— Bonne idée.

Ils sortirent dans la cour où avait été aménagée une piscine – couverte pendant la mauvaise saison. Trois jacuzzis bouillonnaient, illuminés par un éclairage sous-marin. Une petite bâtisse aménagée offrait une douche et des cabines pour se déshabiller. Emma ôta prestement sa jolie robe, frissonnant dans le froid. Elle avait apporté un fourre-tout dans lequel elle avait glissé un maillot de bain, une serviette-éponge et des vêtements de rechange. Elle enfila son bikini, posa ses vêtements sur un banc, s'enveloppa dans la serviette et sortit.

Shea lui fit signe de la rejoindre et Emma se glissa avec bonheur dans l'eau chaude et bouillonnante.

— Je te présente Jax, dit Shea en désignant le grand gaillard à côté d'elle. Jax, voici Emma – et notre Cory national, ajouta-t-elle comme il approchait.

Emma ne se rappelait pas avoir vu Jax au lycée. À en juger par son physique musclé et sa coupe de cheveux, il était dans la marine. À force d'observer les hommes de son père, elle avait appris à les reconnaître au premier coup d'œil. Les bleus qui entraient au fameux centre d'entraînement des Grands Lacs en ressortaient… différents. Ils avaient tous acquis cette allure spéciale, ce petit plus indéfinissable que possédait Jax.

Traîner avec des filles du lycée était l'un des

principaux interdits de la vie de marin, passible d'une sanction. Ni Emma ni Cory ne signalèrent à Jax que leurs pères étaient des officiers supérieurs.

Ils contemplèrent les étoiles en écoutant les pulsations assourdies de la musique, bavardèrent un moment tous les quatre, la conversation devenant plus décousue et animée tandis qu'ils vidaient les cannettes. Finalement, Shea et Jax sortirent de l'eau et se fondirent dans l'ombre.

Une fois seule avec Cory, Emma sentit un petit frisson d'excitation la parcourir. Il tendit la main vers elle. Les lumières sous-marines brillaient mystérieusement entre eux, tandis qu'ils emmêlaient leurs doigts. Soudain, Cory la tira à lui d'un mouvement brusque et ils s'embrassèrent.

Emma se dégagea, appuya la tête sur l'épaule du jeune homme, et murmura :

— On est bien…

— Mmm.

Les doigts de Cory glissèrent le long de son dos, s'arrêtant pour jouer avec la fermeture de son haut de maillot de bain.

— Ça se détache comment ? chuchota-t-il.

Elle sourit malicieusement et glissa loin de lui dans l'eau. Pas question de le laisser devenir aussi intime. Pas tout de suite, en tout cas. Elle aimait plaire aux garçons, se faire désirer et flirter. Le sexe éveillait sa curiosité, et, à dix-huit ans, elle n'avait pas honte de l'avouer. Mais elle ne se sentait pas encore prête.

— Pour que cela se détache, c'est facile : il faut simplement que je dise oui.

— Eh ben, qu'est-ce que t'attends ?

Emma haussa les épaules.

— Je ne sais pas. J'ai besoin d'être sûre que c'est le bon moment.

— Ah… Et tu le sauras comment ?

— Je le saurai.

Son expression consternée la fit rire.

— Nous sommes sortis à peine deux ou trois fois ensemble, Cory. Je pense qu'il faut attendre d'être certains que c'est bien ce que nous voulons.

— Pour moi, ça ne fait pas l'ombre d'un doute ! Tu me rends dingue, Emma. Je pense sans arrêt à toi !

Elle se rapprocha en souriant.

— Ah oui ? Et qu'est-ce que tu penses de moi ?

— Que t'es une bombe ! dit-il en l'attirant à nouveau pour l'embrasser.

Elle pouvait sentir l'effet qu'elle lui faisait à travers son short de bain. C'était étrange et intriguant à la fois. Mais quelque chose lui disait qu'elle ferait mieux de garder ses distances, peut-être même de changer de sujet.

Elle s'éloigna doucement.

— Comment se passent tes tests d'aptitude ? demanda-t-elle.

C'était le principal sujet de conversation des élèves de leur classe. Les échéances se rapprochaient, l'anxiété des candidats était à son paroxysme.

Cory lâcha un gloussement.

— Super-bien. Je ne regrette pas d'avoir fumé un ou deux pétards avant ma visite médicale à l'hôpital militaire !

— Oh, Cory ! Tu n'as pas fait ça !

— Du cannabis… il n'y a pas de quoi fouetter un chat.

— Non, mais si on s'en rend compte, tu seras exclu !

Il appuya sa nuque au rebord en ciment du jacuzzi.

— Pas de problème. Mon père m'arrangera le coup.

— Le mien m'étranglerait si j'étais contrôlée positive au cannabis ! Heureusement, mes tests sont terminés, ma demande d'inscription enregistrée, et le sénateur Murray a bien voulu m'écrire une lettre de recommandation élogieuse. Et toi ?

— Qu'est-ce que tu crois ? Je serai carrément appuyé par le vice-Président, dit-il en se renversant à nouveau en arrière.

Emma hocha la tête. Le grand manitou choisissait seulement cinquante candidats dans tout le pays, en raison de leurs compétences exceptionnelles... ou parce qu'ils avaient des parents très haut placés. Elle remarqua néanmoins que Cory n'avait pas dit qu'il était déjà sélectionné.

— Pourquoi t'enquiquines-tu avec tout ça, n'importe comment ? demanda-t-il en ouvrant une autre cannette de cocktail alcoolisé. Tu n'as pas réellement l'intention de faire navale, si ?

— Je ne sais pas encore ce que je vais faire.

Après le choc de leur première rencontre, Emma avait croisé Josh Lamont à plusieurs reprises. Et chaque fois il l'avait encouragée à se présenter au concours d'entrée. Elle était presque convaincue d'avoir envie de tenter le coup. À la maison, Brian était le seul à savoir ce qu'elle tramait, mais elle lui avait fait jurer de garder le secret.

— Poupée, je te signale que les effectifs sont

composés à quatre-vingt-cinq pour cent de garçons, souligna Cory.

— Quatre-vingt-trois. Les garçons ne me posent pas de problème.

— Ah ouais ? Pourquoi restes-tu loin de moi, alors ?

Il la captura à nouveau et la gratifia d'un long baiser brûlant.

— De toute façon, reprit-il, tu ne supporteras pas qu'on te coupe les cheveux.

Cette remarque stupide cassa l'ambiance, juste au moment où elle commençait à se sentir d'humeur câline.

— Tu sais ce que je pense ? Je crois que tu es vexé parce que j'ai une sérieuse chance d'être sélectionnée, tout comme toi.

— Tu es un petit poussin en sucre. Au premier bobo, tu partiras en courant.

— On verra bien.

— Pourquoi veux-tu entrer dans la marine, au fait ? Pour les mecs ?

— Oui, bien sûr, dit-elle avec un rire ironique. Je rêve de me retrouver au milieu d'un bataillon de garçons.

Il se rapprocha d'elle.

— Un seul suffit.

Elle s'éloigna. L'attitude prétentieuse de Cory, qui semblait se sentir des droits ou des privilèges, lui tapait parfois sur les nerfs.

— Désolée, mais je suis seule juge.

— Et qu'est-ce que tu comptes faire à l'académie ? Il n'y a pas d'option Arts ménagers, tu sais !

C'en était trop. Elle l'éclaboussa.

— Très drôle, Cory Crowther. Regarde-moi bien, petite tête : je vais réussir.

Il s'essuya le visage en s'esclaffant lourdement, puis étendit les bras de chaque côté de la piscine. Ses yeux brillèrent tandis qu'il l'inspectait de haut en bas avec un sourire appréciateur.

— D'accord. Je te regarde bien, et ça vaut le coup. Parole de connaisseur !

Elle ne put s'empêcher de sourire, tout en se hissant hors du jacuzzi.

— Contente de voir que tu gardes le sens de l'humour.

— Hé, qu'est-ce que tu fabriques ?

— Je rentre chez moi. Il est tard.

— Emma…

— Tu as promis à ma mère que tu ne me ramènerais pas plus tard que minuit.

— Elle doit déjà dormir. Les mères n'atteignent jamais minuit.

D'accord : il n'était pas parfait et ne serait pas le premier à revenir sur sa promesse. D'un autre côté, il n'avait pas tort : Emma avait perdu le compte du nombre de fois où elle était rentrée chez elle sur la pointe des pieds pour trouver sa mère endormie sur le canapé, la lumière allumée, son livre posé à l'envers sur sa poitrine, devant la télé diffusant des spots publicitaires.

— Je veux quand même rentrer, dit-elle.

Le charme était rompu pour de bon ; Cory l'avait agacée avec ses commentaires, et elle était fatiguée.

Il pinça les lèvres. La lumière des bassins dansait sur son visage, créant des ombres coléreuses autour de ses yeux. Puis il sourit.

— Les désirs de mademoiselle sont des ordres, soupira-t-il d'un ton moyennement aimable.

Sur quoi il se dirigea vers le vestiaire des hommes.

Emma gagna la porte opposée pour se sécher et enfiler le jean et le sweat-shirt apportés pour l'après-bal. Elle les posa sur le banc près de sa robe et enleva son bikini mouillé. Elle tendait la main vers sa serviette quand la lumière s'éteignit.

— Hé ! je suis toujours là ! cria-t-elle en se drapant dans la serviette.

— J'espère bien !

Cory s'était glissé dans la pièce plongée dans le noir. Il était nimbé par la lumière blafarde qui provenait de la cour, et des gouttelettes d'eau chlorée perlaient sur son torse humide.

Emma coinça plus étroitement la serviette sous ses bras.

— Attends-moi dehors, Cory. J'en ai pour une minute.

— J'en ai marre d'attendre.

Il franchit la distance qui les séparait et la prit dans ses bras.

La force de son étreinte la stupéfia, mais elle ressentit aussi un petit frisson de plaisir. Elle le laissa l'embrasser, tout en maintenant fermement la serviette autour d'elle. Elle avait très envie de lui pardonner ses plaisanteries sur les femmes à l'École navale.

— Emma, dit-il en l'écrasant contre lui. Je ne peux pas m'arrêter de penser à toi. Tu es si belle…

Il l'embrassa à nouveau et, sa bouche soudée à la sienne, la fit basculer sur le banc en bois.

— Hé, attention à ma robe, protesta-t-elle en

percevant le bruissement étouffé du velours doublé de satin. Tu vas l'abîmer.

— Abîmer quoi ? marmonna-t-il.

Il fit taire sa réponse par des baisers. Sa main trouva la cuisse nue et ses doigts se faufilèrent sous la serviette.

Emma en eut le souffle coupé. Il la renversa en arrière jusqu'à ce qu'elle sente le velours doux contre son dos puis retira la serviette avec un grognement. Emma se noyait dans un océan de sensations – un désir aigu venu du plus profond d'elle-même, auquel se mêlaient le vertige de la découverte et le léger frisson de la peur –, et elle se surprit à lutter pour penser clairement.

La vodka absorbée lui brouillait les idées. Un coin de son cerveau s'éclaircit néanmoins et elle se rendit compte qu'elle disposait seulement de quelques secondes pour décider si elle voulait continuer ou arrêter maintenant.

Emma avait beaucoup pensé au sexe ces derniers temps. Le moment était peut-être venu de se livrer à une petite expérience. Mais elle voulait que sa première fois soit un peu plus spéciale qu'une vulgaire partie de jambes en l'air dans un vestiaire froid à l'odeur de champignon.

Cory envoya voltiger la serviette et ouvrit la braguette de son short.

— Cory, stop ! dit-elle en essayant de se dégager. Ça suffit.

Elle le repoussa mais il la renversa brutalement sous lui. Le petit frisson de peur qu'elle avait trouvé si délicieux un instant gagnait en intensité.

— Oh, Emma… Emma…, répétait-il.

Ses lèvres étaient partout – sur sa bouche, son cou, ses seins.

— Tu es tellement…

— J'ai dit : arrête ! l'interrompit-elle.

La peur montait en elle maintenant, battant à ses oreilles. Elle éprouvait la sensation claire, nette, indiscutable d'un danger réel. Comment avait-elle pu se mettre dans une situation pareille ?

Elle essaya de se calmer. C'était Cory. Il était pratiquement son petit ami. Elle n'avait aucune raison de paniquer.

Il s'allongea sur elle. Emma tenta de se redresser, mais il la plaqua si violemment en arrière, la tenant par les cheveux, qu'elle en eut le souffle coupé.

Elle secoua la tête d'un côté et de l'autre.

— Cory, *non !*

— Si, grogna-t-il, en couvrant son visage de baisers.

Il enfouit les doigts dans ses cheveux et lui immobilisa la tête.

— J'adore tes longs cheveux, Emma. Ils sont si doux, si blonds…

Tout en parlant, il lui écarta les jambes de chaque côté du banc et entra brutalement en elle.

Son corps se glaça sous le choc. Elle voulut le repousser mais ses muscles, aussi durs que de l'acier, la clouaient sous lui. Il tirait si brutalement sur ses cheveux qu'elle avait mal aux tempes. Il ne cessait d'aller et venir, l'écartelant, la meurtrissant, l'écrasant. On aurait dit qu'il ne savait même plus qu'elle était là, qu'il n'entendait pas ses cris de terreur et d'humiliation, ses supplications. Tout son corps était en feu, mais cela n'avait rien à voir avec la brûlure délicieuse qu'elle avait ressentie un peu plus tôt. C'était de la souffrance. Une douleur qui lui cisaillait le ventre, la poitrine, le dos, les épaules.

Il continuait à bouger en elle, grognant comme un homme des cavernes. La lumière pâle venant de l'extérieur luisait sur son corps trempé de sueur. Il se contracta subitement, frissonna, puis retomba de tout son poids sur Emma en gémissant.

— Dieu ! lui souffla-t-il dans le cou. Mon Dieu c'était… Ô mon Dieu !

— Je crois que je vais vomir, articula-t-elle en le repoussant.

— Qu'est-ce que…

Il se leva d'un bond et rajusta son short. Emma réussit à remonter sur elle la serviette de bain et à se redresser. Tout son corps tremblait. Ses dents s'entrechoquaient. La serviette coincée sous ses bras, elle réussit à se glisser dans son sweater et son jean.

— Ça va ? demanda-t-il, d'une voix qui ressemblait à nouveau à celle de l'ancien Cory.

Elle enfonça sans répondre ses affaires dans son fourre-tout.

Cory se pencha par-dessus le banc pour l'embrasser. Elle recula violemment. Le sol en ciment était glacé sous ses pieds nus.

— Ne me touche pas, articula-t-elle.

— Allez, Emma. C'était vachement bien. Super, même.

— Super ? répéta-t-elle, incrédule.

Elle ramassa son sac et pivota vers la porte.

— Tu m'as fait mal, espèce de salaud.

— Tu rigoles !

— Pas vraiment, non. Tu n'es qu'un porc, Cory. Tu m'as forcée. Pour faire l'amour, il faut que les deux soient consentants, ce n'était pas le cas. Je t'ai dit et redit non.

— Allez, tu en avais envie autant que moi.

— Je t'ai demandé d'arrêter, mais tu n'as pas écouté. Il y a un mot pour décrire ce que tu as fait, et ce n'est pas « super ».

— Ah ouais ? Et c'est quoi ?

— Un viol.

Le terme avait une sonorité dure et affreuse dans la pièce sombre. Emma mesura la distance qui la séparait de la porte. Elle était prête à courir en appelant à l'aide.

Cory éclata de rire.

— Dis donc, tu n'avais pas l'air particulièrement traumatisée, il y a deux minutes… Alors ne t'avise pas de crier au viol !

— Je crierai ce que je veux.

Elle jeta le sac sur son épaule et se dirigea pieds nus vers la porte. Il s'interposa d'un mouvement vif, bloquant la sortie. Une nouvelle vague de peur la submergea, mais elle fit front.

— Pousse-toi. Je rentre chez moi.

— Fais gaffe de ne pas raconter ce qui vient de se passer, Emma. Tu pourrais le regretter.

— Tu sais que tu es allé trop loin, sinon tu n'aurais pas autant la trouille que j'en parle.

— La trouille, moi ? On a juste pris un peu de bon temps. Il n'y a pas de quoi en faire un plat. D'ailleurs, j'y pense : tu as dix-huit ans sonnés, ma vieille. Ce qui fait de toi une adulte majeure et responsable. Tandis que moi, je n'aurai dix-huit ans que dans deux semaines. Ha !

Il lâcha un éclat de rire.

— Donc, légalement parlant, tu t'es rendue coupable de détournement de mineur sur ma vulnérable personne. C'est pas ça, petite allumeuse ?

Emma avait la nausée, et la tête lui tournait. Dire qu'elle avait projeté de lui acheter un cadeau spécial pour son anniversaire…

— Sérieusement, Emma, reprit-il, si tu tentes de me faire des ennuis, je dirai la vérité. On est sortis ensemble, on a peut-être un peu trop bu, d'accord, et on a fait l'amour.

— Tu…

— Point barre. C'est exactement ce qui s'est passé.

Elle secoua farouchement la tête. Sa gorge lui brûlait.

— Je t'ai dit non. Je t'ai dit d'arrêter.

— Ce n'est pas ce que j'ai entendu. Bon sang, ça te rapportera quoi de colporter des mensonges ?

— Ce n'est pas moi la menteuse, répliqua-t-elle, mais sa voix n'était plus qu'un chuchotement honteux.

Les paupières de Cory se plissèrent.

— Je te rappelle que ton paternel est sous les ordres du mien. Et tu n'as pas idée des ennuis que ton cher papa pourrait avoir si tu t'avisais de raconter des bobards à mon sujet. Tu ne feras pas ça, bébé, pas vrai ? Je suis sûr que non.

Il lui caressa doucement la joue.

Elle rejeta la tête en arrière, révulsée par son contact.

— Je t'ai dit de ne pas me toucher !

Il se rapprocha.

— Emma, tu es si jolie… Je suis désolé si ça ne t'a pas plu, mais ce sera mieux la prochaine fois, juré.

J'irai plus lentement. Je veillerai à ce que tu prennes ton pied. Ce soir, j'étais trop excité…

En dépit des frissons glacés qui la secouaient, son front se couvrit de sueur. Un jet de vomi jaillit de ses lèvres, éclaboussant les pieds de Cory.

— Oh, merde !

Il sortit en courant et sauta dans le jacuzzi le plus proche.

Emma s'essuya le visage avec un coin de la serviette. Des gloussements ivres s'échappaient de l'appartement de Darlene. Impossible de retourner là-bas. Sa décision fut prise en une fraction de seconde : elle traversa le parking en courant, ses pieds nus ne sentant même pas la morsure froide de l'asphalte. Elle continua à courir toujours plus loin, traversant le terrain de foot, contournant la zone des hangars de la base, puis gravissant la colline.

Une fois devant le Quartier des officiers célibataires, le doute l'envahit. Elle attendit un long moment, guettant les allées et venues. Les réverbères orangés transformaient le parking en un immense rectangle couleur d'ambre zébré d'ombres. De temps à autre une voiture apparaissait, parfois une motocyclette. Emma reculait dans le noir pour ne pas se faire repérer.

Elle ferait peut-être mieux de repartir. Ce n'était pas une si bonne idée, finalement. Elle s'apprêtait à effectuer le long trajet pour rentrer chez elle quand un mini-van de couleur sombre se gara dans le parking. Trop tard pour fuir, maintenant. Elle était piégée. Mais au moins elle n'avait plus peur.

— Emma ?

Josh Lamont claqua la porte du véhicule et la rejoignit en trois enjambées.

— Qu'est-ce qui se passe ?

Elle refusa de se laisser aller et de fondre en larmes devant lui. Pourtant, ce n'était pas l'envie qui lui manquait. Elle en avait besoin. Terriblement.

— Rien de grave, murmura-t-elle. C'est juste que… je suis désolée de vous importuner. Je sais qu'il est tard et…

Elle prit sur elle pour empêcher sa voix de trembler. Elle ne savait pas d'où lui venait cette force, mais un corset d'acier glacé la maintenait debout, le dos très droit.

— Pourriez-vous me raccompagner chez moi ? S'il vous plaît, lieutenant Lamont ?

— Pas de problème.

Son regard la parcourut en zigzag : sa robe fourrée à la diable dans son sac, ses pieds nus, ses cheveux encore mouillés de son bain.

— Emma, est-ce que tout va bien ?

Pendant un moment, elle paniqua. Josh voyait-il ce que Cory lui avait fait ? Elle était terrifiée à l'idée que la vérité soit affichée comme un graffiti obscène sur son visage. Sur son corps. Son âme.

Elle baissa les yeux vers le sol, s'efforçant de maîtriser son tremblement intérieur.

— Qu'est-ce qui s'est passé, Emma ?

— J'ai besoin que quelqu'un me raccompagne chez moi. Je suis venue dans la voiture de mes amis et…

— Laissez-moi deviner : le chauffeur désigné a trop bu ?

— Je suppose qu'on peut dire ça comme ça, oui.

— Allons-y.

Josh se dirigea vers l'affreux mini-van, garé au milieu des Corvette et des SUV appartenant à des officiers. D'une certaine façon, elle l'admirait d'avoir le courage de se montrer au volant d'un véhicule aussi laid.

Elle monta à bord et boucla sa ceinture. Tout son corps était douloureux. Comme si on l'avait rouée de coups.

29

Grace écoutait pour la troisième fois le récit du bal par Katie lorsqu'elle perçut enfin des signes de vie à l'étage. Il était midi, et Emma avait apparemment décidé de se lever.

Grace fronça les sourcils en entendant la douche.

— Qu'est-ce qu'il y a, m'man ? fit Katie.

— Elle prend une douche…

— Et alors ? Ça arrive à des gens très bien, tu sais.

— Je me suis réveillée vers une heure, cette nuit, et ta sœur prenait déjà une douche.

Grace s'était levée pour lui demander si tout allait bien. À quoi Emma avait répondu hâtivement : « Mais oui, ne t'inquiète pas. Retourne vite te coucher. »

— Elle aura peut-être voulu se réchauffer sous l'eau chaude si sa bande est retournée faire trempette à Mueller's Point.

— À cette époque de l'année ? C'est idiot : il y a de quoi attraper la mort !

— Je n'ai jamais dit que c'était intelligent.

— Hum. Bon, alors toutes tes affaires sont empaquetées ? Tu n'as rien oublié ?

Toute la semaine, Grace avait fait la navette entre

leur ancienne et leur nouvelle maison pour transporter elle-même les objets les plus précieux ou fragiles. Cet après-midi, une équipe venait déménager les meubles et les cartons lourds. Brian se chargeait de superviser les opérations.

— J'ai tout raflé, répondit Katie. J'ai même emporté un petit bout de la moquette de ma chambre, au cas où.

— Au cas où… quoi ?

— Où je la regretterais. On ne sait jamais. Oh, mais j'y pense, je n'ai pas regardé sur l'étagère du haut de ma salle de bains !

Katie fonça vérifier et Grace resta seule dans la cuisine vide de cette maison qui n'avait jamais été la sienne. Une liste de tâches à effectuer était placardée sur la porte ; ce soir, chaque ligne serait cochée et une page de sa vie tournée. La nouvelle commencerait au même moment, avec les mêmes cartons et les mêmes meubles, mais ailleurs, chez elle. Dieu seul savait à combien de déménagements elle en était, mais jamais elle n'avait éprouvé à ce point cette impression de rupture avec le passé, ni cette intense émotion. Elle avait très souvent tout fait toute seule, sans l'aide de Steve, mais jamais sans son appui… *A fortiori* sans son accord.

L'arrivée de sa fille aînée dévia le cours de ses pensées. Emma sentait bon le savon, mais elle était toute pâle – le manque de sommeil, sans doute –, et aussi silencieuse que Katie s'était montrée volubile.

— Bonjour quand même, mademoiselle la paresseuse ! Tu te sens d'attaque pour le grand jour ?

— J'espère.

Sans un mot de plus, elle alla se servir un verre de jus d'orange. Grace croisa les bras.

— Eh bien, jeune fille, c'est tout ce que tu as à me dire après ce qui s'est passé hier ? Allons, parle.

Un éclair affolé traversa le regard d'Emma.

— Pour dire quoi ?

— Je veux entendre de ta bouche le récit de ta soirée.

Les lèvres d'Emma s'entrouvrirent, mais aucun son n'en sortit.

— Non, mais regarde-toi, reprit Grace en secouant la tête. On dirait que tu es morte de peur ! Je ne vais pas te manger pour ce que tu as fait.

Emma s'appuya contre un carton.

— Ce que j'ai fait... ?

— Écoute, si ça te chante de plonger la nuit dans l'eau glacée, ça te regarde. Tu es majeure. Mais permets-moi de te dire que ce n'est pas très malin ! Et si tu avais attrapé une pneumonie, hein ?

— Oh. Tu as raison... je ne recommencerai pas, balbutia Emma. Plus jamais, maman, je te le jure ! Plus jamais.

Abandonnant son jus de fruits sur l'évier, elle s'activa parmi les cartons comme une abeille ouvrière prise d'une fringale de travail.

Grace l'observa pensivement.

— Dis, tu es sûre que tu te sens bien ?

— Parfaitement. Je te le jure, maman, répéta-t-elle en déplaçant un carton de livres.

La suite de la journée fila à toute allure, dans une agitation effrénée. Mais à neuf heures du soir, le calme retomba sur le 8853 Ocean View Drive bel et bien devenu la maison des Bennett.

Grace se tenait dans son nouveau et premier vrai chez-soi parmi le labyrinthe de cartons, tapis roulés et objets divers à moitié déballés qui jonchaient le parquet du salon. Ses jambes lui faisaient nettement sentir son épuisement, mais elle se sentait trop excitée pour aller se coucher.

Brian et Katie étaient montés dans leurs chambres respectives, poussant les meubles, déballant leurs bibelots préférés, organisant déjà leur installation. Emma était restée en bas. Le nez collé à la porte-fenêtre donnant sur la terrasse, les mains en visière, elle regardait les étoiles se refléter dans les eaux sombres du fjord.

— C'est féerique, n'est-ce pas ? chuchota Grace.

— Oui…

Son souffle laissa un cercle fantomatique sur la vitre. Sans se retourner, elle dit à sa mère :

— Tu sais, je n'arrive pas encore à croire que tu as osé décider toute seule du destin de notre famille.

— C'est à moi de le faire quand votre père est en mer. Il en a toujours été ainsi.

— Cette fois, c'est différent, et tu le sais très bien. Maman, les choses sont devenues tellement compliquées, ajouta-t-elle d'une voix altérée.

Grace eut envie de la serrer fort dans ses bras et de la câliner comme quand elle était petite, mais, en digne fille de militaire, Emma n'aimait guère ce genre de démonstrations d'affection.

— Oh, mon poussin. C'est très compliqué pour moi aussi. Quand votre père reviendra, nous trouverons ensemble une solution et…

— Pour ça, il faudrait qu'il y ait un vrai problème, et il n'existe que dans ta tête !

Grace avait l'impression d'entendre Steve. Emma s'arracha à son coin de fenêtre et darda sur sa mère un regard de reproche.

— Comment peux-tu fiche en l'air vingt ans de mariage parce qu'une ex de ton mari lui a caché qu'il lui avait fait un enfant ? Il ne pouvait pas le deviner, ce n'est pas sa faute ! Pas plus que celle de Jo… – du lieutenant Lamont, d'ailleurs. Je connais plein de gens qui collectionnent les demi-frères et les beaux-fils, ça n'a rien d'épouvantable.

— Tu as entièrement raison, admit calmement Grace. C'est vrai, la nouvelle m'a causé un choc, mais il n'y a pas que cela, Em. Cette histoire est survenue à un moment où notre couple… Bref, j'ai décidé de prendre un virage, et cette nouvelle maison marque aussi ce nouveau départ.

Emma se mordit la lèvre.

— Génial ! Si je comprends bien, tu essaies de trouver le bonheur de ton côté pour mieux te passer de papa ?

— Ma chérie, tu n'y es pas du tout. Quoi que tu penses, je n'ai pas cessé une seconde d'aimer ton père.

— Alors montre-le un peu plus. À lui, surtout ! Tous les hommes ne sont pas des monstres.

Ses yeux brillants de colère s'embuèrent de larmes. Elle détourna vivement la tête.

— Je vais me coucher, maman. Demain, je dois me lever tôt.

Elle s'empara au passage d'un carton de vêtements à son nom.

— Emma ? Attends une minute. Tu ne veux toujours pas me dire ce qui ne va pas ?

Grace vit sa fille s'immobiliser dans l'escalier.

— Mais… rien du tout. Tu te fais des idées.

— Tu ne nous as presque pas parlé du grand bal d'hier. Comment était-ce ?

— Pas mal.

— Sans plus ?

— Je te raconterai demain, si tu y tiens. Là, j'ai trop à faire.

— Bien sûr…

Grace fit un peu de place sur le canapé occupé par un fouillis de livres, CD et DVD, et s'y écroula. Longtemps, elle resta là à scruter la nuit. De sa place, elle voyait scintiller au loin les lumières de Camano Island. Incroyable mais vrai, « la maison sur la falaise » lui appartenait. Il y avait des mois – non, des années ! – qu'elle rêvait de ce moment. « Attends que je rentre à la maison et nous en reparlerons à tête reposée… », lui avait instamment dit et répété Steve. Elle avait passé outre. À présent, restait à le convaincre qu'elle avait eu raison.

Elle se leva en soupirant et attrapa une paire de draps pour monter faire son lit.

30

Grace rentra à la maison après son cours de fitness et monta prendre une douche en ignorant les protestations de la tuyauterie. Elle venait de passer un peignoir lorsqu'elle entendit Brian brailler :

— Hou, hou ! Je suis rentré !

En essuyant ses cheveux humides, elle descendit à sa rencontre. Planté devant le réfrigérateur, Brian buvait goulûment à même la brique de lait.

Grace ouvrit machinalement la bouche pour le gronder, comme elle le faisait depuis des années, même si elle savait que c'était vain. Mais quelque chose l'en empêcha, une image jaillie de sa mémoire avec une netteté à couper le souffle. Ce n'était plus le jeune homme qu'elle voyait, mais le petit garçon en chemise rouge à carreaux, son chapeau de cow-boy enfoncé sur la tête et ses deux pistolets à la ceinture, en train de chiper de la glace. Et chaque fois qu'elle l'avait surpris en flagrant délit de chapardage, il avait arboré le sourire irrésistible dont il la gratifiait en cet instant.

— Salut, m'man. Je crève de faim !

Grace fondit, mais râla pour ne pas déroger à la tradition :

— Salut, toi. Tu sais qu'on a inventé les verres ?

Il balança l'emballage dans la poubelle.

— Trop tard : il est vide. Bon, faut que je file.

— Tu repars ?

— J'ai une course à faire. Un truc important, ajouta-t-il après une hésitation.

Elle haussa les sourcils.

— Quoi donc ?

— Un pli à poster.

Il hésita, puis alla chercher un grand carton à dessin qu'il revint lui montrer.

— Je l'envoie à RISD, et hop ! *Alea jacta est !*

Grace en resta muette de fierté mêlée d'espoir. RISD, qu'il prononçait Raillecedi comme un pro, n'était autre que l'acronyme de Rhode Island School of Design, la prestigieuse école supérieure de dessin dans laquelle il rêvait de poursuivre ses études… au grand dam de Steve.

— Je suis si contente que tu aies pris ta décision, Bri ! Tu permets que j'y jette un coup d'œil ?

— Mouais… vas-y.

Comme s'il redoutait son verdict, il se tint anxieusement derrière elle tandis qu'elle se penchait sur les différents échantillons de son travail – pastels nuageux, eaux-fortes figuratives, dessins fantastiques au crayon et à l'encre…

— C'est superbe, murmura-t-elle. J'adore ton coup de crayon. Tu es très doué.

Brian esquissa une grimace éloquente.

— Merci, m'man, mais, doué ou pas, j'en connais un qui va en avoir une crise cardiaque.

— Ton père a le cœur solide…

Mais il sera effondré que tu n'entres pas dans la marine comme lui… et son autre fils, admit-elle en son for intérieur avant d'ajouter tout haut :

— Et puis, c'est ta décision. Ta vie, Brian.

— Il va dire qu'on ne peut pas se permettre une pareille dépense… RISD n'offre même pas de bourses sportives…

Brian connaissait bien son père. Mais Grace se sentit obligée de hausser les épaules :

— Va de l'avant. Qui vivra verra. Qui sait si ton père ne te surprendra pas.

— Ce qui me surprendrait, c'est qu'il ne m'écharpe pas !

— Moi aussi ! lança Katie en surgissant dans la cuisine et en mettant aussitôt son grain de sel. Laisser tomber la marine pour barbouiller ? Mon pauvre garçon, je ne voudrais pas être à ta place quand papa reviendra à la maison !

— Toi, je t'ai pas sonnée ! gronda son frère.

— Ah, ne commencez pas, tous les deux ! les avertit Grace.

Brian referma brusquement son carton à dessin en marmonnant entre ses dents :

— De toute façon, il a déjà un fils dans la marine, alors l'honneur est sauf ! Je peux bien être le raté de la famil…

— Ne dis pas n'importe quoi, Brian ! Ton père ne considère absolument pas le lieutenant Lamont…

Grace s'interrompit. Elle avait failli retomber dans sa vieille habitude de répondre pour Steve en s'efforçant toujours d'arranger les choses. Terminé. Dorénavant, il devrait se débrouiller tout seul. En l'occurrence, il lui revenait de convaincre Brian qu'il ne risquait pas de perdre sa place dans son cœur.

— Bri, tu devrais en parler avec lui, je t'assure...

— C'est ça, quand les poules auront des dents.

— Tu as tort, intervint à nouveau Katie. Moi, je lui en ai déjà parlé plusieurs fois par mail. Et papa m'a répondu qu'il regrettait de n'avoir pas appris plus tôt pour le lieutenant Lamont. Mais que personne n'y pouvait rien changer. Et qu'il était heureux que ce garçon ait grandi avec l'affection d'un père qu'il aimait. Et que c'est nous, sa famille, et personne d'autre. Et qu'il adore ses trois gosses. Et qu'il compte bien sur toi pour faire Navale.

Grace était heureuse de constater que Steve, même remonté contre elle, n'en laissait rien paraître dans ses rapports avec les enfants.

Elle entendit claquer une portière de voiture et jeta un coup d'œil par la fenêtre pour apercevoir une étrangère qui traversait l'allée. Puis elle réalisa que ce n'était pas du tout une étrangère.

Brian lâcha un juron bien senti qu'elle ne prit même pas la peine de relever.

— Hein ? Quoi ? Qu'est-ce qu'il y a ? couina Katie, qui n'avait rien vu.

— Aucun commentaire, tous les deux, les avertit Grace. Laissez votre sœur tranquille !

Peine perdue. La porte s'ouvrait à peine qu'ils poussaient déjà un cri horrifié :

— Emma ! Qu'est-ce que tu as fait ?

— Espèce de tordue, tu t'es coupé les cheveux !

— Quel sens de l'observation, Brian, on ne peut rien te cacher ! grommela Emma en posant son sac sur la table.

— Je n'ai pas envie de rire, tu as l'air…

— … d'un mec, acheva Katie dans un gémissement épouvanté. Oh, là là ! tes si beaux cheveux…

— Bon, ça va. Vous n'allez pas en faire une tragédie en cinq actes. J'ai juste eu envie de changer un peu de tête, la belle affaire !

Les joues d'Emma étaient couleur coquelicot.

— Je peux… les toucher ? demanda sa sœur en tendant craintivement la main vers les mèches courtes.

— Bas les pattes, Superglu ! Et toi, la ferme, Bri !

Elle alla ouvrir le réfrigérateur et en sortit un yaourt. Les regards des deux autres se tournèrent vers Grace.

— Ça te va très bien, ma chérie, dit-elle finalement en masquant sa stupeur.

Ses merveilleux cheveux blonds si soyeux ne mesuraient plus que trois centimètres. Elle ressemblait à un poussin à peine éclos. Grace mourait d'envie de savoir ce que sa fille avait eu en tête pour procéder à pareille métamorphose, mais la susceptibilité adolescente était une affaire délicate… et Emma une écorchée vive en ce moment.

Procédant avec prudence, Grace ajouta sans mentir :

— J'aurais bien aimé avoir le cran de faire comme toi avec les miens.

Ce disant, elle porta la main à ses cheveux encore humides qui n'avaient pas changé de coupe depuis des lustres – sauf qu'à présent ils étaient striés de fils argentés…

— À propos de changement, il faut que je te parle d'un truc important, maman.

Grace cilla. « Un truc important » ? Les jumeaux s'étaient donné le mot sans le savoir !

— À quel sujet, ma grande ?

— Elle veut peut-être faire para, rigola Brian.

— Oh, toi, siffla sa sœur, fiche-moi la paix et fous le camp !

— Si je veux. Je n'ai pas d'ordres à recevoir d'une chauve.

Grace mit le holà à la dispute qui s'annonçait :

— Brian, dehors ! Va plutôt faire un tour à la poste, tu vas rater la levée.

Il ne se le fit pas dire deux fois. Attrapant les clefs de voiture et son carton, il se dirigea vers la porte après avoir adressé un clin d'œil complice à sa mère.

— C'est à propos du lycée, maman, reprit Emma d'une voix lasse. Je voudrais être dispensée des cours d'éducation physique.

— Hein ? Ceux où tu as la chance de côtoyer Cory et sa bande d'athlètes ? s'écria sa sœur. Ma parole, le coiffeur t'a aussi ratiboisé les neurones !

— Bon, ça suffit. Dehors aussi, Katie ! tonna Grace en la poussant vers l'escalier.

— Mais…

— Allez, ouste, file dans ta chambre !

Elle attendit de se retrouver seule avec Emma pour poser la question qui lui brûlait les lèvres :

— C'est à cause de Cory, n'est-ce pas ?

Emma redressa un menton qui tremblait un peu.

— Je ne veux plus le voir.

— J'avais remarqué qu'il ne téléphonait plus depuis ce soir-là… Mais j'attendais que tu m'en parles la première. Que s'est-il passé entre vous, ma puce ? Cory s'est montré incorrect envers toi ?

Un rire sec s'échappa des lèvres de sa fille.

— On peut le dire, oui.

— Mon pauvre petit cœur... Que s'est-il donc passé ? répéta lentement Grace.

Emma regarda par la fenêtre.

— Rien. J'ai juste décidé de ne plus sortir avec lui. Ça n'a aucune importance. Ce n'est pas le premier garçon avec qui je romps.

Grace la prit dans ses bras.

— Je ne supporte pas de te voir malheureuse... C'est pour cela que t'es coupé les cheveux ?

— Non. Aucun rapport.

Emma recula et commença à manger son yaourt à coups de cuiller nerveux.

— Dis, maman, j'espère que tout cela n'aura pas de répercussions sur tes relations avec sa mère...

Pour sûr, Allison n'allait pas apprécier qu'une donzelle se permette de jeter son rejeton, le fils du CAG ! Mais Grace haussa les épaules.

— Ne t'inquiète pas pour ça. De toute façon, Allison n'est pas une amie. Tu as peur que Cory te relance en cours d'éducation physique, qu'il te harcèle ? poursuivit-elle avec douceur. C'est la raison pour laquelle tu veux laisser tomber la gymnastique ?

— Je veux juste le laisser tomber, lui. OK ?

— OK. Ça ne posera pas de problème au lycée ?

— Pas si je suis une formation équivalente à l'extérieur.

— Alors, viens à mon club de fitness. Il est agréé, je le sais car il y a déjà une élève de terminale dans mon cours.

— Dans ton cours ? Voyons, maman, tu ne veux

tout de même pas que je m'inscrive avec toi et tes copines ?

— Bien sûr que si. Lauren te plaira beaucoup, c'est un professeur exceptionnel. Et qu'elle entraîne des croulantes comme ta mère ne fait pas de nos séances des réunions Tupperware en charentaises ! Tu travailleras à ton niveau et à ton propre rythme.

Emma esquissa un geste mi-dubitatif, mi-résigné.

— Ce n'est peut-être pas une mauvaise idée. Je vais en parler à mon conseiller pédagogique. J'entends le téléphone dans ton bureau… tu ne réponds pas ?

La sonnerie retentissait effectivement depuis quelques secondes, mais Grace hésitait à laisser sa fille qui, elle le sentait, lui dissimulait quelque chose. Elle se rassura en se disant que si c'était vraiment grave, Emma se confierait à elle.

— Décroche, maman. Puisque je t'assure que je vais bien.

— Le répondeur est branché.

— Mais non, c'est peut-être important. Moi, je monte envoyer un e-mail à mon conseiller pour lui demander un entretien. Ne t'inquiète pas pour moi.

Grace hocha la tête, puis alla prendre la communication dans son bureau.

— Grace Bennett.

— Ross Cameron à l'appareil.

— Oh, bonjour.

Un sourire éclaira son visage.

— Que puis-je faire pour vous ?

— J'ai une liste ! Mais d'abord, je veux vous dire que mon assistante est ravie de l'école Waldorf que vous lui avez trouvée. Merci pour elle, Grace – et pour moi. J'aurais été consterné de la perdre.

— Dois-je en conclure que vous l'auriez laissée vous quitter ?

— Mais… bien sûr. J'ai trop de respect pour une femme qui fait passer ses enfants avant sa carrière. Comme vous, d'après ce que j'ai compris.

— Merci, Ross. Mais même en leur sacrifiant tout, une mère n'est jamais sûre de ne pas passer quelquefois à côté de l'essentiel…

— Oh, oh. Découragée ?

— Inquiète, plutôt, confessa-t-elle en baissant la voix. Avec trois adolescents à la maison, il y a toujours quelque chose qui ne va pas.

— Et qui des trois pose problème, aujourd'hui ?

— Ma grande fille.

— Ah, Emma.

Touchée qu'il se soit rappelé son prénom, elle s'entendit lui raconter le nouveau look surprise de son aînée, lequel coïncidait avec sa déprime actuelle et sa résolution de couper les ponts avec un chevalier servant sans doute un peu trop pressant.

En plus d'être un homme charmant, drôle, attentionné, Ross Cameron savait écouter. Bien qu'ils ne se soient toujours pas rencontrés, Grace avait l'impression de le connaître depuis des années. Avec un pincement au cœur, elle se rendit compte que c'était à lui, et non à Steve, qu'elle confiait ses soucis.

31

Au printemps, Grace adopta un chiot. À moins que ce ne soit le contraire... À la minute où elle vit Rose-Pompon, son cœur fondit de tendresse.

Elle n'avait quasiment pas fermé l'œil cette nuit-là, se tournant et se retournant dans son grand lit vide. Steve lui manquait tellement ! Au lever du jour, alors que les enfants dormaient encore à poings fermés, elle sortit se promener sur la route de la corniche, savourant la quiétude du petit matin. La rosée s'accrochait aux branches des camélias et des lauriers-tins. Des tohis tachetés voletaient en piaillant d'une touffe d'herbe à l'autre, cherchant de la nourriture.

Comme elle passait devant un jardin clos, un groupe de tout jeunes chiens se précipita vers elle en jappant à qui mieux mieux. Grace recula, surprise, mais pas effrayée. C'était des petits bâtards, qui s'escaladaient les uns les autres pour essayer de s'approcher plus près. À côté du portail, un panneau rédigé à la main annonçait : « CHIOTS À DONNER ».

Au même moment, une femme en robe de chambre sortit de la maison. À ses côtés marchait une chienne jaune aux mamelles lourdes. Les quatre chiots abandonnèrent Grace pour s'élancer vers leur mère et tenter de la téter, tandis que celle-ci tournait un regard fatigué vers sa maîtresse.

— Désolée de vous avoir dérangée, s'excusa Grace. Je n'avais pas l'intention d'énerver vos chiens.

— Pensez-vous ! Ils sont comme ça toute la journée ! répondit la femme en faisant rentrer la chienne à l'intérieur tout en barrant le passage avec sa jambe pour empêcher les petits voraces de la suivre.

Frustrés, les chiots s'éparpillèrent dans le jardin en jappant de plus belle et en reniflant partout. Sur l'initiative de l'un d'eux, ils se mirent à mâchouiller consciencieusement les fleurs en pots alignées sur le porche.

— Il faut que je leur trouve un foyer avant que les voisins ne deviennent fous. Vous n'auriez pas envie d'un chien, par hasard ?

Grace secoua machinalement la tête. Steve disait toujours qu'un chien représentait une-trop-grosse-contrainte-pour-la-famille-d'un-officier-de-marine…

Elle fronça brusquement les sourcils. Quelle blague ! Encore un plaisir dont cette famille avait été privée trop longtemps.

— À la réflexion, je crois que j'adorerais adopter l'un de vos petits protégés. Mais oui, pourquoi pas ? C'est une très bonne idée !

Le visage de la femme s'éclaira immédiatement.

— Bravo ! Vous êtes ma nouvelle meilleure amie !

Grace ne put s'empêcher de sourire pendant qu'elles échangeaient une poignée de main et procédaient aux présentations. Un chien. Elle allait ramener un chien à la maison ! Elle en avait eu un quand elle était petite, mais il s'était enfui et ses parents lui avaient interdit d'en prendre un autre. Aujourd'hui, c'était exactement ce qu'il manquait à leur famille.

Sa voisine, Carla Van der Pol, l'informa qu'il s'agissait d'un chiot labrador croisé berger allemand jaune.

— Adultes, ce sont des chiens assez… « volumineux », précisa-t-elle en s'excusant. Mais ils sont très sociables et très doux avec les enfants !

Grace siffla doucement et le plus petit des quatre, une femelle, leva les yeux vers elle en remuant la queue à toute vitesse.

— J'ai trouvé celle que je veux, s'écria Grace, le cœur envahi par une tendresse dont elle avait été privée trop longtemps.

Une rose pompon à moitié mâchouillée dépassait de ses babines, de sorte que Grace n'eut même pas à lui chercher un nom. Carla lui remit une attestation de vaccin du vétérinaire, de la ficelle en guise de laisse et, quelques minutes plus tard, Grace reprenait gaiement le chemin de la maison avec Rose-Pompon.

Quand elle rentra avec la petite chienne, Katie était levée. Elle jeta un regard à Rose-Pompon, ouvrit la bouche en grand et fondit en larmes.

— Oh, maman ! maman ! sanglota-t-elle en s'agenouillant et en laissant le chiot lui débarbouiller le visage en frétillant. J'ai toujours rêvé d'avoir un chien !

— Moi aussi, tu sais, dit Grace en regardant sa fille et Rose-Pompon tomber instantanément et irrémédiablement amoureuses l'une de l'autre. Mais ça va être du travail, il faudra que tu m'aides.

— Oh ! là là ! je m'occuperai d'elle, tu vas voir !

affirma Katie en grattant le ventre de la petite boule de poils. Quand papa va savoir ça…

Elle redevint sérieuse quelques instants.

— C'est toi qui lui annonces ?

— Pourquoi ne lui envoies-tu pas un e-mail ? suggéra Grace.

32

Les élèves préférées de Lauren suivaient le cours d'aérobic. Le petit groupe semblait réellement apprécier la séance d'entraînement, au lieu de le supporter comme un mal nécessaire pour garder ou retrouver la ligne.

Lauren prolongea de quatre-vingt-dix secondes l'exercice habituel. Bien, nota-t-elle avec satisfaction. Toutes les participantes semblaient supporter sans problème les efforts supplémentaires qu'elle leur demandait chaque semaine.

Lauren jeta un coup d'œil dans le grand miroir pour observer Emma Bennett. Plus elle la connaissait, plus elle était frappée par sa ressemblance avec Josh. On pouvait dire qu'Emma était la version blonde et féminine de son demi-frère. Tous deux avaient hérité de leur père ses yeux couleur d'océan, et ce même sourire assez lumineux pour éclairer une salle !

Malheureusement, force était de constater que la jeune fille l'économisait, son sourire. Il émanait d'elle une tristesse qui désolait Grace et intriguait Lauren, sans que celle-ci ose lui en demander la raison.

La séance se termina à un rythme plus doux.

— Tout va bien, Patricia ? Vous tenez le coup ?

— Absolument, répondit la future maman. Bébé et moi, on se sent en pleine forme ! Ma mère et deux de mes sœurs sont déjà arrivées en prévision du grand jour.

— Un jour en rose ou en bleu ? s'enquit Grace.

— Ah, c'est la grande inconnue. Bébé fait son timide, ou sa star : il ne se tourne jamais du côté de la caméra ! Ce n'est pas comme son père qui pose sur les affiches de la campagne « Engagez-vous dans la marine » !

Toutes les femmes éclatèrent de rire. Lauren se força à les imiter. Autant elle aimait Patricia, autant elle avait du mal à la regarder, avec son ventre et son air également épanouis. Cette image de la femme enceinte et rayonnante ravivait sa vieille souffrance, sa blessure secrète. Lauren aurait tout donné pour être à sa place. Elle avait tellement voulu devenir maman, elle en rêvait encore. L'odeur même d'un nouveau-né ou le babil d'un bébé suffisaient à la faire fondre en larmes.

Et c'était pire depuis qu'elle était tombée amoureuse de Josh. L'idée d'avoir un enfant de lui avait germé dans sa tête et y avait grandi, grandi… au point de s'avérer aussi indispensable que l'air qu'elle respirait. Mais chut ! il était prématuré d'en parler… Trop dangereux. À la minute où elle en aurait évoqué ne serait-ce que l'éventualité, c'en serait fini, impossible de faire marche arrière. Cela risquait de l'entraîner sur un terrain où elle n'était pas sûre de vouloir aller. Non, mieux valait éviter d'aborder avec Josh un sujet brûlant (depuis le restaurant, l'autre soir, il était revenu sur son désir d'avoir une ribambelle d'enfants) qui pouvait mettre le feu aux poudres et faire exploser leur couple.

Fatalement, la discussion amènerait des questions auxquelles elle ne pouvait apporter aucune réponse. Le fait est qu'elle ne savait toujours pas pourquoi elle ne s'était jamais retrouvée enceinte de Gil. Et après sa mort, elle n'avait eu évidemment aucune raison de consulter un médecin spécialisé dans les problèmes de stérilité.

— Ça va, Lauren ?

La voix de Grace la ramena à la réalité.

— Très bien. Je ne me suis jamais sentie mieux ! assura-t-elle avec une gaieté forcée qui sonna faux même à ses propres oreilles. Et vous, toujours en plein boum ?

— Oh, je n'ai que trois clients en ce moment, mais je dois dire qu'ils occupent le plus clair de mon temps.

Grace lui remit le chèque qu'elle venait de signer pour ses cours à venir et ceux de sa fille. Emma s'approcha et tendit à Lauren la feuille de présence qu'elle devait remettre chaque semaine au lycée.

Lauren signa le document et y apposa le tampon officiel du club de fitness.

— Vous faites un excellent travail, Emma. Si je devais vous évaluer, vous vous en sortiriez avec un A plus et les félicitations du jury !

— Ah. Merci.

Sans ajouter un mot, Emma alla récupérer ses chaussures de ville dans son casier.

— Ne lui en veuillez pas, murmura Grace en suivant sa fille d'un regard désolé. Elle est un peu perturbée depuis quelque temps. Je ne sais pas trop pourquoi.

Lauren la gratifia d'un sourire compréhensif.

— À dix-huit ans, elle n'a pas besoin de raison…

— C'est peut-être le stress de l'attente des réponses des universités.

— Où voudrait-elle aller ?

— Mystère. C'est ça le plus curieux. Je ne suis pas sûre qu'elle le sache elle-même.

Décidément, Emma Bennett intriguait Lauren, et pas uniquement parce qu'elle était la demi-sœur de Josh. La jeune fille qui suivait ses cours de fitness quatre fois par semaine ne ressemblait pas à celle que Lauren avait brièvement aperçue au restaurant en compagnie d'un beau garçon. La gamine pétillante de vie s'était métamorphosée en une jeune femme réservée dont les yeux vigilants ne trahissaient pas les pensées.

À son âge, Lauren avait aussi essayé de modifier son apparence. Mais elle avait eu beau changer de garde-robe, de coiffure, de couleur de cheveux, elle restait toujours la grosse fille qui ne s'aimait pas. *On n'échappe pas à ce que l'on est*, eut-elle envie de dire à Emma. Mais à dix-huit ans, la petite ne la croirait jamais. Elle devait penser, à l'instar de Lauren à l'époque, que l'on pouvait devenir ce que l'on voulait être, qu'il suffisait de laisser le passé derrière soi comme on range ses souvenirs d'enfance au fond d'un coffre de cèdre… La vie ne lui avait pas encore appris que quoi qu'on fasse, où qu'on aille, ce qu'on tentait de fuir nous suivait toujours parce que c'était en nous.

Lauren en était la preuve vivante. Les traumatismes du lycée et de l'université la harcelaient encore. Avoir été si longtemps « la grosse » lui avait fait continuellement revoir ses espérances à la baisse. Puis le fait de se retrouver veuve très jeune l'avait plus que jamais incitée à se forger une armure.

Armure qui n'avait pas résisté à l'éclatante irruption de Josh dans sa vie. En un rien de temps, il avait pulvérisé ses lignes de défense avec la même ardeur brûlante qu'il mettait à lui faire l'amour. Avant lui, elle n'avait jamais connu une telle passion dévastatrice, ni un plaisir aussi fort et doux à la fois. Son mariage avec Gil reposait sur une affection réciproque, tendre et tranquille, sur le respect mutuel, et sur une communauté d'objectifs de vie. Rien n'avait préparé Lauren à l'intensité effrayante de l'amour passionné qu'elle vivait avec Josh, ni au tourment affreux de savoir que leur couple ne pouvait pas survivre sans que l'un des deux renonce à une part de lui-même.

— Vous êtes sûre que tout va bien, Lauren ?

— Mais oui, répondit-elle, désarçonnée par la question de Grace. Pourquoi me demandez-vous ça ?

Son amie esquissa une petite grimace.

— Eh bien, pour commencer, vous avez donné votre cours avec votre T-shirt à l'envers…

Lauren s'inspecta dans le miroir fixé derrière le bureau. Grace avait raison. Et par politesse, elle n'avait pas mentionné la tache de café sur son short.

Lauren secoua la tête.

— Ce que je peux être distraite en ce moment… J'ai tout le temps l'esprit ailleurs.

— Vous pouvez m'en parler…

Grace était comme ça, songea Lauren en la remerciant des yeux pour sa sollicitude. Une femme extraordinaire, sensible et chaleureuse. Il y avait en elle quelque chose de rassurant qui donnait envie de lui ouvrir son cœur.

— En fait, il y a ce pilote…

— Ah, fit Grace. C'est sérieux entre vous ?

— Si seulement je le savais ! C'est bien ce qui me tourmente.

Josh était parti assurer une formation à Fallon, dans le Nevada, et il devait rentrer ce soir. Lauren avait découvert avec effarement à quel point il lui manquait. Même courte, son absence s'avérait une torture. Elle voyait mal comment, à ce régime, elle pourrait supporter un déploiement.

Grace interrogea elle aussi son reflet dans le miroir, et ébaucha une grimace.

— J'ai bonne mine de parler de votre tenue, gémit-elle en tirant sur son T-shirt potiron. Je devrais envisager une coupe, comme Emma.

Justement, celle-ci les rejoignait, une casquette de base-ball sur la tête et son sac de gymnastique sur l'épaule.

— Si ça te fait envie, vas-y, maman. Ce n'est tout de même pas une grande décision à prendre.

— Je connais un salon de coiffure vraiment formidable à Seattle, avança Lauren.

Elle ouvrit un tiroir et en sortit une carte.

— Tenez. Appelez Ivanka de ma part.

— *Atelier de formes et de couleurs Gene Juarez*, lut Grace.

— Vous en sortirez transformée. Euh… je ne veux pas dire que vous en ayez besoin, ajouta précipitamment Lauren.

— Oh que si !

Lauren hésita, puis chercha au fond du tiroir une photo qu'elle tendit à Grace et à Emma.

— Voilà quelqu'un qui avait vraiment besoin des services d'Ivanka.

— C'est une amie à vous ?

— C'est moi, il y a cinq ans.

Lauren éclata de rire en les voyant se pencher sur la photo, les yeux ronds.

— Waouh, fit seulement Emma.

— Je suis sidérée, avoua Grace. Cette Ivanka est une magicienne ?

— C'est le mot. Elle est imbattable dans son domaine. Après ma cure d'amaigrissement, c'est elle qui a eu l'idée de me teindre les cheveux en roux et de me faire cette coupe courte et dynamique. Elle aussi qui m'a montré comment me maquiller. Bref, je suis devenue une de ses fans pour la vie.

— Lauren, je suis impressionnée, vraiment. Je n'aurais jamais cru qu'on pouvait changer autant – en bien !

Grace lui rendit la photo, mais elle conserva la carte du salon de coiffure et grava dans sa mémoire les trois syllabes I-van-ka.

— Je ne parle jamais de ma perte de poids pendant les cours, expliqua Lauren, car la plupart de mes clientes viennent ici pour être plus en forme, pas pour perdre des formes.

— Ah oui ? On ne peut pas avoir les deux ? demanda piteusement Grace.

— Bien sûr que si. Mais vous avez déjà pu le constater, non ? répondit Lauren en souriant. Je parie que vous avez déjà gagné une taille. Cela dit, il y a des femmes qui sont fortes et qui le resteront toujours. Mon but est qu'elles n'en fassent pas un problème. Je voudrais qu'elles sortent de mon club en bonne santé et en accord avec elles-mêmes.

Elle rangea sa photo dans le tiroir.

— Moi, j'étais obèse pour toutes sortes de mauvaises raisons, et mon surpoids me mettait carrément en danger.

— C'est formidable, ce que vous avez réussi, opina Emma. Une métamorphose parfaite. Vous êtes un exemple pour nous toutes.

Elle fit passer son sac d'une épaule à l'autre.

— Nous ferions mieux d'y aller, dit Grace en attrapant son coupe-vent pendu à un crochet.

J'espère qu'elle se décidera à aller voir Ivanka..., songea Lauren en l'observant. Grace était attirante mais ne prêtait pas assez attention à elle.

Pendant que les Bennett mère et fille lui serraient la main, une ombre qui s'attardait devant la fenêtre du club attira son regard. Elle regarda mieux – et son cœur se mit à battre la chamade.

Josh ! Il était déjà rentré et il était là.

Les yeux de Lauren cherchèrent une issue de secours. Trop tard. Pas d'échappatoire. La rencontre était inévitable. Grace allait savoir qui était le pilote de son cœur... et celui-ci se trouverait nez à nez avec la femme et la fille de son père.

Lauren s'humecta les lèvres. Pourquoi fallait-il qu'il lui ait fait la surprise de venir la chercher à son travail ? Pour une surprise, c'en était une : ah, il n'allait pas être déçu !... et Grace non plus, qui sortait la bouche en cœur.

33

Quand Lauren émit un drôle de son, à mi-chemin entre croassement et gémissement, Grace arrêta de chercher ses clefs de voiture dans son sac à main pour la regarder. Rouge comme une tomate, elle fixait la porte qui venait de s'ouvrir.

Grace se retourna et eut le même croassement plaintif en découvrant la haute silhouette qui barrait l'encadrement de la porte.

C'était Joshua Lamont, en uniforme et beau comme un dieu – sa ressemblance avec Steve était telle que Grace en frissonna. Il avança d'un pas dans la pièce, et l'air parut se raréfier. En tout cas, plus personne ne respira.

Le regard de Josh courut de Lauren aux deux Bennett, puis revint se poser sur Lauren. À son crédit, il ne lâcha pas le juron que Grace lisait dans son esprit.

— Josh, quelle surprise ! lança Lauren d'un air faussement dégagé. Je ne t'attendais pas avant ce soir…

— Je passais dans le coin, et je n'ai pas pu attendre une minute de plus pour te voir.

Grace regardait la petite veine palpitant à son front. La même qui trahissait l'embarras de Steve…

Josh s'avança encore et embrassa Lauren sur la joue.

— Eh bien, enchaîna cette dernière en reculant maladroitement, je crois qu'il est inutile de faire les présentations…

Grace lança un coup d'œil à Emma, qui buvait des yeux son demi-frère. Sans doute voyait-elle en lui l'image de son père tel qu'elle ne l'avait pas connu.

Josh inclina poliment la tête devant Grace.

— Ravi de vous voir, madame. Bonjour, Emma, ajouta-t-il en se tournant vers elle.

— Salut, répondit celle-ci, avec un petit geste neutre mais familier.

Ils s'étaient déjà vus ? Où donc ? quand ? comment ? se demanda Grace en un éclair.

— Eh bien, je constate que c'est le jour des surprises, dit-elle en tâchant de conserver un ton détaché. Lieutenant Lamont, vous avez aussi rencontré mes autres enfants ?

— Non, madame.

— Vous devriez venir dîner avec Lauren, lança soudain Emma. À la maison. Comme ça, vous connaîtrez toute la famille.

Elle fit face avec un calme olympien aux trois visages sidérés qui pivotèrent vers elle d'un même mouvement.

— Maman est un cordon-bleu, vous verrez.

Grace savait ce qu'Emma avait en tête. Joshua Lamont était un sujet tabou à la maison. En invitant celui dont personne ne parlait, en particulier Brian, elle voulait crever l'abcès. Grace avait d'autant moins le cœur de décevoir sa fille qu'elle sortait de sa coquille pour la première fois depuis des semaines.

— Je… Emma exagère mes talents de cuisinière mais… bien sûr, quelle bonne idée ! Vous serez tous les deux les bienvenus.

Elle avait du mal à croire qu'elle disait ces mots sans s'étouffer.

Joshua s'éclaircit la voix.

— C'est très gentil, mais nous ne voudrions surtout pas nous imposer…

— C'est décidé, vous venez dîner ce soir, trancha Grace.

Elle sentit aussitôt Emma se détendre à côté d'elle.

— Avec grand plaisir, déclara Lauren.

— Parfait. Je vous ferai mes fameuses lasagnes.

Plaquant un sourire sur son visage, Grace sortit, entraînant Emma dans son sillage et s'étonnant de marcher droit. L'air frais de l'extérieur lui fit du bien. Elle devait avoir les oreilles en feu. Et sa tenue… mon Dieu ! Quelle piètre opinion Lamont allait-il avoir de la femme de son père. Cette idée la troublait plus que de raison. Il avait fallu qu'il la croise juste au sortir de sa séance de fitness, encore tout en sueur, attifée d'un vieux T-shirt informe, le visage écarlate et brillant !

Grace rumina silencieusement jusqu'à ce qu'elles aient gagné la voiture et s'y soient installées. Elle referma la portière et, alors seulement, se tourna vers sa fille.

— Depuis combien de temps fréquentes-tu cet homme en cachette de moi ?

Emma regarda droit devant pendant que Grace roulait en direction de la maison.

— Je ne sais pas exactement… On ne se

« fréquente » pas. Je l'ai rencontré par hasard cet automne, au gymnase du lycée. Il… euh… il y travaille avec certains instructeurs délégués par la marine.

Les pièces du puzzle commençaient à se mettre en place.

— Je comprends mieux pourquoi ton frère – je parle de Brian ! grommela Grace – fuit l'académie comme la peste…

— La présence de Josh n'y est pas étrangère, c'est vrai. Mais tu sais comme moi que Bri n'a jamais vraiment voulu faire Navale.

— En attendant, je note que tu appelles le lieutenant Lamont par son prénom…

— Et après ? jeta Emma en haussant les épaules. Nous avons le même père, ça crée quand même des liens, non ? Moi, en tout cas, ça m'a donné envie de l'approcher un peu. Simple curiosité. Et si je ne t'ai rien dit, c'est justement pour ne pas te voir… tiens, te voir comme en ce moment ! Tu es toute retournée. C'est exactement ce que je voulais éviter.

Steve avait rudement bien fait d'aller se planquer à l'autre bout de la planète ! Grace l'aurait volontiers étranglé.

— Et qu'est-ce qui t'a pris de les inviter à la maison ?

Emma haussa à nouveau les épaules.

— Ça m'est venu comme ça. Désolée de t'avoir forcé la main, maman. Je sais que ce sera pénible pour tout le monde, mais tôt ou tard, il aurait fallu y passer… alors autant que ce soit fait, non ?

Grace exhala un soupir.

— Tu sais quoi ? Tu as eu parfaitement raison.

Sauf que je ne suis pas « toute retournée ». Juste... déconcertée.

— Alors tant mieux.

Elles roulèrent un bon moment en silence. Le printemps était arrivé sur Whidbey Island. Les jonquilles pointaient leur nez sur les bas-côtés et les pommiers se couvraient de jolies fleurs blanches.

Grace essayait de se concentrer sur l'incroyable beauté du paysage, mais finalement, elle ne résista pas à faire parler Emma.

— Alors, comment est-il ?

— Le lieutenant Lam... Josh ? Tu sais, je le connais peu. Mais il est très bien. Il a même tout pour lui. Je veux dire... je suis certaine qu'il ne veut pas jeter le trouble dans notre famille, ni nous gêner en quoi que ce soit. Il ressemble terriblement à papa.

— Terriblement, oui.

— Maman, tu... tu ne t'es jamais posé de questions sur... elle ?

Elle... le premier amour de Steve. Sa première femme, songea douloureusement Grace.

— Tu parles de la mère de Lamont ? Tu penses bien que si.

— Et ?

Grace gardait les yeux rivés sur la route.

— Que veux-tu que je te dise ? Elle était très jeune et elle a fait une bêtise.

— Exactement comme papa.

— Oui. Comme ton père.

Un temps.

— Alors pourquoi l'excuses-tu elle, et pas lui ?

— Je ne la connais pas, elle ne m'a pas caché la

vérité pendant des années – et je suis sûre qu'elle se moque pas mal de ce que je peux bien penser !

Très droite sur son siège, Emma croisa les bras.

— Mais papa, tu ne lui pardonneras jamais une erreur de jeunesse ?

— Tu te trompes. Il ne s'agit pas de cela. Je l'aime trop pour ne pas lui pardonner. Non, ton père et moi sommes en conflit à cause de certaines décisions qui concernent notre avenir commun, pas son passé à lui.

— Peut-être votre conflit s'apaiserait-il si tu acceptais de lui parler cinq minutes au téléphone…

— Merci de ta suggestion, Emma. Mais si tu veux bien, laisse-moi déjà gérer et digérer ta précédente bonne idée. Nos invités arrivent dans moins de deux heures.

— Tu veux que j'annule ?

— Ce serait encore pire. Quand le vin est tiré…

Emma resta silencieuse quelques minutes, puis demanda d'une voix changée, moins assurée :

— Maman, tu penses qu'il est toujours mauvais de garder des secrets ?

— Ma puce, je n'ai pas vraiment consacré une thèse à ce sujet. Mais oui, sans doute… Pourquoi cette question ?

Un groupe d'oies du Canada tournoya dans le ciel avant de venir se poser dans un champ en bord de route. Emma colla son nez à la fenêtre pour les regarder.

— Oh, comme ça, pour rien.

34

— Et après, vous avez continué à faire du sport ? demanda Katie à Josh en le buvant des yeux par-dessus la table du dîner.

Elle n'avait cessé de le bombarder de questions depuis la minute où il s'était présenté chez eux au bras de Lauren.

— Bien sûr. Cross et basket-ball.

— C'est pas croyable ! Papa aussi a joué au basket, et Brian est imbattable à la course ! Vous avez été heureux à Annapolis ?

— Cela a changé ma vie, répondit Josh.

Grace avait encore du mal à se faire à l'idée qu'elle avait mis les petits plats dans les grands pour recevoir comme le fils prodigue le rejeton du premier mariage de son mari… Il semblait inimaginable que cet homme de vingt-six ans soit resté toutes ces années un parfait inconnu, un mystère absolu pour son géniteur. Pourtant, Steve était présent dans le physique et le comportement de Josh, il vivait dans le sourire de Josh, et, dans une certaine mesure, il *était* Josh.

Découvrir leur demi-frère s'avérait probablement aussi irréel pour les enfants. Grace devinait que, par-delà la curiosité qui les dévorait tous les trois, ils se sentaient vaguement menacés. Brian, surtout, en tant que garçon, pouvait craindre la comparaison avec un aîné pilote de chasse dans la marine. Katie aussi cachait sous son feu nourri de questions la forte impression que produisait sur elle ce grand frère plus vieux de dix ans qui risquait, à ses yeux d'écorchée vive, de lui voler une part de l'amour de son père… Quant à Emma, elle manifestait carrément un respect admiratif pour Josh, auquel la liait une certaine complicité que Grace ne s'expliquait pas.

Beaucoup moins bien disposé que sa jumelle à l'égard de celui qu'il considérait manifestement comme un rival doublé d'un intrus, Brian se leva de table sans même attendre la fin du repas.

— Bon, il faut que j'y aille, annonça-t-il, signant là son plus long discours de la soirée. J'ai promis à M. Clune de le remplacer au magasin ce soir.

— Mais il y a du sorbet à la framboise pour le dessert ! lui rappela Katie en guise d'argument massue.

— Je te donne ma part, répliqua Brian sans prendre la peine de masquer son envie de s'échapper.

Comme il filait à la cuisine, Grace saisit son pichet Pouic-pouic sous le prétexte d'aller le remplir.

— Bri, je ne savais pas que le magasin de motos faisait nocturne, chuchota-t-elle.

— Comme quoi tu ne sais pas tout.

Sur ce, le roi des cool enfila nerveusement un sweat-shirt sur son T-shirt. Son animosité envers Lamont était presque palpable.

— Et tu comptes rentrer à quelle heure ?

— Quand l'autre aura mis les voiles, ça te va ?

Grace leva les yeux au ciel en maudissant Steve. Décidément, son mariage secret, son fils caché avaient fait des dégâts dans la famille. Et monsieur ayant tout laissé en plan pour aller voguer à l'autre bout du monde, devoir oblige, il fallait bien qu'elle répare les pots cassés ! L'ennui, c'est qu'elle ne savait pas du tout par quel bout commencer.

— À tout à l'heure, alors, mon chéri.

Brian traversa la salle à manger comme un courant d'air, lançant à la cantonade un « Salut la compagnie ! » des plus cavaliers avant de disparaître en claquant la porte.

Sa sortie jeta un froid. Un ange passa.

— Ce sont les meilleures lasagnes que j'aie jamais mangées, déclara Lauren à Grace qui revenait avec le pichet.

— Merci. C'est pourtant de la cuisine allégée. Il suffit de mélanger du tofu à la ricotta.

— Eh bien, c'est dé-li-cieux. Vous voudrez bien me donner la recette ?

Katie se tourna vers leur invitée.

— Vous, vous n'avez sûrement jamais besoin de surveiller ce que vous mangez !

Grace se souvint de la photo de Lauren obèse et s'empressa d'intervenir avant qu'elle réponde quoi que ce soit :

— Em, tu veux bien m'aider à débarrasser la table ?

Comme enthousiasmée à cette idée, Emma bondit sur ses pieds pour s'emparer des assiettes.

— D'accord avec Lauren, madame Bennett, enchaîna Josh : c'est de loin le meilleur repas que j'ai fait depuis des siècles.

— Heureuse qu'il vous ait plu.

Le regard de Josh se posa sur les photographies qui ornaient les rayons de la bibliothèque. À la place d'honneur trônait un cliché de Steve et des enfants en vacances, pris sur la plage, à Mustang Island, un an plus tôt. Torse nu et tout bronzés, Brian et son père tenaient chacun une planche de surf, tandis que les filles posaient entre eux, assises en tailleur sur le sable. Grace avait fait encadrer cette photo parce que le visage de Steve y reflétait le bonheur d'être avec ses « loupiots », comme il les appelait. Pour une fois, il avait laissé tomber son masque d'officier pour devenir simplement un père de famille.

Grace suivit le regard du jeune homme, et se demanda ce qu'il pouvait bien penser à la vue de cet instantané. Regrettait-il de n'avoir pas connu Steve plus tôt ? Que sa mère l'ait quitté et qu'ils aient vécu séparés ? Ou au contraire se félicitait-il d'avoir eu une autre vie, différente ?

— Josh, vous voulez voir plus de photos ? lança Katie. Nous en avons des tonnes et des tonnes ! Venez, je vais vous en montrer.

Avant que Grace ait seulement pu décider si c'était une bonne idée, sa plus jeune fille avait ouvert le buffet pour en sortir une pile d'albums.

Le visage de Josh trahissait sa curiosité. Manifestement, il aspirait à en savoir plus sur son père génétique, son demi-frère et ses demi-sœurs.

Tout en tournant les pages du premier album, Katie se lança dans un exposé remarquable sur la saga des Bennett, se révélant parfaitement informée des épisodes antérieurs à sa naissance.

— … et ça, c'est papa et maman à leur mariage,

célébré par un aumônier de la marine. La robe blanche, c'était celle de ma grand-mère – pas vrai, m'man ?

— Si, si... Mais tu vas ennuyer nos invités avec tes histoires !

— Oh non, pas du tout, dit Josh. C'est très intéressant, au contraire.

Lauren abonda dans son sens et posa une question sur le bouquet de la mariée, auquel Grace répondit au quart de tour. Ses souvenirs de cette journée étaient clairs et frais comme de l'eau de roche. Elle était si éperdument amoureuse de Steve que l'opposition catégorique de ses parents ne l'avait même pas atteinte.

— Après leur mariage, ils sont allés vivre à Sigonella – c'est en Sicile, expliqua Katie en pointant du doigt la photo d'un paysage méditerranéen.

On les y voyait chevauchant la même Harley – le moyen de locomotion idéal pour sillonner les collines seulement peuplées de chèvres et parsemées d'oliviers, se remémora Grace avec émotion.

— ... et ici, nous sommes à Pensacola, continuait Katie, dont les albums et le récit idéaliste donnaient l'image d'une famille invariablement souriante et heureuse.

Grace se demanda si quelqu'un d'autre qu'elle était à même de percevoir la complexité de Steve, souvent déchiré entre devoir et désir, et que leur mariage n'était pas le long fleuve tranquille du montage photographique de Katie, mais de véritables montagnes russes.

La jeune mariée qui souriait à la vie et à l'avenir sur la première page de cet album se doutait-elle qu'elle devrait mettre ses rêves de côté pour permettre à celui de son mari de se réaliser ? Grace connaissait cette photo par cœur, mais aujourd'hui, elle avait l'impression de déceler une lueur inquiète dans ses propres yeux, et comme l'amorce d'une crainte prémonitoire derrière son sourire… Pure imagination ?

En entendant les filles raconter par bribes à leur demi-frère ce passé familial dont il était totalement absent, Grace en sentit le poids. Ses sentiments pour Steve étaient si profonds, si complexes…

— … ça, c'est Brian devant son bonhomme de neige en Alaska ; là, c'est Em et moi devant notre château de sable à Hawaii…

Ces photographies prises à différentes époques partout dans le monde – toutes ces étapes d'un voyage inachevé, songea-t-elle – lui rappelaient autre chose que les tranches de vie qu'elles représentaient. En dépit de la crise que traversait leur couple, des déménagements qui avaient rythmé la vie de leur famille, de la cruauté des séparations interminables… pour rien au monde Grace n'aurait voulu changer d'un iota les vingt années écoulées.

Vingt ans durant, par la force des choses, elle avait été amenée à prendre des décisions toute seule, à réinventer le quotidien dans des lieux et des cultures qui lui avaient fait chaque fois découvrir le monde avec des yeux neufs. Jusqu'aux inévitables thés et autres réunions plus ou moins officielles de femmes de militaires qui faisaient partie intégrante de son existence. L'ironie du sort voulait que ce à quoi elle tentait d'échapper ait contribué à faire d'elle la femme qu'elle était…

— Eh bien… quelle vie fabuleuse ! s'exclama Lauren, comme Katie refermait le dernier l'album.

— Toi, tu ne peux pas savoir comme je suis heureux de t'entendre dire ça, commenta Josh en lui tapotant le bras.

Encore un geste hérité de Steve, nota Grace. Elle vit aussi que Lauren esquissait un sourire qui cachait mal son embarras.

— Désolée de vous abandonner, mais il faut que j'aille m'exercer à la clarinette, annonça Katie en repoussant sa chaise. Il y a répétition au lycée, demain…

— Je n'ai pas le droit d'écouter ? demanda aussitôt Josh avec un intérêt apparemment sincère.

Katie piqua un de ses plus beaux fards.

— C'est que… je ne suis pas encore très bonne…

— Faux. Elle est incroyablement bonne, rectifia Emma. Elle aime seulement se faire prier !

Les filles entraînèrent Josh dans la petite pièce que Katie avait pompeusement baptisée le « salon de musique ». Lauren tint absolument à aider Grace à faire la vaisselle.

Quelques minutes plus tard, des échos de *Rhapsody in Blue* se répandaient dans la maison. Les deux femmes s'activèrent côte à côte au rythme de Gershwin, mais Lauren avait l'air songeur.

— Vous, vous pensez à la vie d'une famille de la marine, dit Grace. C'est un monde à part, n'est-ce pas ? Si on ne le connaît pas…

— Je le connais un peu. Mon défunt mari travaillait pour la marine comme entrepreneur civil.

Une assiette sale à la main, Grace resta clouée sur

place, horrifiée. Lauren était trop jeune pour être veuve.

— Votre…

— Oui, j'ai été mariée. Il est mort il y a deux ans.

— Je ne le savais pas, Lauren. Oh, je suis terriblement désolée…

— Merci, Grace. J'ai eu du mal à m'en remettre, mais j'ai la vie chevillée au corps.

Elle disait cela comme si elle s'en excusait… Grace lui adressa un sourire particulièrement chaleureux.

— Je suis heureuse que vous ayez rencontré Josh.

La mélodie de la clarinette vint les envelopper comme une caresse.

— La petite est vraiment douée, opina Lauren en continuant à s'activer devant l'évier. Je suis sûre que Steve est fier d'elle.

— Nous sommes très fiers de nos trois enfants.

Grace se rendit compte qu'elle venait de dire « nous » en englobant Steve. L'habitude. Elle savait tellement ce qu'il pensait. Enfin… quand il s'agissait des petits en tout cas !

Lauren hocha la tête.

— Tous les cinq, vous êtes les doigts d'une seule main. Moi aussi, j'ai la chance d'avoir une sœur dont je suis très proche. Mais Josh, lui, a souffert d'être enfant unique. Je sais qu'il a toujours rêvé d'avoir des frères et sœurs.

Grace resta coite. Comme Emma l'avait annoncé, Josh était indéniablement quelqu'un de bien. Mais sa présence avait le malheur de lui rappeler à chaque seconde que son mariage n'était pas au beau fixe.

Lauren se méprit sur le silence de son amie et ajouta rapidement :

— Josh chérit trop sa mère et la mémoire de son père adoptif pour chercher à s'immiscer dans votre famille, faites-lui confiance.

— Oh non, pas ça !

— Pardon ?

— Ce pichet ne va pas au lave-vaisselle, expliqua Grace en désignant du menton son Pouic-pouic. Il est vieux, fragile et probablement irremplaçable.

— Vous m'avez fait peur, sourit Lauren en lavant délicatement le pot sous le robinet. C'est un héritage ?

Grace imagina une seconde ses parents sinistres avec un pot en forme de poulet et esquissa une grimace.

— Pas du tout, il a seulement une valeur sentimentale. Je l'ai acheté dans une brocante au tout début de notre mariage.

Lauren essuya le pichet avec un soin quasi religieux.

— Avec vous, la vie d'épouse de marin paraît si facile…

— Ah bon ?

— Mais oui.

— Je suppose que c'est parce qu'il n'y a pas vraiment de choix. Ou l'on apprend à s'en sortir toute seule pendant que son mari est en déploiement, ou l'on se morfond la moitié de sa vie.

Lauren regarda par la fenêtre le ciel étoilé de cette belle nuit de printemps.

— Je suis restée toute seule pendant deux ans, et j'ai résisté, vous voyez. Mais ce n'était pas non plus ce qui s'appelle vivre… Grace, ajouta-t-elle après une hésitation, si vous n'aviez pas eu vos enfants, les absences de votre mari n'auraient-elles pas été encore plus pénibles ?

— Je n'y ai jamais vraiment réfléchi. Pourquoi me demandez-vous cela ?

— C'est une question que je me pose depuis quelque temps.

Lauren se mordit la lèvre.

— Vous ne m'en voudrez pas de vous parler franchement ?

— Bien sûr que non.

— Eh bien, je ne vous étonnerai pas en vous disant que j'ai été assez choquée par les circonstances de la naissance de Josh… par cette façon qu'a eue sa mère de divorcer sans dire à son mari qu'elle attendait un bébé…

Vous n'êtes pas la seule ! songea Grace.

— … d'un autre côté, je crois que je peux la comprendre. Steve parti en déploiement – le premier d'une longue série, vous en savez quelque chose ! –, elle s'est retrouvée toute seule, si jeune. C'est alors qu'elle a fait la connaissance de Grant, le père adoptif de Josh, qui avait le mérite d'être là, lui. Toujours présent, disponible, rassurant, s'occupant de tout, il a pris la femme et l'enfant sous son aile.

Lauren haussa les épaules et ajouta :

— Je ne suis pas en train de vous expliquer que Cissy a fait le bon choix, mais je peux comprendre pourquoi elle a opté pour la solution de facilité. Tout ça pour dire que j'ai des doutes affreux sur ma propre aptitude à devenir femme de marin.

Grace lui sourit.

— Josh vous a demandé de l'épouser ?

— Non. Mais je le vois venir…

— Et c'est votre vœu le plus cher ?

— Si seulement j'en étais sûre ! Mais je change

d'avis en permanence. Tantôt je me sens forte, capable comme vous de l'attendre des mois quand il sera au loin, tantôt je m'imagine toute seule, avec un océan entre nous, et j'ai peur de ne pas supporter la séparation… Ce n'est pas une vie !

— Pas celle de tout le monde, effectivement, dit Grace. C'est une vie en deux temps. Quand Steve est en mer, je dois gérer seule mon existence ; je suis maîtresse de mes décisions. Mais dès qu'il revient, c'est l'inverse ; ce que je gagne en présence, je le perds en indépendance. Les années ont consolidé ce schéma et aujourd'hui, j'en viens à me demander ce qui me convient le mieux…

Lauren paraissait sidérée.

— Vous exagérez.

— À peine.

— Il y a vraiment du mauvais dans les deux ?

— Je préfère dire que les deux ont du bon.

Grace mit en marche le lave-vaisselle et ajouta :

— Vous seule pouvez savoir si cette alternance vous conviendra.

Lauren la regarda dans les yeux.

— Si je n'avais pas si peur…

— Qu'est-ce qui vous effraie, exactement ?

— La crainte de souffrir. Je sais que je ne m'en remettrais pas si cela finissait mal.

QUATRIÈME PARTIE

Porté disparu

Porté disparu : statut transitoire applicable au personnel militaire qui ne donne plus signe de vie. Termes utilisés quand l'autorité responsable suspecte un membre d'être une victime dont l'absence est involontaire, mais ne dispose en l'état d'aucune preuve évidente permettant de prononcer ni sa disparition définitive ni son décès.

Manuel Milpersman 1770-020

35

Quand elle retomba sur son torse, encore toute tremblante de plaisir, Lauren se demanda comment elle avait pu vivre si longtemps sans Josh.

Et comment elle pourrait vivre sans lui quand il serait reparti…

— Cette fois, ma douce, je vais devoir te laisser…

— Oh non.

Comme c'était étrange, elle ne parvenait pas à se rappeler ce qu'elle avait l'habitude de faire de son temps avant que ce diable d'homme en remplisse chaque journée – et chaque heure, chaque minute, par la pensée.

— Oh si, mon cœur, il faut tôt ou tard que…

— Alors, tard. Plus tard. Très tard !

Elle étendit une jambe et lui chatouilla le mollet avec ses orteils, mais Josh la fit rouler sur le côté et se dressa sur son séant.

— Reste avec moi, Josh. Je suis sérieuse.

Il haussa un sourcil.

— Oh, oh ! c'est bien la première fois que tu admets que c'est sérieux entre nous…

— Je n'ai pas dit cela ! J'ai…

— Chut, fit-il en posant deux doigts sur les lèvres qui protestaient déjà. Je sais, ma chérie. Je ne te demande pas de changer d'avis tout de suite. Je t'aime, Lauren. Je t'aime pour la vie, et je veux bâtir mon avenir avec toi.

Elle pâlit, rougit, sauta du lit, mais il fut plus rapide.

— N'essaie pas encore de fuir, Lauren, grommela-t-il en la retenant par le poignet. Je n'ai pas fini.

— Si. Tu vas être en retard, marmonna-t-elle en se dégageant pour enfiler son peignoir.

— Je voulais t'en parler ce soir, mais je ne peux pas attendre plus longtemps. Au cas où tu n'aurais pas compris, Lauren Lynette Stanton, je…

— Josh, tu me fais peur !

— Attends, et écoute-moi jusqu'au bout. Je n'ai pas l'habitude d'aimer, Lauren. C'est nouveau pour moi, et pas facile. Mais je te jure que je vais me bonifier, à condition que tu me laisses une chance.

Lauren sentit une grosse boule se former dans sa gorge. Elle allait pleurer, c'était couru d'avance.

— Très bien, je t'écoute, mais…

— Parfait. Je n'ai quasiment pas fermé l'œil de la nuit, je cherchais les mots pour te dire… Je n'aurais jamais cru que je me trouverais un jour ainsi tiraillé dans différentes directions. Je t'adore, Lauren, et je voudrais passer chaque minute de ma vie avec toi…

Même au plus fort de cette déclaration d'amour, Lauren sentait venir un « mais ».

— Continue, se força-t-elle à dire.

— En même temps, je sais que je dois te quitter.

— Quand ?

Ce fut tout ce qu'elle put articuler. La réponse tomba comme un couperet :

— Demain matin, à six heures. Mon escadron s'envole pour rallier l'USS *Dominion*.

Elle inclina la tête. Le jour était venu. Ils l'attendaient depuis un moment. Josh était un pilote de la marine. Quand il recevait son ordre de mission, il partait où on l'envoyait. C'était aussi simple que ça.

En dépit de tous ses efforts, elle laissa échapper une larme qui roula lentement le long de sa joue. Mais, elle écumait de rage contre elle-même. Ce qui se passerait le lendemain à l'aube, elle l'avait su depuis le début, et elle n'avait rien fait pour s'en protéger. Josh s'était rendu indispensable, et maintenant, il devait la quitter.

— Je vois, fit-elle, choisissant le commentaire le plus neutre qu'elle trouva.

Puis, avant que sa raison l'en empêche, son cœur parla :

— Je meurs d'envie de te supplier de ne pas t'en aller, Josh, mais je ne le ferai pas. Jamais je ne te demanderai de renoncer à ton rêve de toujours.

— Mon amour…

Il la pressa contre lui à l'étouffer, avant de plonger son regard dans le sien.

— Veux-tu m'épouser, Lauren ?

Elle enfouit son visage dans son épaule.

— Je ne peux pas.

Josh resserra son étreinte.

— Je me rends compte que c'est beaucoup te demander que de m'attendre, mais je te jure que je t'écrirai chaque jour, que je te téléphonerai dès que j'en aurai la possibilité. Et quand je reviendrai, je te ferai oublier cette séparation. Je te le promets, mon cœur.

— Je sais que tu tiendrais ta promesse. Mais il ne faut pas, Josh. Nous ne serions pas heureux ensemble.

— Qu'est-ce que tu racontes ? Nous sommes heureux ensemble. Tout est déjà si merveilleux entre nous, et ce sera encore mieux quand nous serons mariés. Lauren, je n'ai jamais rien éprouvé de tel pour une autre femme. Je sais que je ne suis pas ton premier mari, mais je peux...

— C'est à ça que tu penses ? le coupa-t-elle, incrédule. Que je te compare à Gil ?

— Cela m'a traversé l'esprit, avoua-t-il.

Le cœur de Lauren se serra, tandis qu'elle prenait son visage entre ses mains et l'embrassait doucement sur les lèvres.

— Josh, moi non plus, je n'ai jamais rien éprouvé de tel pour qui que ce soit. Pas même pour Gil.

— C'est vrai, ma chérie ?

Elle s'en voulait de lui faire mal. Mais il le fallait.

— Aussi vrai que je ne te rendrais pas heureux si je devenais ta femme. Josh, je ne peux pas te donner ce que tu veux.

Il éclata de rire.

— Raté ! Tu fais déjà mon bonheur chaque jour que nous passons ens...

Elle plaqua une main sur sa bouche, prit une inspiration et lâcha :

— Josh, je ne peux pas avoir d'enfants.

Une petite lueur vacilla et s'éteignit dans son regard. Il récupéra à une vitesse impressionnante, mais l'espace d'une fraction de seconde, elle l'avait vu touché en plein cœur.

Sans ajouter un mot, Lauren alla à la cuisine mettre en marche la cafetière. Elle l'entendit entrer dans la salle de bains et, quand il la rejoignit, il avait passé un blue-jeans.

— Je ne retire pas ma demande en mariage, si c'est ce que tu crois, attaqua-t-il.

— Tu devrais, pourtant. Depuis que je te connais, tu ne cesses de répéter que tu rêves d'avoir des enfants – « toute une ribambelle », ce sont tes mots –, et moi, je suis incapable de t'en donner un seul.

— Comment peux-tu en être aussi sûre ? Tu n'as vécu que trois ans avec ton mari. Le problème venait peut-être de lui. Depuis, tu n'as jamais essayé… avec quelqu'un d'autre ?

— Bien sûr que non.

Il la prit par la main et la fit asseoir à la table en face de lui.

— Dis-moi tout, Lauren. J'ai le droit de savoir.

Elle ferma les yeux. Oui, il avait le droit.

Curieusement, ce fut beaucoup plus facile que ce qu'elle avait craint. Elle passa rapidement sur les débuts de leur mariage, quand Gil et elle ne se faisaient pas encore trop de souci sur leur incapacité à « mettre un bébé en route », comme on disait. Puis les mois avaient passé sans qu'elle tombe jamais enceinte, et la troisième année…

— Nous avons pris un rendez-vous avec un spécialiste, mais Gil est mort avant la consultation.

— C'est lui qui était stérile, affirma Josh. Pas toi.

Il se raccrochait à cette idée, songea douloureusement Lauren.

— Josh, je ne peux pas te le promettre.

— Alors, on va le faire certifier noir sur blanc.

— Tu ne veux pas examiner mes dents, pendant

que tu y es ? Histoire de vérifier que je ne mens pas sur mon âge !

Il éclata de rire. De *rire* ? Où trouvait-il cette force ?

— Mon bel ange, tu n'as rien compris. Je ne te demande pas d'aller te mettre dans les pattes d'un médecin, mais de m'épouser, et on verra bien ! Les travaux pratiques, il n'y a que ça de vrai pour en avoir le cœur net.

— Les « travaux pratiques » ? C'est d'un romantisme ! railla-t-elle pour masquer sa nervosité. Et si tu découvres une fois marié que je ne peux pas te donner d'enfant ?

— Ttt, nous aurons un tas de bébés. Alors, tu veux bien devenir ma femme ? Quand ?

Sa confiance aveugle finissait par l'ébranler.

— Tu vas trop vite, Josh.

— Je n'ai pas le temps de traînailler. Je dois partir, Lauren.

— Exactement. C'est bien pourquoi le moment est mal choisi pour parler mariage.

— C'est le seul qui me reste.

Elle lui prit la main.

— Je te propose un accord…

Il porta ses doigts à ses lèvres et les embrassa.

— J'ai cent fois mieux : je te propose d'être d'accord pour qu'on se marie.

Le cœur de Lauren lui faisait mal du désir de dire oui. Mais elle ne pouvait pas.

— Josh, pendant que tu seras en mer, j'irai consulter un spécialiste, et si…

— Bon Dieu, Lauren ! c'est toi que j'épouse… pas ton appareil de reproduction !

— Il n'y a pas que cela, Josh… Je ne sais pas si j'ai les qualités requises pour être l'épouse à temps plein d'un mari à temps partiel.

— Moi, je le sais. Fais-moi confiance, Lauren. Mieux : fais-*toi* confiance !

Voilà ce que c'était d'aimer un chevalier du ciel, songea-t-elle. Un abonnement aux montagnes russes ! Elle qui avait toujours préféré le manège !

36

Papa chéri, il faut que je te parle de quelque chose de grave qui m'est arrivé…

Emma regarda clignoter le curseur sur l'écran de son ordinateur jusqu'à ce que sa vision se trouble. Alors elle fit ce qu'elle faisait toujours quand elle avait été tentée de se laisser aller aux confidences. Elle pressa la touche « Effacer ». Le texte qu'elle avait eu tant de mal à écrire disparut en un éclair.

Pratique, cette touche d'effacement… Si seulement sa mémoire avait la même ! Elle avait pourtant tout essayé : faire comme si rien ne s'était passé, rêver qu'elle déposait une plainte en règle à la police, imaginer des plans de vengeance… Et cela jour après jour, depuis des semaines, et maintenant des mois. Mais rien n'y faisait, ni le temps qui passait, ni ses stratégies. Tout, à chaque instant, lui rappelait le viol dont elle avait été victime. Il était clair qu'elle ne pourrait jamais l'oublier.

Même si elle avait forcé ses doigts à taper ce message pour son père, lui avouant sa douleur, sa honte, sa colère, elle savait déjà qu'elle ne pourrait pas l'envoyer. Cela ne ferait qu'aggraver les choses. Si

Cory avait été n'importe qui d'autre, peut-être aurait-elle parlé. Mais il était le fils du CAG et elle connaissait son propre père : si elle lui racontait tout, il réagirait sans se soucier de sa carrière.

Jamais elle ne lui demanderait ça. Elle ne l'inciterait pas à sacrifier tout ce qu'il avait bâti depuis qu'elle était née, et même avant. Après le déploiement en cours, il allait exercer le plus haut commandement de sa vie. Un mot d'elle pouvait ruiner ses chances.

Emma avait déjà vu le cas se produire. En seconde, elle avait eu pour copain de classe le fils d'un vice-amiral. Le garçon avait été pris en flagrant délit de vente de drogue, et son père n'avait pas tardé à se retrouver au placard. Pas question que le capitaine Steve Bennett subisse la même injustice !

Parfois, quand elle croisait Cory au lycée, elle avait du mal à croire que c'était vraiment arrivé. Il se comportait si... normalement. Si elle osait l'accuser, non seulement il se défendrait comme un beau diable, mais il n'aurait aucun mal à rallier une foule de gens à sa cause, et Dieu sait les horreurs qu'ils raconteraient sur elle ! Elle ne se faisait pas d'illusions, on ne ménagerait pas celle par qui le scandale serait arrivé, celle qui voulait salir l'aura de la figure de proue du lycée, le glorieux capitaine de l'équipe de foot. Cory en avait parfaitement conscience, et il était évident qu'il avait préparé sa défense – sa contre-attaque plutôt –, au cas où elle le dénoncerait.

Une truffe fraîche et humide vint se fourrer dans sa main avec une douce insistance. Perdue dans ses pensées, Emma n'avait pas entendu les griffes de Rose-Pompon cliqueter sur le plancher. Elle caressa distraitement la petite chienne tout en s'avouant qu'elle n'avait pas la moindre idée de la façon dont elle allait pouvoir s'y prendre pour retrouver une vie normale.

Une chose au moins était certaine : elle ne dirait jamais un mot sur son viol. Elle avait pris cette décision la nuit même où il avait eu lieu, et elle avait bien l'intention de s'y tenir.

Alors, au lieu de tout révéler à son père et de le forcer à mettre en jeu sa carrière, Emma lui écrivit un message bourré de tendresse où elle lui racontait, entre autres bonnes nouvelles, les débuts de Rose-Pompon dans la famille. Là, les mots coulaient sans peine, il était si facile et si rassurant de parler de cette adorable bête qui lui avait appris ce qu'était l'amour indéfectible et gratuit. À la minute où leur mère l'avait ramenée à la maison, Rose-Pompon avait fait la conquête de chacun.

Certains jours, cette petite boule de poils était la seule raison de sourire d'Emma. C'était bon de la retrouver au retour du lycée. Là-bas, ses copines la croyaient carrément dérangée, d'abord d'avoir coupé les ponts avec Cory (en le laissant prétendre que c'était lui qui l'avait « jetée »), ensuite d'avoir sacrifié la longue chevelure blonde que toutes les filles lui enviaient.

Pensive, Emma gratta Rose-Pompon entre les oreilles. Elle savait très bien ce qu'elle faisait : elle essayait simplement de se protéger. Pas facile – surtout avec sa mère qui flairait quelque chose et qui la surveillait du coin de l'œil. Mon Dieu, pourvu que Maman ne découvre jamais rien ! C'était la hantise d'Emma, qui devait faire très attention à ne pas se trahir. C'est ainsi qu'elle la fuyait, alors que bien souvent elle mourait d'envie de se jeter dans ses bras pour y pleurer toutes les larmes de son corps.

Elle coupa brusquement son ordinateur et monta quatre à quatre prendre une douche à l'étage. Encore une. Cela faisait des mois que cela durait, des mois que Katie se moquait de sa « manie de raton laveur », que Brian pestait contre son « squat » de la salle de bains. Depuis le viol, elle avait beau se frotter vigoureusement tout le corps au savon et se rincer longuement à grande eau, elle n'avait jamais l'impression d'être propre.

37

En lisant le dernier e-mail de sa fille aînée, Steve sentit l'étau de la solitude se resserrer sur lui. Elle trouvait toujours quelque chose de plaisant à raconter, des anecdotes pleines de vie à partager avec lui. Le message du jour tournait surtout autour de cette Rose-Pompon (quel nom !) que Grace avait adoptée. Emma avait joint une photo de la bestiole. Un sac à puces fauve qui fixait l'objectif avec des yeux comme des soucoupes. Qu'allaient-ils en faire quand elle grandirait ?

Merci à l'inventeur des e-mails ! Même sans le timbre de la voix et sans l'écriture manuscrite, c'était un moyen de garder au moins le contact. D'instinct, Emma avait l'art de soutenir le moral de son père. C'est ce qu'il lui dit au début de sa réponse :

Ma grande chérie, ton dernier courrier est arrivé pile au moment où j'en avais besoin. Merci ! Savoir quoi dire et quand le dire est un don du ciel…

Quand il eut terminé son propre texte, il cliqua sur la touche « Envoyer » puis inspecta ses autres courriers avec une grande méfiance. Il s'offrait chaque fois une montée d'adrénaline. Qui sait ce qu'il y trouverait aujourd'hui ? Il avait déjà eu droit au contrat d'achat d'une maison, à la candidature officielle de son fils à une école de dessin, au certificat d'adoption d'un chiot… Qu'est-ce qui pouvait bien lui tomber encore dessus ?

Une demande de divorce.

Il n'avait rien vu passer d'annonciateur en la matière, mais cette possibilité l'obsédait. C'était en mer qu'il avait reçu les papiers de son divorce, vingt-six ans plus tôt, et même si Grace n'était pas Cissy – Dieu soit loué ! –, cette hantise ne le quittait pas.

— Le lieutenant Lamont est ici, monsieur ! annonça le lieutenant Killigrew.

— Très bien. Faites-le entrer.

Lamont entra dans le bureau et salua.

— Vous vouliez me voir, monsieur ?

Exact… il y a vingt-six ans, songea Steve.

— Repos, lieutenant. Oui, je souhaitais savoir comment s'était déroulé votre embarquement à bord du *Dominion*.

Évidemment, Steve aurait pu demander un rapport au chef d'escadron, mais il préférait entendre la réponse de la bouche de Lamont.

— Parfaitement bien, monsieur. Mon affectation ici est ce que je pouvais souhaiter de mieux. Piloter un Prowler deux fois par jour est un rêve. Le rêve de ma vie !

À cet instant, Steve eut l'impression de le connaître intimement, ou plutôt de se reconnaître dans cet étranger qui lui ressemblait tant. L'exaltation transfigurait le jeune pilote. Il avait l'amour de voler dans le sang, un seul regard suffisait pour le comprendre – à plus forte raison lorsque l'on partageait cette passion.

En tant qu'officier supérieur, Steve se sentit obligé de jouer les aînés.

— L'US Navy apprécie l'enthousiasme, mais également la rigueur. Comment se passent vos appontages ?

— Je m'entraîne dur, monsieur. J'espère atteindre rapidement mon meilleur niveau.

Steve l'interrogea sur ses résultats, déjà au-dessus de la moyenne. Ce Lamont était un as. Seul problème signalé : un certain manque d'attention lors des debriefings d'après exercices.

Par devoir, comme il l'aurait fait pour tous ses hommes, Steve insista sur ce point.

— Vous avez un souci ? Qu'est-ce qui vous trouble ?

— Je vous demande pardon ?

— Vous n'êtes pas concentré à cent pour cent sur ce que vous faites, et ce n'est pas bon quand on assure deux missions par jour. Ce ne serait pas à cause de moi ?

Il le vit se raidir.

— Absolument pas, monsieur. Je suis bien conscient de la situation… peu orthodoxe… qui est la nôtre, mais je vous assure que cela n'affecte aucunement mes performances.

Steve ne dut paraître qu'à demi convaincu, car Lamont ajouta :

— La veille de mon départ, j'ai demandé à une jeune femme de m'épouser.

Steve se pencha en arrière dans son fauteuil. C'était donc ça. Une femme.

— Vous n'êtes pas le premier, lieutenant.

— Non, monsieur. Mais... elle ne m'a pas répondu. Et j'avoue que ça me ronge.

Cet aveu prit Steve de court. *Son fils qu'il n'avait pas vu grandir allait se marier...* Il éprouva comme un vertige et se ressaisit au quart de tour.

— Qu'est-ce qui vous ronge ? Le fait qu'elle hésite... ou vos propres doutes ?

Lamont cilla, interdit.

— Mais je ne...

— Vous ne vous sentez pas en position de force, parce que vous savez pertinemment ce que c'est que d'être dans la marine et ce que cela signifie pour une épouse. Vous allez demander à la femme que vous aimez de garder la boutique pendant vos six mois d'absence. Et pareil quand vous aurez des enfants. Et pourtant, vous avez du mal à admettre qu'elle ne danse pas de joie. N'importe quel être sensé hésiterait à s'engager pour la vie dans ces conditions. Je me trompe, lieutenant ?

Lamont ébaucha une grimace éloquente.

— Je crains que non.

— Grâce ou à cause des déploiements, nous en venons à mener deux vies séparées, opposées même. C'est à la fois une bénédiction et une malédiction. Est-ce que j'ai raté les anniversaires de mes gosses ? Hélas, oui, et pas mal de fêtes de Noël par-dessus le marché. D'un autre côté, je n'ai pas eu à les traîner de force chez le dentiste, à remorquer la voiture en panne jusqu'au garage un matin d'école, à appeler un réparateur pour la chaudière en plein hiver... Oui, j'ai également échappé à tout ça. Alors, en fin de compte, on s'en tire bien par rapport à nos épouses. Prétendre le contraire serait malhonnête.

Steve s'en voulait un peu de se montrer si franc. Mais il se sentait tenu d'être sincère avec Lamont. Au fond de lui, il aimait partir en mission « loin, loin tout là-bas », comme expliquait Grace aux enfants quand ils étaient petits. Et il n'était pas mécontent de savoir que sa femme se chargeait de tout en son absence. Ce n'était peut-être pas glorieux, mais c'était la vérité.

Lamont hocha la tête.

— Je vous demande pardon, monsieur, mais si la vie des épouses est si difficile, pourquoi n'y a-t-il pas plus de marins célibataires ?

Parce que nos tendres moitiés ont toujours l'espoir de nous changer, répondit Steve en son for intérieur.

Mais il s'abstint de formuler sa pensée à ce garçon amoureux. Josh Lamont aurait bien le temps de découvrir tout cela par lui-même. Steve préféra se faire l'avocat du diable.

— Je reformule la question. Pourquoi y a-t-il autant de divorces parmi nous ? Deux fois plus qu'ailleurs… Lamont. Nos épouses se doivent d'être fortes et indépendantes ; des mois d'affilée, elles ne peuvent compter que sur elles-mêmes. Ce genre de perles rares existent – j'en ai trouvé une, moi qui vous parle, et je vous souhaite de tout cœur la même chance. Le revers de la médaille, pour nous, c'est que, laissées à elles-mêmes, lesdites femmes acquièrent une autonomie et des talents qui peuvent les inciter à organiser leur vie sans nous.

— Comme a préféré le faire ma mère, articula Lamont.

Steve sentit monter en lui l'écho de sa vieille

rancune contre celle qui l'avait laissé tomber au premier déploiement. Non, Cissy ne s'était pas émancipée, le seul talent que sa – brève – solitude avait révélé en elle se résumait à avoir su se dénicher très vite un autre mari plus présent. Mais ça non plus, il n'allait pas le dire à leur fils.

— Lorsqu'on est en mer, commença-t-il, on a besoin de pouvoir faire aveuglément confiance à celle qu'on a laissée à terre avec la charge de la famille, de la maison, de nos affaires, de tout.

Sous-entendu : ne choisissez pas une Cissy ! Mais il était mal placé pour donner des conseils paternels à ce jeune homme dont il ne s'était jamais occupé. Pourtant, brusquement, il bascula en arrière dans son fauteuil et cessa d'être le capitaine Bennett pour devenir le père de Josh.

— Vous voulez savoir ce que je pense vraiment ? Un officier est comme la partie visible d'un iceberg. Sa conjointe, c'est les soixante-quinze pour cent qu'on ne voit pas, ceux qui composent toute la structure et qui soutiennent la partie émergée.

Sitôt dit, Steve reprit instantanément son rôle officiel et se leva pour mieux signifier la fin de l'entretien.

— Il est tout à votre honneur de vous poser des questions existentielles tant qu'elles n'interfèrent pas avec votre aptitude à piloter à cent pour cent de vos capacités. La meilleure façon de récupérer une concentration maximale, c'est encore de ne pas se voiler la face, d'être honnête avec soi-même quant aux réalités de notre vie. Bonne chance, lieutenant. Pour tout.

C'est un Lamont quelque peu abasourdi qui sortit de son bureau après avoir salué son supérieur.

Steve porta machinalement la main à son cou où pendait toujours sa médaille de saint Christophe, mais ses doigts ne rencontrèrent pas la chaîne en or. Où était-elle passée ? Sourcils froncés, il regarda autour de son bureau, dessous, partout. Rien. Il essaya en vain de se rappeler la dernière fois où il l'avait vue. Catastrophe !

Cette médaille, il ne s'en séparait jamais. Il la portait depuis son premier déploiement et l'avait toujours considérée comme son talisman contre le mauvais sort. Bien sûr, il savait que c'était une superstition, c'était pourtant la première fois qu'il se retrouvait en mer sans son saint Christophe. La première fois aussi qu'il avait quitté Grace en mauvais termes, et la première fois qu'il avait à bord un fils tombé du ciel… Hum. Ça faisait beaucoup de premières. Et cela ne présageait sûrement rien de bon.

Étrange, songea-t-il. Cette médaille lui venait de Cissy. C'était la seule chose qu'il avait conservée d'elle. Et voici qu'elle disparaissait au moment où il recevait, à un quart de siècle de distance, un autre cadeau d'elle.

Josh Lamont.

Steve lui avait parlé du fond du cœur, s'étonnant même de formuler soudain à voix haute ce qu'il pensait tout bas sans l'avoir jamais confié à personne. L'armée n'appréciait guère que ses membres, a fortiori ses officiers, soulèvent ces points négatifs. Mais Lamont était son fils. Il était bon qu'il sache que le temps qu'on passait loin des siens était perdu à jamais. Et que l'absence pouvait avoir un impact dévastateur sur une famille. Il était bien placé pour le dire.

Steve médita un moment, puis il sortit la carte de

visite professionnelle qu'il avait gardée dans la poche de son uniforme depuis la veille de son départ. C'était la carte de Joey Lord, son vieux copain d'escadron recyclé avec bonheur dans le privé.

Il s'assit devant son ordinateur, saisit l'adresse électronique de Joey et commença à écrire.

38

Grace fixait avec incrédulité le calendrier posé sur sa coiffeuse. Par divers moyens, elle avait réussi à occulter l'imminence de son anniversaire. Mais il venait d'un coup de la rattraper…

Quarante ans. Aujourd'hui, elle avait quarante ans.

Si elle s'était écartée, elle aurait cherché un trou pour se cacher. Mais au lieu de fuir, elle enfila sa tenue de jogging et se fit une queue-de-cheval. Elle avait assez de travail pour s'occuper l'esprit. Mais c'était dur. Tout était dur ces derniers temps.

Suivie comme son ombre par Rose-Pompon, elle descendit dans la cuisine se mixer un cocktail lait de soja-banane, tiquant au vrombissement du moteur qui allait sûrement réveiller les enfants. Mais après tout, il était presque l'heure pour eux de se lever.

Brian fut le premier à la rejoindre. Se faisait-elle des idées ou ses yeux avaient-ils vraiment un éclat particulier ? En tout cas, son fils lui parut incroyablement adulte, et très beau, avec ses cheveux blond-roux, la mâchoire carrée héritée de son père et ce sourire espiègle qui n'appartenait qu'à lui. Peut-être avait-il une surprise pour elle, se prit-elle à rêver. Mais non,

Brian oubliait toujours tous les anniversaires. Elle se comporta donc comme n'importe quel autre jour.

— Tu as l'air bien guilleret ce matin, commenta-t-elle.

— Ouais.

Il attrapa un grand bol jaune et y vida la moitié d'une boîte de céréales.

— Hé, m'man ?

— Mmm ?

— J'ai une surprise pour toi.

Ah, elle le savait ! Bri ne se souvenait jamais de son anniversaire *avant*, mais maintenant, ce n'était plus un gamin. Sans doute fallait-il y voir un signe de sa récente maturité.

— Quel genre de surprise ? demanda-t-elle en fondant déjà.

Il décrocha son sac suspendu à la porte, le fouilla et en extirpa une enveloppe kraft format A4.

— Tiens. J'espère que ça va te faire plaisir…

Grace soupesa l'enveloppe, trop grande et trop épaisse pour une simple carte d'anniversaire. Déconcertée, elle la retourna bêtement entre ses doigts avant de lire à haute voix le nom de l'expéditeur :

— « Rhode Island School of Design. »

Alors seulement, elle réalisa que ce pli n'avait rien à voir avec son anniversaire. Au diable cette date stupide ! L'important, c'était ce qu'il y avait là-dedans : le rêve de son fils, et peut-être son avenir…

— Oh, Bri ! C'est bien ce que je crois ?

Pour toute réponse, il sourit jusqu'aux oreilles.

— Pourquoi ne me l'as-tu pas annoncé hier ?

— Ben, tu n'étais pas à la maison après le lycée. Et tu dormais déjà quand je suis rentré du magasin de motos. Mais c'est pas grave : t'es quand même la première à savoir, après moi !

Elle rayonnait.

— Tu as réussi, Brian. Tu as réussi ! J'en étais sûre. Tu ne peux pas savoir comme je suis fière de toi. Montre-moi vite !

Assis côte à côte à la table de la cuisine, ils lurent et relurent les divers documents transmis avec l'admission de Brian : formulaires à retourner dûment complétés, carte du campus avec les possibilités de logement des étudiants, liste des démarches à effectuer et autres papiers à fournir… Au chapitre des bonnes nouvelles, il apparaissait que les bourses et les prêts couvriraient la plus grande partie des frais d'études. Pourtant, tout en félicitant son fils, Grace avait le cœur gros. Son inscription à cette école supérieure n'était que la première étape du cursus qui allait l'éloigner d'elle.

— Ça ne va pas, m'man ? Tu fais une drôle de tête…

— Tu vas me manquer, Bri.

— Attends au moins qu'il soit parti pour le regretter, conseilla Katie en se glissant entre eux. Parti où, d'abord ?

Elle regarda les papiers épars sur la table.

— Waouh ! Tu es admis ! Tu entends ça, Emma ? Le Cool à pic est admis ! cria-t-elle en mettant ses mains en porte-voix.

Elle revint à son frère.

— J'y crois pas ! Tu as vraiment trouvé une grande école qui veut bien de toi ? Les pauvres, ils ne savent pas ce qui les attend !

— Très drôle, grommela-t-il pour le principe, mais son sourire restait au beau fixe.

À peine arrivée, Emma s'empara de la carte du campus pour la parcourir avec intérêt.

— Bien joué, frérot.

Grace tenta de déchiffrer l'humeur d'Emma. Était-ce de l'envie qu'elle lisait dans ses yeux, ou de la mélancolie ? Apparemment, sa fille aînée ne faisait toujours pas de projet, bien qu'elle ait reçu un avis favorable de la Western Washington University. Au cours d'un rendez-vous avec une conseillère d'orientation du lycée, Grace avait admis qu'elle s'inquiétait.

— Il n'y a pas de quoi, l'avait rassurée Mme Snyder. Je connais un grand nombre de jeunes gens comme Emma qui sont stressés par cette décision dans laquelle se joue leur avenir. Ce n'est pas parce qu'elle n'en parle pas que votre fille fuit ses responsabilités. Elle y pense même sérieusement, j'en suis sûre.

Grace ne partageait pas son optimisme.

Sitôt leur petit déjeuner avalé, les enfants se préparèrent à filer en cours, prenant juste le temps d'annoncer à leur mère leurs projets pour la soirée.

— Ne compte pas sur moi pour le dîner, déclara Katie. Avec Brooke, on doit commencer notre exposé.

— Moi, je travaille à la piscine jusqu'à vingt heures, lui rappela Emma.

— Idem pour moi au magasin de motos, ajouta Brian.

Grace se tint sur le seuil de la porte avec Rose-Pompon pour leur dire au revoir. Ils avaient tous les trois oublié son anniversaire. Et après ? il revenait chaque année, qu'elle le veuille ou non. Au fond, les enfants lui rendaient service. Quelle femme normalement constituée serait heureuse de fêter ses quarante ans ?

Brian stoppa à l'autre bout de l'allée et Emma descendit la vitre de sa portière.

— Hé, maman !

Grace courut voir. Emma lui remit un sac-cadeau rose, tout enrubanné et rempli de papier de soie de toutes les couleurs.

Katie se pencha elle aussi par la fenêtre.

— Ne prends pas cet air étonné !

— Tu as cru que p'pa nous laisserait oublier ton anniversaire ? demanda Brian. La honte, m'man !

Tout émue, Grace farfouilla dans le sac et en retira une carte et une feuille de papier imprimée.

— C'est un bon pour une journée de soins complets au salon Gene Juarez, expliqua Emma. Tout est compris : le coiffeur-visagiste, la maquilleuse, la manucure, la pédicure... Tu as rendez-vous à dix heures demain matin.

— Les filles ont dit que ça te plairait, expliqua Brian.

— Ça me plaît beaucoup, confirma Grace. Merci.

— C'est aussi de la part de papa, glissa Katie. N'oublie pas de le remercier.

Une fois seule, Grace gagna son bureau et se mit au travail. Pour ne pas changer, sa boîte à lettres électronique était bourrée de messages émanant d'agents immobiliers, entrepreneurs, partenaires, conseillers... Elle jonglait dorénavant avec quatre projets qui l'accaparaient à plein temps. Ce n'était pas pour lui déplaire. Elle aimait remplir son livre de bord, passer des coups de téléphone à droite et à gauche, combiner des rendez-vous, trouver des solutions. Elle avait même du mal à imaginer comment elle avait pu se passer de tout cela.

Au milieu de ces mails professionnels, elle buta sur une invitation d'Allison Crowther. Comme ce « goûter amical » auquel on la conviait lui semblait incongru ! Et pourtant... Grace serait bientôt l'épouse du nouveau CAG, et, à ce titre, ce serait à elle d'organiser ces thés entre dames et autres pince-fesses, sans que la marine lui accorde pour autant un statut officiel, ni la moindre compensation.

Quand elle et Steve s'étaient mariés et qu'il était monté en grade, elle avait rempli ses fonctions d'épouse d'officier comme si cela allait de soi. Mais les temps avaient changé, ou plutôt elle avait changé. Au point d'étudier de très près les alternatives possibles.

Grace travailla consciencieusement toute la journée sans voir le temps passer, jusqu'à ce qu'on sonne à la porte. Rose-Pompon se mit à aboyer en tournant sur elle-même comme une folle, ravie d'avoir de la visite.

— Tu te calmes, la gronda sa maîtresse. Nous n'attendons personne.

L'horloge de l'écran indiquait seize heures pile. Grace alla ouvrir et se trouva face à une superbe composition florale. Rose-Pompon en éternua de saisissement.

— Une livraison pour Mme Grace Bennett ! annonça la jeune fille, à demi cachée par le buisson de roses roses, d'œillets poivrés et de fougères.

— Eh bien ! souffla Grace en la déchargeant du bouquet. Merci. Pour une surprise...

Le cœur en fête, elle signa le reçu, donna un généreux pourboire à la livreuse et s'occupa de ses fleurs en pensant avec émotion à son mari. Steve avait fait un geste pour sortir de l'impasse. C'était une chose de participer financièrement avec les enfants à un présent collectif ; c'en était une autre de faire un cadeau personnel à sa femme. Qui sait, ce bouquet était peut-être un rameau d'olivier…

Elle courut lui envoyer un e-mail. Le moins qu'elle pouvait faire était de l'avertir que ses fleurs étaient arrivées à bon port. Il lui répondrait et, plus tard, il téléphonerait.

Grace allait cliquer sur l'icône « Rédiger » quand elle hésita. Saisie d'un pressentiment, elle alla vérifier si le bouquet n'était pas accompagné d'une carte qui lui aurait échappé. Il y en avait une, attachée à un mince tuteur perdu entre deux fougères. Pourvu qu'elle soit de Steve, se dit-elle en décachetant fiévreusement la petite enveloppe. Elle lut : *Pour Grace, la fée avec qui ça déménage si fort ! Avec les compliments empressés et les remerciements émus de Ross Cameron.*

Mue par un sentiment de culpabilité, elle glissa vite la carte de Ross entre deux livres sur une étagère. Puis elle la reprit pour la relire avant de la cacher sous le sous-main de son bureau. Mais il n'y avait aucun moyen de dissimuler le parfum des roses et des œillets.

— À ton avis, il a su comment… pour mon anniversaire ? demanda-t-elle à Rose-Pompon.

La chienne agita allègrement la queue.

— Il m'a fait parler, bien sûr, reprit Grace. Le jour où je pleurnichais parce que j'allais bientôt « virer quadra », il m'a demandé la date fatidique.

« Pour l'inscrire dans mon calendrier, histoire de ne pas rater la fin du monde », avait-il plaisanté.

Bien joué. Mieux que Steve, en tout cas, constata-t-elle malgré elle.

Depuis quelque temps, elle devait bien s'avouer qu'elle pensait à Ross étonnamment souvent. Bon, il restait son premier et son plus important client. Et il lui avait fait confiance à ses débuts, cela ne s'oubliait pas. Mais il n'y avait pas que ça. L'intimité née entre eux était troublante.

Par son travail, elle était bien placée pour savoir le genre de maison qu'il aimait, avec vue sur la mer ou sur un lac, et elle avait glané mille autres informations sur lui, l'homme d'affaires et l'homme privé. Elle n'ignorait rien, par exemple, de sa marque de café préférée, du poste qu'il occupait quand il jouait au base-ball, de sa générosité envers ses employés…

Ross Cameron avait une vie très excitante. Ses affaires d'import-export de vin lui permettaient de voyager à travers le monde, de Bordeaux à Modène, de Beaune à Jerez, de Reims au Chili… Il rencontrait certainement des gens intéressants, passionnés par leur métier. Et aussi de jolies femmes. Elle était sûre qu'il plaisait aux femmes.

Pour la nième fois, elle se demanda à quoi Ross pouvait bien ressembler, si son visage était aussi convivial que son rire, et son regard aussi chaud que sa voix.

Grace arrangea rêveusement son magnifique bouquet. Apparemment, elle lui plaisait. En dépit de sa société à faire tourner, il prenait toujours le temps de l'interroger sur ses enfants, ses amies, sa nouvelle maison ou les dernières bêtises en date de son chiot. Et il savait si bien écouter ! Leurs conversations n'étaient jamais bousculées ni artificielles, mais toujours intéressantes, originales, voire touchantes. Depuis peu, leur complicité grandissante voisinait avec du flirt, mais rien de dangereux. Aucun dérapage possible puisqu'ils restaient sagement des étrangers l'un pour l'autre.

Cependant, chaque fois qu'elle respirait le parfum des roses, Grace pensait à lui.

Une bonne douzaine de fois, elle prit le téléphone pour composer son numéro, avant de changer d'avis. Elle écrivit un e-mail de remerciement, mais l'effaça sans l'envoyer. Elle passa la demi-heure suivante à choisir une carte dans sa collection pour lui adresser un mot manuscrit mais y renonça, faute de tenir en place assez longtemps pour rédiger quoi que ce soit.

Elle allait éteindre son ordinateur quand elle trouva un message de Steve avec pour sujet « Joyeux anniversaire ». Le texte était on ne peut plus simple : *Grace, j'espère que tu passes un bon anniversaire. Les petits t'ont donné notre cadeau ? Je tâcherai de t'appeler plus tard. Steve.*

Deux lignes, c'est tout. Un frisson glacé la parcourut. Qu'allait devenir leur couple s'ils n'arrivaient pas à régler leur problème ? Comment cela finirait-il si toute la routine des dernières années, ajoutée à l'intransigeance de Steve et à sa propre prise d'autonomie, avait causé des dommages irréparables ? Grace avait finalement mis un nom sur la réponse qui s'imposait. La seule réponse à ce mal qui les rongeait comme de la rouille depuis au moins deux ans, avant même l'épisode Josh.

Le divorce.

Le froid la gagna jusqu'à la moelle des os, et elle réagit en se lançant dans un nettoyage rageur de la maison. Elle en était à récurer la cuisine lorsqu'elle s'autorisa enfin à penser l'impensable. Que serait sa vie sans Steve ?

Elle était immédiatement tombée folle amoureuse de lui et n'avait jamais cessé de l'aimer, c'était certain. En revanche, elle aurait été incapable de chiffrer en pourcentage ce que l'armée avait bien voulu lui laisser de son mari ! Oh, Steve ne l'avait pas prise en traître. Déjà, lors de leur première rencontre, elle savait que son engagement au service de la marine était prioritaire. Et, elle s'était adaptée, quitte à sacrifier ses aspirations à elle, avouées ou non, forcément secondaires.

Désormais, Grace ne voulait plus laisser dormir ses rêves. Cette nuit-là, elle se mit au lit avec le parfum des roses dans la tête et le sentiment démoralisant qu'elle avait quarante ans et qu'elle n'existait pas.

39

Ses jours de gentille bobonne étaient derrière elle ! Grace en avait fait le vœu la nuit précédente… entre autres bonnes résolutions. Elle était déterminée à aller de l'avant, à changer son image, à la casser, même. Elle était restée trop longtemps invisible.

— Puis-je vous aider, madame ?

La question venait d'une vendeuse entre deux âges, à l'aspect irréprochable, habillée avec un goût parfait.

Grace s'efforça de ne pas se sentir misérable, dans son jean fatigué, son cardigan de laine et ses chaussures démodées. Ce soir, en rentrant à la maison, elle ne les porterait plus.

— Volontiers, répondit-elle avec un temps de retard. J'aurais besoin d'un ensemble… spécial… pour un déjeuner d'affaires.

Ça, c'était la version officielle ; en vérité, il s'agissait de tout autre chose. Elle avait rendez-vous à treize heures trente avec Ross Cameron. Il était à Seattle pour deux semaines et avait absolument tenu à la rencontrer. Flattée de l'intérêt qu'il lui portait et curieuse de le voir, elle avait dit oui – avant d'en être malade.

La veille encore, à dix heures du soir, elle avait pris son courage à deux mains pour l'appeler chez lui. Est-ce que… euh… l'invitation tenait toujours ? Et comment ! avait répondu Ross. Il brûlait de la voir.

Grace n'avait plus qu'à se trouver en vitesse une tenue à la hauteur de l'événement. Elle s'attendait à culpabiliser d'essayer des vêtements aussi chers mais l'image que lui renvoya le miroir de la cabine d'essayage était indéniablement positive. Cette jupe droite framboise et cette veste cintrée noire lui allaient réellement à merveille, surtout avec ce petit bustier décolleté et cette écharpe en soie irisée.

— Très joli, cet ensemble, commenta la vendeuse. Et il est parfait sur vous.

— Merci, je vais le prendre. Mais il doit y avoir une erreur, ajouta Grace en montrant l'étiquette. Ce n'est pas un 40.

— Si, je vous assure.

— Je n'ai plus porté de 40 depuis des années !…

— Eh bien, bravo. C'est de nouveau votre taille.

Grace ajouta à ses achats de jolis sous-vêtements en dentelle, des bas, des chaussures et à un sac à main assorti. Tout devait être nouveau aujourd'hui.

D'un pas allègre, elle se rendit à son rendez-vous suivant : l'*Atelier de formes et de couleurs Gene Juarez.* La dénommée Ivanka, que lui avait si chaleureusement recommandée Lauren, était un véritable oiseau exotique, plus colorée que le catalogue de son patron et plus chantante qu'un canari. Elle prit Grace sous son aile et la guida de la manucure au maquillage, avant de s'attaquer personnellement à sa coiffure.

L'inquiétude de Grace grandissait à mesure que ses mèches humides pleuvaient sur le sol, mais elle avait laissé carte blanche au canari, avec une seule consigne : lui faire changer de tête. Pour ce qui était du changement, elle risquait d'être servie ! Elle ferma les yeux quand Ivanka annonça d'un ton inspiré qu'elle allait passer aux choses sérieuses.

À treize heures précises, l'artiste tourna son fauteuil face au miroir et dit en riant :

— Vous pouvez rouvrir les yeux ! Alors, qu'en pensez-vous ?

Parce qu'elle était censée penser et parler ? Grace était incapable de formuler une seule pensée logique tandis qu'elle contemplait le reflet de cette étrangère. Qui était cette créature ? Cette star séduisante avec des reflets blonds, des mèches d'or et un savant maquillage ?

— Ah, vous n'allez pas vous mettre à pleurer ! plaisanta Ivanka. Je ne veux pas voir tourner votre maquillage !

— Oh non, ça va très bien. Je suis juste…

— Très belle, n'ayons pas peur des mots. Votre mari va tomber sous le charme.

Grace se contenta de sourire et alla achever sa métamorphose dans la cabine-vestiaire du salon. Lorsqu'elle en ressortie, habillée de neuf de pied en cap, elle se sentait une femme nouvelle. Sûre d'elle et de son charme. Elle avait fourré toutes ses vieilles affaires dans le sac du magasin de vêtements et le remit au portier.

— Auriez-vous la gentillesse de m'en débarrasser ? Je n'en aurai plus besoin.

La tête haute, le pas décidé, elle descendit Pine Street en direction du front de mer et de *L'Abri des flots*, le restaurant où elle devait retrouver Ross.

Elle sursautait chaque fois qu'elle captait son reflet dans une vitrine. Elle avait tout à fait l'apparence d'une de ces business women tirées à quatre épingles se rendant à un déjeuner d'affaires.

Ou à un rendez-vous secret avec un homme mystérieux.

Son pas ralentit. Sa belle confiance toute neuve s'effritait. C'était fou. Elle n'appartenait pas à cet univers où les femmes déjeunaient en ville avec un inconnu dans le dernier restaurant à la mode. Elle appartenait... à quoi, au fait ? À sa vie de maîtresse de maison et de mère de famille, réglant comme du papier à musique les horaires des repas des enfants entre les courses et les cours. Et à sa vie d'épouse normalement chargée de donner des nouvelles à son mari absent et habituée à jongler entre deux doutes sur l'avenir de leur mariage.

Elle se secoua et reprit sa marche en avant, chassant ses pensées sombres. Elle redéfinissait sa vie. C'était effrayant, oui. Et difficile, beaucoup plus qu'elle l'aurait jamais imaginé. Mais cela ne voulait pas dire qu'il ne fallait pas le faire.

Rien de tel qu'une bonne crise conjugale pour rendre à une femme le courage de ses convictions, philosopha-t-elle. Non, c'était cynique de penser ça. Mettons plutôt qu'elle avait raison d'être fière des changements positifs qu'elle avait osé effectuer. Et il y en avait ! Le lancement de son entreprise, l'achat de la maison, sa remise en forme physique et, en dernier lieu, son nouveau look.

Elle essaya de conserver son état d'esprit intrépide en arrivant au lieu de son rendez-vous. Sur Pike Place Market, elle se fraya un passage à travers la foule des touristes et des passants qui arpentaient le plus grand et le plus vieux marché public des États-Unis. Elle avait choisi cet endroit pour que Ross Cameron ait une bonne impression de Seattle. Avec ses vendeurs bruyants, ses échoppes d'artisanat local, ses nombreux étals de légumes, fleurs, épices, poissons et coquillages pêchés du jour, le spectacle valait le coup d'œil. Elle aussi, apparemment… Car ce n'était pas le fruit de son imagination, les hommes la suivaient des yeux ! L'un d'eux était peut-être Ross, songea-t-elle.

À un angle de rue, un jongleur donnait un récital devant un groupe d'écoliers aux yeux ronds et à la bouche grande ouverte. Posté à l'entrée de *L'Abri des flots*, un clown au nez rouge et aux chaussures démesurées distribuait aux passants des ballons en forme d'animaux. Grace refusa en souriant le pingouin qu'il lui tendait et s'humecta nerveusement les lèvres.

La main sur la poignée de la porte, elle hésitait encore. Et si Ross se révélait n'être qu'un épouvantail ? un horrible pervers ? Ou pire : s'il était épouvantablement merveilleux ?

Elle respira un grand coup puis se risqua dans l'antre. Le restaurant affichait complet. Les clients qui avaient déjà déjeuné s'attardaient à leur table en sirotant un café ou un digestif. Elle chercha des yeux un homme seul devant deux assiettes vides, mais ne vit personne répondant à cette description.

L'hôtesse vint l'accueillir, et Grace annonça :

— J'ai rendez-vous avec quelqu'un qui doit déjà m'attendre.

— Une dame ?

— Un monsieur.

Les doutes lui martelaient le crâne à chaque mot.

Que faisait-elle ici ? Elle avait perdu la raison. Elle était mariée ! Il fallait qu'elle se sauve tout de suite. Elle trouverait une explication plus tard.

Avec un sourire d'excuse à l'hôtesse, elle balbutia :

— En fait, j'ai peur de ne pas pouvoir rest…

— Grace ?

Un homme en costume foncé descendit d'un tabouret de bar et s'approcha.

Oh, mon Dieu !

— Vous êtes bien Grace ? demanda-t-il de cette voix que des heures de conversations téléphoniques lui avaient rendue familière. Enfin, je vous ai devant moi !

Il lui tendit la main en même temps qu'il lui décochait un regard à tomber à la renverse.

— Ross Cameron, votre client préféré. Enchanté.

— Enchantée de vous rencontrer, moi aussi.

Elle s'émerveilla d'avoir pu à la fois prononcer ces mots, lui sourire et lui serrer la main. Le tout avec un naturel rudement bien imité.

L'hôtesse les guida à leur table réservée dans un coin tranquille, près d'une fenêtre, et leur offrit deux cocktails de bienvenue. Grace prit place sur le siège que Ross lui tenait galamment, rangea à ses pieds son sac à main tout neuf et consulta la carte une bonne dizaine de secondes avant de s'apercevoir qu'elle la tenait à l'envers.

Plongé dans sa lecture, Ross Cameron avait l'air parfaitement à l'aise, lui.

— Je suis un peu perdu entre toutes ces spécialités de la mer, je n'arrive pas à me décider, dit-il en reposant la carte. Il va encore falloir que vous m'aidiez de vos conseils !

Cette remarque brisa la glace, et elle rit.

— Hum ! Vous n'êtes pas le seul à vous sentir perdu.

Il pencha la tête de côté, avec une expression amusée et bienveillante.

— Vous ? Pourquoi donc ?

— Je me demandais comment j'allais vous reconnaître. Dame, je ne savais rien de votre physique...

— Et vous envisagiez de vous retrouver face à Cyrano de Bergerac ! C'est ça ? Alors... pas trop déçue ?

Elle porta ses lèvres à son cocktail.

— Non. Votre nez vous va très bien !

Mais qu'est-ce qui ne lui allait pas ? Ross avait tout pour lui : des yeux plus ambrés qu'un whisky pur malt, un sourire à faire fondre un iceberg, de longs cheveux d'artiste, une élégance aussi naturelle que raffinée.

— Vous, en tout cas, commença-t-il en riant, je ne vous voyais pas comme ça !

Aïe ! Comme ça... quoi ? Elle n'était pas sûre que ce soit un compliment.

— C'est-à-dire ?

— Vos enfants, je parle des jumeaux, sont presque des adultes, n'est-ce pas ? Alors j'imaginais une femme un peu plus... mûre. Mais vous faites si jeune ! Je suis sûr qu'on doit vous prendre pour la grande sœur d'Emma !

Elle leva les yeux au ciel en secouant la tête, gênée et ravie à la fois. C'était ridiculement exagéré, mais si agréable à entendre. Et le plus incroyable, c'est qu'il paraissait sincère.

Ross leva son verre et trinqua gaiement contre le sien.

— Je suis si heureux de vous connaître, Grace...

— Bienvenue à Seattle, répondit-elle gauchement en lui montrant le front de mer par la fenêtre.

Le garçon s'approcha pour prendre leur commande.

— La Spéciale, décida Grace au petit bonheur.

— La soupe ou la salade ?

— La salade. Avec la sauce à part, s'il vous plaît.

— Pain bis ou froment ?

— Froment. Et un verre de chardonnay.

— La même chose pour moi, déclara Ross. Mettez donc une bouteille de chardonnay.

Dès que le serveur eut tourné le dos, il se pencha vers elle.

— Dites, vous avez une idée de ce qu'il y a dans cette Spéciale ?

Elle esquissa une grimace.

— Pas la moindre.

Le vin arriva aussitôt et ils trinquèrent encore.

— Un de vos clients ? lui demanda-t-elle en le voyant déchiffrer l'étiquette.

— Malheureusement, non. Mais j'ai bon espoir que cela change.

La spécialité du chef se révéla être une salade de thon cru à la japonaise.

— J'aime mieux ça ! commenta Grace en savourant une bouchée. Nous aurions pu tomber sur des geoducks. Brrr...

— Des *goui ducks* ? répéta Ross en imitant sa prononciation. Qu'est-ce que c'est que ça ?

— Un coquillage local, une horreur ! Il y en a des

millions dans les eaux glaciales du Puget Sound. Si cela vous tente, je vous en montrerai tout à l'heure au marché aux poissons. Je parie que la simple vue de cette bestiole vous ôtera pour toujours l'envie d'y goûter !

Elle se garda bien de préciser que les Asiatiques du quartier chinois de Seattle prêtaient au geoduck des vertus aphrodisiaques, sans doute parce qu'il avait l'aspect d'un pénis. Aborder de près ou de loin tout ce qui pouvait avoir trait au sexe n'était pas recommandé dans ce genre de tête-à-tête.

— Je vous propose cela, reprit-elle, mais je ne sais même pas si vous avez le temps…

— J'ai tout mon temps, Grace. Je me suis libéré pour le reste de la journée.

Il mangeait à peine, buvait à peine. Souriait en la regardant. Il souriait en l'écoutant. Il souriait tout le temps. Affolant, tout bonnement affolant.

— Vraiment ? Vous avez des projets ?

— Oh oui ! Profiter au maximum de votre présence, Grace. Je suis tout à vous.

Elle frémit, effrayée et fascinée à la fois par les horizons qu'il entrouvrait, puis ramena la conversation sur des sujets moins dangereux, comme sa société à lui, mais Ross préférait la faire parler, elle. Ce flot de questions sur çademenageavecgrace.org devenait embarrassant.

— Je dois vous ennuyer avec ma petite entreprise !

— Vous plaisantez ? C'est passionnant, au contraire.

— Mais non, je…

— Continuez, tant que je crie pas Grace ! plaisanta-t-il.

Aussi incroyable que cela puisse paraître, il buvait ses paroles. Il voulait tout savoir d'elle. Ce qu'elle aimait, ce qu'elle pensait de ceci et de cela, ses désirs les plus chers… Dans son esprit, il ne faisait aucun doute qu'elle réussirait.

Échaudée par le scepticisme de Steve, Grace n'en revenait pas. La confiance de Ross dans ses capacités, sa foi en elle lui faisaient chaud au cœur. Elle finit par le lui avouer :

— Merci, Ross. Je n'ai pas l'habitude qu'on s'intéresse autant à moi.

Elle prit son verre et le but rapidement en se demandant si cet homme si intuitif se doutait qu'il dépassait largement ses espérances. Enfin, à un détail près. Une part d'elle-même aurait préféré que le prince charmant se révèle être un crapaud, parce que alors, en rentrant chez elle, elle aurait pu se borner à savourer leur douce complicité.

Seulement, de ce côté-là, c'était raté. Ross Cameron se montrait aussi merveilleux qu'elle le redoutait : attentionné, charmant, amusant, intelligent, s'intéressant à elle, intéressant tout court, et, pour ne rien gâter, fort bien de sa personne.

Sur ses instances, elle se laissa aller à prendre un dessert : la crème brûlée maison, servie avec une couronne de pensées.

— Elles sont comestibles, leur assura le garçon.

Grace sourit à Ross.

— Je n'avais encore jamais mangé de fleurs.

Ils se disputèrent farouchement l'addition, mais Grace mit un point d'honneur à l'emporter. Ross était son client, il était normal qu'elle l'invite. Elle régla la note avec sa carte de crédit çademenageavecgrace et laissa un pourboire à la hauteur de l'établissement.

Ils se retrouvèrent côte à côte sur la place du marché et Grace l'emmena voir ses étals préférés. Ross tomba en arrêt devant un stand où s'alignaient des dizaines de miels, tous différents.

— Incroyable, tous ces miels ! s'étonna-t-il, acceptant un échantillon dans une cuillère en plastique.

Avant que Grace ait compris ce qui se passait, il la lui glissa entre les lèvres.

— Alors ? Le verdict ?

Elle savoura lentement le nectar onctueux.

— Un pur délice. Doux, parfumé, irrésistible. À vous !

Il le goûta à son tour et s'extasia.

— Merveilleux. Il faut que j'en rapporte à la maison. À propos de maison…

Laissant sa phrase en suspens, il entraîna Grace dans le petit square qui se trouvait à la sortie du marché. Ils s'assirent sur un banc face à la mer. Posant à côté de lui le sac contenant ses achats, il étendit le bras.

— Pourquoi ne viendriez-vous pas voir mon nouvel appartement ? dit-il.

Même si son bras la frôlait et qu'elle en sentait la chaleur sur sa nuque, techniquement, on ne pouvait pas dire qu'il l'enlaçait par les épaules, se raisonna Grace.

— Je serais content de vous le faire visiter, insista-t-il. Venez, c'est à deux pas.

Sur quoi le bras se déplaça sur son dos.

Grace savait exactement où se trouvait l'appartement. C'était elle qui lui avait envoyé la liste des adresses intéressantes, elle qui avait supervisé les démarches. Aider à reloger son plus gros client entrait dans son travail de délocalisation de sa société. Rien que de très normal. Comme il était normal, se dit-elle, qu'elle aille au bout de sa démarche professionnelle en jetant un coup d'œil au résultat.

— Pourquoi pas ? répondit-elle avec défi.

Ross se leva instantanément. Elle l'imita, les jambes en coton, la tête un peu vertigineuse. Le square, la mer, tout baignait dans une brume diffuse.

— Oh !

Dans son trouble, elle avait laissé tomber son sac à main, dont le contenu s'éparpilla dans l'allée.

— Laissez, dit Ross en s'agenouillant.

Il lui rendit le sac à moitié vide puis ramassa les objets épars qu'il lui tendit un par un. Son agenda. Son téléphone portable. Un carnet de tickets de ferry. La mini-trousse de maquillage qu'elle avait achetée au salon Gene Juarez…

— Merci, fit-elle en fourrant le tout dans son sac.

— Attendez, je vérifie que nous n'oublions rien…

Il se baissa pour regarder sous le banc, et en ramena triomphalement un trousseau de clefs.

— Heureusement ! Vous ne seriez pas allée loin sans ça.

Grace se pétrifia.

Au lieu de récupérer ses clefs, elle les regarda danser au bout de la chaînette que tenait Ross. Elle fixait la petite ancre en argent que Steve lui avait offerte pour le premier Noël de leur mariage. Près de vingt ans plus tôt. Elle y tenait comme à la prunelle de ses yeux. Ce porte-clefs lui rappelait que, où qu'il soit dans le vaste monde, Steve restait avec elle à la maison, bien ancré dans son cœur.

Elle tendit la main, referma son poing sur le trousseau, heureuse de sentir le métal froid dans sa paume. Le monde redevint clair et net autour d'elle.

— Euh… Ça ne va pas, Grace ?

— Oh si. Maintenant, ça va.

Elle sourit gentiment à Ross Cameron. Il avait remonté son col, une brise légère jouait dans ses cheveux de peintre ou de pianiste et la lumière du soleil dansait dans ses yeux de braise. Dieu sait qu'elle en avait rêvé, de cette admiration sincère qu'elle avait lue dans son regard, de ce désir qu'elle avait pu lui inspirer. Mais elle avait compris à présent que c'était auprès de Steve, et de lui seul, qu'elle voulait les trouver.

« Heureusement ! Vous ne seriez pas allée loin sans ça. » Ross ne croyait pas si bien dire… Elle hocha la tête, chercha son regard.

— Je crois qu'après tout, je ne vais pas venir avec vous, articula-t-elle. Vous comprenez… je ne peux pas.

— Ah.

Il y eut un long silence. Ross ne semblait pas froissé ou blessé. Simplement déçu.

— Si vous préférez, Grace.

— Oui. C'est mieux.

— Je peux vous raccompagner à votre voiture ?

— Ce n'est pas la peine. Je suis garée assez loin.

— Comme vous voulez, soupira-t-il. À bientôt, j'espère ? Encore merci pour le déjeuner, et pour tout.

— Non, merci à vous, Ross.

Il ne saurait jamais combien elle lui serait toujours

reconnaissante pour le service qu'il avait rendu à son mariage. Elle sortit rapidement du square, traversa la rue et se retourna avant de remonter Pine Street. Ross ne regardait pas dans sa direction. Il s'éloignait déjà, suivi des yeux par toutes les femmes qu'il croisait.

40

En sortant du ferry, Grace roula rapidement vers la route de la corniche. De grosses gouttes s'écrasaient sur le pare-brise. Elle se redressa sur son siège, appuya encore sur l'accélérateur. On aurait dit que l'orage qui se préparait la poussait littéralement vers sa maison.

Le vent et la pluie diminuèrent peu à peu, et lorsqu'elle se rangea sur le bas-côté pour pêcher le courrier dans sa boîte aux lettres, de timides rayons de soleil filtraient derrière les nuages. Elle se gara à l'entrée de l'allée, puis, comme à son habitude, resta assise quelques instants à contempler sa propriété. Ce chez-elle qu'elle aimait tant.

Beaucoup de choses avaient changé depuis le départ de son mari. Mais le plus grand changement, elle s'en rendait compte, c'était en elle qu'il s'était opéré. Comment Steve réagirait-il en la retrouvant ?

Grace se reprit et descendit de voiture. Jonglant avec son sac, la pile de courrier et ses clefs, elle traversa l'allée en baissant la tête pour éviter les branches basses des cèdres et en contournant les flaques, peu désireuse d'abîmer ses chaussures neuves. Rose-Pompon l'attendait derrière la porte pour saluer son arrivée, la queue montée sur ressort et la truffe fureteuse.

En déposant ses affaires sur la petite table à côté des fleurs de Ross, Grace surprit son reflet dans le miroir du couloir et tressaillit encore une fois. Quelle journée…

Elle laissa sortir Rose-Pompon dans le jardin. Les enfants n'allaient pas tarder à rentrer. Remarqueraient-ils sa transformation ? Ou du moins, Brian la remarquerait-il ? Et leur père ? Que penserait Steve de sa nouvelle femme ?

Grace se mordit la lèvre, sidérée de voir combien son opinion comptait toujours pour elle, combien la crainte de moins lui plaire la tourmentait.

Après son rendez-vous avec Ross, elle pensait y voir enfin plus clair dans ses sentiments, mais ç'aurait été trop beau. Rien ne serait totalement résolu avant que Steve revienne, conclut-elle en se rendant compte que c'était la troisième fois qu'elle évoquait son retour en moins de cinq minutes.

Ses hauts talons claquèrent sur le parquet. Elle passa rapidement dans son bureau pour lui écrire un e-mail. Une simple petite ligne : *Il faut que nous parlions. Je t'aime, Grace.*

Le répondeur téléphonique signalait treize appels depuis le matin. Elle pressa la touche « Lecture » et prit un stylo. Après plusieurs messages strictement professionnels, la voix claire de Katie résonna dans la pièce :

« M'man, je couche chez Melanie, ce soir, d'accord ? On fait un tournoi de ping-pong… Arrête de râler ! je ferai quand même un saut à la maison après l'école. Bye. »

Ensuite, Grace découvrit coup sur coup un cri de joie de son amie Patricia :

« C'est un garçon !… »

… et un appel très enjoué de Steve :

« Salut, les gars ! C'est votre capitaine préféré qui vous appelle du fin fond du Pacifique. Devinez quoi ? Ce soir, je fais visiter le bâtiment à une journaliste de *Newsweek* que vous connaissez bien… »

Les doigts de Grace s'étaient crispés sur le stylo. Elle le lâcha pour se masser les tempes, s'efforçant de se relaxer pendant que le répondeur dévidait imperturbablement le message de son mari :

« … désolé, chérie, je t'ai manquée le jour de ton anniversaire. J'ai essayé de t'appeler, mais l'oiseau avait quitté le nid… J'espère que tu auras passé une agréable journée. »

Grace avait fini d'écouter tous ses messages quand elle entendit le claquement d'une portière de voiture. Un autre. Et puis plus rien.

Une Sedan noire de la marine stationnait dans l'allée. Deux hommes en uniforme apparurent entre les buissons de rosiers grimpants. Un aumônier et un officier des services d'assistance aux familles.

À leur vue, Grace sentit ses jambes se dérober sous elle et tout son corps se liquéfier. Elle s'appuya à la fenêtre pour ne pas tomber. C'était le cauchemar que toute épouse de militaire redoutait de vivre.

D'une main tremblante, elle réussit à ouvrir la porte et à aller s'adosser au chambranle, attendant qu'on vienne lui porter le coup fatal. Ses visiteurs s'immobilisèrent à deux pas d'elle, le visage aussi blanc que leurs gants.

L'officier enleva son képi et le mit sous son bras.

— Madame Bennett ?

Elle inclina la tête. Qui était-elle, sinon cela ? Elle était Mme Bennett. Mme Stephen Kyle Bennett. C'était tout ce qu'elle avait jamais voulu être, tout ce qu'elle pourrait jamais désirer de mieux. Mon Dieu, songea-t-elle avec terreur, qu'ai-je fait ?

Elle avait rêvé d'être beaucoup d'autres choses, mais elle se mentait à elle-même, elle se trompait. Au fond de son cœur, au tréfonds de son âme, elle était la femme de Steve.

— Pouvons-nous entrer, madame ? demanda doucement l'aumônier.

Non. Non. Non !

Grace aurait voulu se boucher les oreilles, courir se cacher là où personne ne la retrouverait, remonter le temps, l'arrêter, le bloquer sur « avant »... Au lieu de quoi, elle s'effaça pour les laisser entrer.

41

À l'école de vol, on avait enfoncé dans le crâne de Josh le processus d'éjection, mais à l'instant fatidique, tout reposait sur le jugement du pilote. L'objectif final restait la survie de l'équipage, mais évacuer un jet hors de contrôle n'était pas une mince affaire. Quand on perd de l'altitude à raison de cent pieds par seconde, on n'a pas le temps de se poser beaucoup de questions.

Josh vivait le cauchemar de tous les pilotes. L'avion ne lui obéissait plus, ce qui le poussait à la dernière extrémité : l'abandonner. Il sentait littéralement monter l'adrénaline de ses trois compagnons d'infortune. Leur survie à tous dépendait désormais du bon fonctionnement des sièges éjectables. Une traction sur la poignée scellerait leur destin. Sans les voir, Josh savait que Newman, Turnbull et Hatch attendaient son ordre.

Ne restait qu'à espérer qu'on les avait solidement sanglés par leur harnais à leurs sièges pour qu'ils ne basculent pas dans le vide au moment de l'éjection. Espérer aussi que leurs parachutes seraient opérationnels. La moindre erreur, et c'était la mort assurée.

Tandis que Josh passait mentalement en revue à toute allure la check-list de la procédure d'éjection, le temps se réduisit à rien. Un battement de cils… une secousse de ce manche à balai qui ne lui obéissait plus… une de ces fractions de seconde où l'image de Lauren jaillit dans son cerveau. Juste avant de décoller, il avait reçu un message d'elle le priant de la rappeler. Et il ne l'avait pas fait… Quel idiot ! Il se souvint de la bague dans sa poche, contre son cœur, cette alliance qu'il comptait lui offrir à son retour.

Je t'aime, Lauren.

Dans la clarté cristalline de cette nuit étoilée où il risquait de tout perdre, il *voyait* avec une lumineuse certitude ce qu'il désirait plus que tout au monde. *Lauren…* le commencement et la fin de son voyage. Son but.

Josh se raidit contre son dossier, prit une inspiration et, à la seconde précise où il le fallait, lança l'ordre inévitable :

— *Éjection ! Éjection ! Éjection !*

Les trois hommes d'équipage tirèrent sur la poignée de leur siège. La mise à feu des fusées était chronométrée de façon à les propulser dans les airs à de brefs intervalles de temps pour éviter leur collision.

Un… deux… trois… Newman, Turnbull et Hatch étaient déjà loin. Le premier siège avait brisé la verrière. Le vent s'engouffra en tempête dans le cockpit. Des débris de verre giclèrent sur Josh. Il tira sur sa poignée.

Au même moment, le dernier moteur lâcha et un silence de mort se fit dans sa tête. Son siège ne s'était pas éjecté.

La panique s'empara de lui pendant qu'il tirait à

nouveau sur la poignée. Cette fois, le siège s'arracha au cockpit, comme craché dans le vide par ses moteurs-fusées. Josh se retrouva propulsé hors de l'habitacle, son sang, ses globes oculaires, ses entrailles douloureusement comprimés par l'accélération démentielle qu'encaissait son organisme. Un vent glacial le harponna, en même temps qu'un sifflement épouvantable lui déchirait les tympans.

Une deuxième charge explosa, brève, mais assez puissante pour imprimer une nouvelle poussée au siège volant. Elle devait libérer un premier parachute stabilisateur. Josh grimaça de douleur dans son masque. La violence de l'explosion, le choc du harnais dans ses côtes lui coupèrent la respiration. Puis ce fut comme si une main géante le tirait vers le haut dans le ciel nocturne, l'emportant dans un lieu de paix où il n'était jamais allé. Et finalement... plus rien. Un silence total, absolu, aussi froid et noir qu'une chute dans le néant. Quand il osa lever la tête, Josh vit que le parachute principal s'était ouvert. Il glissa les doigts dans les suspentes, moins inquiet du vide que de l'obscurité. Car il faisait nuit noire. N'y avait-il vraiment que quelques secondes qu'il avait crié à Lauren son amour à la lumière des étoiles ?

Josh se força à se concentrer sur sa survie. Son corps entier était engourdi par le froid et le traumatisme de l'éjection. Même protégés par ses lunettes, ses yeux pleuraient. Il sentit le sang couler de ses lèvres écorchées par le masque au moment de l'ouverture brutale du premier parachute. Son cou lui faisait très mal, mais il ne devait pas y avoir de lésion. Bon Dieu, pourvu que les autres s'en soient aussi bien tirés que lui – enfin, jusqu'ici.

Josh ne distinguait rien autour de lui ni au-dessous, aucun parachute. Cela ne signifiait rien, il faisait si sombre… Mais il n'aimait pas ça. Tant de choses pouvaient avoir mal tourné pour l'un ou l'autre de ses compagnons : des fusées défaillantes, une collision, un problème de stabilisateur…

Impossible aussi de voir où le Prowler s'était abîmé en mer. Tout là-bas, il apercevait comme une lueur vacillante sur l'eau noire. L'USS *Dominion* ? Il essaya de manœuvrer son parachute pour s'en rapprocher, mais le vent l'emportait dans la direction opposée. Combien de temps faudrait-il aux secours pour le retrouver ? Toute la question était là.

Il pensa à la température de l'eau dans laquelle il allait plonger : treize degrés à en croire les prévisions du météorologue de bord, avant leur décollage. Charmant. Dans ses gants en cuir, ses mains étaient déjà gelées.

Josh ouvrit le kit de survie et activa le dispositif de gonflage de son radeau à double fond. Une seconde plus tard, ses pieds s'enfonçaient dans une mer en furie.

— Rien de tel… qu'un bain… de minuit, articula-t-il en claquant des dents.

Sans écouter les protestations de son cou douloureux, il se débarrassa prestement de son parachute, dont le poids risquait de le faire couler. Son gilet de sauvetage se gonfla automatiquement au contact de l'eau, ce qui n'empêchera pas une vague plus traîtresse que les autres de lui faire boire la tasse. Heureusement que ce fameux météorologue avait parlé de « mer peu agitée »…

— Peu agitée, mon cul ! ragea Josh.

Il jura, avala une bonne gorgée d'eau de mer glacée, cracha, jura de plus belle. Dans ce congélateur géant, il n'allait pas tarder à se transformer en sorbet ! Malgré sa combinaison de survie intégrale à isolation thermique, en se débattant dans le noir contre les vagues, il sentait une humidité froide et mortelle s'infiltrer. Il commença à douter de sa survie.

— Saloperie de flotte, fous le camp de mon pantalon ! hurla-t-il en se dressant pour secouer sa jambe trempée.

Il manqua tomber à la mer. Son embarcation tanguait sous lui, prenait l'eau, flottait à peine… Naturellement, elle n'était pas correctement gonflée, vérifia Josh en pâlissant. Un chapelet d'injures jaillit de ses lèvres bleuies, puis il se reprit, conscient de la gravité de l'enjeu.

— Allez, un petit effort, gonfle-toi ! murmura-t-il en tâtant le radeau trop mou dont sa vie dépendait.

Agenouillé sur sa seule planche de salut, les genoux et les mains dans l'eau glacée, Josh commença à écoper.

Il s'arrêta au bout d'un moment, haletant d'épuisement, la tête rejetée en arrière, les yeux tournés vers le ciel. Des heures d'entraînement étaient censées l'avoir préparé, mais c'était dans une piscine. Emma avait assisté à l'une de ces sessions de formation, tâchant de ne pas rire devant le spectacle des malheureux pilotes luttant pour rester à la surface du bassin malgré les trombes d'eau qu'on leur balançait dessus et les rafales de vent provoquées par des souffleries. Emma… sa sœur. Son amie. Il l'avait poussée à prendre le même chemin que lui. À présent, il se demandait s'il n'avait pas eu tort. Il ne souhaitait à personne de connaître ce qu'il vivait en ce moment !

Il se débarrassa de son casque et de ses gants en cuir, qu'il remplaça par la cagoule et les gants en caoutchouc du kit de survie. Le radeau s'étant un peu stabilisé, il indiqua sa position exacte à l'aide de son GPS et actionna sa balise de repérage. Puis il trouva ce dont il avait le plus besoin : l'émetteur-récepteur VHF de son équipement radio de survie et lança un appel de détresse sur la fréquence militaire internationale d'urgence, plus un autre sur la fréquence avion.

Aucune réponse. Ou on ne l'avait pas capté, ou ce truc ne marchait pas. Peut-être les batteries étaient-elles à plat…

Ensuite, Josh alluma des signaux fumigènes flottants et finit en lançant son unique feu flashlight. Il regarda avec un pincement au cœur la fusée verte et blanche trouer le ciel et retomber en s'éteignant. Cette fois, il avait tiré sa dernière cartouche.

L'eau s'infiltrait de plus en plus dans sa combinaison. Il dut recommencer à écoper. Il claquait des dents sans pouvoir s'arrêter. C'était bon signe, se dit-il. Cela signifiait que son corps était encore sensible au froid. Restait à savoir combien de temps cela durerait. Il envoya plusieurs autres appels de détresse, mais toujours sans réponse. Et pas plus de canot de sauvetage à l'horizon que d'hélicoptère dans le ciel… Rien de rien. Le néant. Juste les abysses sous ses pieds, le froid et l'obscurité. Comme un avant-goût de la mort.

Brusquement, il se figea, tous ses sens en alerte. Par-delà le grondement houleux de la mer, il lui semblait percevoir un bourdonnement. Régulier comme celui d'un moteur. Il s'amplifia rapidement et Josh reconnut le bruit caractéristique des pales d'un hélicoptère. Des faisceaux blancs apparurent, balayant systématiquement la surface des flots.

Dressé sur son radeau, les jambes écartées pour mieux tenir debout, Josh agita frénétiquement les bras sans se soucier de la douleur qui irradiait de son cou. Il lui semblait que les étoiles brillaient à nouveau avec un éclat particulier et que certaines d'entre elles palpitaient au firmament tels des cœurs humains. Un sentiment de profonde gratitude s'empara de lui et il lança au ciel un grand cri :

— Merci !

Les sauveteurs arrivèrent dans une bourrasque d'écume. Des bras puissants attachèrent Josh dans un harnais et il utilisa ce qui lui restait d'énergie pour hurler la question qui le rongeait :

— Mon équipage… Newman, Hatch, Turnbull… vous les avez récupérés ?

— Oui. Ils sont déjà à bord.

La nouvelle lui fit l'effet d'un baume sur une plaie.

— Sains et saufs ?

— Oui, monsieur. Tous les trois.

Merci, mon Dieu !

Josh ferma les yeux et se laissa aller pendant que ses sauveteurs faisaient signe à l'hélicoptère de le remonter. Un peu plus tard, il sentit qu'on lui retirait sa combinaison de survie. Un masque à oxygène se posa sur son nez et sa bouche tandis qu'une aiguille le piquait au bras.

Avant de sombrer dans l'inconscience, Josh fit un ultime effort. Les yeux clos, il porta la main à hauteur de sa poitrine et ouvrit de sa main libre la plus petite poche de sa tenue de vol. Ses doigts engourdis tâtonnèrent jusqu'à ce qu'ils se referment sur ce qu'ils cherchaient.

La bague de Lauren était toujours à sa place.

42

Grace resta longtemps immobile sur le porche après le départ des deux sinistres visiteurs. Elle tenait encore à la main la carte que l'officier des services d'assistance aux familles lui avait remise avec leurs coordonnées et les numéros d'urgence « au cas où ». Elle ne l'avait même pas lue. L'aumônier militaire lui avait proposé de rester à ses côtés pour la « soutenir dans cette cruelle épreuve ». Mais elle avait fui son regard d'oiseau de malheur et avait menti :

— Ça va aller.

Ils n'avaient pas insisté et s'étaient retirés en lui promettant de rester en contact permanent avec elle. Pour les nouvelles que laissaient présager leurs visages compassés, Grace n'était pas pressée de les avoir au bout du fil.

Toujours clouée sur place, elle déglutit péniblement, se passa la main sur le front. Les enfants allaient débarquer la bouche en cœur d'une minute à l'autre… Et elle devrait leur dire qu'il était arrivé… *un incident*, selon la terminologie de la marine. Un incident !

Ils avaient peut-être perdu leur père. Comment le leur annoncer ?

Sois honnête. Ne recule pas, ne triche pas avec eux. Donne-leur simplement les éléments que tu as, en évitant de tomber dans les hypothèses et surtout les fausses promesses.

Les oiseaux chantaient dans les branches pour saluer le retour du beau temps. Grace se prit la tête à deux mains, incapable d'accepter la situation : là, sur le seuil de sa maison, elle sentait la caresse du soleil printanier alors que Steve était perdu quelque part en mer.

Elle savait que, dans un moment, le téléphone commencerait à sonner et qu'il ne s'arrêterait plus pendant des heures, des jours peut-être. Dans la grande famille des marins, tout se savait très vite, et chacun voudrait témoigner sa sympathie à la femme et aux enfants du capitaine Bennett. La nouvelle du malheur qui les frappait allait se répandre comme une traînée de poudre, si ce n'était déjà fait.

— Steve…

Elle prononça son nom, le chuchota encore et encore, comme pour conjurer le sort qui le murait dans le silence. *Porté disparu…* Quelle horrible expression. Peut-être le « disparu » pensait-il à elle en cette seconde… Elle l'imagina blessé, souffrant du froid, luttant contre la mort.

Son esprit enfiévré dévidait sous ses yeux un kaléidoscope d'images plus abominables les unes que les autres. Au moment où elle allait éclater en sanglots, Grace se ressaisit. Pour les enfants, il ne fallait pas qu'elle craque. Ils auraient besoin qu'elle soit forte.

Elle resta sur le seuil à les guetter. Rose-Pompon gratta à la porte et Grace la laissa sortir dans l'allée. La petite chienne devait sentir quelque chose, elle ne se mit pas à gambader au pied des cèdres comme à son habitude. Et quand sa maîtresse commença à faire les cent pas sur le porche, elle se coucha sur le paillasson, l'air triste et apeuré.

Grace n'avait qu'à fermer les yeux pour voir défiler sa vie avec Steve, depuis la chapelle de la base militaire de Pensacola où elle avait rejoint devant l'autel son jeune mari si beau et fier dans son uniforme de lieutenant. Maintenant, c'était leur tout premier nid d'amoureux, un modeste bungalow en bord de plage où ils faisaient l'amour comme des fous. Oh, et le sourire de Steve lorsqu'elle l'avait découvert tendrement penché sur elle en se réveillant le lendemain de leur nuit de noces. Puis avait commencé leur vie mouvementée, une suite de nouveaux départs, ailleurs mais ensemble, en Italie, au Texas, à San Diego et jusqu'à Guam et à l'archipel des Mariannes, dans le Pacifique. Et trois petits soleils étaient venus illuminer leur existence : les enfants de leur amour, merveilleux, adorables, difficiles parfois, mais qui faisaient leur bonheur. Oui, elle avait été heureuse avec Steve et…

Grace se mordit la lèvre jusqu'au sang.

J'ai failli gâcher tout cela.

Au même moment, la Bronco II des enfants apparut sur la route, annoncée par les décibels qui jaillissaient de la stéréo à plein volume. Brian était au volant. Grace eut juste le temps de mettre ses mains tremblantes dans son dos. Elle reconnut *Paint It Black*, un des CD que Steve avait gravés pour eux avant de les quitter, et lutta contre les larmes qui lui montaient aux yeux.

Katie n'attendit pas que la voiture se soit immobilisée pour sauter de la banquette arrière.

— M'man ! mais qu'est-ce qui t'est arrivé ?

Grace se força à respirer lentement.

— Eh bien, je…

— C'est génial, maman ! s'exclama Emma.

— Fan-tas-tique ! surenchérit Katie. Tu es si… *blonde* !

— Tu n'es plus du tout la même, commenta Brian. Je ne t'avais jamais vue avec les cheveux courts.

Grace mit une seconde à se rappeler que son nouveau look ne datait que de ce matin. Seigneur ! elle avait l'impression de s'en être occupée cent ans plus tôt, ou dans une autre vie.

Elle secoua la tête.

— Entrez, les enfants. Je dois vous dire quelque chose. Il s'est produit un… un incident sur le porte-avions de votre père.

Baignant depuis leur naissance dans l'univers de la marine, ils ne savaient que trop bien ce que l'armée baptisait « incident ». Chez les civils, on appelait ça un malheur, et, dans les médias, une tragédie. Mais ni les jumeaux ni même Katie ne devinrent hystériques. Ils ne l'interrompirent pas, ne la bombardèrent pas de questions. Ils s'assirent côte à côte sur le canapé en face de leur mère et l'écoutèrent en silence leur dévoiler la situation, Brian les traits durs, les filles pleurant doucement.

— Ils l'ont porté disparu ? parvint à articuler Emma.

— Oui. Aux dernières nouvelles, on ne l'avait pas encore localisé.

— Mais ils vont le retrouver, dis ? croassa Katie.

— Que s'est-il passé exactement ? enchaîna Brian.

— Ils vont forcément le retrouver, hein ?

Grace passa ses mains à plat sur ses genoux et répondit à son fils.

— Il y a eu un début d'incendie sur le pont d'envol, avec un lance-leurres, si j'ai bien compris. Votre père s'est précipité pour balancer l'engin par-dessus bord avant qu'il n'explose et ne provoque une réaction en chaîne. L'officier m'a expliqué que son intervention avait probablement évité un désastre. Malheureusement…

Tenir. Toute la volonté de Grace était concentrée sur ce seul mot. Elle regarda leurs visages livides et continua :

— Malheureusement, il… ô mon Dieu ! je… Il s'est jeté à la mer avec cette bombe en puissance, à moins qu'il ne soit tombé ou qu'un souffle ne l'ait projeté dans le vide, on ne sait pas encore.

Katie enfouit son visage dans ses mains et gémit :

— Papa…

— Et le filet de sécurité, alors ? Il n'a pas arrêté sa chute ? s'énerva Brian.

— J'ai peur que non.

— Heureusement qu'il portait son gilet de sauvetage ! Avec son émetteur incorporé, ils vont forcément le retrouver, répéta Katie pour la troisième fois

Elle s'accrochait à cette idée, mais Grace se sentit le devoir de ne pas leur cacher la vérité.

— Mes pauvres petits, d'après le rapport, votre père ne portait pas son gilet…

— Je ne le crois pas ! lança Emma d'une voix déchirée. Jamais papa ne serait allé sur le pont d'envol sans son gilet réglementaire.

Grace avait les tempes en feu. Tenir. *Tenir !*

— Ils ont dit que Steve s'en était servi pour étouffer les flammes. Il y a eu… une autre victime sur le pont. Un homme transformé en torche vivante…

— Une autre victime ? Qui ? souffla Emma.

— Nous ne le savons pas. Je suis sûre que sa famille attend comme nous.

— Bordel ! jura Brian. Jusqu'à quand on va nous laisser comme ça, sans rien nous dire ?

— Pour l'instant, un black-out total des communications a été ordonné.

— Mais… pourquoi ?

— Aux dernières nouvelles, la pire confusion régnait sur le *Dominion*. Un incroyable concours de circonstances… En même temps que l'accident sur le pont, un des avions en vol a eu un problème et ses occupants ont dû s'éjecter en catastrophe. Au total, cinq hommes sont portés disparus : Steve et les quatre membres d'équipage d'un Prowler.

— Et alors ? explosa Brian. Qu'est-ce que les secours attendent pour les repêcher tous ?

Grace écarta les bras, baissa la tête.

— C'est la nuit, là-bas… Ils nous appelleront dès qu'ils auront repéré votre père.

— S'il ne s'est pas noyé, sanglota Katie.

— La ferme, porte-poisse ! aboya Emma en la fusillant du regard.

Les yeux flamboyants, elle se dressa devant sa mère.

— Ça ne serait pas arrivé si toi et papa n'étiez pas en guerre !

Grace sentit le sang déserter son visage.

— *Quoi ?*

— Qui te dit que papa n'a pas pris des risques inutiles parce que tu l'as rejeté ?

— Je ne peux pas croire que tu sois capable de me lancer ça à la figure, Emma.

— Tu vas la fermer, Em ? hurla Katie en bondissant du canapé. T'es complètement cinglée !

Elle leva la main pour gifler sa sœur, mais Brian arrêta son geste au vol.

— Ça suffit. On se calme.

Grace lui adressa un regard reconnaissant.

— Il a raison. Votre père voudrait que nous nous serrions les coudes. Ce n'est pas vrai, Em ?

Sa fille inclina la tête, les lèvres tremblantes.

— Si. D'accord.

Il n'y avait rien d'autre à faire qu'attendre. Grace prit ses trois enfants dans les bras et se prépara à affronter les plus longues heures de sa vie.

C'est Allison Crowther, en sa qualité d'épouse du CAG, qui leur communiqua le nom des autres disparus. On ne savait rien de plus pour Steve, mais sa voix était sinistre au téléphone, signe qu'elle ne se faisait guère d'illusions… On était aussi toujours sans nouvelles de l'équipage du Prowler six-deux-trois. À ces cinq portés disparus s'ajoutait déjà un disparu tout court :

— L'officier armurier blessé dans l'explosion du lance-leurres et secouru par votre mari n'a, hélas, pas survécu à ses brûlures…

Grace ferma les yeux et visualisa le monument aux morts, tout au bout du quai de la base militaire, où elle avait rencontré Patricia Rivera neuf mois plus tôt.

Le mémorial allait s'enrichir de nouvelles plaques commémoratives.

Elle rouvrit des yeux épouvantés quand Allison lui lut les noms qui figuraient sur sa liste.

Oh, non ! C'était trop horrible…

Elle déclina précipitamment l'invitation de sa correspondante à venir avec ses enfants attendre chez elle les prochaines nouvelles.

— Merci, mais j'ai deux démarches à effectuer tout de suite.

Elle raccrocha et trouva les gosses scotchés devant la télévision, zappant, à la recherche d'un communiqué.

— Toujours rien aux infos, résuma Emma.

— Je file voir Patricia…, annonça Grace avec une moue éloquente.

Le visage d'Emma se troubla.

— Oh, maman !

— … et après, je passerai chez Lauren, ajouta Grace avec la même expression.

Les filles se figèrent et devinrent blanches comme un linge.

— Josh ? s'écria Katie. Oh, non ! nous venons seulement de le connaître !

Brian n'avait pas dit un mot, mais son regard reflétait toute l'horreur de la situation. Le destin était cruel… À peine le sort les avait-il réunis que le père et le fils se retrouvaient perdus en mer en même temps… unis dans la même épreuve mortelle.

Grace leur demanda de surveiller le téléphone et les mails en plus de la télévision, puis elle prit son portable et se dirigea vers la porte. Elle hésita sur le seuil et les regarda.

— Ça va aller, m'man, ne t'inquiète pas pour nous, assura Brian. On t'appelle à la seconde où on entend quelque chose.

— Promis-juré, appuya Emma tandis que Katie hochait vigoureusement la tête.

Le cœur de Grace fondit d'amour pour eux. Les petits étaient presque des adultes, et leur courage dopait le sien.

— Je vous adore, tous les trois. Je me dépêche de rentrer.

Elle fonça chez Patricia. L'aumônier était déjà là, ainsi que l'épouse du supérieur de Rivera. Patricia gisait sur le sofa, anéantie de douleur et de terreur. Il n'y avait plus d'espoir pour elle. Pourtant la malheureuse serrait farouchement un téléphone sans fil sur son ventre énorme. Sans doute attendait-elle un miracle… un appel annonçant qu'il y avait erreur sur la personne, que l'armurier Michael Rivera était vivant…

La mère de Patricia et ses sœurs veillaient sur elle comme des anges gardiens. Venues d'Espagne pour la naissance du bébé, voilà qu'elles l'entouraient pour le deuil de son mari.

Elles firent signe à Grace d'approcher.

— Vous savez… c'est un garçon, lui annonça Patricia d'une voix brisée. Je l'ai appris juste ce matin. Je l'ai écrit à Michael…

Grace s'agenouilla près de son amie.

— Oh, Patricia…

Le téléphone alla s'écraser sur le parquet. Patricia s'était redressée, une expression torturée sur le visage.

— Non, Michael n'a pas pu me faire ça ! Il ne peut pas nous abandonner, le bébé et moi !

L'aumônier militaire choisit cet instant plus que pénible pour intervenir en des termes qui se voulaient réconfortants :

— Dites-vous bien, mon enfant, que votre mari est mort héroïquement, qu'il a donné sa vie pour sauver celle d'autrui. Le capitaine Bennett s'est porté à son secours, mais, hélas, il était déjà trop tard. Croyez bien que l'équipe médicale a fait l'impossible pour le sauver. Nous sommes tous redevables à l'officier Rivera de son sacrifice.

Grace serra dans ses bras une Patricia à deux doigts de la crise de nerfs. Tandis que son amie sanglotait contre son épaule sans pouvoir s'arrêter, elle se demanda si Steve savait que l'homme qu'il avait tenté de sauver n'avait pas survécu. *Oh, Steve…*

— Ce matin… en rentrant de l'échographie… j'ai envoyé à Michael un e-mail… pour lui dire qu'il allait avoir un fils, reprit Patricia, balbutiant entre deux sanglots. Je ne saurai jamais s'il a eu le temps de le lire !

— Il vous aimait tant, vous et le bébé… Il est parti en sachant que les deux êtres qu'il aimait le plus au monde seraient toujours ensemble pour se soutenir l'un l'autre.

Après un moment, Gracc prcssa les mains de Patricia.

— Je dois aller voir Lauren, murmura-t-elle.

Patricia se signa. Pas besoin d'être épouse de marin depuis bien longtemps pour déchiffrer cette petite phrase.

— Je reviendrai demain, ajouta Grace.

Elle prit rapidement congé de la famille et alla s'écrouler dans la voiture, partagée entre la crainte, la révolte et la douleur. Elle ne pouvait s'empêcher de penser à chaque seconde que Steve avait peut-être rejoint Michael Rivera dans la mort.

Les remords la rongeaient, la dévoraient tout entière. Pourquoi fallait-il que cet abominable accident se produise justement au cours de *ce* déploiement-là ? Le seul avant lequel elle n'avait pas embrassé Steve, lui laissant croire qu'elle se détachait de lui, qu'elle ne l'aimait plus… Cette idée la torturait.

Elle aussi avait envoyé tout à l'heure un e-mail à Steve, en gage de paix… et lui non plus ne le lirait peut-être jamais. C'était trop cruel !

— Oh, je m'en veux tellement… tellement… tellement…, répéta-t-elle, encore et encore.

Mais quelle importance qu'elle soit désolée, bouleversée, ravagée, anéantie ? Quelle importance qu'en renonçant à Ross Cameron et à tout ce qu'il représentait, elle ait fait un pas sur le chemin qui la reconduisait à Steve ? Le mal était fait.

C'était trop tard. Trop tard.

L'esprit en déroute, elle appela la maison pendant qu'elle roulait à toute vitesse vers chez Lauren. Emma décrocha à la première sonnerie pour lui dire qu'il n'y avait toujours pas de nouvelles.

En arrivant à destination, elle se força à se ressaisir pour accomplir sa mission. Lauren n'était encore sûrement au courant de rien. Elle avait beau être la femme de la vie de Josh, elle n'était pas son épouse, donc pas de la famille aux yeux de l'armée. C'était à Grace de lui annoncer le malheur.

Le soir tombait, la lumière était allumée à l'intérieur. Grace frappa à la porte et attendit en cherchant les mots qu'elle allait devoir prononcer, son téléphone portable toujours serré dans ses doigts crispés.

— Sonne ! pria-t-elle à mi-voix. Dis-moi que ce n'est pas fini, dis-moi qu'il va s'en sortir, qu'il va me reven…

Grace se tut. La porte venait de s'ouvrir sur une Lauren méconnaissable, le visage défait, les yeux rouges. *Elle savait ?*

— Est-ce que je peux entrer ? demanda Grace.

Lauren inclina la tête, comme dans un état second, et fit un pas de côté pour la laisser passer.

Un chat tigré plus que bien nourri en profita pour se faufiler à l'extérieur. Le salon, petit et bien rangé, offrait une superbe vue sur Penn Cove. Dans la lumière du soir, la surface de l'eau passait du rose à l'or et de l'or à l'ocre.

Grace se rappela subitement le message de Lauren annulant le cours de fitness, sa voix comme enrhumée – en réalité, rauque d'avoir trop pleuré. C'était avant qu'on leur apprenne le drame.

La voix de Steve aussi était enregistrée sur le répondeur, se dit-elle. Son dernier message. Chacun des mots de son mari résonnait douloureusement dans sa tête en prenant une signification nouvelle. « … les loupiots, vous ferez un gros câlin à votre maman de ma part ! Et gardez-en un pour vous, tant que vous y êtes… Vous me manquez tous beaucoup, beaucoup. Terminé. »

Terminé.

Grace secoua farouchement la tête. Elle toucha l'épaule de son amie.

— Ma pauvre Lauren…, commença-t-elle.

— J'ai eu des nouvelles du médecin aujourd'hui,

dit-elle. C'est malheureusement ce que je craignais. Le pire qui pouvait arriver.

Elle se laissa choir dans un fauteuil et saisit un oreiller qu'elle se plaqua convulsivement sur le ventre.

Oh, non ! songea Grace. Ce n'est pas le pire…

43

— Lieutenant ? Lieutenant, vous m'entendez ?

— ...

— Lieutenant Lamont ? Est-ce que vous m'entendez ?

Bien sûr qu'il entendait cette voix à réveiller un mort qui lui beuglait dans les oreilles. Comme si ça ne suffisait pas, une lumière aveuglante lui agressa les yeux.

— Ça va, ça va, grogna Josh en détournant la tête. Je me suis juste assoupi une minute.

Il souleva une paupière, aperçut une armoire à glace en blouse blanche et demanda avec une pointe d'inquiétude :

— Quelle heure est-il ?

L'armoire à glace éteignit son phare.

— Cinq heures du matin.

— Cinq heures !

Il avait dormi beaucoup plus qu'il ne le croyait. Le médecin gribouilla une ordonnance.

— Je vous prescris un check-up complet : prise de sang, radios, scanner. La totale. Vous m'en direz des nouvelles.

Il s'arrêta d'écrire pour scruter son patient en tapotant pensivement sur la table de la pointe de son stylo.

— Comment va votre cou ?

— Mon cou ?

Josh fit pivoter sa tête de gauche à droite et de droite à gauche, sentit les deux fois un élancement douloureux, mais n'en laissa rien paraître.

— Très bien, pourquoi ?

— Hum.

Josh repéra le lieutenant Martin Turnbull dans le lit d'en face, occupé à engloutir des œufs brouillés. Les deux rescapés échangèrent un signe de victoire, pouce tendu vers le haut. Allongés un peu plus loin, Hatch et Newman ne s'étaient pas encore réveillés, mais ils avaient l'air entier.

Josh exhala un soupir de soulagement. Tout son équipage était sain et sauf. On allait dire qu'ils avaient eu de la chance, mais lui savait que c'était beaucoup plus que cela. Ils devaient aussi la vie à la qualité de leur formation, et à la discipline qu'on leur avait inculquée.

— Docteur, je dois passer un coup de fil.

— C'est prévu, lieutenant. Nous avons envoyé chercher un cellulaire assez puissant pour que vous appeliez d'ici.

Le dos bien calé contre ses oreillers, Turnbull lança un petit pain à Josh, qui y mordit à belles dents. La dernière chose qu'il se rappelait, c'était le cri perçant des sirènes au moment où l'hélicoptère tournoyait au-dessus du porte-avions. Après, plus rien.

— Que s'est-il passé sur le pont d'envol ? demanda-t-il au médecin. Pourquoi m'a-t-on interdit de poser mon appareil ?

— Il s'est produit un incident la nuit dernière.

— Eh, je suis bien placé pour le savoir ! Mais... de quoi parlez-vous au juste ?

Le médecin s'éloigna sans répondre et Josh se retourna vers Turnbull, incapable de retenir une grimace de douleur. Son cou lui faisait vraiment mal.

— Bull !

— Vlan ! fallait que ça tombe sur moi, grommela ce dernier en repoussant son plateau de petit déjeuner. Il paraît qu'il y a eu une explosion à cause d'un lance-leurres défectueux. Toujours est-il que le pitaf Rivera y a laissé la vie. Et ce n'est pas tout...

Michael Rivera, mort ? Josh le connaissait à peine, mais ils avaient le même âge. Un type sympa, beau gosse, jeune marié de surcroît. Pauvre femme... Deux vies foutues.

Il se rendit compte que Turnbull hésitait à poursuivre.

— Eh bien ? Accouche !

— Le capitaine Bennett était aux premières loges. C'est lui qui s'est emparé de l'engin pour le jeter par-dessus bord... mais il est tombé à la mer avec. Je suis désolé, vieux. Il est porté disparu.

La tête de Josh retomba sur ses oreillers. Il avait l'impression qu'on venait de lui cogner sur le crâne avec un marteau de forgeron. Comme à peu près tout le monde sur le bâtiment, Turnbull était au courant de sa parenté avec Steve Bennett.

— Ils ne l'ont toujours pas repêché ?

— Pas que je sache. Il faut dire que... euh, il ne portait pas son gilet de sauvetage.

Josh ferma ses yeux. Ça, c'était la fin de tout.

Bennett se trouvait quelque part dans les eaux gelées du Pacifique, perdu dans cette immensité sans rien pour l'aider à tenir la tête hors de l'eau… Après quatre-vingt-dix minutes dans un radeau, Josh avait été retrouvé à moitié mort – et Bennett avait passé la nuit sans rien. En l'absence d'une combinaison de survie, son espérance de survie était faible, très faible.

— Pourquoi ne l'ont-ils pas repêché ? répéta-t-il d'une voix qu'il ne reconnut pas.

Turnbull haussa les épaules.

— Il y avait cinq hommes à la mer, tous tombés en des endroits très dispersés. Peut-être les équipes de secours n'avaient-elles pas assez de personnel et de moyens pour mener toutes les recherches de front. Un pareil concours de circonstances…

— Foutaise ! C'est leur boulot, ils s'y exercent en permanence.

— Ouais, mais le problème, c'est qu'on ne peut pas tout prévoir. Nous autres, on est super-entraînés pour les risques d'incendie comme pour les éjections, mais les deux en même temps ?

Josh ferma les yeux, tentant en vain de ne pas penser à la morsure de l'eau noire et glaciale comme une tombe, à l'engourdissement qui saisissait le naufragé pris vivant dans ce linceul jusqu'à la perte de connaissance fatale. Bon Dieu, son père avait passé la nuit là-dedans !

— Tu sais le plus incroyable ? reprit Turnbull. Ils ont tout ça sur film.

— Tout ça quoi ?

— L'incident sur le pont, l'explosion, l'intervention de Bennett… tout. Tu te souviens de l'équipe de la télévision, avec la jolie blonde ? Eh bien, ils étaient à pied d'œuvre et ils ont filmé la scène.

— Avec un pauvre type en train de griller vif… Génial, grimaça Josh.

— Il paraît que le cameraman a même pris Bennett basculant dans le vide avec le lance-leurres brûlant à la main. Tu parles d'un scoop !

— Le vrai scoop, ce sera quand ils le remonteront de l'eau… vivant. C'est ça que j'attends !

L'officier supérieur d'appontage Bud Forster vint les voir. Non, il n'avait aucune autre information sur Bennett, mais il apportait un téléphone. Il le garda dans sa main tandis qu'il fixait Josh au fond des yeux.

— Le médecin-chef pense que vous serez sur pied dans deux jours.

— J'ai hâte de voler à nouveau, monsieur.

Le visage de Forster resta de marbre.

— Il y aura une commission d'enquête pour déterminer la cause de la perte du Prowler six-deux-trois. Jusqu'à ce qu'elle ait rendu son verdict, vous êtes suspendu de vol.

— Oui, monsieur.

Josh avait compris. Si l'appareil était mis hors de cause, si sa destruction n'était imputable qu'à une erreur humaine, il pourrait dire adieu à sa carrière de pilote de chasse…

Il dicta le numéro à Forster, qui le composa et posa le combiné sur son oreille. Manque de chance, sa mère était absente. Il laissa un message rassurant sur le répondeur, disant qu'il allait très bien et qu'il la rappellerait plus tard. Puis, d'autorité, il tapota un autre numéro.

Elle décrocha à la première sonnerie, et le son de sa voix fit naître sur le visage de Josh son premier sourire depuis qu'il avait tiré sur la poignée de son siège éjectable.

— Lauren ? C'est moi, mon amour…

44

Grace marchandait avec Dieu. En échange du retour de Steve, elle renoncerait à tout ce qui constituait la nouvelle vie qu'elle s'était construite. Tout pour qu'il revienne ! Que le téléphone sonne et qu'elle entende sa voix, et elle fermerait çademenage avecgrace.org, revendrait leur maison s'il le fallait et deviendrait la meilleure épouse de toute la marine ! Mais ce qu'elle avait à offrir était si mince et le miracle qu'elle attendait, si énorme...

Ses réserves d'énergie nerveuse fondaient comme neige au soleil, tandis que les heures passaient sans apporter la moindre nouvelle de Steve. Son téléphone portable faisait partie d'elle au même titre qu'un de ses quatre membres ; elle ne s'en séparait pas, où qu'elle aille, quoi qu'elle fasse pour s'occuper l'esprit : nourrir Rose-Pompon, nettoyer les gouttières, tailler les haies, faire cuire des biscuits pour Patricia...

Peine perdue, rien n'arrivait à la calmer, rien ne pouvait endormir sa peur, étouffer ses remords... Steve était parti au moment où leur mariage sombrait. Et peut-être ne le reverrait-elle pas pour lui dire qu'elle l'aimait et qu'elle l'aimerait toujours.

— Maman ! hurla soudain Brian depuis le salon. Maman, viens vite voir la télé !

Cela faisait des heures qu'il cherchait désespérément des informations. Elle se précipita.

Au même instant, le téléphone sonna. Le cœur de Grace fit un bond dans sa poitrine, mais elle laissa répondre une de ses filles. Ce n'était pas l'appel qu'elle espérait, celui pour lequel elle priait de toute son âme.

Emma parla brièvement, puis courut rejoindre son frère et sa mère dans le salon, l'appareil à la main, Katie sur ses talons.

— Darlene nous avertit de regarder CNN.

Brian était déjà dessus.

— Fox News annonce un reportage en exclusivité sur « le drame à bord de l'USS *Dominion* », cita-t-il d'une voix blanche. Des images en direct.

— Et le black-out des communications ? demanda Emma en se posant sur le bras du fauteuil où sa mère s'était laissée choir.

Le texte qui défilait en boucle sur le téléviseur attribuait les images « exclusives » à une équipe de *Newsweek* tandis que Francine Atwater commentait. Subitement, Grace se retrouva sur le porte-avions avec rien que la nuit noire en fond d'écran.

« Ce devait être une nuit d'exercices de vol comme les autres sur le *Dominion*, ce fleuron de la marine de guerre américaine. Tout se déroulait à merveille, les missions se succédaient parfaitement mais un grain de sable a grippé la mécanique, enchaîna la journaliste. Et très rapidement, tout s'est enrayé, et les choses ont mal tourné. Très mal tourné… »

Ô mon Dieu, gémit intérieurement Grace en

saisissant la télécommande. Les enfants n'avaient pas besoin de voir ça.

Brian fut plus rapide qu'elle.

— Laisse, maman.

Elle ne discuta pas ; comme des millions d'autres téléspectateurs, elle resta scotchée devant les images qui se bousculaient sur l'écran. Un jeune officier en chemise rouge tachée d'huile apparut aux côtés de Francine Atwater.

« Tout va bien ? demanda la voix de Steve.

— Oui, monsieur. Juste un léger problème avec une fusée éclairante. Mais tout est arrangé, à présent. »

L'homme en rouge essuya son gant encore fumant contre sa cuisse. Il ôta ses lunettes pour passer un avant-bras sur son front et mieux sourire à la caméra, tandis que la voix off de la journaliste annonçait :

« L'officier armurier Michael Rivera se trompait, hélas ! Tout ne s'est pas arrangé… et il l'a payé de sa vie. »

Après, tout s'accéléra. Le cameraman dut être bousculé car les images se brouillèrent, se télescopèrent. Quand le flou disparut, on vit Rivera s'éloigner précipitamment, emportant un objet métallique d'où jaillissaient des étincelles. Brusquement, il y eut une explosion, un hurlement atroce et la fumée envahit tout. Mais la caméra tournait toujours, montrant une haute silhouette s'élançant vers l'homme en train de se tordre sur le sol, transformé en torche vivante. Le nouveau venu se jeta à genoux à côté de lui et le téléobjectif perça le rideau de fumée pour saisir son visage.

— C'est papa, s'exclama Brian, collé à l'écran. C'est lui !

— Papa..., répéta Katie avant de plaquer les deux mains sur sa bouche.

Les yeux exorbités, Grace regarda Steve se défaire de son gilet de sauvetage pour étouffer les flammes.

La voix off de Francine Atwater s'était tue ; les images qui suivirent se passaient de commentaire : chaque téléspectateur comprenait le drame qui se jouait sur l'écran. Dans un effroyable concert de sirènes, de moteurs d'avions et d'ordres criés dans les haut-parleurs, tout le monde put voir Steve saisir la poignée du cylindre incandescent.

« Dans un geste héroïque, le capitaine Bennett s'est emparé du lance-leurres... »

Le téléphone sonna, Grace se dressa automatiquement, livide. Elle crut que son cœur s'arrêtait de battre.

Katie avait bondi sur le récepteur comme un chat sur une sauterelle.

— Résidence Bennett.

Elle leur tournait le dos mais ils la virent vaciller comme si on venait de la frapper. *Non ! pas ça...*, gémit Grace. Brian et Emma vinrent encadrer leur sœur, tous les trois serrés autour du téléphone.

La voix de la journaliste résonna dans le silence terrible qui suivit :

« On apprend seulement à l'instant... »

Grace ferma les yeux. *Non. Ô mon Dieu, non !*

L'oreille collée à l'écouteur, Katie haletait bruyamment, puis elle poussa un cri déchirant.

— Papaaa !

45

Steve était en trop piteux état pour bouger un doigt, mais il n'en protesta pas moins pour le principe. Ce bougre d'âne de médecin-chef ne voulut rien entendre. Il lui répondit qu'il devait s'estimer heureux d'être vivant et ne lui accorda qu'une minute de rien du tout pour parler à sa famille. C'était d'autant plus idiot que le son de leurs voix aimées lui avait plus fait de bien que tous ces fichus tuyaux et ces engins sophistiqués auxquels on l'avait relié.

Un téléphone, voilà tout ce dont il avait besoin. Pour le reste, il avait prouvé qu'il pouvait s'en sortir tout seul. Avec l'aide de Dieu. *Aide-toi, le Ciel t'aidera.* Le dicton disait vrai. Comme il s'était battu ! Pas pour lui, mais pour Grace et les enfants.

Grace… Steve ferma les yeux et son visage – ce visage cadavérique qu'il avait exigé de voir dans un miroir – forma un sourire. C'était elle, rien ne lui ôterait cette idée de la tête, le miracle qui l'avait fait survivre à toutes ces heures dans une eau à douze ou treize degrés. Alors que le reste du monde pouvait basculer dans la confusion, Grace restait le pôle, le roc inamovible auquel il pouvait toujours se raccrocher.

Ça aussi, il le lui dirait, comme beaucoup d'autres choses auxquelles il avait réfléchi. Il y avait tant de malentendus à effacer... Mais il lui faudrait patienter encore un peu. Dans son premier appel, il avait juste eu le temps de lui livrer le message essentiel : *Je vais bien. Je t'aime. Je rentre à la maison.*

Steve se réveilla plusieurs heures plus tard. Il avala le contenu de trois plateaux-repas, maladroitement, en ne se servant que d'une main. Gravement brûlée, la droite était immobilisée et couverte d'un bandage de Teflon. Puis il fit appeler le lieutenant Killigrew pour lui dicter un rapport sur les événements de la nuit tels qu'il les avait vus et vécus, depuis les minutes qui avaient précédé l'explosion sur le pont d'envol jusqu'à l'hélicoptère qui l'avait repêché in extremis.

Il garda pour lui les pires moments de cet interminable cauchemar – la souffrance éprouvée en voyant ce pauvre Rivera brûler sous ses yeux, la douleur atroce lorsque sa propre main s'était trouvée scellée au lance-leurres par la chaleur, la violence de l'impact quand son corps avait plongé dans l'eau, le froid insoutenable et la nuit noire qui s'étaient refermés sur lui, le lourd et mortel cylindre qui l'avait entraîné dans les profondeurs, avant qu'il ne parvienne à en décoller les doigts.

Steve ne dit pas non plus combien il avait prié. Oh, pas pour son salut à lui, mais pour sa femme et ses gosses. Prié pour qu'ils retrouvent une vie débordante d'amour, pour qu'ils soient forts et surmontent sa perte.

Steve se revit apercevant les projecteurs des équipes

de secours balayant les flots. Il savait que tous donnaient le meilleur d'eux-mêmes et s'acharnaient à le retrouver au plus vite. Mais sans aucun équipement de sauvetage, il était dans l'impossibilité de se faire repérer. Pas de radio, de flashlight ni de fumigènes pour signaler sa présence dans les creux de plusieurs mètres entre les vagues.

Et pas de radeau gonflable, pas de combinaison de survie à isolation thermique – rien. Il avait utilisé sa chemise pour créer une bulle d'air qui l'aidait à se maintenir tant bien que mal à la surface. Mais les vagues se faisaient un malin plaisir de lui passer au-dessus de la tête, lui bouchant le nez, lui piquant les yeux et la gorge, le suffoquant. Il avait pensé à cette nuit où Emma aurait pu couler à pic en tentant de sauver sa camarade de la noyade. Il aurait dû la féliciter davantage, la serrer dans ses bras, au lieu de lui faire une scène au sujet de cette fichue bière apportée par ce minable de Cory…

Ne pas perdre connaissance. Surtout, ne pas perdre connaissance ! Les cours de sa formation lui avaient appris comment réagir à l'hypothermie et à la noyade, et il se força à rester conscient, à l'affût de tous les symptômes de dégradation physique. Celle-ci s'annonçait inexorable. L'eau était si glacée, les vagues brutales et le courant violent. Il s'enfonçait de plus en plus souvent, s'attendant chaque fois à ce que sa nouvelle immersion soit la dernière.

C'est alors, quand tout semblait perdu, que l'instrument de sa perte – le lance-leurres – éteint, noyé, remonta à la surface dans un jaillissement d'écume avant de flotter à quelques mètres de lui comme un gros bouchon de liège. Dans un ultime effort, Steve parvint à s'y accrocher et à passer sa main valide dans la poignée.

Puis il s'abandonna à son destin, aux trois quarts mort de froid et d'épuisement, écoutant, inerte, le bourdonnement éloigné des moteurs des hélicoptères et des canots de sauvetage. On n'abandonnerait pas les recherches, mais très bientôt, on ne retrouverait plus qu'un cadavre.

Il croyait se souvenir avoir vu les premières lueurs du jour naissant, mais ce n'était peut-être qu'un flash émis par son cerveau agonisant qu'il avait confondu avec l'aube tant espérée. On prétendait qu'au dernier moment, un mourant revoyait sa vie défiler en un éclair ; lui avait vu Grace, sa belle et merveilleuse Grace, qui lui avait donné le meilleur d'elle-même pendant vingt ans. Et les larmes qui avaient coulé sur son visage avaient été sa seule chaleur dans la prison de glace qui se refermait sur lui. Grace ne l'avait jamais vu pleurer.

Puis son cerveau s'était réveillé juste assez pour prendre conscience de la chaleur émanant de la poignée du lance-leurres. Et un suprême espoir l'avait ramené à la vie comme un électrochoc. S'il parvenait à trouver dans cet engin une fusée en état de marche… Aucune ne se déclencha, mais l'une d'entre elles émit de la fumée. Steve concentra dans son regard ce qui lui restait de vie pour suivre le nuage rouge sang qui montait lentement dans le ciel. Les secours allaient repérer sa position, mais pourvu qu'ils fassent vite !

Quelques minutes plus tard, un hélicoptère tournoyait au-dessus de lui. Deux sauveteurs en plongèrent et nagèrent vers Steve. À bout de ressources, il avait fermé les yeux, son corps était bleu de froid et ils crurent repêcher un cadavre.

Quand on l'eut ramené à bord du *Dominion*, vivant, beaucoup de marins ne voulurent d'abord pas le croire. Puis on cria au miracle. Comment, autrement, aurait-il pu survivre si longtemps dans de pareilles conditions ? Steve, lui, savait de quoi il retournait : son histoire avec Grace n'était pas terminée et rien au monde n'aurait pu l'empêcher de la poursuivre.

— Capitaine Bennett…

Steve ouvrit les yeux. Le lieutenant Lamont se tenait au pied de son lit, en uniforme, rasé de près, impeccablement coiffé, son képi à la main et – tiens ! – une minerve enserrait son cou.

— Je suis désolé de vous réveiller.

Steve avait encore dormi. Combien de temps ? Il ne savait même pas si c'était le jour ou la nuit.

— Lieutenant. Que me vaut… ? commença-t-il d'une voix faible. Un instant, je vous prie.

Il tendit sa main valide vers la bouteille en plastique posée sur sa table de chevet et tira avidement sur la paille.

— Je vous écoute, lieutenant, fit-il enfin.

— Je voulais vous remercier pour les vies que vous avez sauvées en vous sacrifiant. Je sais que vous obtiendrez une médaille pour votre bravoure, mais je tenais à vous exprimer personnellement ma reconnaissance et mon admiration.

Le cœur de Steve se serra. Comme il regrettait de n'avoir pas connu ce jeune homme plus tôt, de ne pas l'avoir vu grandir.

— J'apprécie votre démarche, lieutenant.

— Je vous laisse vous reposer, à présent, monsieur. J'étais passé vous voir avant que… – j'étais juste passé vous voir.

Lamont esquissait déjà un pas en arrière quand Steve pointa l'index vers lui.

— Qu'est-il arrivé à votre cou ?

— Mon équipage et moi avons dû nous éjecter.

— Tout le monde s'en est sorti ?

— Oui, rassurez-vous. Mon navigateur a un bras cassé, et moi des dommages mineurs aux cervicales. Rien de bien méchant, enfin… sur le plan physique.

Steve s'humecta les lèvres. La mémoire lui revenait par bribes ; juste avant l'accident, Bud Forster lui avait parlé d'un problème grave sur le Prowler six-deux-trois. Et en ce moment même, les yeux du jeune pilote reflétaient une lueur d'effroi. Steve en aurait mis sa seconde main au feu, parce qu'il connaissait ce regard pour l'avoir déjà rencontré – dans son miroir.

— J'ai perdu l'appareil qu'on m'avait confié, dit Lamont, comme incrédule. Il va y avoir une enquête… en attendant, je suis interdit de vol. Forcément, un appareil de cinquante millions de dollars…

— Les avions sont remplaçables. Pas les êtres humains.

— Oui, monsieur.

Lamont avait beau essayer de donner le change, il était effondré, Steve imaginait parfaitement dans quel état d'esprit il se trouvait, en tant que pilote lui aussi, et peut-être en tant que père. On ne se voit plus de la même façon, quand on se retrouve interdit de vol. On se met à douter, à chaque minute qui passe. Lamont devait se torturer la cervelle à se demander s'il n'avait pas commis une faute. Si l'enquête concluait à sa responsabilité, il pourrait tirer un trait sur la suite de sa carrière militaire.

Steve songea à ce que représentait pour lui l'aéronavale lorsqu'il avait le même âge. Ne plus pouvoir y servir lui aurait semblé la fin du monde.

— Qu'est-ce qui vous a obligé à vous éjecter, Lamont ?

— Une défaillance électronique, monsieur.

— Mais encore ? Décrivez-moi exactement ce qui s'est passé.

Lamont s'exécuta impeccablement, avec un sang-froid professionnel qui forçait l'admiration de Steve. Toute sa nervosité s'était réfugiée dans les mains crispées sur sa casquette.

— ... et l'avion a lâché définitivement à dix mille pieds. Je n'ai pu que contrer les mouvements de lacet avec les palonniers. Les calculateurs de vol étaient détraqués. Alors, nous avons tenté le tout pour le tout en essayant de faire sauter un à un les quatre disjoncteurs pour isoler le problème.

Steve buvait ses paroles, il visualisait la scène comme s'il avait été dans le cockpit.

— J'aurais fait la même chose, déclara-t-il.

— Merci, monsieur. Malheureusement, au dernier disjoncteur, tous les écrans de contrôle se sont éteints d'un seul coup. Impossible de rétablir le circuit ! Le nez est parti dans un incroyable cabré. C'était fini.

Lamont fit une pause, puis conclut :

— J'ai tourné et retourné cent fois dans ma tête le détail des opérations. Sincèrement, je ne décèle aucune erreur de pilotage.

Steve fixait ses doigts ; il avait les jointures blanches.

— Si vous êtes sûr de votre fait, vous n'avez pas à vous inquiéter des suites.

— J'espère.

Il fit un pas en arrière.

— Si vous voulez bien m'excuser, monsieur.

— Bien sûr. Rompez.

Lamont salua et quitta la pièce d'une démarche mécanique, dans laquelle Steve reconnut la posture d'un homme profondément éprouvé.

Resté seul, il réfléchit un moment puis envoya chercher Killigrew.

— Dites à Francine Atwater que je veux visionner tout de suite la vidéo du Prowler six-deux-trois que son équipe a tournée avant le décollage. Et, pour l'amour du ciel, faites-moi sortir d'ici !

Sourd aux objections de ses médecins, Steve s'habilla et quitta sa chambre pour aller faire le pied de grue devant la porte de la salle de conférences où la commission d'enquête préliminaire rendait ses conclusions. Sa main droite le brûlait comme lorsqu'elle était restée collée au lance-leurres, et il tremblait encore sur ses jambes, mais il refusa catégoriquement le fauteuil roulant que lui proposa son ordonnance.

Enfin, la porte s'ouvrit et les intervenants sortirent par petits groupes. Josh Lamont repéra immédiatement Steve et s'avança vivement à sa rencontre.

— C'était bien un problème de disjoncteur, monsieur ! lança-t-il de loin, incapable de masquer son soulagement. La bande vidéo a permis de repérer l'origine du dysfonctionnement. Avant le décollage, un mécanicien a commis une erreur de fusible. Un modèle EC-2 au lieu d'un Prowler… cela a suffi par provoquer le court-circuit de toutes les commandes.

Josh essayait visiblement de maîtriser son excitation. Steve hocha la tête.

— Félicitations, Lamont. Vous voici blanc comme neige.

— Merci à vous, monsieur, répondit Josh avec émotion.

— Je n'ai aucun mérite : la preuve figurait sur la vidéo.

Au cours de sa carrière, Steve avait déjà éprouvé de l'attachement pour tel ou tel jeune officier placé sous son commandement. Mais cette fois-ci, c'était différent. L'instinct paternel vibrait en lui.

Son visage marqué s'éclaira de bonheur à l'idée qu'il existait sur terre un homme nommé Josh Lamont, un brillant officier et un type bien. Enfin, il laissa parler son cœur :

— Je suis fier de toi, mon garçon, déclara-t-il d'une voix rauque.

Confondu par cet éloge et ce tutoiement nouveau, Josh serra timidement la main qu'il lui tendait.

Dans son regard droit et franc, Steve lut les mots que son fils ne dirait pas, qu'il ne pourrait sans doute jamais lui dire. Mais un sourire radieux monta aux lèvres de Josh tandis qu'il répondait :

— Je suis heureux que nos routes se soient croisées.

CINQUIÈME PARTIE

Guidage actif

« Guidage actif : méthode de guidage dans laquelle les informations transmises au missile par une source extérieure (soit radar, soit sonar) amènent celui-ci à infléchir une trajectoire préétablie. »

NAVOPS 1022.020

46

Grace se sentait plus nerveuse qu'une fiancée le jour de son mariage. La différence, c'était que la jeune mariée avait en vue son happy end, tandis que les espoirs de Grace étaient assombris de craintes. Quant aux points communs entre des épousailles et ces retrouvailles, ils résidaient dans le supplice de l'attente, l'excitation des invités, les appareils photo, et le tapis rouge... à ceci près que ledit tapis conduisait à un terrain d'aviation, et pas à un autel.

Ils attendaient derrière les cordes qui ceinturaient la piste d'atterrissage, les enfants groupés près d'elle. Le petit aéroport militaire était envahi par les journalistes et les camionnettes des chaînes de télévision. Grace savait que tout cc qui sc passerait sur le tarmac serait filmé et largement diffusé.

Elle s'était toujours demandé ce qu'elle ferait dans une situation pareille, comment elle pourrait jamais montrer toute sa reconnaissance pour le sauvetage de son mari. Elle doutait de pouvoir afficher le calme et la dignité des épouses idéales telles que les affectionnait le cinéma. Dans sa poche reposait l'alliance de Steve. Elle avait instauré depuis longtemps une petite cérémonie pour la lui rendre à chaque retour. Et la nuit de leurs retrouvailles était d'habitude une vraie lune de miel. Ce soir, elle n'avait aucune idée de ce que serait leur premier tête-à-tête...

Les enfants s'étaient faits tout beaux pour leur père. Pour la première fois depuis des mois, Grace voyait sa fille aînée en jupe. Superbe dans son costume-pour-partir-à-l'école-supérieure-de-dessin, Brian ne tenait pas en place : il marchait de long en large, comme son père quand il était nerveux ou embarrassé. Katie étrennait pour l'occasion une robe du même rose que le bouquet qu'elle tenait à la main, et arborait un sourire aussi rayonnant que le soleil de cette belle journée de printemps.

Un sourire contagieux, nota Grace en fondant d'émotion. Sa petite Katimini avait parfaitement survécu à sa nouvelle transplantation lycéenne et s'était même « défragilisée », comme elle s'en glorifiait elle-même. Son corps s'arrondissait et son visage avait pris cet air d'indicible mystère qui auréole les adolescentes. Katie était à la limite exacte qui sépare l'enfant de la femme, avec toutes les contradictions que cela suppose, pouvant passer des heures à composer des poèmes dans son journal intime et le refermer pour régaler ses poupées Barbie d'un récital de clarinette.

— Il ne va plus tarder, maintenant, chuchota Grace en lui effleurant tendrement les cheveux.

— Je suis si impatiente !

Elle détourna son regard de la piste et le braqua sur sa mère avec une moue inquiète.

— Ce n'est pas un retour comme les autres, n'est-ce pas, maman ?

— Non. Habituellement votre père rentre à la maison sur son bâtiment, ou du moins avec son escadron.

— Je ne parlais pas de ça.

Bien sûr, et Grace le savait parfaitement. Comme elle savait qu'elle marchait sur un fil. Elle aurait voulu que cette journée marquée d'une pierre blanche célèbre dignement et le sacre public de l'héroïque capitaine Bennett et le retour privé, tant attendu et espéré, d'un père et d'un mari chéris. En même temps, elle ne voulait pas tromper les enfants en leur laissant croire que la vie avec Steve allait reprendre exactement comme avant.

— C'est un grand jour pour ton papa, mon poussin. Il peut être considéré comme un miraculé.

— Oui, mais demain ? fit Katie.

— Demain… nous verrons.

— Maman…

— Waouh ! Vous voyez ce que je vois ? souffla Brian.

Grace, Katie et Emma suivirent son regard.

Lauren venait d'arriver, un sourire radieux aux lèvres, resplendissante dans son tailleur cerise. Mais ce n'était pas elle qui avait laissé Brian bouche bée ; c'était la femme qui l'accompagnait.

— « Waouh ! » est le mot, confirma Katie à mi-voix.

Ils savaient tous qui elle était, et tous, ils s'attendaient à sa venue. Seulement, Grace ne s'était pas attendue à voir débarquer le sosie de Kim Basinger. Le souffle coupé, elle regarda approcher Lauren et celle qui hantait ses mauvais rêves depuis que Steve lui avait révélé son existence.

— Cissy Lamont, se présenta la nouvelle Kim Basinger. C'est un plaisir de faire enfin votre connaissance.

Les mots furent susurrés d'une voix d'hôtesse de l'air. La nouvelle venue portait à ravir un magnifique ensemble Chanel, des souliers Prada et fréquentait visiblement les meilleurs salons de beauté.

Bravement, Grace tendit la main à la blonde incendiaire.

— Je suis Grace. Et voici mes enfants : Emma, Katie et Brian.

Les doigts parfaitement manucurés de Cissy Lamont frémirent dans la main de Grace.

— Mon Dieu, soupira-t-elle, c'est un honneur de vous rencontrer tous.

Grace se sentait comme Quasimodo devant la créature de rêve qu'avait épousée Steve en premières noces. Cissy n'avait rien (ou plus rien) de la poupée écervelée un tantinet vulgaire qu'elle avait imaginée, Dieu sait pourquoi. Belle, racée, élégante, pleurant son mari défunt, on aurait dit un personnage tout droit sorti d'un roman de Danielle Steel. Et, pire que tout, elle avait eu droit à une part de Steve à laquelle Grace ne pourrait jamais prétendre. Cissy avait été – et resterait à jamais – son premier amour, sa première passion. Elle l'avait connu dans tout l'éclat de ses vingt ans, dans la flamme ardente et sauvage de sa jeunesse insouciante…

Lorsque Grace l'avait rencontré, Steve était déjà pilote et officier, il avait des responsabilités, et le mot « devoir » aurait pu être gravé sur un front. Oh, elle ne doutait pas une minute que cet homme plus mûr lui avait donné plus que le garçon qui s'était entiché de Cissy, mais cela ne l'empêchait pas de regretter amèrement de n'avoir pas connu aussi le jeune Steve.

— Je suis désolée qu'il ait fallu des circonstances aussi épouvantables pour nous réunir, déclara Cissy de sa voix charmeuse. Mais – Dieu soit loué ! – tout est bien qui finit bien puisque Josh et Stephen nous reviennent en un seul morceau !

Stephen ? Personne n'appelait Steve Stephen.

Dans le silence embarrassant qui suivit, Cissy trahit sa nervosité en cassant la poignée de son sac à main.

— Je suis sûre que vous pensez tous, ici, que j'ai été un monstre, ajouta-t-elle sur un ton faussement dégagé.

Lauren posa une main sur son bras.

— Cissy...

— Non, il fallait que je le dise. Qui sait quand j'aurai une autre chance de m'expliquer ?

Emma et Katie regardaient leurs pieds. Brian shoota dans un caillou et fixa ostensiblement la piste d'atterrissage.

— Oh, je ne cherche pas d'excuses, poursuivit Cissy, mais je n'avais pas beaucoup réfléchi au mariage avant de me retrouver en robe blanche devant l'autel. Personne ne m'avait parlé des dures réalités de la vie de femme de marin ; je les ai découvertes d'un coup, quand celui que je venais à peine d'épouser est parti en mer pour de bon. Je ne pouvais plus ni le voir, ni lui parler, ni le toucher. Il avait disparu, il m'avait quittée, comme s'il était mort.

Elle regarda Lauren, en quête de soutien.

— Je n'avais pas d'autre famille que Stephen, personne sur qui me reposer, si ce n'est un groupe d'autres épouses, aussi jeunes et effrayées que moi.

— Et vous vous êtes défilée, conclut sèchement Katie.

Cissy baissa la tête.

— J'ai pleuré pendant des semaines avant de m'y résoudre. Mais, que vous me croyiez ou non, j'ai *vraiment* pensé que c'était la meilleure solution. Je me suis persuadée qu'il valait mieux pour lui comme pour moi que je coupe complètement, définitivement, les ponts avec votre père. Notre mariage n'avait pas d'avenir. Il était même condamné dès le début. Si j'ai résolu de cacher à Stephen que j'étais enceinte, ç'a été pour lui épargner une torture supplémentaire. Vous le connaissez : son sens du devoir et de l'honneur l'aurait enchaîné à une femme qui ne le méritait pas.

Grace fut la première surprise de ressentir pour Cissy un élan de sympathie. Accompagné d'un respect nouveau. La toute jeune femme qu'elle avait été ne s'était pas résignée à n'avoir qu'un mari à temps partiel, préférant renoncer à son statut d'épouse d'un lieutenant plein d'avenir.

Comme si elle avait lu dans ses pensées, Cissy redressa la tête et sourit tristement.

— Je ne vais pas vous raconter que je n'ai jamais eu de regrets. Même du vivant de mon second mari, il m'est arrivé plus d'une fois de m'interroger sur ce qu'aurait été ma vie si j'étais restée Mme Bennett.

Elle regarda Grace droit dans les yeux.

— Mais à présent que je vous vois, je n'ai plus l'ombre d'un doute. Vous formez une famille merveilleuse. Ce qui s'est passé autrefois devait se passer.

Elle fouilla dans son sac à main et en sortit le dernier numéro de *Newsweek*.

— Il vient de paraître. J'ai acheté tous les exemplaires que j'ai pu trouver à l'aéroport.

— On ne l'a même pas encore lu, dit Emma en louchant sur la photo de couverture.

Les enfants se pressèrent avidement autour de Cissy.

C'était irréel, songea Grace, de voir le visage de son mari sur la couverture d'un magazine national. Le cliché en disait long sur ce qu'avait traversé Steve. Pris quelques heures à peine après qu'on l'avait arraché à l'océan, il montrait un homme livide, presque mort d'épuisement, mais au regard brûlant d'une farouche expression de victoire. La manchette titrait en lettres rouges : LE HÉROS QUI A DIT NON À LA MORT. Dans un encadré, une petite photo montrait « le valeureux équipage » du Prowler posant fièrement devant l'appareil aux côtés de l'infortuné Rivera. Le mari de Patricia était si jeune, si souriant, que sa vue fit monter des larmes aux yeux de Grace.

Elle pressa la main de Lauren. Ses doigts étaient glacés. Elle semblait plus fragile que du verre de Murano, comme si c'était elle qui avait survécu à l'accident. Pauvre Lauren qui redoutait tant cette première séparation d'avec l'homme de sa vie… elle avait bien failli le perdre ! Maintenant, à chaque nouveau déploiement, elle tremblerait encore plus…

— Vous refaites surface, Lauren ? murmura-t-elle.

— Je crois que oui. Mais, je ne sais vraiment pas comment vous avez tenu le coup toutes ces années…

— Quand vous serrerez Josh dans vos bras, vous comprendrez.

Un officier du protocole vint les avertir que l'avion était en vue et l'excitation s'intensifia de toutes parts.

L'US Navy aimait honorer ses héros et entendait célébrer dignement le retour du capitaine qui avait sauvé tout un porte-avions. L'AC-2 Greyhound apparut dans le ciel et Grace ne vit plus que ce petit point blanc qui s'approchait.

Cinq minutes plus tard, l'avion se posait en douceur et s'immobilisait à quelques dizaines de mètres de la foule. Les flashs des journalistes crépitaient déjà. Certains n'avaient pas attendu pour braquer leur objectif sur « la femme du capitaine Bennett ». Grace se félicita de porter cet élégant tailleur bleu marine qu'elle n'avait pu mettre depuis des années. Il lui allait parfaitement à présent, assorti au carré Hermès qu'Allison Crowther lui avait offert la veille au soir en expliquant :

— Vous allez passer sur les chaînes nationales, ma chère !

Allison avait des défauts, mais il fallait lui reconnaître cette qualité : en digne épouse du CAG, elle était remarquable en cas de crise. Outre son soutien aux Bennett et aux Rivera, elle avait beaucoup donné de sa personne pour entourer les familles de l'équipage du Prowler abîmé dans le Pacifique.

— Et comment va votre ravissante fille ces jours-ci ? avait enchaîné Allison.

— Emma ? Très bien.

— Vous en êtes sûre ?

— Naturellement. Depuis que nous savons Steve sain et sauf et sur le chemin du retour, nous allons tous très bien.

— Parfait. Vous m'en voyez ravie…

Grace avait attribué ces propos curieux au fait qu'Emma s'éclipsait discrètement dès qu'elle voyait

Allison. Celle-ci était trop fine pour ne pas s'en être aperçue.

On venait d'installer l'escalier mobile sur le flanc de l'appareil. Des marins se précipitèrent pour dérouler le long tapis de velours rouge, tandis que d'autres se mettaient au garde-à-vous de part et d'autre pour former la haie d'honneur. La porte de l'avion s'ouvrit et la haute silhouette de Steve se matérialisa en pleine lumière sur la plus haute marche de l'escalier.

Son uniforme semblait flotter sur lui tant il avait maigri, et il avait un bras en écharpe, mais Grace le vit avec les mêmes yeux que le jour béni de leur mariage, quand elle avait juré de l'aimer toujours.

Le regard de Steve la repéra immédiatement parmi la foule et son visage s'éclaira.

Comme électrisée à sa vue, Grace n'attendit pas le feu vert du protocole, franchit allègrement la ligne de sécurité en dépit des consignes et se rua vers l'avion. Steve était déjà en bas des marches. Elle se jeta à son cou en pleurant de bonheur. Sourds aux questions des journalistes et indifférents aux caméras de télévision, ils s'embrassèrent dans un élan passionné.

— Tu es de retour, répétait-elle entre deux baisers. Merci, mon Dieu… tu es revenu !

Elle aurait voulu se fondre en lui, ou l'absorber en elle – n'importe, du moment qu'ils fusionnaient en une seule entité inséparable.

Elle s'écarta – à peine ! – de Steve pour laisser Katie se jeter à son cou, Brian et Emma se bousculant derrière. Ils riaient et pleuraient à la fois, et criaient pour couvrir le vacarme ambiant. Grace regarda ses enfants étreindre leur père comme s'ils ne devaient plus jamais le laisser repartir et se demanda comment elle avait pu mettre tout cela en péril.

Les photographes s'en donnaient à cœur joie. Grace se fit le pari que la photo d'un Steve à moitié étouffé par ses trois enfants radieux ferait la une du lendemain. Il lui sourit par-dessus l'épaule de Katie, puis la regarda mieux et écarquilla les yeux. Comme elle devait lui paraître différente, songea-t-elle. Aussi différente qu'une étrangère.

— Monsieur, intervint un sous-officier, le protocole...

Steve se sépara à contrecœur de sa famille pour sacrifier aux solennités de la réception officielle.

Pendant le cérémonial, qu'elle suivit au premier rang avec les enfants, Grace enfouit sa main dans sa poche et serra entre ses doigts l'alliance de son mari. Jamais elle ne s'était sentie plus fière de lui. Lorsqu'un haut gradé de l'US Navy rendit hommage à Josh Lamont et aux trois autres membres de l'équipage du Prowler, elle vit le regard de Steve s'arrêter longuement sur un membre de l'assistance. Cissy, comprit-elle avec un pincement au cœur.

Le visage de son mari resta de marbre, ce qui ne calma guère les craintes de Grace. Cissy était à un carrefour, veuve, encore jeune et assez attirante pour refaire sa vie. De plus, elle ne cachait pas ses regrets...

Enfin, Josh eut la bonne idée d'aller embrasser sa mère, avant de saisir Lauren par la taille et de la plier en arrière comme une liane pour lui donner un baiser aussi fougueux que prolongé. Les flashs crépitèrent de plus belle et un soupir de plaisir monta de la foule. Quand Josh relâcha enfin Lauren, rouge comme une pivoine, elle avait l'air effarée et au bord des larmes.

Sur l'estrade, après la remise solennelle des décorations militaires, l'orateur tendit le micro à « l'héroïque capitaine Bennett » pour qu'il réponde aux questions des journalistes. Salué et acclamé de toute part, Steve s'exécuta, avec beaucoup de modestie. Non, il ne se considérait pas comme un héros... Il était un officier de la marine, il n'avait fait que son devoir. Seules sa formation à toute épreuve et son attitude positive l'avaient empêché de sombrer dans le désespoir.

— La mort n'était simplement pas une option acceptable, conclut-il.

Puis, d'un geste il désigna sa femme et ses enfants et ajouta avec un sourire :

— Regardez ce qui m'attend à la maison.

47

— Voici ton nouveau chez-toi, papa ! lança Katie, tout excitée. Alors ? qu'est-ce que tu en penses ?

Steve se sentit comme un touriste. Il reconnut le pavillon et le jardin que Grace lui avait montrés sur une brochure, ce soir lointain où il lui avait sèchement rétorqué qu'il ne fallait même pas y songer mais les voir en vrai était étrange.

— On habite au top du top, déclara Brian en se garant devant le garage pour deux voitures.

— L'hyper-méga-top ! renchérit Katie d'une voix chantante. On peut déjeuner en regardant passer les aigles dans les montagnes et les ferries sur le fjord ! Et la plus belle vue, c'est celle qu'on a de votre chambre, à maman et à toi.

Chère Katimini ! Elle se donnait un mal fou pour meubler les éventuels silences de son bavardage faussement enjoué. Il aurait voulu lui dire de se décontracter, de lui laisser le temps de s'habituer à cette avalanche de nouveautés qui lui tombait dessus.

Il sortit de la voiture quand Grace lui prit sa main valide, il en fut bouleversé. Il n'en revenait pas encore de la retrouver à ce point métamorphosée. Ce n'était plus la Grace qu'il avait laissée sur ce quai glacial, un petit matin blafard. Il l'avait toujours trouvée jolie, mais il comprenait que c'était avec les yeux de l'amour. Alors qu'aujourd'hui, objectivement, avec son nouveau look, Grace était indubitablement la plus belle femme du monde.

Steve brûlait de la serrer contre son cœur à l'étouffer, mais il réussit à se contenir. Mieux valait attendre que la fièvre due à son arrivée retombe et qu'ils se retrouvent en tête à tête. Il avait un million de choses à lui dire… et se demandait seulement par où il allait commencer.

Emma prit les devants pour ouvrir la maison. Des trois enfants, c'était elle qui avait le plus changé – étonnamment changé, même… Elle était toujours son petit soleil, mais un soleil moins éclatant de vie, plus voilé aurait-on dit. Cela venait peut-être tout bêtement de sa coupe de cheveux. Ou d'une appréhension bien naturelle au moment de quitter le cocon familial pour trouver sa voie.

La porte s'ouvrit et une grosse boule de poils bondit à leur rencontre. Rose-Pompon. Elle s'arrêta net de gambader en découvrant l'inconnu qui tenait la main de sa maîtresse, et s'avança vers lui avec méfiance. La truffe frémissante, elle le renifla sous toutes les coutures. Le verdict ne dut pas être mauvais, car elle se mit à agiter frénétiquement la queue. Et quand Steve se pencha pour lui caresser le crâne, elle le gratifia en échange d'un énorme coup de langue sur la main. Pourquoi avait-il donc toujours refusé un chien ?

Grace avait suivi la scène avec inquiétude. Elle se détendit en voyant le sourire de Steve.

— C'est un amour, tu sais. Je n'imagine même plus la vie sans Rose-Pompon ! Depuis le jour de son arrivée, elle dort dans son panier au pied de notre lit. Elle ronfle, mais ça ne me dérange pas. Au contraire : je me sens – je me sentais – moins seule…

Il lui pressa les doigts.

— Alors ça ne me dérangera pas non plus.

— Regarde, papa : tu vas voir ce que tu vas voir !

Excitée comme une puce, Katie fit faire à Rose-Pompon toute une série de tours qu'elle lui avait appris.

— C'est le toutou le plus futé de tous les temps ! conclut sobrement l'adolescente.

— J'ai l'impression, oui.

Sa main blessée l'élançait épouvantablement, mais il continua à sourire pour ne pas gâcher ce moment.

— Entrons, proposa Grace.

Il franchit le seuil et pénétra dans un univers inconnu. Pendant son absence, Grace n'avait pas hésité à construire un monde à son image. Il avait eu beau lui répéter : pas d'achat de propriété… pas d'animal de compagnie… pas d'activité professionnelle, elle avait bravé ses trois interdits.

Sur la table de l'entrée, Steve remarqua au passage une enveloppe à en-tête de la chambre d'enregistrement des SARL. Il aurait voulu demander à sa femme ce qu'il y avait dedans, mais il n'était pas près de le savoir, le reste de l'après-midi étant malheureusement occupé par des obligations officielles qui allaient les séparer quelques heures de plus.

Aussitôt avalé le dessert de ce premier dîner tous ensemble, les enfants s'éclipsèrent – contrairement à leur habitude, nota Grace. Les filles partirent écouter un feuilleton en prenant soin de régler bien fort la télévision, tandis que Brian allait dans sa chambre s'adonner à un jeu vidéo dont il était seul à comprendre la règle.

Grace se sentit à nouveau aussi nerveuse qu'une jeune mariée à l'approche de sa nuit de noces.

— Montons, veux-tu ? murmura-t-elle en prenant la main de Steve.

Il lui répondit par un sourire las mais lourd de sens.

— Oui...

Dans son état, le voyage en avion puis la journée fertile en émotions l'avaient épuisé, devina-t-elle sans mal. L'estomac noué, elle le précéda dans l'escalier.

— Tu as besoin de quelque chose ?

— D'un bon lit. Avec toi dedans. C'est tout ce dont je rêve.

Il prit le temps de dénouer sa cravate d'une seule main, puis serra Grace contre sa poitrine et l'embrassa. Elle mit de côté tout ce qu'elle avait hâte de lui dire, et se laissa aller au bonheur de leur étreinte.

— J'ai cru te perdre, murmura-t-elle lorsqu'il la lâcha. J'ai supplié le ciel de faire un miracle. Et il m'a exaucée.

— Grace, il faut que je te parle...

— Steve, il faut que je te parle...

Ils avaient prononcé les mêmes mots en même temps et rirent nerveusement.

Grace continuait à penser au miracle qu'elle avait sollicité et obtenu. En échange de la survie de Steve, elle s'était engagée à faire marche arrière et à redevenir celle qu'elle était avant. Mais y parviendrait-elle ?

— Toi d'abord, dit-elle.

— J'ai imploré un miracle. Celui de te revoir, de te revenir. À l'heure qu'il est, les toubibs se demandent encore comment j'ai pu survivre si longtemps dans l'océan, mais pour moi, il n'y a pas de mystère. Notre histoire n'était pas terminée.

Il vacilla sur ses jambes. Grace l'enlaça par la taille pour le soutenir, tout en enfouissant son visage dans le creux de son épaule afin de dissimuler son inquiétude.

— Il faut que tu t'allonges.

— Peut-être bien, oui.

Il ne protesta même pas et elle l'aida avant de défaire les boutons de sa chemise.

— C'est bien, ça, murmura-t-il. C'est un pas dans la bonne direction.

Elle lui toucha le front et pâlit.

— Tu es brûlant !

— Ce n'est rien…

— Bien sûr que si ! J'appelle le médecin.

— Non, ne fais pas ça.

Il l'attrapa par le poignet au moment où elle décrochait le téléphone.

— J'ai oublié de prendre ma dose d'antibiotiques, c'est tout.

Elle fonça chercher un verre d'eau dans la salle de bains et en revint le front soucieux.

— Tout de même, je préfère appeler le docteur.

— Pas question, je ne veux pas passer cette nuit à l'hôpital.

Elle ouvrit de grands yeux en découvrant le contenu de son sac de voyage.

— Mais tu as une pharmacie entière là-dedans !

Elle eut subitement très froid.

— Tu ne vas pas bien du tout, Steve. Pourquoi me l'as-tu caché ?

— Mais non, je suis presque guéri. Donne-moi juste ces pilules.

Elle le poussa à prendre ses anti-inflammatoires en plus des antibiotiques, puis s'inquiéta de son bandage :

— On ne devrait pas le changer ?

— Mais non, puisque je te dis que tout va bien.

Elle lui caressa doucement la joue.

— Tu n'es pas forcé de jouer les durs de durs avec moi, tu sais.

— Pourquoi ? parce que tu es assez forte et solide pour deux ?

Les yeux clairs de Steve étaient d'un bleu électrique.

— Je l'ai toujours été, Steve.

Elle l'aida à ôter sa chemise. Le bandage lui cachait tout le bras, et elle se crispa en songeant que sa pauvre main avait tenu ce même lance-leurres qui avait coûté la vie au mari de Patricia.

Elle cherchait un pyjama dans son sac quand elle tomba sur un dossier à en-tête du Pentagone. Quoi ! Ces bourreaux n'allaient pas déjà le rappeler là-bas ? Il croisa son regard et confirma ses craintes :

— Je dois aller à Washington. Le Président...

Il fit une pause, ferma les yeux, puis les rouvrit.

— Le Président a demandé à me voir. Je partirai demain, après avoir rendu visite à Mme Rivera. J'ai essayé de repousser ce voyage à plus tard, mais c'est impossible. Après mon compte-rendu au Pentagone, je vais rencontrer le Président, Grace. Tu te rends compte !

Elle se sentit à la fois transportée de fierté à son égard et plombée par un sentiment, ô combien familier, d'abandon. Elle chassa les larmes qui lui montaient aux yeux.

— Tu as toujours été mon héros. Maintenant, tu es celui de toute l'Amérique. Il va falloir que je m'y fasse, et que je te partage…

Il négligea le pyjama qu'elle lui tendait pour lui prendre la main.

— Si tu savais comme j'exècre l'idée de devoir repartir si vite !

— Ne t'en fais pas pour moi, le rassura-t-elle gentiment. D'abord, il ne s'agit que d'un aller-retour, et puis on n'est pas reçu tous les jours à la Maison-Blanche !

Steve laissa retomber sa tête sur l'oreiller, comme délivré d'un grand poids, et la remercia d'un sourire. Grace passa une main sur son front fiévreux et lui massa les tempes. Vingt ans qu'elle le connaissait, et elle avait le sentiment de commencer seulement à le comprendre. De la même façon qu'elle se découvrait elle-même.

— Je crois que ceci t'appartient, chuchota-t-elle en sortant enfin son alliance de sa poche.

— Il me semble, oui. Mais…

Il regarda sa main droite, inutilisable, et ajouta :

— Il va falloir que tu me la passes au doigt. Comme le jour de notre mariage.

Elle glissa lentement la bague à son annulaire gauche, avec l'impression de sceller leur destin.

Le lendemain matin, Grace accompagna son mari voir Patricia Rivera à l'hôpital militaire où la jeune femme avait accouché.

Steve était blanc comme un linge dans son uniforme. Il portait de son bras valide un fardeau qui lui semblait peser une tonne. C'était le sac contenant les quelques effets personnels de Rivera qu'il avait récupérés en personne dans sa cabine : un mini-album de photos rempli de clichés de sa jeune épouse, des lettres d'elle, une croix en argent, son portefeuille, un carnet de notes où le futur papa avait griffonné des listes de prénoms pour le bébé... Le reste suivrait plus tard.

La vaste chambre était pleine de visiteurs lorsqu'ils s'y présentèrent. Des parents pour la plupart. Mais tous se turent et s'écartèrent respectueusement en voyant paraître Steve. Il s'avança vers la jolie jeune femme brune en robe noire qui était assise dans un grand fauteuil vert.

— Madame, je suis le capitaine Steve Bennett.

— Je sais. C'est vous qui avez essayé de sauver mon mari. Je vous en suis reconnaissante.

— Je m'en voudrai toujours de n'avoir pas pu faire plus pour lui, madame. L'armurier Rivera comptait parmi les meilleurs officiers de la marine des États-Unis que j'ai eu la chance de connaître. Il aura accompli jusqu'au bout ses fonctions avec compétence, honneur et courage.

Steve déglutit avec effort, ému par le voile de

douleur qui assombrissait les yeux de la jeune veuve. Il lui remit le sac, mais souhaitait ajouter quelque chose avant de prendre congé.

— Madame, je voudrais juste que vous sachiez combien Michael était fier de vous. Lorsque c'est arrivé, il venait de recevoir votre message où vous lui annonciez qu'il aurait un fils. Il me l'a appris en riant de joie, il était si heureux qu'il ne pouvait plus s'arrêter de sourire. C'est la dernière image que je garderai de lui.

Patricia Rivera s'était figée, l'œil fixé sur lui, comme hallucinée, et Steve eut peur d'avoir commis un impair. Il se demandait s'il ne l'avait pas blessée, quand l'expression de son visage changea du tout au tout. Les traits tirés de Patricia retrouvèrent d'un coup une surprenante sérénité.

— Merci, mon Dieu. Je ne savais pas s'il avait reçu mon message…

— Il l'a eu, je vous le jure. Et cela a fait de lui l'homme le plus heureux du monde.

Une larme roula sur la joue de la jeune femme.

— Vous aimeriez voir notre petit garçon ? demanda-t-elle.

— Madame, j'en serais très honoré.

Pendant que Patricia tombait dans les bras de Grace, une infirmière avança un berceau couleur d'azur. En regardant le bébé enveloppé dans une couverture bleue, Steve eut envie de pleurer. Michael Eduardo Rivera était venu au monde au moment où son père le quittait. La vue de ce petit être innocent toucha Steve au plus profond de lui. La famille Rivera vivait le pire des cauchemars. On décorerait l'officier Rivera à titre posthume, on dirait qu'il avait sacrifié sa vie au service de son pays, mais personne, jamais, ne parlerait du sort de son épouse et de son enfant. Pourtant, eux aussi avaient payé le prix fort.

Le cours des pensées de Steve le ramena à Grace et à ses propres enfants. Lui aussi avait bien failli laisser derrière lui une veuve et des orphelins. Dire que, dans un mois, il devrait prendre en charge un nouveau commandement… C'était la prochaine étape, la dernière de sa carrière, avant son couronnement. La voie était dégagée devant lui. Il allait atteindre l'objectif suprême autour duquel il avait bâti toute son existence. Pourquoi n'était-il donc pas heureux ?

Il se rendit compte qu'avoir frôlé de si près la mort avait changé sa vision des choses. À présent, il se rendait compte que les exigences de la marine allaient à l'encontre des désirs et des besoins des êtres qui comptaient le plus pour lui.

Grace s'était raidie, imperceptiblement pour les autres, mais pas pour lui. Suivant son regard, il assista à l'arrivée de la petite amie de Josh, Lauren, et de Cissy.

À la regarder, un vieux sentiment d'échec refit surface en lui. Quant à Cissy, dès qu'elle l'aperçut, elle pâlit et baissa les yeux.

Très entourée, son enfant dans les bras, Patricia semblait un peu plus forte. Curieusement, à la vue du bébé Lauren se détourna pour essuyer des larmes. Steve fronça les sourcils, intrigué.

Grace étreignit encore une fois Patricia.

— Nous ne pouvons pas rester plus. Steve a un avion pour Washington. Mais je reviendrai demain.

Steve n'était pas fâché de s'échapper. Rien ne le mettait aussi mal à l'aise que des femmes en pleurs.

Pendant que Grace et lui marchaient en silence vers le parking, il sentit qu'elle l'observait.

— Je m'en suis tiré comment ? demanda-t-il.

— Avec Patricia ? Très bien.

Ses yeux s'adoucirent.

— Tu as bien fait de lui raconter que son mari avait eu le temps de lire son message au sujet du bébé.

— Je n'ai dit que la vérité. Rivera était un type bien.

Ils atteignirent leur voiture et il l'observa tandis qu'elle cherchait les clefs dans son sac, essayant de lire dans ses pensées.

— Qu'est-ce qu'il y a ? fit-elle en surprenant son regard.

— Quelque chose t'a troublée, et je m'interroge.

Elle redressa le menton.

— Je ne suis pas troublée. Mais… je ne peux pas m'empêcher de me demander ce que cela te fait de revoir Cissy.

— Ça fait… drôle. Bizarre, si tu préfères.

— Je ne préfère rien, je te pose la question, c'est tout.

— Je ne sais pas, Gracie. C'est… difficile à expliquer. Pour moi, Cissy est un peu comme une personne que j'aurais connue autrefois et dont je retrouve le nom par hasard sur une vieille liste de cartes de Noël. Une figure d'un passé révolu que je n'ai pas particulièrement envie de voir ressurgir aujourd'hui.

Grace lui ouvrit la portière et il s'assit lentement sans la refermer, désireux de terminer cette conversation avant qu'elle ne démarre. Il n'eut pas besoin de le lui expliquer : elle s'installa encore plus lentement derrière le volant et ne mit pas le contact.

— Mais, pour ne rien te cacher, poursuivit-il, j'en suis arrivé à me dire que mon attitude m'a tout de même coûté cher.

— Tu peux être plus clair ?

— Si j'avais traqué Cissy quand elle m'a quitté au lieu de faire une croix dessus, j'aurais au moins connu Josh.

Grace exhala un soupir.

— Donc, tu as des regrets ?

— Comment pourrais-je ne pas en avoir ? rétorqua-t-il d'une voix nouée par l'émotion. C'est tout de même mon fils, ma chair et mon sang. J'ai raté son enfance, je ne l'ai pas vu grandir et devenir un homme.

Elle posa les mains sur le volant et lâcha :

— Et quelle est la solution ?

— Il n'y en a pas ! avoua Steve, en tremblant presque de frustration.

— Eh bien, faute de pouvoir changer ce qui s'est passé, il te faut trouver un moyen de vivre avec.

Elle tourna la clef dans le démarreur et ajouta :

— Tu devrais parler à Josh.

— Pardon ?

— Tu m'as bien entendu.

— Et tu serais d'accord ?

— Naturellement.

Il referma sa portière, attacha sa ceinture et déclara :

— Josh n'a pas besoin d'un père.

— Comme il n'a pas besoin d'un supérieur hiérarchique. Mais que dirais-tu de devenir son meilleur ami ? Tu n'as pas envie d'essayer ?

Steve esquissa une grimace en guise de réponse. Il aurait bien essayé aussi de la couvrir de baisers, mais son bras en écharpe et cette fichue ceinture de sécurité l'en empêchaient ; d'ailleurs, elle venait de démarrer en direction de l'aéroport.

48

Avant de rejoindre Josh à l'entrée de l'hôpital, Lauren fit un détour par les toilettes pour dames afin d'effacer les traces de ses larmes et de se refaire une tête présentable. Elle savait, en venant, que voir Patricia avec son bébé lui ferait un choc. Bien sûr, elle était heureuse pour la maman qui n'avait plus que lui, mais voir un enfant lui avait cruellement rappelé son incapacité à en avoir.

Les médecins avaient été formels, ne lui laissant aucun espoir. Et maintenant, il allait falloir qu'elle détruise à son tour les espoirs de Josh.

Elle se sentit sur le point de craquer à nouveau en le retrouvant à l'accueil. Seul.

— Où est ta mère ?

— Rentrée à la maison.

Josh lui adressa un regard significatif.

— Je lui ai dit que je désirais être enfin seul avec toi. Ce n'est pas trop tôt !

Il l'enlaça, et le cœur de Lauren fondit. Grace avait raison : rien ne valait les retrouvailles. Ils marchèrent main dans la main jusqu'au mini-van.

— À propos, comment ça se passe avec maman ? s'enquit-il.

— Parfaitement, répondit-elle trop vite.

Ce simple mot résumait mal les relations compliquées qui s'étaient instaurées entre Cissy et elle. Lauren s'était surtout attachée à faire bonne impression.

— Tu sais, je n'étais même pas nerveuse à l'idée de la rencontrer, ajouta-t-elle en montant en voiture.

— Eh bien tant mieux.

Il sortit du parking avant de remarquer :

— Tu t'es rongé les ongles.

Elle avala sa salive.

— C'est si important, Josh ! Tu comprends, il faut que je lui plaise !

— Ma chérie... Tu n'as pas à t'inquiéter pour ça. Maman t'aime déjà, je peux te l'affirmer.

Elle se décontracta sur son siège. Mais au lieu de prendre la direction de la maison, Josh traversa la base et roula jusqu'au bout du quai.

— Où allons-nous ? demanda-t-elle, surprise.

Il s'arrêta enfin devant un carré de pelouse et descendit lui ouvrir sa portière. Lauren sauta légèrement à terre et ne mit qu'une poignée de secondes à comprendre.

— Ô mon Dieu !

Elle s'approcha craintivement, respectueusement, du monument aux morts et contempla avec un frisson les plaques commémoratives.

— Je t'ai emmenée ici parce que je ne veux pas te mentir, commença Josh. Le malheur qui frappe ton amie Patricia ne se produit pas souvent, mais ceci est la preuve de sa réalité, je ne vais pas te raconter le contraire. La mort fait partie intégrante du métier de militaire. Il faut l'accepter.

Lauren ne pouvait pas détacher ses yeux des plaques polies qui brillaient au soleil, chacune représentant une vie donnée pour une noble cause. Elle inspira profondément.

— Je l'ai accepté, Josh. La peur du lendemain ne doit pas empêcher de vivre le présent.

— Je t'adore. Demain ne me fait pas peur non plus.

Elle le vit mettre un genou à terre et crut d'abord qu'il avait un étourdissement, puis il prit quelque chose dans sa poche, ce qui redoubla son inquiétude.

— Lauren, j'ai gardé précieusement cet anneau contre mon cœur pendant toute la mission. Il a fait le grand saut avec moi quand je me suis éjecté. À présent, je te le donne – avec le serment de t'aimer jusqu'à la fin des temps.

Il fit une pause et esquissa une moue mi-comique, mi-inquiète.

— Alors ? comment je m'en sors ? mieux que la dernière fois ?

Mine de rien, tout en parlant, il lui avait passé la bague au doigt.

Les lèvres de Lauren tremblèrent sans qu'elle parvienne à émettre un seul son, puis elle articula d'une voix cassée :

— Je t'aime aussi, Josh. Mais…

— Ça veut dire oui ? la coupa-t-il en se relevant.

— Josh… ce n'est pas si simple.

Elle avait mal pour lui de la souffrance qu'elle allait lui infliger.

— Je voudrais tellement te dire oui.

— Alors dis-le, bon Dieu ! Là, tout de suite !

Qu'est-ce qui t'en empêche ? Dis OUI. Ce n'est pas compliqué. O.U...

— Non, écoute-moi d'abord.

Elle enlaça ses doigts dans les siens et le regarda au fond des yeux.

— Quand tu es parti, j'ai cru que j'allais devenir folle, à force de tourner en rond en pensant à toi jour et nuit. Je me sentais complètement perdue, abandonnée. Grace m'a expliqué qu'elle passait par là depuis vingt ans, que le grand vide recommençait chaque fois, et qu'il fallait que je m'interroge sur moi-même. Étais-je capable d'apprendre à supporter de longues séparations sans cesse renouvelées ? Et étais-je capable d'affronter le risque toujours possible d'une absence... définitive, comme ce qui a bien failli arriver cette fois-ci ? C'est terrible, tu sais, d'être là, inutile, impuissante, à attendre des nouvelles dont on ne sait même pas s'il vaut mieux qu'elles arrivent ou pas... Tu demandes beaucoup, Josh... beaucoup !

— Je sais, mon amour. Mais j'ai tellement à te donner. Je te ferai oublier ces moments cruels.

— C'est vrai. C'est pourquoi, au fond de mon cœur, je sais que je pourrai être une épouse d'officier de l'aéronavale, comme Grace. Oui, je saurai tenir bon, Josh. J'apprendrai même à aimer cette vie que tu as choisie.

— Alors, tu veux bien...

— Je n'ai pas fini.

— Lauren, tu veux ma mort !

— Je ne veux rien te cacher, moi non plus. Après ton départ, je me suis prêtée à tant d'examens médicaux et de tests de fécondité que j'ai eu l'impression d'être une souris de laboratoire.

— Bon sang ! Je t'avais dit que je n'en avais rien à faire !

— Ce n'est pas vrai. Tu le penses peut-être aujourd'hui, mais ce n'est pas vrai, répéta-t-elle. Je sais bien, moi, que tu as toujours rêvé d'une famille nombreuse. Tiens, tu es sûrement le seul pilote dans toute l'histoire de la marine à conduire un mini-van.

— Je ne vois pas le rap…

— Moi, je le vois. Tu veux des enfants, une ribambelle, même, je n'ai pas oublié ! Eh bien, ce que tu désires si fort, je ne peux pas te le donner. Je ne connaîtrai jamais le bonheur de mettre un enfant au monde. Et tôt ou tard, le fait que je sois stérile détruira notre couple. Je ne veux pas te demander de renoncer à ton rêve en m'épousant.

— Mais c'est précisément ce que je ferais si je te laissais filer ! C'est toi, mon rêve. Il n'y a rien de tel que de frôler la mort pour comprendre l'essentiel. Alors que je planais entre ciel et mer, suspendu à mon parachute, j'étais lucide comme jamais. Et j'ai eu pleinement conscience de ce que je désirais exactement sur cette terre : vivre avec toi.

— Et avec tes enfants. Tu ne t'en es jamais caché.

— Lauren ! Bien sûr que j'ai envie d'avoir des enfants. Mais si nous ne pouvons pas les fabriquer nous-mêmes, nous en adopterons, voilà tout. On peut parfaitement aimer de tout son cœur un gosse qu'on n'a pas mis au monde. La belle affaire ! Je suis bien placé pour le savoir : Grant Lamont n'aurait pas pu m'adorer davantage s'il avait été mon père biologique ! Tu verras, ma douce, toi et moi, on va faire des parents géniaux !

Elle ferma les yeux et vit se dessiner avec netteté le

tableau de leur avenir. Un tableau qui incluait leurs enfants.

— Des parents géniaux, répéta-t-elle doucement.

Il l'étreignit avec passion et poursuivit à voix basse :

— Mon cœur, l'amour et la mort sont inhérents à la vie, et il en sera ainsi tant que la terre durera. Nous le savons l'un comme l'autre. À chercher trop de garanties, on risque de laisser échapper la chance. Ma chance, c'est toi, Lauren. Et la tienne, c'est moi.

Le mémorial derrière lui n'était plus qu'une forme vague, brouillée par les larmes.

— Oui, tu es la chance de ma vie, Josh.

— *Oui ?* J'ai bien entendu *oui* ?

Elle rejeta la tête en arrière et rit tout en sanglotant de plus belle.

— Oui… oui… OUI !

49

Emma la voyait venir, et ça ne rata pas.

— Ma puce, il faut vraiment que nous parlions de tes projets universitaires, déclara Grace en posant une pile de cinq assiettes sur la table.

La puce se concentra sur la distribution des couverts, qu'elle disposa avec une précision militaire. Son père venait de rentrer de Washington, et sa mère lui avait cuisiné son menu préféré : salade d'avocat au crabe, rôti de bœuf, pommes de terre sautées à l'ail et fricassée de haricots verts. Au moins, c'était bon signe.

— Je ne tiens pas à me précipiter, marmonna Emma.

— Tu ne tiens pas non plus à rater le coche, je suppose. Tu as été acceptée à l'université de Washington. Je ne sais pas ce que tu attends !

— Je réfléchis encore, maman. Dès que j'aurai pris une décision, papa et toi en serez les premiers informés.

— Oh, c'est trop gentil, ironisa Grace en lui tendant les verres. Je suis très touchée que tu daignes partager avec nous le fruit de tes cogitations. Après tout, il ne s'agit que de ton avenir.

— Maman !

— Bon, bon. Loin de moi l'idée de te mettre la pression, mais je doute que ton père se montre aussi patient que moi.

Emma sauta sur l'occasion de changer de sujet.

— Papa a super bien réagi quand Brian lui a annoncé qu'il avait choisi une école de dessin. Pas vrai ?

— Oui, admit Grace, qui n'en était toujours pas revenue. Il a été formidable. De ce côté-là, tout s'arrange.

Emma disposa soigneusement les serviettes et demanda négligemment :

— Et entre vous deux, ça s'arrange aussi ?

Un temps. Elle vit du coin de l'œil que sa mère avait l'air troublée.

— Ton père et moi avons à peine eu cinq minutes pour parler à tête reposée. C'est dur d'être mariée à un héros national que tout le monde s'arrache. Quand les choses se seront un peu calmées, nous aviserons pour la suite...

— La suite, c'est la promotion de papa au poste de CAG. Ça ne va pas traîner.

— Exact. Mais il faut voir plus loin que les dix-huit mois à venir. On n'a qu'une vie, Em... Après ce qui est arrivé à ton père, nous n'en avons jamais été plus conscients !

— Alors, quand sa dernière mission le conduira au Pentagone, tu le suivras sans...

— Je suis sûre que nous en discuterons pour trouver un terrain d'entente.

— Tu manies aussi bien la langue de bois qu'une

femme politique ! nota Emma. Tu ne dis que ce que tu veux bien dire !

— Mais avec un tel talent ! Allons, viens, ajouta sa mère en posant la corbeille de pain, allons les rejoindre au salon.

Pendant l'apéritif, Emma remarqua que son père ne taquinait pas sa « mauvaise troupe » comme à son habitude. Et qu'il continuait à observer sa femme comme de l'huile sur le feu. Oh, il était tout sourire, aimable, prévenant – tout ce qu'on voulait, sauf à l'aise. Un comble ! Lui qui n'avait pas eu le trac d'être reçu en grande pompe à la Maison-Blanche n'avait pas trouvé ses marques dans sa propre maison.

— Katie, à table ! appela Grace pour la troisième fois.

Enfermée dans sa chambre, la demoiselle n'avait pas encore daigné les honorer de sa présence. Depuis la veille, l'ex-angoissée flottait sur un petit nuage rose et passait son temps à se pomponner.

— J'arrive, j'arrive, chantonna Katie en soignant son entrée.

Emma se figea en voyant sa sœur.

— Qui t'a autorisée à piquer cette robe ? Tu aurais pu me demander la permission !

— Pour que tu me dises non ? Pas si bête ! riposta Katie. Ça fait des mois qu'elle dort au fond de ton placard, alors ne me raconte pas qu'elle va te manquer précisément !

— Ce n'est pas ça...

— C'est quoi alors ?

Emma se crispa. Cette robe de velours bleu roi, elle la portait pour la fête du lycée, le soir où Cory…

— Tu vas me faire le plaisir de quitter cette horreur immédiatement, cracha-t-elle entre ses dents.

— Tu es timbrée ! Elle est timbrée ! répéta Katie en prenant les autres à témoin.

Sous les yeux meurtriers de sa sœur, elle esquissa un pas de danse en faisant tournoyer la robe.

— Je vais au bal, ce soir, et vous savez quoi ? j'ai le plus beau des cavaliers !

— Jimmy Bates ? demanda sa mère.

— Lui ? Peuh !

— Maman, tu as raté un épisode, rigola Brian. Ce pauvre Trognon, c'est de l'histoire ancienne !

— Ah bon. Puis-je savoir alors avec qui tu sors ?

— Eh, eh… Vous ne devinerez jamais.

Elle s'assit à table à sa place et s'éventa coquettement avec sa serviette.

Emma l'aurait étranglée. Katie était horripilante, mais… comme elle avait l'air heureuse et confiante dans la vie ! songea-t-elle douloureusement. Et si naïve…

Mon Dieu, faites qu'elle garde cette candeur, qu'elle ne change jamais ! pria intérieurement Emma.

— Eh bien, dis-nous le nom de ton chevalier servant, insista leur père.

— Cory Crowther, révéla Katie d'une voix chavirée.

Oh ! non, pas lui !

Le sang d'Emma lui monta au visage pendant que sa sœur continuait, en battant copieusement des cils.

— Il m'a demandé d'être sa cavalière, et j'ai accepté. Je promets de respecter le règlement :

couvre-feu à onze heures tapantes. Cory a promis de me raccompagner dans les délais.

Elle feignait de ne pas voir les sourcils froncés de son père, qui n'avait pas l'air spécialement ravi.

— Il a trois ans de plus que toi, souligna-t-il.

— Je sais compter, merci.

Emma sortit brusquement de son mutisme.

— Tu ne vas pas sortir avec ce type...

— Bien sûr que si. Tu as rompu avec « ce type » comme tu dis, il y a des mois. Alors qu'est-ce que ça peut te faire ? Je ne marche pas sur tes plates-bandes.

— Petite idiote. Je ne te laisserai pas dans ses pattes, un point c'est tout.

— Tu sais ce que tu as, pauvre cloche ? Tu es malade de jalousie ! contre-attaqua Katie, rouge comme une tomate. Je ne sais pas si c'est parce que je lui plais ou parce que cette robe me va aussi bien qu'à t...

Emma se dressa de table, les yeux étincelants.

— La ferme, Katie ! Je te garantis que tu ne sortiras pas avec Cory. Maman, papa, dites-lui qu'il ne faut pas ! Je vous jure qu'il ne faut pas.

En cherchant de l'aide de leur côté, elle vit que sa mère la regardait bizarrement. Son père, au moins, aurait dû comprendre quel genre de personnage était Cory Crowther. Lui savait pour la bière...

— S'il ne tenait qu'à moi, commença-t-il, je ne laisserais jamais aucun garçon approcher de mes petites filles. Comme ça...

— Dites, je ne vous dérange pas, au moins ? fulmina Katie. Je vous signale que je collectionne les A au lycée. J'ai bien le droit de m'amuser un peu, non ? Je ne verrai plus Cory l'année prochaine : il sera parti à Annapolis. Ce soir, c'est juste pour s'amuser.

— Pour s'amuser, hein ? s'étrangla Emma.

Le sang battait à ses tempes. Elle aurait dû parler plus tôt, elle aurait dû dénoncer Cory. D'autres filles allaient payer le prix de son silence, d'autres proies innocentes… comme Katie. En se taisant, elle avait même dû conforter Cory dans son sentiment d'impunité. Il était libre de s'attaquer à ses prochaines victimes. À supposer qu'il n'ait pas déjà récidivé… Quelque chose disait à Emma qu'il ne s'en était pas privé.

Katie s'était levée à son tour, exaspérée.

— Mais regarde-toi, tu débloques, pauvre malade ! Tu n'es pas seulement timbrée, tu es carrément toquée, fêlée, fondue, à la masse ! Et pour quoi tout ce cirque ? Pour rien. Je ne vois même pas où est le problème.

— Le problème, c'est que ce porc m'a violée ! hurla Emma.

Un silence pétrifié accueillit ce cri.

Emma se cramponna à la table. Elle avait craché le morceau. Enfin.

Les lèvres frémissantes, les joues en feu, elle regarda sa famille. Le visage bouleversé de sa mère qui avait plaqué une main sur sa bouche… le masque livide de son père… les yeux horrifiés de Katie qui s'était laissée choir sur son siège… les mâchoires crispées de Brian. Elle fondit en larmes en voyant combien ils l'aimaient.

— Emma… mon pauvre bébé, gémit Grace en la prenant dans ses bras pour la bercer comme un petit enfant.

— Oh, maman, je voulais tout te dire, sanglota-t-elle, mais j'avais peur de parler… c'était horrible…

Elle prit une inspiration et pendant que sa mère continuait à la bercer tendrement, elle raconta à mi-voix ce qui s'était passé cette nuit-là. Son menton tremblait, mais elle ne pleurait plus.

Après la scène du viol, elle leur parla de l'insistance de Cory à soutenir qu'il ne l'avait pas forcée, de ses ricanements, de ses menaces… Elle ne passa rien sous silence ; il fallait que sa sœur l'entende.

— C'est pour ça que tu t'es coupé tes cheveux, n'est-ce pas ? demanda craintivement Katie quand elle se tut. Tu voulais changer après…

— Je crois, oui. Mais en fait, c'était à Cory de changer, pas à moi.

— Ça, pour changer, il va changer, jeta Brian entre ses dents. Sa mère ne va plus le reconnaître.

Il s'était dressé, les poings serrés, et il se dirigea vers la porte avec un air qui en disait long sur ses intentions.

— Où vas-tu comme ça ? lança son père en le rejoignant en trois enjambées.

— Devine.

— Arrête, Bri ! C'est à moi de régler ça, intervint Emma d'un ton sans réplique. Je vais aller chez les Crowther. Et pas plus tard que tout de suite.

Elle se sentait mieux tout d'un coup. Plus forte et plus propre aussi, à l'intérieur. L'angoisse qui lui comprimait le cœur dans un étau depuis des mois et des mois s'était dissipée au fur et à mesure qu'elle s'épanchait.

Sa mère lui tapota l'épaule en signe d'approbation.

— Brian, tu restes ici avec Katie, commanda-t-elle.

Ne discute pas ! Ton père et moi accompagnons Emma.

Steve sonna à la porte et attendit, raide comme la statue du Commandeur.

La brûlure de sa main l'avait fait horriblement souffrir, mais ce n'était rien en comparaison de l'incendie qui lui dévorait le cœur à la pensée que sa petite fille… Il serra les dents pour contenir sa colère et la tristesse qui l'envahissait à la pensée du sacrifice d'Emma. Il savait que le silence qu'elle avait choisi était en partie sa faute à lui. Au fil des années, elle avait vu son père avaler des couleuvres – comme les règlements ineptes d'un Mason Crowther – pour éviter de faire des vagues et de gâcher sa carrière. Ce n'était pas pour rien qu'on appelait l'armée « la grande muette »… Comme il avait eu tort de privilégier toujours sa vie professionnelle au détriment de l'essentiel !

Allison vint leur ouvrir et les accueillit avec son sourire de parfaite hôtesse.

— Steve et Grace ? En voilà une surprise !

En voyant leur mine, son sourire s'éteignit. Puis elle aperçut Emma et un nuage passa dans ses yeux.

— Tiens ! une revenante…

— Bonsoir, Allison. Nous sommes venus voir votre fils. Il est ici ?

Steve avait un peu de peine pour elle. Son mari était toujours en mission sur le *Dominion*, et elle devrait assumer seule ce qui allait lui tomber dessus.

— Mais… oui. Il taille les rosiers. Entrez, voyons.

Cory apparut dans le grand salon avant que sa mère

ait eu besoin de l'appeler. Il tenait à la main une paire de ciseaux de jardinage et la mine qu'il adopta en les voyant aurait suffi à convaincre un jury de sa culpabilité.

— Allison, j'ai peur que nous ayons de mauvaises nouvelles à vous annoncer, commença Steve.

— En réalité, enchaîna Grace, c'est votre fils qui a quelque chose à vous avouer.

— N'importe quoi ! protesta l'intéressé, tout pâle.

— Mais si, Cory : au sujet de la fête du lycée... l'hiver dernier...

— Et voilà, il fallait s'y attendre ! grinça-t-il.

Il se tourna précipitamment vers sa mère.

— C'est Emma. Elle a dû les monter contre moi. Cette fille était raide dingue de moi, elle n'a toujours pas digéré que je la laisse tomber !

— Écoutez, commença Allison, glaciale, je ne sais pas ce que vous voulez à mon fils, mais...

Les yeux d'Emma lancèrent des éclairs.

— Tu m'as violée cette nuit-là, Cory. Tu peux bien raconter tous les mensonges que tu veux à ta mère, mais c'est la vérité, je le jure.

Allison accusa le coup. Sa main chercha appui sur le grand piano du salon.

— Cory ! Dis-moi que ce n'est pas vrai, souffla-t-elle.

— Tu ne vas pas la croire, au moins ! s'énerva Cory. Je n'arrive pas à concevoir que ces gens osent venir t'importuner chez nous en profitant de l'absence de papa. C'est d'une lâcheté !

Emma éclata d'un rire amer.

— Oui, c'est sûr que ça doit te choquer qu'on se serve lâchement des parents pour arriver à ses fins !

Elle se planta devant lui et récita mot pour mot ses menaces, telles qu'elle les avait entendues et réentendues pendant tant de nuits d'insomnie :

— « Ne t'avise pas de raconter ce qui vient de se passer, Emma. Tu pourrais le regretter. Je te rappelle que ton paternel est sous les ordres du mien. Et tu n'as même pas idée des ennuis que ton cher papa pourrait avoir si... »

— Ça suffit comme ça !

Ses ciseaux à la main, il se tourna vers Steve.

— C'est vrai qu'on a couché ensemble, monsieur, mais elle était consentante, pour ne pas dire plus. Parfaitement, c'est elle qui m'a quasiment sauté dessus ! Je n'ai pas besoin de forcer les filles, qu'est-ce que vous croyez !

— Je crois que vous n'en êtes pas à votre premier viol, Crowther, répondit Steve, se maîtrisant à grand-peine. Vous êtes un malade et un minable. Alors de deux choses l'une...

Cory éclata de rire.

— Vous, vous êtes en train de saborder votre carrière, mon petit vieux ! Alors insultez-moi encore une fois, levez la main sur moi, et vous pourrez dire adieu à votre avenir dans la marine. Mon père a le bras long ! Pas vrai, maman ?

Steve s'avança d'un pas, le visage tendu.

— Je disais donc, pauvre minable – et c'est uniquement par compassion pour votre mère que je vous laisse le choix –, ou vous vous faites soigner, ou nous portons plainte contre vous devant la justice.

— Bennett, vous êtes fou ! protesta Allison. Grace, vous n'y pensez pas ?

Cory plissa les paupières.

— Je ne l'ai pas forcée. Libre à vous de porter plainte parce qu'on a pris un peu de bon temps... si vous n'avez pas peur du ridicule.

Ses yeux se rétrécirent encore. Il ricana :

— C'est pas un crime de baiser votre salope de fille !

Steve ferma son poing valide, prêt à lui régler son compte, mais Grace s'interposa. À la vitesse de l'éclair, elle leva le bras et balança à Cory une gifle à lui dévisser la tête.

Le coup fut assené avec une telle violence que tout le monde tressaillit. Allison poussa un cri. Cory recula précipitamment, en lâchant ses ciseaux qui rebondirent sur le plancher avec un bruit métallique.

— Purée ! fut tout ce qu'il trouva à dire en portant la main à son oreille écarlate.

Sous l'œil ébahi de sa fille, Grace le toisa et lâcha :

— Mon mari ne vous a pas touché, votre mère en est témoin. Mais libre à vous de porter plainte contre une faible femme... si vous n'avez pas peur du ridicule.

Même au comble de la rage, Steve se sentit envahi par une vague d'admiration pour sa femme. Combien d'autres facettes de sa personnalité lui restait-il à découvrir ?

Froide et déterminée, la nouvelle Grace se tourna vers Allison, qui pleurait sans bruit, effondrée.

— Steve a déjà envoyé certains de ses hommes dans cette clinique du Montana. Il y a un programme de réhabilitation pour violeurs et délinquants sexuels. Si vous êtes d'accord, il s'arrangera pour que Cory s'y fasse soigner en toute discrétion, afin que ceci reste... entre nous.

Allison redressa la tête, et son regard se durcit en se posant sur Emma.

— Je ne vous ai jamais aimée, je ne voulais pas que mon fils sorte avec vous… Sans vous, rien ne serait arrivé !

Loin de se troubler, Emma s'avança d'un pas, le menton droit, les yeux flamboyants – en digne fille de sa mère, songea Steve.

— Madame Crowther, il ne s'agit pas seulement de moi. Il s'agit d'empêcher Cory de récidiver. Il faut l'empêcher de commettre à l'avenir d'autres actes pervers et criminels. Qui sait s'il n'a pas déjà recommencé ? J'ai eu tort en me taisant. Si je n'avais pas gardé le silence, si vous aviez pu vous douter que votre fils…

Elle se tut brusquement en voyant Allison se détourner, défaite.

Grace se retint de la gifler à son tour.

— Vous saviez ! Le jour où vous m'avez interrogée au sujet d'Emma, vous saviez !

Allison secoua la tête, perdue.

— Non, je vous jure que non ! Je n'avais pas réalisé… Je veux dire… oui, je suspectais qu'il s'était passé quelque chose cette nuit-là, mais sûrement pas…

— Foutaise !

Cory était brusquement sorti de son mutisme. Les bras croisés sur sa poitrine, sûr de lui, sûr de son impunité, il les bravait encore.

— Ne tombe pas dans leur jeu, maman ! Je nie tout en bloc. Ce sera sa parole contre…

— Oh, toi, tais-toi ! hurla Allison.

Ils s'affrontèrent du regard, et ce fut lui qui baissa les yeux, le visage décomposé.

Allison se tourna lentement vers Steve et Grace.

— Ce n'est pas la première fois que les parents d'une jeune fille viennent me trouver, murmura-t-elle. Je veux tout savoir sur cette clinique du Montana.

50

Grace et Steve étaient assis côte à côte au premier rang des gradins inondés de soleil du stade de foot. Le vert tendre de l'herbe, l'azur du ciel, le velours rouge du podium et les banderoles multicolores flottant gaiement dans la brise composaient un cadre haut en couleur pour les trois cents lauréats assis sagement sur leurs chaises alignées sur le terrain.

Au pied de l'estrade, l'orchestre amateur du lycée au grand complet suivait des yeux avec attention la baguette de son chef dirigeant *Pump and Circumstance.* Même à distance, Grace pouvait voir Katie s'humecter les lèvres avant d'attaquer sa partie de clarinette. Nerveuse, ou angoissée par ce que laissait présager cette cérémonie ? Bientôt, elle serait la seule enfant à la maison…

Tous les parents des élèves diplômés du jour siégeaient sur les gradins avec eux, mais Grace se rendait bien compte que son mari et elle étaient au centre de l'intérêt général. Steve Bennett était une célébrité maintenant, le Miraculé ou le Héros (selon les journaux) dont la photo avait fait la une du plus prestigieux magazine national.

Autre sujet de conversation du jour : l'incompréhensible absence de Crowther Junior. La nouvelle s'était répandue comme une traînée de poudre. Cory, le capitaine de l'équipe des Comètes, le dieu du foot local, ne recevrait pas son diplôme avec sa classe. Le bruit courait qu'il avait précipitamment quitté la ville avec sa mère pour une destination inconnue.

Grace glissa sa main dans celle de Steve, tandis que les élèves se levaient à la reprise fortissimo de la marche d'Elgar. Ils étaient tous vêtus de toges bleues, une toque noire, sur la tête, mais elle repéra les jumeaux en un éclair, aussi beaux l'un que l'autre ! Ils rayonnaient, même Emma. Grace lui sourit de loin. Sa fille était une jeune femme fière et volontaire. Elle ferait mieux que survivre à l'agression de Cory ; elle en sortirait grandie. C'était la meilleure des vengeances, avait-elle confié à sa mère en s'habillant ce matin.

Le corps professoral et les personnels administratifs du lycée avaient pris place sur l'estrade. Grace tressaillit en repérant parmi eux un uniforme militaire. Puis elle écarquilla les yeux en reconnaissant celui qui le portait. Qu'est-ce que Joshua Lamont fabriquait ici ?

Il prit un siège au bout d'une rangée de professeurs et accorda toute son attention au proviseur qui monopolisait le micro pour se lancer dans un vibrant panégyrique du lycée dont il avait l'honneur et l'avantage, etc. Tout en affichant un air de profond intérêt pour ce discours, Grace donna un coup de coude à Steve.

— Tu as vu ? Qu'est-ce qu'il fait ici ? chuchota-t-elle.

— Lamont est l'officier de liaison chargé du recrutement pour l'École navale, répondit Steve sur le même ton. Il représente officiellement la marine.

— Mais il est venu pour rien : j'ai entendu dire que le seul garçon qui avait une chance d'être retenu était Cory. Josh n'a pas dû être informé du retrait de sa candidature…

— À moins qu'il ait un remplaçant. La marine a besoin de jeunes pour prendre la relève.

Tandis que le proviseur en venait à la promotion de l'année, Grace étudia son mari à la dérobée. Steve n'avait pas l'air contrarié que Brian n'ait pas choisi la même voie que lui – cette voie qu'il lui avait pourtant tracée ! Grace s'était attendue à ce qu'il tente au moins un baroud d'honneur contre les aspirations artistiques de son rejeton, mais il n'avait même pas sourcillé quand Brian lui avait expliqué que la RISD n'avait pas d'équipe de base-ball…

« Alors, tu ne m'en veux pas trop, p'pa ? avait demandé celui-ci.

— Une autre famille obtiendra le diplôme d'Annapolis, je suis heureux que tu aies trouvé ta propre voie. »

Une salve d'applaudissements ramena Grace au présent.

— Sarah Marie Adams…

À l'appel de leur nom, les élèves montaient sur le podium pour recevoir leur diplôme de fin d'études secondaires et la traditionnelle poignée de main de félicitation.

— Stefan Amundsen…

Le proviseur prononçait chaque patronyme avec la solennité et la gravité appropriées. Venue en nombre, la famille Amundsen fit une ovation au lauréat.

— Lawrence Avery Baker…

La jeune fille, une brunette paralysée par le trac,

reçut une récompense supplémentaire : une bourse spéciale pour... Grace n'écoutait pas. Elle n'avait d'yeux que pour les deux suivants dans l'ordre alphabétique :

— Brian James Bennett...

Grace se fit mal aux mains à force d'applaudir tandis que Steve prenait photo sur photo, et qu'une clarinette de l'orchestre lançait une cascade de notes enthousiastes.

— Emma Jean Bennett...

Nouvelle salve d'applaudissements, nouvelles photos, nouvelle improvisation jubilatoire de la clarinette. Des larmes d'émotion brillaient aux yeux de Grace quand le proviseur leva les mains pour réclamer le silence.

— Il y a une distinction spéciale pour Mlle Bennett. Le lieutenant Joshua Lamont, ici présent, va la lui remettre en sa qualité de délégué de l'académie d'Annapolis.

Josh s'avança jusqu'au centre de l'estrade et gratifia Emma du salut militaire.

— Emma Bennett, au nom de la marine des États-Unis, j'ai l'honneur de vous nommer cadet de quatrième classe. Bienvenue à l'École navale !

Grace en resta pétrifiée sur son gradin, le cerveau paralysé par un mélange de stupeur et de fierté.

— Tu vois ce que je vois ? parvint-elle à chuchoter en cherchant de la main le genou de Steve.

— Je crois, oui...

Il semblait aussi abasourdi qu'elle.

La suite de la séance de remise des diplômes se déroula pour eux dans une sorte de brouillard. Puis l'orchestre joua un hymne, et une clameur monta des rangs des diplômés. Trois cents toques noires voltigèrent dans le ciel bleu. La cérémonie était terminée.

Encore médusés, Steve et Grace se mêlèrent au flot des parents radieux qui descendaient rejoindre leur progéniture sur le stade. Grace étreignit et félicita Brian avant de se tourner vers Emma. Elle ne lui avait jamais paru plus rayonnante – ni plus vulnérable.

— Je n'arrive pas à le croire... Ma fille dans la marine !

— Je voulais vous faire la surprise.

Grace et Steve échangèrent un regard.

— C'est réussi, articula son père d'une voix rauque.

— Tu as pris ta décision toute seule ? insista Grace.

— Je suis majeure, maman, je n'ai plus besoin qu'on me dise ce que j'ai à faire.

Elle se plaça entre ses parents et les prit chacun par un bras.

— Mais j'aurai toujours besoin de vous deux !

Après mon mari, la marine me vole ma fille, songea Grace. Ces rapaces avaient un filon, avec les Bennett !

Katie accourut à leur rencontre, tirant Josh derrière elle.

— Chouette, la cérémonie. Méga-top, les jumeaux !

Josh tendit la main à Brian.

— Félicitations.

Brian hésita une seconde, puis la serra en souriant.

— Merci, Josh.

— On fait un super-barbecue à la maison c't aprèm... vous devriez venir ! lança soudain Katie. Hein, m'man ?

— Mais... absolument. Nous aimerions beaucoup que vous soyez des nôtres, Josh.

— Merci, madame. Mais j'avais prévu de passer la journée avec Lauren et…

— Elle est invitée, naturellement.

— … et avec ma mère, acheva-t-il d'un ton embarrassé.

— En ce cas, venez tous les trois, s'entendit dire Grace. J'insiste.

Décidément, c'était la semaine des grandes premières, se dit-elle avec résignation. Elle avait quasiment explosé sa main sur la joue d'un petit salopard, et elle venait d'inviter chez elle l'ex de son mari… Pas mal, pour quelqu'un qui avait peur de la routine.

51

— Où sont les enfants ? demanda Grace en bouclant sa ceinture de sécurité.

— Partis avec Josh chercher Cissy et Lauren.

Steve mit le contact.

— Tu es sûre que ça ne te pose pas de problème que Cissy Lamont vienne à la maison avec Josh ?

Elle se tourna vers lui. Il n'y avait encore pas si longtemps, la seule idée de les voir débarquer, surtout elle, l'aurait rendue folle. Maintenant, elle avait fait la paix avec le passé.

— Absolument sûre.

Il sourit.

— Tu es étonnante.

Elle lui sourit en retour, mais ne pouvait s'empêcher de rester légèrement sur ses gardes. Le choc d'avoir revu à travers Cissy le spectre de son échec passé poussait-il Steve à sauver leur couple uniquement pour éviter un deuxième fiasco ? Ne pense pas à ça maintenant ! s'admonesta-t-elle. Plus facile à dire qu'à faire... Malgré le bonheur de le voir à la maison, trop de questions demeuraient en suspens.

Grace se dirigea vers la cuisine pour les préparatifs

de dernière minute. Mais comme elle posait son sac sur la table, Steve lui attrapa le poignet.

— Pas si vite, murmura-t-il en se penchant pour l'embrasser.

En dépit du trouble qui l'envahissait, elle le repoussa.

— Ton bras…

— Stop ! Si on arrêtait de penser aux autres pour s'occuper un peu de nous ? Rien que nous deux ! Tu ne veux pas ?

Elle se mordilla la lèvre, terriblement tentée.

— Ce n'est pas raisonnable. Il reste un tas de choses à faire… Et nos invités vont arriver d'une minute à l'autre.

— Raison de plus pour ne pas perdre une seconde !

Il l'entraîna dans l'escalier sans lui laisser l'occasion de protester davantage.

— Tu es terriblement sexy dans cette robe, Grace. Elle est neuve ?

— Euh… oui.

Il la plaqua contre le mur, en haut des marches, et une onde de désir la parcourut.

— Je me suis demandé toute la journée ce que tu portais dessous, murmura-t-il en glissant la main sous le tissu soyeux.

Ils tremblaient d'impatience quand ils entrèrent dans la chambre et ils s'étaient déjà débarrassés de leurs vêtements lorsqu'ils s'effondrèrent sur le lit, étroitement enlacés. Les doigts de Steve réveillèrent en elle des sensations oubliées depuis ce qui lui semblait une éternité et elle gémit malgré elle.

— On va nous surprendre, c'est sûr, balbutia-t-elle, le souffle court.

— Aucun risque. J'ai donné vingt dollars à Brian pour qu'il prenne le chemin des écoliers.

— Excellente initiative, mon capitaine, chuchota-t-elle en nouant ses bras autour de son cou.

Il leur était souvent arrivé de faire l'amour sans autre préoccupation que l'instant présent et le plaisir immédiat. À d'autres moments, cela avait été une révélation renouvelée. Ce fut le cas cette fois-ci. Plus que jamais, Grace prit pleinement conscience que Steve était la grande passion de sa vie. Steve, son mari.

Ils restèrent lovés l'un contre l'autre, écoutant le souffle de leur respiration, l'écho lointain des cornes de bateau et le bruissement du vent dans les arbres. Grace enlaça Steve, la tête posée sur sa poitrine. Elle aurait voulu que ce moment dure toute la vie.

— Ce n'était pas censé te faire pleurer, dit-il en rattrapant du bout du doigt une larme qui glissait le long de sa joue.

— J'ai eu tellement peur, avoua-t-elle. Nous étions si loin, si loin l'un de l'autre, Steve... Nous nous étions perdus.

— C'est ridicule.

— Non, c'est vrai. Je n'aurais jamais imaginé que cela puisse nous arriver. Notre mariage était si solide. Mais notre couple s'est lentement fissuré, et c'est là que j'ai compris que personne n'était à l'abri. Que notre amour, si fort soit-il, pouvait être brisé comme une coquille de noix dans la tempête. Ne me dis pas que tu ne t'en es pas rendu compte ?

— Si, tu as raison. J'ai eu peur, moi aussi. Je

regrette sincèrement de ne pas t'avoir parlé de Cissy. Je voulais être… parfait.

— Je n'ai pas besoin que tu sois parfait. La perfection, c'est quand nous sommes ensemble. Ça ne date pas d'hier !

— Alors pourquoi tous ces changements ?

Elle effleura ses lèvres du bout des doigts.

— Je devais le faire. Le jour où j'ai franchi la porte de cette maison, j'ai ressenti un tel besoin de poser mes valises et de m'y installer que j'en avais mal. Pas à cause de ce pavillon en particulier, mais de ce qu'il représentait. Je n'ai pas eu le cran de l'acheter jusqu'à ce que notre couple batte de l'aile. Mais ensuite je… je me suis sentie légitimée, confortée dans ma décision. J'étais terriblement malheureuse, que nous nous soyons tellement éloignés l'un de l'autre, mais cela m'a forcée à me voir telle que j'étais et à opérer quelques transformations.

Il essuya les larmes qui mouillaient son visage.

— Je n'aurais pas dû essayer de t'en empêcher. Le psychologue qui m'a reçu après mon sauvetage pense que je ne voulais pas te voir bâtir ta vie sans moi de peur de découvrir que je ne te servais à rien… Il n'avait peut-être pas tort. Regarde ce que tu as accompli en mon absence !

Il montra la pièce, autour d'eux.

— Tu n'as même pas besoin de moi…

Elle se redressa sur un coude et le regarda.

— Idiot.

— Le psy a eu la même réaction

Grace lui offrit un dernier baiser voluptueux, plein de promesses, avant de se lever.

— Nous ferions mieux de nous habiller. Tout ce petit monde va arriver d'un instant à l'autre.

Il grommela une protestation, mais obéit à regret et enfila ses vêtements.

— Chérie, il faut que je te dise : le tableau des avancements a été publié.

Elle agrafa son soutien-gorge et remit sa robe.

— Oui, et alors ?

— Apparemment, les menaces du fils Crowther sont restées lettre morte.

Il marqua une pause et ses yeux brillèrent.

— Gracie, on m'offre le poste de CAG.

— Oh, Steve !

Son cœur s'emballa et se serra à la fois. Elle était si fière de lui ! Comment ne pas l'être ? Et cependant, elle était saisie d'angoisse à l'idée de l'entendre lui annoncer qu'elle devrait très bientôt quitter cette maison, emmener Katie loin d'ici…

— Tu t'es tellement investi pour y arriver. Tu attends cette promotion depuis si longtemps.

Il regarda sa main bandée.

— Tu sais, je fais encore des cauchemars ; je rêvais de ce pauvre Rivera et l'explosion sur le *Dominion*. Si je n'avais pas été là, si je n'avais pas réagi comme je l'ai fait, il y aurait eu sans doute davantage de morts. Probablement beaucoup plus, même.

Il relatait posément un fait, sans la moindre vanité.

— La marine a besoin de moi de temps à autre, mais les enfants et toi, vous avez besoin de moi tous les jours.

Grace s'immobilisa.

— Qu'est-ce que tu dis ? souffla-t-elle.

— J'ai reçu une proposition de Boeing. On me

propose un poste de consultant dans l'aérospatiale. À Seattle.

Autrement dit, à deux pas. Grace resta figée, sans même oser respirer.

— Ça remonte à quand ? balbutia-t-elle.

— Tu te souviens de mon vieux copain Joey Lord ? Je l'avais contacté pendant que j'étais en mer, mais la réponse est arrivée avant-hier. J'attendais le bon moment pour t'en parler.

Il s'interrompit pour éclater de rire :

— Bon sang, c'est un virage à cent quatre-vingts !

Grace l'imagina prenant tous les jours le ferry pour se rendre au bureau et rentrant tous les soirs à temps pour le dîner. Il était vraiment sur le point de renoncer à un rêve qui l'avait porté depuis le début de sa carrière ?

— Steve, ne me demande pas de prendre la décision à ta place…

— Ce n'est pas mon intention.

— Mais je ne vois pas comment tu pourrais quitter la marine. Elle est toute ta vie.

Elle fut choquée de s'entendre prononcer ces mots – et de s'apercevoir qu'elle les pensait. Il lui offrait de renoncer à tout pour elle… et l'idée qu'il le fasse lui était intolérable.

— Gracie, tu te rends compte de ce que tu dis ? L'été dernier tu me suppliais littéralement de quitter l'armée.

— Il s'est passé beaucoup de choses depuis. Tu ne peux pas sacrifier tout ce pour quoi tu as œuvré.

— C'est ce qu'on verra.

Il passa derrière elle et finit de remonter la

fermeture Éclair de sa robe, non sans poser un baiser sur ses épaules.

— Steve, renoncer à un rêve se paie très cher. Crois-moi sur parole. Ne fais pas ça parce que tu penses que c'est ce que je souhaite.

— J'ai failli trouver la mort au milieu de l'océan, et la seule chose à laquelle je parvenais encore à penser, c'était à toi et aux enfants. Aujourd'hui, on m'offre une deuxième chance, Grace. J'ai consacré plus de la moitié de ma vie à servir mon pays. À présent, je veux profiter de ma famille. Je veux prendre le temps de mieux connaître mes enfants, je veux aider Emma dans la voie qu'elle a choisie, et je veux profiter de toi à plein temps.

Même si ses paroles comblaient tous ses espoirs, elle se devait de lui poser la question :

— Tu es sûr ?

— Je ne suis sûr que de l'essentiel, Gracie : nous.

— Moi aussi.

Le klaxon de la voiture de Brian les avertit que leurs invités arrivaient. Tandis que Grace s'affairait à tirer le dessus-de-lit et à remettre les coussins en place, elle avait l'impression de flotter sur un petit nuage, comme le jour où il l'avait demandée en mariage.

Steve lisait-il dans ses pensées ? Toujours est-il qu'il lui montra la photo sur la commode et suggéra :

— Et si on remontait le temps ?

Comme elle paraissait candide sur cet ancien cliché, aux côtés de son bel officier de mari, comme elle était excitée à l'idée des années merveilleuses qui l'attendaient près de lui. Elle sourit à cette jeune épouse et éprouva une profonde gratitude. Elle était très fière de la vie qu'elle avait menée. Simplement, aujourd'hui, elle avait envie d'emprunter une autre route, tout aussi belle.

Ils restèrent immobiles devant la fenêtre, contemplant l'eau bleue et paisible au pied des montagnes enneigées. Des ferries traversaient le Puget Sound et, au loin, un destroyer gris voguait vers le large. Steve glissa son bras valide autour de la taille de sa femme et l'embrassa au coin des lèvres.

S'imaginant aux côtés de son mari d'ici quelques années, regardant les mouvements des bateaux, comme en cet instant, elle fut emplie d'un tel bonheur qu'elle soupira tout haut.

Une cascade de rires et un bruit de portières qui claquaient retentirent du côté du jardin. Steve resserra son nœud de cravate.

— Prête ? demanda-t-il.

Grace glissa en souriant sa main dans la sienne.

— Prête.

Ils descendirent l'escalier côte à côte et ouvrirent la porte en grand.

Remerciements

Merci à mes amis « tous en forme dans la joie » de l'Island Fitness and Gym. Comme toujours, je suis reconnaissante à mes premiers lecteurs : Joyce, Rose Marie, Lois, Susan, Anjali, Kate et Sheila. Merci aussi à P.J. et Alice pour leurs commentaires perspicaces. Ma reconnaissance va encore à mon éditeur, MIRA Books et, comme de bien entendu, à l'irrésistible Meg Ruley et ses associés si doués de l'agence Jane Rotrosen. Je n'oublie pas le shérif Mike Hawley, qui m'a fourni bien des précisions sur le comté.

J'ai bien conscience d'avoir pris des libertés avec mon porte-avions fictif, les escadrons, la base militaire, mais ce qui m'importait, c'était de donner une description honnête de ce mode de vie à nul autre pareil. Pour apporter de l'authenticité à mon histoire, j'ai heureusement pu compter sur la générosité du capitaine Joe Bradley, de l'officier HM3 Owen Keifer et de Nancy McMullen, chargée des relations publiques. J'ai également une dette envers le personnel et les familles de la base aéronavale de Whidbey, en particulier Geri Krotow et le capitaine Steve Krotow.

J'ai écrit beaucoup de livres, et les recherches préalables font naturellement partie du travail d'un auteur, mais le cadre particulier de ce roman présentait pour moi un vrai défi. Merci à vous tous de m'avoir ouvert la porte de votre monde si particulier. Merci surtout pour votre courage et pour les sacrifices que vous consentez à longueur d'année pour nous garantir, à nous autres civils, la sécurité. Nous sommes vos très humbles obligés. Je vous souhaite la paix et la joie, tous les jours que Dieu fait.

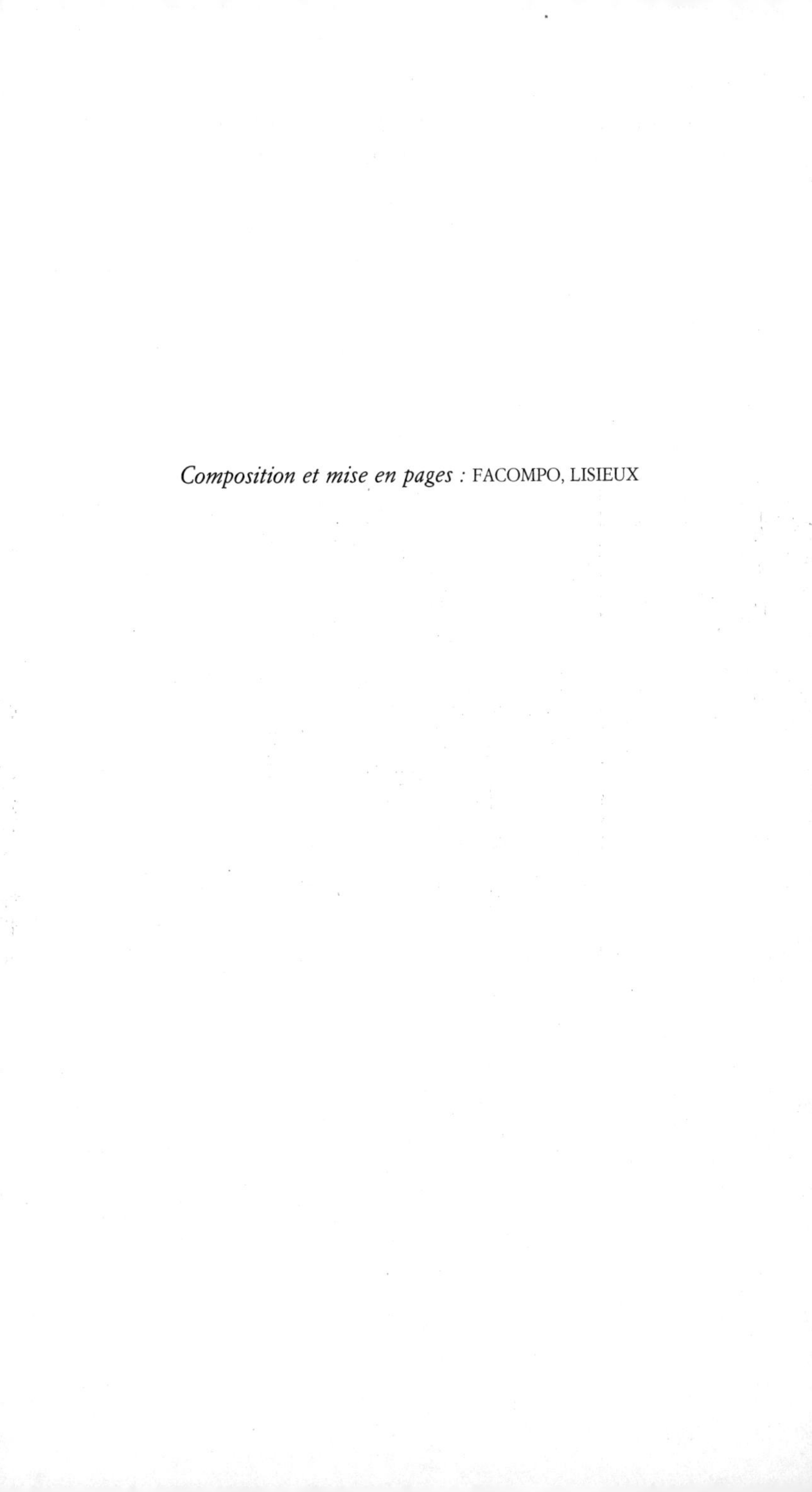

Composition et mise en pages : FACOMPO, LISIEUX

Achevé d'imprimer par N.I.I.A.G.
en octobre 2007
pour le compte de France Loisirs, Paris

N° d'éditeur : 49903
Dépôt légal : novembre 2007
Imprimé en Italie